이견지夷堅志 을지乙志

【一】

이견지夷堅志 **을지**乙志【一】

1판 1쇄 인쇄 2019년 7월 1일
1판 1쇄 발행 2019년 7월 10일
저 자 | 洪 邁
역주자 | 유원준 · 최해별
발행인 | 이방원
발행처 | 세창출판사
신고번호 | 제300-1990-63호
주소 | 서울 서대문구 경기대로 88 (냉천빌딩 4층)
전화 | (02) 723-8660 팩스 | (02) 720-4579
http://www.sechangpub.co.kr
e-mail: edit@sechangpub.co.kr
ISBN 978-89-8411-823-2 94820
ISBN 978-89-8411-820-1 (세트)

이 번역도서는 2014년 정부(교육부)의 재원으로 한국연구재단의 지원을 받아 수행된 연구임(NRF-2014S1A5A7038165).

이 도서의 국립중앙도서관 출판시도서목록(CIP)은 서지정보유통지원시스템 홈페이지(http://seoji.nl.go.kr)와 국가자료공동목록시스템(http://www.nl.go.kr/kolisnet)에서 이용하실 수 있습니다.(CIP제어번호: CIP2019025370)

이견지 夷堅志 을지 乙志

An Annotated Translation of

Yijianzhi (Yizhi)

【一】

[송宋] 홍 매 洪邁 저

유원준 · 최해별 역주

세창출판사

해 제

이 책은 송대宋代(960~1279)의 홍매洪邁(1123~1202)가 편찬한 『이견지夷堅志』 가운데 초지初志의 갑지甲志와 을지乙志 각 20권을 번역하고 독자들의 이해를 돕기 위해 상세한 주해를 더한 것이다. 『이견지』는 송대 명문 사대부 가문에서 태어나 고위관료를 지낸 홍매가 중앙과 지방에서 재직하며 수집한 각종 일화를 모은 책으로서 대략 12세기 말경 편찬된 것으로 추정한다. '이견夷堅'이라는 제목은 『열자列子·탕문湯問』에서 『산해경山海經』을 가리켜 "우禹가 다니다 그것을 보고, 백익伯益이 확인한 후 이름 붙였으며, 이견夷堅이 이를 듣고 기록하였다"라고 한 데서 유래한 것으로, 홍매 스스로 박문다식博聞多識한 '이견'이라는 인물을 자처하며 지은 것이다. 『이견지』는 편찬 당시 총 420권에 달하였지만 현재 전해지는 것은 그 절반에 불과하다.

저자 홍매는 자가 경로景盧, 호는 용재容齋·야처野處이며, 강남동로江南東路 요주饒州 파양현鄱陽縣(지금의 강서성 上饒市 鄱陽縣) 사람이다. 아버지 홍호洪皓는 금조金朝에 사신으로 파견되었다가 15년이나 억류되었음에도 불구하고 시종 충절을 지켰던 인물로 유명하다. 홍호는 금조에 대한 강경책을 주장하며 주화파인 진회秦檜와 대립하였기에 사회적 명망에 비해 정치적으로는 불우하였다. 이런 정치적 입지로 인해 홍매를 비롯한 그의 자식들도 한때 어려움에 처하였다. 홍매는 소흥紹興 15년(1145)에 진사가 되어 여러 관직에 올랐고, 부친에 이어 금조에 사신으로 다녀왔으며, 길주吉州지사, 감주贛州지사, 무주婺州지사 등을 역임하면서 지역 발전에 힘썼다. 순희淳熙 13년(1186) 한림학사翰林學士가 되었으며 그 후 영종寧宗 시기 단명전학사端明殿學士에 오른 후 관직에서 물러났다. 만년에는 향리에 머물면서 저술에만 전념했으며, 그가 남긴 저술로는 『이견지』 외에 『용재수필容齋隨筆』과 『야처유고野處類稿』 및 『사기법어史記法語』 등이 있다.

『이견지』는 홍매가 관리로서 도성을 비롯해 각 지방에 재직하며 전해 들은 민간의 이야기를 집록한 것이다. 그런 만큼 그 내용은 매우 다양하고 풍부하다. 정치와 행정, 전쟁과 군사, 범죄와 사법, 상업과 교통, 문학과 교육, 과거 응시와 당락, 음식과 술, 혼인과 애정, 질병과 의약, 죽음과 저승, 점복占卜과 민간신앙, 불교와 도교 등 당시 사람들의 삶을 총체적으로 보여 주는 다양한 주제들이 포함되어 있으며, 정사에서 보기 힘든 황제와 고위관료의 일화를 비롯해 금과의 외교관계까지 총망라되어 있다.

물론 수록된 일화 가운데 현재 우리의 상식으로는 이해하기 힘든 기이하고 괴상한 이야기奇談怪事가 상당수 포함되어 있다. 그래서 그동안 『이견지』는 당시 사회상을 잘 반영하는 기록이라기보다는 지괴소설의 하나로 더욱 주목받아 왔다. 하지만 『이견지』 속의 기이한 일화가 홍매 자신이 지어낸 것이 아니라 각지에서 사실로 인식되고 있었던 이야기를 집록했다는 점이 중요하다. 이는 당시 계층에 상관없이 대다수 사람들이 그러한 정신적 · 정서적 형태를 지니고 있었음을 말해 준다. 또한 어떤 일화이건 그것이 인구에 회자되기 위해서는 당시 현실을 반영한 측면이 있어야 한다. 이런 점에서 홍매의 『이견지』는 당시 사람들의 집체적인 심성을 우리에게 그대로 전해 주는 매우 귀중한 자료이다.

최근 송대 연구자들이 『이견지』의 가치에 대해 높이 평가하고 주목하는 것도 바로 이 때문이다. 기존 사서와 달리 필기소설이라는 문학적 특성에 힘입어 『이견지』는 일반 사료에서는 찾아볼 수 없는 그 시대의 호흡과 감정을 고스란히 담고 있다. 특히 성과 사랑, 질투와 욕망, 금기와 기복, 사후세계에 대한 상상 등 기존의 관찬사서나 사대부들의 문집에는 수록되지 않은 당시 사람들의 생생한 삶의 모습이 소설의 형태로 가감 없이 드러나 있다. 따라서 『이견지』는 일반 사료로는 접근하기 어려웠던 일상사 · 미시사 · 심성사 등에 대한 연구를 가능하게 해 준다는 점에서 각별한 의미를 지닌다.

또 그동안 『이견지』의 한계로 지적되어 온 '객관성' 문제 역시 새로운 이해와 접근이 필요하다. 저자 홍매는 그의 글에서 『이견지』의 사실성과 객관성을 확보하기 위해 매우 고심하였음을 밝힌 바 있다. 홍매는 『이견을지夷堅乙志』 서문에서 이전의 대표적인 지괴문학인 간보干寶의 『수신기搜神記』와 서현徐鉉의 『계신록稽神錄』 등을 거론하며 그 내용이 허무환망虛無幻茫한 데 반해 자신의 기록은 분명한 사실에 근거하고 있음을 강조한 바 있다. 또 일화를 전한 사람의 이름을 명기함으로써 자신의 주장을 객관적으로 입증하고자 하였다. 또 홍매는 『이견지』에 기괴한 일화가 포함되어 있음을 인정하면서도 이는 『춘추』나 『사기』 같은 정통사서에도 포함된 것이라며 그 가치를 당당히 주장했다. 동시대를 살았던 육유陸游도 『이견지』를 '역사서의 보완史補' 이상의 것으로 평가하였다.

사실 객관성이라는 것 역시 시대적 한계를 지닌다는 점에서 현재의 관점으로 송대 사유방식의 객관성을 판단하는 것이 과연 타당한 일인지 다시 생각해 보게 된다. 무엇보다도 『이견지』의 일화를 덮고 있는 운명론적 · 신비주의적 베일을 걷어 내면 오히려 우리가 찾고 있던 송대의 사회상을 더욱 가까이 마주할 수 있게 될 것이다.

그럼에도 불구하고 『이견지』의 활용에는 적지 않은 제약이 따른다. 우선 그 내용이 매우 방대하고 편찬 체례가 체계적이지 않다. 주제별 · 인물별 · 지역별 범주 없이 2,600여 개의 짤막한 일화가 뒤섞여 있기 때문에 그 활용이 쉽지 않다. 문체도 상당히 난해한 편인데, 고위관료인 저자의 문어체와 설화의 특성인 구어체가 뒤섞여 있어 해석의 어려움이 크다. 더구나 수천 개의 짧은 일화 속에 당시의 정치 · 제도 · 법률 · 문물 · 지명 · 관습 등과 관련된 용어가 전후 맥락 없이 대거 등장한다.

따라서 『이견지』의 번역과 주석은 매우 필요한 작업이다. 그러나 『이견지』에 대한 전면적 번역 및 주석 작업은 아직 이루어지지 못했다. 중국학계에서도 부분적인 백화白話 번역만이 진행되어 현재 중주고적출판사본(中州古籍出版社, 1994)이 전해진다. 그러나 중주고적출판사본에는 적지 않은 문제점이 있다. 첫째, 원문을 간체자로 수록해서 판본에 대한 엄밀한 대조 작업이 어렵다. 둘째, 여러 사람이 나누어 표점과 번역을 진행하여 표점의 기준이 각기 다르고 번역의 질에서도 상당한 차이가 눈에 띈다. 셋째, 번역에 있어서 상당한 오역이 발견되고, 일부 난해한 부분은 전후 문맥만 살린 채 모호하게 해석하였으며, 시詩와 사詞는 번역하지 않은 채 원문을 그대로 수록하였다. 넷째, 독자를 위한 각주나 색인 작업이 되어 있지 않다.

『이견지』는 원래 초지初志, 지지支志, 삼지三志, 사지四志의 순서로 발행되었고, 모두 합해 420권으로 이루어져 있었다. 하지만 합본合本은 원대元代에 이미 산일되었던 것으로 추정된다. 지금까지 전하는 판본은 여러 종류가 있다. 우선 광서光緖 5년(1879)에 육심원陸心源이 송본宋本을 중각重刻한 육심원본陸心源本 80권(甲, 乙, 丙, 丁 각 20권)이 있다. 두 번째로는 완위별장본宛委別藏本 79권이 전하며, 세 번째로는 필기소설대관본筆記小說大觀本 50권이 있다. 네 번째로 현재 가장 많은 내용을 수록하고 있는 것으로, 함분루涵芬樓에서 인쇄한 『신교집보이견지新校輯補夷堅志』가 있는데, 초지 · 지지 · 삼지 중 남아 있는 부분에다 보유補遺를 더해 총 206권으로 편찬했다. 1981년 중화서국中華書局에서는 함분루본을 저본底本으로 삼아 표점을 찍고 교감한 뒤 『영락대전永樂大典』 등에서 집록해 낸 일문佚文 26개를 「삼보三補」 편으로 추가해 207권에 달하는 고체소설총간古體小說叢刊 『이견지』를 편찬해 냈다. 중화서국본은 현존하는 『이견지』 가운데 가장 완정한 내용을 담고 있다고 할 수 있다.

본 역주는 중화서국본 등 여러 판본을 참고하여 진행하였으며 또한 번역을 할 때는 중주고적출판사본도 참고하였다.

한편 전체 분량 가운데 상당한 부분을 차지하는 기담奇談이나 괴사怪事 등을 서사자료로 활용하기 위해서는 당시 사회에 대한 정보가 충분히 제공되어야 한다는 점을 고려하여 각주에서 관련 인물, 지명, 관직, 사건 등에 대한 배경지식을 가급적 상세히 담고자 하였다. 또한 중국사 연구자가 아닌 일반 독자들을 위해 중국의 역사 · 지리 · 문화와 관련된 다양한 정보를 제공하고자 하였다. 필기소설이기에 풍부하게 표현된 상상력과 송대인의 감정을 최대한 생동감 있는 문체로 재현해 내는 것도 번역자에게 주어진 과제였지만 번역의 정확성과 가독성 사이에서 만족스러운 해답을 찾기란 쉽지 않았다. 어찌되었든 이러한 작업이 독자들이 『이견지』를 좀 더 쉽게 이해하는 데 도움이 되기를 바라며 오류가 있는 부분에 대해서는 독자들의 거침 없는 질정도 부탁드린다.

본 번역은 『이견지』의 사료적 가치에 주목한 송원사학회 연구자들의 윤독회를 계기로 시작되었으며 당시 김상범 · 김영관 · 김영제 · 나영남 · 박지훈 · 육정임 · 이근명 · 이석현 · 정일교 · 조복현 · 홍승태 선생님 등이 함께하였다. 이후 한국연구재단 2014년도 명저번역지원사업의 지원을 받아 번역을 진행하였고, 초벌 번역이 끝난 뒤 박지훈 · 김영제 선생님의 정성 어린 교감이 이루어졌다. 출판을 앞두고 송원사학회 모든 연구자들의 격려와 질정에 다시 한 번 깊이 감사드린다.

본서는 초지 가운데 갑지와 을지 각 20권을 번역한 것이니 분량으로는 현존 『이견지』의 1/5을 조금 넘는다. 이후 부분에 대해서도 역주 작업을 계속 추진할 예정이다. 아무쪼록 이번 역주 작업을 통해 『이견지』가 지괴소설을 넘어 송대 사회의 여러 복합적인 모습을 담고 있는 귀중한 사료로 자리매김하고, 『이견지』의 활용을 촉진시켜 송대 사회 더 나아가 전통시대 중국에 대한 우리의 이해가 더욱 깊어지길 고대한다.

2019년 6월 역주자 드림

범 례

❶ 본 문

- 한문 원문을 먼저 수록하고 번역문을 뒤에 수록한다.
- 한문 원문에서 [ ]로 표기된 것은 함분루본의 교감 내용으로 독자의 편의를 위해 꼭 필요한 부분만 선별하여 중화서국본을 참고해 해당 부분에 보충하였다.
- 가독성을 높이기 위해 필요한 내용은 별도의 ( ) 처리 없이 의역한다.
- 지명은 송대 행정명을 기준으로 주와 현을 명기하되 낙양 · 장안 · 하남 등 당시 관례로 사용되어 온 곳은 예외로 한다.
- 대화체 문장은 가급적 본래의 뉘앙스를 살려 번역하며, 신분제의 특성을 반영하기 위해 존칭과 비칭을 수용하였다.
- 직접 대화체 문장은 '말하길, 대답하길, 묻길' 등으로 표기한 뒤 줄을 바꿔서 " "로 처리하고, 간접 대화체 문장은 ' '로 표기한 뒤 줄을 바꾸지 않고 처리함을 원칙으로 한다.
- 기원전 · 후는 (전38~후10)으로 표기한다.

❷ 각 주

- 표제어는 검색의 편의성을 고려하여 설정하되 관명은 되도록 정식명칭을, 이름은 본명을 기준으로 한다.
- 관직과 행정명은 북송 말을 기준으로 하되 남송대 사건은 臨安 · 建康 등 당시 지명을 따른다.
- 지명은 각 권당 1회 표기하며, 현 지명은 치소보다 관할지역을 우선 고려한다.

❸ 이체자

- 이체자는 아래와 같이 통용자로 바꾸어 표기한다.

舉→擧, 教→敎, 宫→宮, 玘→玘, 曁→暨, 袚→祓, 甯→寧, 凭→憑, 令→令

吴→吳, 污→汚, 卧→臥, 衞→衛, 飲→飮, 益→益, 刺→刺, 巔→巓, 癲→癲

顛→顚, 蹰→躕, 直→直, 真→眞, 鎮→鎭, 廚→廚, 值→値, 鬭→鬪, 卹→卹

❹ 국호 및 호칭

- 漢文 사료에는 거란의 국호가 여러 차례 바뀌었지만 거란문자로 된 사료에는 시종 '하라치딴(哈喇契丹)'으로 표기하고 있기에 통상 거란으로, 특별한 경우에는 원문에 따라 번역한다.
- 遼 · 宋 · 金 등 국호가 모두 외자이므로 '거란 · 송조 · 금조'로 번역한다. 연호를 표시할 경우에는 거란 · 송 · 금 등으로 표기한다.
- 金에 대한 『이견지』 내의 국호 용례는 '金 · 金國 · 女眞' 등 다양하고, 문맥에 따라 어의가 다른 경우도 있다. 가급적 원문대로 번역하되 문맥에 무리가 없으면 '금조'로 번역한다.
- 金朝를 나타내는 蔑稱으로 쓴 '虜'는 문맥에 따라 단순한 호칭이기도 하다. 명확한 멸칭일 경우 직역을 하고 그렇지 않을 경우 전후 관계에 따라 '金朝 · 女眞 · 金軍' 등으로 번역한다.
- 오늘날의 漢族에 해당하는 송대 용어는 漢人 · 漢民 · 漢皃 · 漢家 등이며 뚜렷한 구분 없이 함께 사용되고 있다. 본서에서는 '한족'이라는 용어보다는 '한인'으로 번역하고, 거란족과 여진족은 가급적 '거란인'과 '여진인'으로 번역한다.

❺ 용 어

- 인물이 소개될 때는 字와 출신지역, 관직, 이름 순 표기를 원칙으로 한다.
- 생몰연도 모두가 불명확하거나 확인할 수 없는 경우 별도로 표기하지 않는다.
- '紹興 원년'은 '소흥 1년'으로, '소흥 무인년(1158)'은 '소흥 28년(1158)'으로 표기한다.
- 縣令: 知縣과 縣令을 구분하지 않고 모두 '현지사'로 번역한다.
- 陰府 · 冥府 · 幽府 · 地府 · 冥司 · 陰典 · 陰君 · 府 · 司 · 典 · 君 등의 관명이 있을 경우 '명계의 관부 · 관아 · 왕'으로 번역한다. 반면, 陰 · 西 · 地下는 '저승'으로 번역하되 앞뒤 관계를 보아 '명계'로도 번역한다.

이견지夷堅志 을지乙志

【一】

| 차 례 |

이견지夷堅志 을지乙志

【二】

이견을지 서문 夷堅乙志序

『夷堅』初志成, 士大夫或傳之, 今鏤板于閩, 于蜀, 于婺, 于臨安, 蓋家有其書. 人以予好奇尙異也, 每得一說, 或千里寄聲, 於是五年間又得卷帙多寡與前編等, 乃以乙志名之. 凡甲・乙二書, 合爲六百事, 天下之怪怪奇奇盡萃於是矣. 夫齊諧之志怪, 莊周之談天, 虛無幻茫, 不可致詰. 逮干寶之『搜神』, 奇章公之『玄怪』, 谷神子之『博異』,『河東』之記,『宣室』之志,『稽神』之錄, 皆不能無寓言於其間. 若予是書, 遠不過一甲子, 耳目相接, 皆表表有據依者. 謂予不信, 其往見烏有先生而問之. 乾道二年十二月十八日, 番陽洪邁景盧敍.

八年夏五月, 以會稽本別刻于贛, 去五事, 易二事, 其它亦頗有改定處. 淳熙七年七月又刻于建安.

『이견갑지』가 완성되자 사대부들 중 누군가 그것을 전하여 지금은 복건, 사천, 무주,[1] 임안부[2] 등지에서 판각이 이루어져 대체로 집집마다 이 책을 갖게 되었다. 사람들은 내가 기이한 것을 좋아하고 특이한 것을 숭상한다고 여겨 매번 한 가지 이야기를 듣게 되면 때로는 천 리 밖에서도 그것을 전해 주었다. 이렇게 5년 동안 모으다 보니 다시 앞에 편찬한 갑지와 비슷한 규모가 되어 을지라고 이름 지었다. 갑・을 두 책을 합하면 모두 600개의 일화가 되니 천하의 기괴한 이야기들이

1 婺州: 兩浙路 婺州(현 절강성 金華市).
2 臨安府: 남송 兩浙路 臨安府(현 절강성 杭州市).

모두 여기에 수록되었다. 무릇 제해[3]가 괴이한 일을 기록한 것과 장자가 하늘을 논한 것이 허무하고 황망하다고 해서 그것을 비판할 수는 없다. 간보의 『수신기』,[4] 우승유의 『현괴록』,[5] 정환고의 『박이지』,[6] 설어사의 『하동기』,[7] 장독의 『선실지』,[8] 서현의 『계신록』[9] 모두 글 안에 우화가 없을 수 없다. 나의 이 책은 오래된 일화일지라도 60년을 넘지 않으며, 직접 눈과 귀로 보고 들은 것으로서 모두 분명하게 근거가 있는 것이다. 내가 믿을 수 없다고 생각된 것은 직접 가서 살펴보고 선생이 있으면 그것을 물어보았다.

건도 2년(1166) 12월 18일, 파양[10]에서 경로 홍매가 쓰다.

3 齊諧: 『莊子』의 「逍遙遊」에 언급된 先秦시대의 신화집이며, 저자의 이름이기도 하다.

4 干寶(?~351): 자는 令升이며 蔡州(현 하남성 駐馬店市 汝南縣) 사람이다. 東晉의 佐著作郎으로 국사를 편수하였고 다수의 저서를 남겼는데, 그 가운데 『搜神記』는 지괴소설의 비조로 유명하다.

5 牛僧孺(779~848): 자는 思黯이며 安定(현 감숙성 平涼市 靈臺縣) 사람이다. 재상으로 지냈으며 牛李黨爭의 중심 인물이다. 후에 奇章郡公에 봉해졌다. 『玄怪錄』은 10권으로 이루어진 傳奇소설이다.

6 鄭還古: 호는 谷神子이며 唐 태종 때의 인물이다. 『博異志』 역시 唐代의 대표적인 傳奇소설이다.

7 薛漁思: 개인 이력에 대해서는 전해지는 바가 없다. 『하동기』 역시 傳奇소설이지만 唐 文宗 大和연간(827~835)의 여러 상황, 특히 통치자의 부패와 악행 등이 잘 반영되어 있다.

8 張讀(834/835?~882): 자는 聖用이며 深州 陸澤(현 하북성 衡水市 深州市) 사람이다. 『靈怪集』을 쓴 張薦이 조부이고, 『玄怪錄』을 쓴 우승유가 외조부여서 이들의 영향을 받고 傳奇소설인 『선실지』를 썼다. 책 이름은 漢文帝가 未央宮의 宣室殿에서 賈誼에게 귀신에 관한 일을 물어본 데서 유래하였다.

9 徐鉉(916~991): 자는 鼎臣이며 越州(현 절강성 紹興市) 사람이다. 南唐에서 한림학사와 이부상서를 지냈고, 북송에서 散騎常侍를 지냈다. 韓熙載와 함께 문장과 서예로 이름을 떨쳤으며, 북송에서는 『文苑英華』 편집에 참여하였다. 『계신록』은 6권으로 이루어진 지괴소설로서 모두 『太平廣記』에 수록되어 있다.

건도 8년(1172) 여름 5월, 회계[11]에서 판각한 판본을 감주[12]에서 다시 판각하게 되어 다섯 가지 일화를 삭제하고, 두 가지 일화를 바꾸었으며, 다른 곳 역시 고친 부분들이 제법 많았다. 순희 7년(1180) 7월 건안[13]에서 또 판각이 이루어졌다.

10 番陽: 江南東路 饒州 鄱陽縣(현 강서성 上饒市 鄱陽縣).

11 會稽: 兩浙路 越州(현 절강성 紹興市).

12 贛州: 江南西路 贛州(현 강서성 贛州市). 紹興 23년(1453)에 虔州에서 개칭하였다.

13 建安: 福建路 建州(현 복건성 南平市 建甌市).

이견을지

夷堅乙志

卷 1

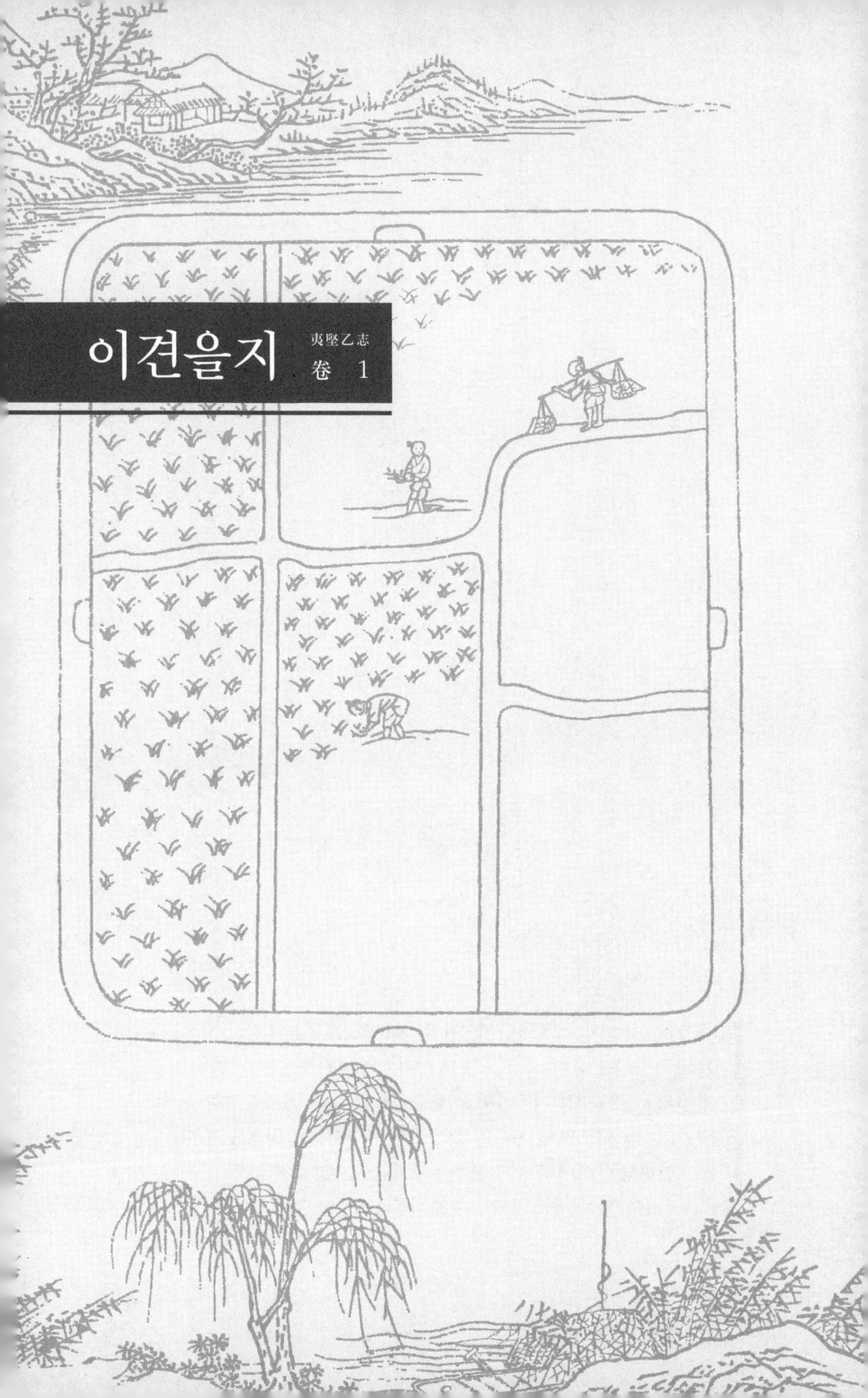

01 갱생불更生佛

仙井監蘭池鄉民鮮逑, 因病誤服藥, 病且亟, 恍忽不知人. 見三黃衣吏持檄來追, 別有二白衣者嘯於梁上. 逑命其家焚紙錢祝之, 曰: "有子買藥未還, 願延須臾." 三人喜, 載錢以出. 至暮, 子歸, 三人從以入, 逑遂死. 與二白衣同行, 蓋亦就逮者, 一曰蜍充, 一曰稅中定.

行久之, 入大城, 門闕三重, 宮室甚壯. 遇故人曹惟吉, 先死數歲矣. 問逑來故, 逑曰: "被追至此, 不知何事也?" 曹賀曰: "有鄉人在, 可勿憂." 曰: "誰邪?" 曰: "虞太博, 今判更生道, 明日爲更生佛矣. 宜速往." 少焉, 吏引入殿下. 王者旒冕坐其上, 先呼中定及充, 皆釋去. 相去頗遠, 不知所云如何也. 旣而問逑, 平生修何善? 對曰: "家貧無力, 但嘗遊瓦屋山, 瞻辟支佛, 瑞色甚勝, 及以一木施天翁堂耳." 吏與紙筆, 使錄所言. 持以上, 王書其後曰: "放還." 逑拜於庭, 回數步間, 有呼之者. 王臨階語曰: "爲我報家人, 令設更生道場, 且誦更生佛名." 語畢, 白光騰上, 室宇赫然. 逑又拜而出.

至大樓闕下, 望題榜綠牌金字曰: "大慈大悲更生如來", 纔出門, 卽蘇. 妻子正哭泣, 具櫬將殮矣, 時紹興十八年六月二十六日也. 明日, 奔詣虞氏, 述所見, 適虞公小祥日云. 虞名祺, 字齊年, 平生不讀佛書, 嘗爲夔潼漕. 方軍興時, 諸道以聚斂爲先務, 惟虞所部獨晏然不擾. 最後在潼川, 當紹興十七年, 屬微疾, 至六月二十七日, 憑几不語, 忽睨坐客曰: "古佛俱來, 吾亦歸矣." 子允文旁立泣下. 又顧曰: "身得爲佛, 有何不可!" 客異其言, 已含笑而逝. 及逑事傳, 然後虞成佛之證益顯. 更生佛名見『大涅槃經』中.(新寧丞陳瓚作記.)

선정감[1] 난지향 사람 선구가 병이 났는데, 약을 잘못 먹어 병세가 더욱 악화되었다. 정신이 혼미해진 선구는 사람을 알아보지 못했는데, 누런색 옷을 입은 세 명의 서리가 그를 붙잡으러 문서를 들고 나타났다. 또 흰색 옷을 입은 두 사람이 대들보 위에 앉아 그를 불렀다. 선구는 가족들에게 명전을 태워 축원해 달라고 시키면서 말하길,

"약을 사러 간 아들이 아직 돌아오지 않아서 그러니 시간을 조금만 연장해 주시지요."

누런색 옷을 입은 세 사람은 기뻐하며 돈을 두둑하게 지니고 나갔다. 날이 저물어 아들이 돌아오자 세 사람도 따라서 들어왔고, 마침내 선구가 죽었다. 흰색 옷을 입은 두 사람과 동행하였는데, 이들 역시 잡혀가는 자들로 한 사람은 여충, 한 사람은 세중정이라고 하였다.

한참을 걸어간 뒤 큰 성으로 들어갔는데, 삼출궐[2]이 세워진 궁전의 전각은 매우 장엄하였다. 마침 죽은 지 몇 해나 되는 친구 조유길을 우연히 만났는데, 그는 선구에게 어떻게 이곳에 오게 되었는지 물었다. 선구가 말하길,

"잡혀서 이리로 오게 되었는데, 무슨 일인지 모르겠소."

조유길이 위로하며 말하길,

"우리 고향 사람이 여기 있으니 너무 걱정 마시오."

선구가 묻길,

1 仙井監: 成都府路 仙井監(현 사천성 眉山市 仁壽縣 · 樂山市 井研縣).

2 門闕: 궁궐 · 관아 · 사묘 · 능묘의 입구 양쪽에 세워진 탑과 누각이 결합된 형태의 출입구를 뜻한다. 문궐은 기단(闕座) 위 누각의 수에 따라 單出闕 · 雙出闕 · 三出闕로 나누는데, 3출궐은 천자 전용이다. 3출궐의 경우 하나의 기단이지만 높이와 넓이에 차이를 두어 다르게 하고 누각 역시 마찬가지로 하여 하나로 이어진 3개의 누각처럼 보이는 독특한 형식의 건물이다.

"누구신가요?"

조유길이 대답하길,

"우 태부[3]요, 우 태부가 지금은 갱생도를 맡고 있지만, 내일 갱생불[4]이 될 것이오. 그러니 서둘러 그에게 가 보시오."

잠시 후에 서리가 이들을 이끌고 대전 아래로 들어갔는데, 면류관을 쓴 왕이 그 위에 앉아 있었다. 먼저 세중정과 여충을 부른 뒤 둘 다 풀어 주었다. 거리가 꽤 떨어져 있어서 무슨 말을 주고받았는지 알 수 없었다. 잠시 후 선구에게 평생 살면서 어떤 선한 일을 하였느냐고 물었다. 선구가 대답하길,

"집이 가난하여 선한 일을 할 여력이 없었습니다만 일찍이 와옥산[5]을 유람하러 갔다가 벽지불[6]을 뵈었는데, 상서로운 빛이 역력하기에 그때 천옹당에 나무 한 그루를 시주하였습니다."

서리가 종이와 붓을 가져오자 선구가 말한 것을 적으라 하였다. 그리고는 적은 것을 위로 올리니 왕이 그 끝에 '돌려보내라'고 적었다.

3 太博: 太學博士 또는 太常寺博士의 약칭이다. 태학박사는 경전에 대해 연구와 수업을 담당한 종8품관으로 元豐 3년(1080) 관제개혁 때 처음 설치하였다. 본래 정원은 10~12명이었으나 紹興 12년(1142)에는 3명으로 축소하였다. 태상시박사는 원풍개혁 이후 정8품관으로 정원은 4명이었으며, 오례의식과 제사를 주관하고 관원에 대한 시호 제정 업무를 담당하였다. 본문의 우기는 태상시박사를 지낸 바 있다.

4 更生道 · 更生佛: 갱생을 관장하는 도교와 불교의 진인과 부처를 뜻한다.

5 瓦屋山: 사천성 眉山市 洪雅縣에 위치한 산으로 정상이 11㎢나 되는 넓은 평탄면으로 이루어져 마치 기와지붕 같이 생겼다고 하여 붙여진 이름이다. 정상부 평균 높이 2,830m이며 원시삼림이 잘 보존되어 있다.

6 辟支佛: '홀로 깨달은 자'라는 뜻의 산스크리트어 pratyeka-buddha, 팔리어 pacceka-buddha를 음역한 것이다. 부처의 가르침이나 스승 · 도우의 도움 없이 홀로 수행하여 깨달은 자를 뜻한다. 獨覺 · 緣覺이라고도 한다.

선구는 조정의 뜰에서 절을 하고 물러나와 몇 발자국 걸었는데 누군가가 자기를 불렀다. 왕이 계단으로 다가와 말하길,

“내 가족들에게 갱생도량을 설치하고 갱생불의 법호를 암송하라고 전하거라.”

말이 끝나자 하얀빛이 위로 솟구치더니 전각 안이 온통 밝은 빛으로 가득하였다. 선구는 다시 절을 하고 밖으로 나왔다.

큰 문궐 아래 이르러 녹색 목판에 금색 글자로 쓰인 편액을 보았는데, ‘대자대비갱생여래’라고 적혀 있었다. 선구가 문궐을 나오자마자 곧 깨어났는데, 아내와 자식들이 통곡하고 있었고, 이미 관을 준비하여 두고 막 염을 하려는 참이었다. 때는 소흥 18년(1148) 6월 26일이었다.

다음 날 곧장 우씨네 집을 방문하여 자신이 본 바를 말하니 마침 우공의 소양일[7]이었다. 우씨의 이름은 기이고 자는 제년이다. 평생 불경을 읽지는 않았지만, 일찍이 기주로와 동천부로에서 전운판관[8] 직을 맡은 바 있다. 당시 막 전쟁이 시작되어 각 지역마다 조세를 최대한 징수하는 것을 급선무로 삼았는데, 오직 우기가 관할하는 지역만 유독 괴롭힘을 당하지 않고 편안하게 지낼 수 있었다.[9] 마지막에는 동천부로에서 근무하였는데, 때가 소흥 17년(1147)이었다. 가벼운

7 小祥: 부모의 1주기 제사를 뜻한다. 소상을 치르고 난 뒤에는 엄격한 상례와 상복의 규정을 따르지 않고 다소 여유 있는 생활을 해도 무방하다.

8 虞祺는 梓州지사와 潼川府路 轉運判官 직을 역임하였으나 夔州路에서 어떤 轉運使司 관련 업무를 맡았는지는 확인하기 힘들다. 여기에서는 전운판관으로 번역하였다.

9 우기는 조세를 거둔 뒤에도 각종 구실을 내걸어 다시 징수하던 관습을 혁파하였고, 梓州지사 시절 秦檜의 공물 요구를 거절하여 명성이 높았다.

질병이 있었는데, 6월 27일이 되자 서탁에 기대어 아무 말도 없다가 갑자기 앉아 있는 손님을 돌아보며 말하길,

"옛 부처들이 함께 왔으니 나 또한 돌아가려 하오."

아들 우윤문이 옆에 서서 옷의 앞가슴이 다 젖을 정도로 슬피 울자. 또 돌아보며 이르길,

"내 몸이 이미 부처가 되었는데, 무엇이 아쉬워 그러느냐!"

손님들은 그 말이 기이하다 생각하였는데, 우기는 미소를 지으면서 서거하였다. 선구가 보고 들은 일을 전하니 우기가 성불하였음이 더욱 분명해졌다. 갱생불의 명호는 『대열반경』에 나온다.(달주 신녕현[10] 현승 진황이 기록한 것이다.)

10 新寧縣: 夔州路 達州(현 사천성 達州市 開江縣).

02 악취 나는 귀신臭鬼

開封人張儼說, 政和末年, 淸明日太學士人某與同舍生出郊縱飮. 還, 緣汴堤而上, 見白衣人在後, 相去十數步, 堂堂一丈夫也, 但臭穢逆鼻. 初猶意其偶相值, 已而接踵入學. 問同舍, 皆莫見, 殊怪之. 逮反室, 則立左右, 扣之不答, 叱之則隱. 倏忽復見, 追隨不少置, 臭日倍前, 士人不勝其懼.

或教之曰: "恐君福淺, 或爲寃所劫. 盍還家養親, 無以功名爲念, 脫可免." 乃如之. 甫出京, 其人日以遠, 遂不見. 士人家居累年, 不能無壹鬱, 二親復督使修業, 心忘前怪矣, 遂如京師參告. 踰月, 因送客至舊飮酒處, 復遇其人, 厲聲曰: "此度見汝不捨矣!" 相隨如初, 而臭益甚. 士人登時恍忽, 遂臥病旬日卒.

개봉부[11] 사람 장엄이 한 이야기다. 정화 말년(1117) 청명절에 태학의 사인 모씨가 동기생과 함께 교외로 나가 흠뻑 취하도록 술을 마셨다. 돌아오는 길에 변하의 제방을 따라 올라오다가, 십여 걸음 뒤에 흰색 옷을 입은 사람이 있는 것을 보았다. 위풍당당한 대장부였지만 역한 악취가 코를 찌를 정도로 심하게 났다. 처음에는 우연히 길에서 만난 사람이라 여겼는데, 곧 자신을 따라 태학까지 들어왔다. 그래서 동기생들에게 누구냐고 물어보았으나 모두 보지 못했다고 말하여 더욱 괴이하게 여겼다. 숙소로 돌아오자 곧 그 옆에 섰다. 누구냐고 캐

11 開封府: 東京 開封府(현 하남성 開封市).

물었지만 아무 대답도 하지 않기에 질책하자 갑자기 사라지더니 다시 불쑥 나타나 좇아다니며 잠시도 그냥 두지를 않았다. 악취는 매일 더욱 심해졌다. 사인들 모두 두려움을 이기지 못하였다. 어떤 사람이 그에게 권하길,

"아마도 자네가 박복해서 그렇거나 아니면 원귀에 걸려든 것 같소. 귀향해서 부모를 잘 봉양하면서, 부귀공명을 이루겠다는 생각을 버리면 혹 이 재앙을 면할 수 있을지도 모르잖소."

이에 그는 권고를 받아들여 개봉부를 벗어나자 그 사람은 매일 조금씩 멀어지더니 마침내 보이지 않게 되었다. 집에서 몇 년을 머물자 사인의 가슴에는 일말의 답답함이 없을 수 없었다. 부모 역시 다시 그에게 공부하라고 독려하자 전의 괴이했던 일을 잊고 마침내 개봉부로 가서 쉬었던 공부를 다시 시작했다.[12] 한 달 정도 지났을 무렵 손님을 전송하기 위해 예전에 술을 마셨던 곳에 갔다가 다시 그 사람을 만났다. 그 사람은 무섭게 소리치며 말하길,

"이번에도 너를 만났으니 그냥 두지 않겠다!"

그러더니 처음 만났을 때처럼 따라왔고, 악취는 갈수록 심해졌다. 사인은 곧장 정신이 혼미해지더니 마침내 병이 들어 자리에 누운 지 열흘 만에 죽고 말았다.

12 參告: 본래 관리가 휴가기간에 공무에 관여하는 것을 말한다. 여기에서는 휴학하였다가 다시 공부를 시작한다는 뜻으로 썼다.

03 장군평莊君平

李伯紀丞相少弟季言綸云: 福州有道人, 無他技, 獨傳相神仙之術, 曰: "有道之士, 所以異於人者, 眼碧色也." 嘗於市中見老叟, 鬚髮如雪而兩臉紅潤, 瞳子深碧. 竊迹其所往, 正在一客邸中. 明日, 徙就之, 執弟子禮甚謹, 同室而居. 凡歲餘, 邈然無所契.

一夕寒甚, 叟起, 將便旋, 爲捧溺器以進. 叟訝其煖, 答曰: "懼冷氣傷先生, 置諸被中爾." 叟大感異之, 曰: "吾不知子之有心如此, 其可不以實告! 吾乃漢莊君平也. 行天下千歲矣, 未見有如子者." 探囊取一書授之, 曰: "讀此可得道." 天明, 叟出, 遂不歸. 其書乃五言詩百篇, 皆修身度世之說, 季言頗能誦之. 今但記其語云 "事業與功名, 不直一杯水", 又云 "獨立秋江水" 三句而已. 道人留閩, 久之, 亦不見.

자가 계언인 이윤은 자가 백기인 승상 이강의 동생이다. 그는 다음과 같은 이야기를 하였다.

복주[13]에 한 도인이 살고 있었는데, 다른 재주는 없고 오직 신선을 알아볼 수 있는 재주만 전수받았다. 그가 말하길,

"무릇 도를 깨달은 자가 다른 사람과 다른 것은 눈동자가 푸른색이라는 것이다."

그는 일찍이 시장에서 한 노인을 만났다. 수염과 머리카락은 눈처럼 하얀데 두 뺨은 붉고 윤기가 났으며 눈동자는 매우 푸르렀다. 그

13 福州: 福建路 福州(현 복건성 福州市).

노인이 가는 곳을 몰래 따라가 보니 바로 한 여관에 머물고 있었다. 이튿날 그를 찾아가 제자로서 예를 깍듯이 갖추었고 같은 방에서 지내게 되었다. 이렇게 한 해를 넘겼지만 아무런 기약 없이 그저 무심하게만 대하였다.

하루는 몹시 추운 저녁에 그 노인이 일어나 오줌을 누려 하자 그에게 요강을 들어다 바쳤다. 요강이 따뜻한 것에 노인이 의아해 하자 그가 답하길,

"냉기가 선생의 몸을 상하게 할까 걱정되어 요강을 이불 안에 넣어 두었습니다."

노인은 크게 감동하고 그를 각별히 여기며 말하길,

"나는 자네의 마음 씀씀이가 이와 같은 줄 몰랐네. 내 어찌 사실대로 말하지 않을 수 있겠는가. 나는 바로 한조의 장군평[14]이라네. 천하를 유람한 지 벌써 천여 년이 되었지만 자네 같은 사람을 본 적이 없었네."

그는 자루를 뒤지더니 책 한 권을 꺼내 그에게 주면서 말하길,

"이 책을 읽으면 득도할 수 있다네."

날이 밝자 노인이 나가더니 다시는 돌아오지 않았다.

그 책은 오언시 백 편으로 이루어져 있었고, 모두 자신을 수양하고 속세를 벗어나 신선이 되는 방법에 관한 것이었다. 이윤은 그 내용을 제법 잘 외웠다. 다만 지금 기억하는 구절이라고는, "사업과 공명은

14 莊君平(전86~후10): 현 사천성 德陽市 綿竹市 사람으로서 漢 明帝 劉莊의 이름을 피휘하여 성을 嚴으로 바꿨기에 嚴君平이라고도 한다. 천문학과 노장사상에 밝았고 명리를 탐하지 않은 隱士로 이름이 높았다. 후에 사천 8仙의 하나로 존중되었다.

한 잔의 물만 못하다네", "홀로 가을 강가에 서다" 등의 세 구절밖에 없다. 도인은 복건에 머물렀지만 오랜 뒤에는 어디로 갔는지 보이지 않았다.

04 바둑 두는 신선仙弈

南劍尤溪縣浮流村民林五十六樵于山, 見二人對弈, 倚擔觀之. 旁有兩鶴啄楊梅, 墮一顆于地, 弈者目林使拾之. 俛取以食, 遽失二人所在. 林歸, 卽辟穀不食, 不知其所終.

남검주 우계현[15] 부류촌의 촌민 임오십육은 산에서 나무를 하다가 두 사람이 바둑 두고 있는 것을 보았다. 임오십육은 나뭇짐에 기대어 구경하였다. 옆에는 두 마리 학이 양매[16]를 쪼아 먹고 있었는데 마침 열매 하나가 땅에 떨어졌다. 바둑을 두던 사람이 임오십육에게 열매를 주우라고 눈짓하였다. 몸을 숙여 열매를 집어 먹자 바로 그 두 사람이 보이지 않았다. 임오십육은 집으로 돌아왔고 그 후 벽곡[17]을 하며 지냈다. 결국 어떻게 되었는지는 알지 못한다.

15 尤溪縣: 福建路 南劍州 尤溪縣(현 복건성 三明市 尤溪縣).

16 楊梅: 소귀나무과에 속한 상록과수로 절강성에서는 감귤 다음으로 재배면적이 넓은 아열대과수다. 표면에 돌기가 있는 앵두 크기의 열매가 열리며, 익을수록 노란색에서 주황, 빨강, 검붉은 색으로 변한다.

17 辟穀: 『莊子』 「逍遙遊」에 처음 등장하는 도교의 양생술 가운데 하나다. 곡식 대신 대추 · 밤 등의 견과류나 솔잎 · 약초 등을 날 것으로 소식하는 것을 뜻한다.

05 게가 쌓여서 만들어진 산蟹山

湖州醫者沙助教之母嗜食蟹. 每歲蟹盛時, 日市數十枚置大甕中, 與兒孫環視, 欲食, 則擇付鼎鑊. 紹興十七年死, 其子設醮於天慶觀, 家人皆往. 有十歲孫, 獨見媼立觀門外, 遍體皆流血. 媼語孫曰: "我坐食蟹業, 纔死卽驅入蟹山受報. 蟹如山積, 獄吏叉我立其上, 群蟹爭以螯爪刺我, 不得頃刻止, 苦痛不可具道. 適冥吏押我至此受供, 而里域司又不許入." 孫具告乃父, 泣禱于里域神. 頃之, 媼至設位所, 曰: "痛豈復可忍! 爲我印九天生神章焚之, 分給群蟹, 令持以受生, 庶得免." 遂隱不見. 其家卽日鏤神章板, 每夕焚百紙, 終喪乃罷.(徐榑說.)

호주[18]의 의사 사조교의 어머니는 게를 즐겨 먹었다. 매년 게가 제철이 되면 날마다 수십 마리씩 사서 큰 독에 넣어 두고 아들 손자들과 빙 둘러서서 구경하다 먹고 싶으면 즉시 골라서 가마솥에 넣었다. 소흥 17년(1147)에 사조교의 어머니가 세상을 떠나자 자식들이 천경관에서 어머니를 위해 제사를 드렸다. 집안사람 모두 제사에 참여하였다. 그중 열 살 된 손자가 있었는데, 할머니가 온몸이 피투성이인 채로 천경관 문밖에 서 있는 것을 혼자 보게 되었다. 할머니는 손자에게 말하길,

"나는 게를 먹은 업보에 연루되어 죽자마자 게가 산처럼 쌓인 곳으

18 湖州: 兩浙路 湖州(현 절강성 湖州市).

로 내쫓겨 심판을 받고 있다. 옥리는 게가 산처럼 쌓여 있는 곳 위에 나를 꽂아 세워 두었다. 많은 게들이 다투어 집게발로 나를 찔러 대는데, 잠시도 멈추지 않으니 그 고통이란 말로 다 설명할 수 없을 정도다. 마침 명계의 서리가 공초를 받게 하려고 나를 이곳으로 압송하였는데, 이곳 마을신[19]이 거듭 입장을 허락하지 않았다."

손자가 이 이야기를 아버지에게 전하니 사조교가 울면서 마을신에게 기도를 올렸다. 잠시 후 노모가 제단에 설치한 신위에 와서 말하길,

"그 고통을 어찌 다시 견딜 수 있겠느냐! 나를 위해 『구천생신장』[20]을 인쇄한 뒤 태워서 게의 원혼들에게 나누어 주어 그들이 이를 가지고 다시 태어날 수 있도록 해 주어라. 그러면 내가 업보를 면할 수 있을지도 모른다."

곧 노모가 사라져 보이지 않았다. 그 가족들은 당일로 『구천생신장』을 판각하여 매일 저녁 100장씩 태웠고, 탈상할 때까지 계속했다.(서부가 한 이야기다.)

19 里域司: 도교의 신계 가운데 주현의 성황신 아래에 있는 가장 하위에 속한다. 坊과 社를 관장한다. 里域神祠라고도 한다.

20 『九天生神章』: 『洞玄靈寶自然九天生神章經』의 약칭으로 九天生神上帝의 '好生'의 덕을 선양하는 도교의 경전이다.

06 좌명공신佐命功臣

李希亮, 政和中爲郎官. 其鄰士甚貧, 以教授爲業. 嘗借馬出城, 歸而言曰: "一月前, 夢金紫人言: '吾汝六世祖也, 國初爲佐命功臣, 墓在京城外十數里之某村, 有祀享田, 歲可得米二百斛. 去世已久, 不知子孫凋零如此. 今田故在, 但爲掌墓者所擅, 汝往料理, 足以餬口矣.' 既覺, 未敢遽往. 昨夕復夢, 頗見譙責. 某謝曰: '自少孤苦, 不省先壠所在, 與墓人亦不相識, 且無契券, 何以能取?' 祖曰: '汝言大有理. 此田嘗有碑具載, 今爲守者瘞于門外草中, 第如吾言發視, 必可得.' 某以再夢之驗, 故以今日往, 得大墓園良是, 而荒穢殊甚. 呼守者出, 責以不治之罪. 答曰: '久無人拜掃, 故至此.' 問田所在, 謾云無之. 令取碑爲證, 曰: '不知所在矣.' 命鍬鍤斸地, 果於近門草間尺許得之. 守者驚懼慹服, 乃具說田處, 亦頗有爲豪右呑并者. 今當訟于開封, 乞正之." 希亮大異其事, 爲贊於府官, 盡得其田. 居數月, 復謂希亮曰: "夜夢祖告云: '行得官矣. 吾同時佐命有來爲相者, 以汝屬之. 渠當不忘舊好也.'" 未幾, 鄭達夫拜相, 首乞甄錄創業勳臣之裔, 於是例得一官.(王嘉叟說, 忘士人姓名.)

이희량은 정화연간(1111~1117)에 낭관이 되었다. 그의 이웃에 몹시 가난한 사인이 살고 있었는데, 그는 학생을 가르쳐서 겨우 먹고살았다. 어느 날 이희량의 말을 빌려 타고 성 밖에 갔다가 돌아와서는 다음과 같이 말하였다.

한 달 전 꿈에 자주색 관복에 금으로 장식한 어대를 찬 고관이 나타나 말하길,

"나는 너의 6대조다. 건국 초, 황제 책봉을 도와 좌명공신[21]이 되었고, 나의 묘는 개봉성 밖 십여 리에 위치한 한 촌락에 있다. 또 제사용 밭이 있어 매년 200곡[22]의 쌀을 거둘 수 있다. 내가 저세상으로 간지 이미 오래되어, 후손들이 이렇게 누추하게 살고 있는 줄 몰랐다. 지금 그 밭이 옛날 그대로 있는데도 묘를 관리하는 자가 멋대로 하고 있으니 네가 가서 잘 처리하면 먹고 사는 데 지장이 없을 것이다."

잠에서 깬 뒤에도 나는 감히 서둘러 갈 수가 없었습니다. 그러자 어젯밤에 다시 꿈에 나타나셔서 저를 엄하게 나무라셨습니다. 제가 사죄하며 말씀드리길,

"어려서부터 의지할 곳 없고 사는 게 힘들어 선산이 있는 곳을 돌보지도 못하였고 묘지를 지키는 사람과도 서로 알지 못하는데다 계약서도 없으니 어떻게 가서 밭을 취할 수 있겠습니까?"

6대조께서 말씀하시길,

"네 말이 참으로 사리에 맞는구나. 그 밭에 일찍이 비석을 세워서 모든 것을 상세히 적어 두었다. 지금은 묘지기가 문밖 풀밭 가운데 묻어 두었다. 만일 내가 말한 대로 비석을 찾으면 밭을 반드시 되찾을 수 있을 것이다."

저는 두 번의 꿈이 반드시 허황된 것이 아니리라 여겼습니다. 그래서 오늘 가 보니 큰 묘지가 정말로 있었지만 돌보지 않아 아주 황폐해져 있었습니다.

21 佐命功臣: 천명을 받들어 황제가 될 사람을 도와 대업을 성취한 공신에게 하사하는 칭호를 뜻한다.

22 斛: 곡식을 되는 단위로서 唐代 이전에 石에 대한 속칭으로 민간에서 사용하였다. 원래 1石=1斛=10斗=120斤이었으나 송대부터 1石=2斛=5斗=60斤으로 바뀌었다.

묘지기를 불러 제대로 관리하지 않은 죄를 물었습니다. 그가 답하길,

"오랫동안 성묘하는 이가 아무도 없어서 이렇게 되었습니다."

밭이 어디냐고 물으니 거짓말로 없다고 하더군요. 비석을 가지고 증거를 대니 말하길,

"어디 있는지 모릅니다."

가래를 가지고 와서 땅을 파게 하니 과연 대문 근처 풀밭의 한 척 남짓 아래에 비석이 있었습니다. 묘지기가 놀라 두려워 떨며 부끄러워하면서 자복하고 밭이 있는 곳을 말하였는데, 모두 유력한 집안들이 겸병하여 차지하고 있더군요. 지금 마땅히 개봉부에 소송하여 그것을 바로잡고자 합니다.

이희량은 이 일을 아주 기이하게 여겨 개봉부에 알려서 그 밭을 다 찾을 수 있게 해 주었다. 몇 달이 지나자 그가 다시 이희량을 찾아와 다음과 같이 말하였다.

어제 꿈에 6대조께서 알려 주시길,

"너는 곧 관직을 얻을 것이다. 나와 함께 좌명공신이었던 이가 다시 태어나 재상이 되었기에 너를 부탁해 놓았다. 그는 마땅히 옛정을 잊지 않았을 것이다."

오래지 않아 자가 달부인 정거중[23]이 재상이 되자 그는 맨 먼저 창

23 鄭居中(1059~1123): 자는 達夫이며 開封府(현 하남성 開封市) 사람이다. 휘종의 총애를 받던 貴妃의 종형제로서 신임을 얻어 起居舍人·給事中·翰林學士 등의 요직을 지냈고, 1107~1120년 사이에 세 번이나 樞密院事를 역임하였다. 처음에는 채경이 재상으로 복귀하는 것을 도왔으나 후에 사사건건 채경과 대립하였다. 이로써 한때 사대부의 신망을 얻기도 했으나 급사하였다.

업공신들의 후손 가운데 선별하여 관직을 수여할 것을 주청하였으며 이에 그 사인도 관직을 얻을 수 있었다.(왕가수가 한 이야기다. 그 사인의 이름은 잊어버렸다.)

07 바뀌진 옛 감옥變古獄

大觀初, 司勳郎官郭權死而復生, 言徧至陰府, 多見近世貴人. 其間一獄囚繫甚衆, 問之, 曰: "此新所立變古獄也." (陳方石說.)

대관연간(1107~1110) 초, 사훈사낭중[24]인 곽권이 죽었다가 다시 살아났는데, 명계의 관부를 두루 돌아다녔고 근래에 죽은 귀인들을 많이 보고 왔다고 말하였다. 그중 한 감옥에 아주 많은 죄인들이 묶여 있었는데, 물어보니 대답하길,

"이곳은 옛 감옥을 바꿔 새롭게 만든 것이다."(진방석이 한 이야기다.)

24 司勳司郎中: 공훈과 상벌을 관장하는 司勳司 소속으로 元豐 3년(1080) 관제개혁 후 종6품이었다. 약칭은 司勳郎官이다.

08 의협심 있는 부인俠婦人

董國慶, 字元卿, 饒州德興人. 宣和六年登進士第, 調萊州膠水縣主簿. 會北邊動兵, 留家於鄕, 獨處官下. 中原陷, 不得歸, 棄官走村落, 頗與逆旅主人相往來. 憐其羈窮, 爲買一妾, 不知何許人也. 性慧解, 有姿色, 見董貧, 則以治生爲己任. 罄家所有, 買磨驢七八頭, 麥數十斛, 每得麵, 自騎驢入城鬻之, 至晚負錢以歸. 率數日一出, 如是三年, 獲利愈益多, 有田宅矣.

董與母妻隔闊滋久, 消息杳不通, 居閑戚戚, 意緖終不聊賴. 妾數問故, 董嬖愛已甚, 不復隱, 爲言: "我故南官也. 一家皆處鄕里, 身獨漂泊, 茫無還期, 每一深念, 幾心折欲死." 妾曰: "如是, 何不早告我? 我有兄, 喜爲人謀事, 旦夕且至, 請爲君籌之."

旬日, 果有估客, 長身而虬髯, 騎大馬, 驅車十餘乘過門. 妾曰: "吾兄也." 出迎拜, 使董相見, 叙姻連, 留飮至夜, 妾始言前日事以屬客. 是時虜下令: 宋官亡命許自言, 匿不自言而被首者死. 董業已漏泄, 又疑兩人欲圖己, 大悔懼, 乃抵曰: "無之." 客奮髯怒且笑曰: "以女弟託質數年, 相與如骨肉, 故冒禁欲致君南歸, 而見疑若此! 脫中道有變, 且累我, 當取君告身與我以爲信, 不然, 天明縛君告官矣." 董益懼, 自分必死, 探囊中文書悉與之, 終夕涕泣, 一聽客.

客去, 明日控一馬來, 曰: "行矣." 董呼妾與俱, 妾曰: "適有故, 須少留, 明年當相尋. 吾手製納袍以贈君, 君謹服之, 惟吾兄馬首所向. 若反國, 兄或擧數十萬錢爲饋, 宜勿取. 如不可卻, 則擧袍示之. 彼嘗受我恩, 今送君歸, 未足以報德, 當復護我去. 萬一受其獻, 則彼責塞, 無復顧我矣. 善守此袍, 毋失去也!"

董愕然, 怪其語不倫, 且慮鄰里覺, 即揮涕上馬, 疾馳到海上. 有大舟臨解維, 客麾董使登, 揖而別. 舟遽南行, 略無資糧道路之備, 茫不知所爲, 而舟中人奉視甚謹, 具食食之, 特不相問訊. 纔達南岸, 客已先在水濱. 邀詣旗亭上, 相勞苦, 出黃金二十兩曰: "以是爲太夫人壽." 董憶妾別時語, 力拒之. 客曰: "赤手還國, 欲與妻子餓死耶?" 強留金而出. 董追及, 示以袍. 客駭笑曰: "吾智果出彼下. 吾事殊未了, 明年當挈君麗人來." 徑去, 不反顧.

董至家, 母妻與二子俱無恙. 取袍示家人, 俾縫綻處黃色隱然, 拆視之, 滿中皆箔金也. 旣詣闕自理, 得添差宜興尉. 踰年, 客果以妾至. 秦丞相與董有同陷虜之舊, 爲追敘向來歲月, 改京秩, 幹辦諸軍審計. 纔數月, 卒. 秦令其母汪氏哀訴於朝, 自宣教郎特贈朝奉郎, 而官其子仲堪者, 時紹興十年五月云.(范至能說.)

자가 원경인 동국경은 요주 덕흥현[25] 사람이다. 선화 6년(1124), 진사에 급제하여 내주 요수현[26] 주부가 되었다. 마침 북쪽 변경에서 병란이 있어 가족들을 고향에 두고 홀로 부임하였다. 중원이 함락되어 고향에 돌아갈 수 없게 되자 관직을 버리고 한 촌락으로 달아났다가 마침 여관 주인과 퍽 가까이 오가며 지냈다. 여관 주인은 그가 떠돌이인데다 곤궁한 것을 가엽게 여겨 그에게 첩을 한 명 사주었는데, 그 여자가 어디 사람인지는 몰랐다.

그 여자는 성품이 지혜롭고 사리를 잘 분별하였으며 미색도 갖추고 있었다. 동국경이 가난한 것을 보고 생계를 꾸리는 것을 자신의 소임으로 여겼다. 집안의 재산을 모두 팔아 맷돌과 나귀 7~8마리, 밀 수십 곡을 샀다. 그리고 국수를 만들어 스스로 나귀를 타고 성에 들

25 德興縣: 江南東路 饒州 德興縣(현 강서성 饒州市 德興市).

26 膠水縣: 京東東路 萊州 膠水縣(현 산동성 青島市 平度市).

어가 판 뒤 저녁이 되면 돈을 이고 돌아왔다. 대략 며칠에 한 번 나갔다 왔으며 이렇게 3년이 흘렀다. 돈을 더욱 많이 벌게 되어 논밭과 집을 샀다.

동국경은 어머니 그리고 아내와 멀리 떨어져 헤어진 지 점차 오래된데다 연락이 되지 않아 소식도 감감하였다. 그는 일이 없어 한가할 때는 기분이 착잡하였고 아무래도 마음을 붙일 수 없었다. 무슨 일이냐고 첩이 여러 차례 그 까닭을 묻자 동국경은 그녀를 깊이 사랑하기에 다시 더 감추지 않고 말하였다.

"나는 본래 송조의 관원이었소. 가족은 모두 고향에 있고 나 혼자 떠돌며 돌아갈 기약도 아득하구려. 곰곰이 생각할 때마다 마음은 끊어질 듯하고 죽고 싶을 지경이요."

첩이 말하길,

"당신 마음이 그렇다면 왜 일찍 저에게 말해 주지 않았나요? 저에게 오빠가 한 명 있는데 남을 도와주길 좋아합니다. 며칠 내로 올 것이니 당신을 위해 대책을 마련해 보라고 부탁할게요."

열흘이 지나자 과연 한 행상이 나타났는데 키가 크고 곱슬곱슬한 구레나룻이 있는 사람이었다. 큰 말을 탄 채 십여 대의 수레를 몰고 문 앞을 지나고 있었다. 첩이 말하길,

"우리 오빠예요."

대문을 나가 맞이하며 인사를 하고 동국경과도 서로 소개시켜 주었다. 부부가 된 사연을 설명하고 집에 머물게 하여 술을 마셨는데 밤이 되자 첩은 비로소 며칠 전의 일을 오빠에게 말하여 부탁하였다. 그 당시 금조는 명령을 내리길, 송조의 관원 중 망명한 자가 있어 스스로 자수를 한 경우 사면해 주고, 숨기고 자수하지 않았다가 다른

사람에 의해 고발된 경우에는 사형에 처한다고 하였다. 동국경은 이미 자신의 처지가 탄로 난 상태라 두 사람이 자기를 두고 일을 꾸미지 않나 의심하였다. 그는 크게 후회하며 두려워서 거절하여 말하길,

“그런 일이 없습니다.”

그 행상은 수염을 털면서 벌컥 화를 내었다가 웃으며 말하길,

“내 여동생이 그대에게 몸을 의탁한지 벌써 몇 년이 흘러 서로 함께한 것이 이제 한 몸처럼 되었소. 그래서 금령을 어기면서까지 당신을 남쪽으로 돌려보내려고 하는데, 당신은 이렇게 우리를 의심하고 있소! 도망가다 중도에 변고라도 생기면 나까지 위험해질 참이니 마땅히 그대의 사령장을 나에게 주어 믿음의 증표로 삼아야 할 것이오. 그렇지 않으면 날이 밝는 대로 그대를 묶어 관에 고소할 것이오.”

동국경이 더욱 두려웠고, 죽음을 면키 어렵다고 생각하여 주머니에서 문서를 찾아 그에게 모두 주고 저녁 내내 울면서 그의 말에 따랐다.

그 행상은 어디론가 가더니 다음 날 다시 말 한 필을 끌고 와서 말하길,

“갑시다.”

동국경이 첩을 불러 함께 가자고 하자 첩이 말하길,

“마침 일이 있어 조금 더 이곳에 머물다가 내년에 당신을 찾아가야 할 것 같아요. 내가 손수 만든 도포를 당신에게 줄 테니 당신은 이 옷을 잘 입고 오직 우리 오빠가 탄 말이 가는 대로 잘 따라가세요. 송조에 돌아가면 오빠가 혹 수십만 전을 줄지도 모르는데 받지 않으셔야 합니다. 만약에 거절하기 힘들면 도포를 꺼내 보여 주세요. 오빠는 전에 나의 은혜를 입은 적이 있어서 지금 당신이 돌아갈 수 있도록

도와주는 것이지만 보답하기에 부족하다 여기면 다시 당신이 있는 곳으로 갈 수 있도록 나를 도와줄 거예요. 만일 그가 주는 것을 받으면 그는 책임을 다했다고 여기며 다시 나를 돌봐 주지 않을 겁니다. 이 도포를 잘 간수하시고 절대 잃어버리지 마세요!"

동국경은 깜짝 놀랐고, 그 말이 조리에 맞지 않은 것 같아 괴이하게 여겨졌다. 다만 이웃 사람들에게 들킬까 염려되어 곧 눈물을 훔치고 말에 올라 빨리 달려 바닷가에 이르렀다. 바닷가에는 큰 배가 막 떠날 준비를 하고 있었다. 행상은 동국경을 불러 배에 오르게 하였고 예를 갖추어 인사하며 헤어졌다. 배는 급히 남쪽으로 향하였다. 동국경은 먹을 양식도 없고 필요한 물건도 준비하지 못하여 무엇을 해야 할지 몰라 막막하였다. 그런데 배에 있던 사람 중 한 사람이 극진히 모시고 음식을 준비해 먹게 하였다. 하지만 따로 이런저런 일들을 물어보지는 않았다. 남쪽 연안에 겨우 이르렀는데 행상이 벌써 바닷가에 먼저 나와 있었다. 행상은 동국경을 맞아 술집으로 안내하여 여독을 풀게 하였고, 황금 20량을 꺼내며 말하길,

"이것은 태부인[27]에게 드리는 선물입니다."

동국경은 첩과 헤어질 때 그녀가 했던 말을 떠올리며 힘써 그것을 거절하였다. 행상이 말하길,

"빈손으로 귀국하였는데, 처자식과 함께 굶어 죽으려고 합니까?"

그리고는 억지로 금을 쥐어 주고 나갔다. 동국경은 그를 쫓아가 도포를 보여 주었다. 행상은 놀라더니 웃으며 말하길,

27 太夫人: 漢代에는 列侯의 모친에 대한 칭호였으나 후에는 생사여부와 무관하게 모든 관원의 모친에 대한 칭호로 쓰였다.

“나의 지혜는 실로 그 여인에 미치지 못하오. 내 일은 어떻게 해도 마무리할 수가 없구려. 내년에 그대를 위해 그 아름다운 여인을 데려오겠소.”

곧바로 떠났는데, 뒤도 돌아보지 않았다.

동국경이 집에 다다르자 어머니와 아내, 그리고 두 아들 모두 무탈하였다. 도포를 꺼내어 가족들에게 보여 주었는데 솔기가 터진 곳을 살펴보니 누런색이 은연하게 드러났다. 뜯어보니 안에는 얇은 금박이 가득했다. 동국경은 대궐에 가서 전후사정을 설명하고 첨차관[28]으로 상주 의흥현[29] 현위직을 얻었다. 이듬해에 그 상인은 정말로 첩을 데리고 왔다.

재상 진회[30]는 동국경과 마찬가지로 금조에 포로로 잡혔던 인연이 있어 동국경이 전에 관직에 있었던 경력까지 모두 인정해 주고 경관으로 승진시켜서 각 군의 예산을 심사하는 업무를 맡게 하였다. 하지만 겨우 몇 개월 만에 죽고 말았다. 진회는 동국경의 어머니 왕씨로

28 添差官: 첨차관은 정원 이외의 추가 발령자를 뜻하나 선발 · 고과 · 전임 등 첨차관에 관한 별도의 제도가 엄밀하게 갖춰졌고, 고종 · 효종 때는 그 수가 정원의 1/4에 달했다는 점에서 매우 특이한 관제다. 남송은 정권 안정을 위해 관직을 남발하였으며, 특히 금조에서 귀순한 관리에게 관직을 부여하는 수단으로 이용하였다.

29 宜興縣: 兩浙路 常州 宜興縣(현 강소성 無錫市 宜興市).

30 秦檜(1090~1155): 자는 會之이며 江南東路 江寧府(현 강소성 南京市) 사람이다. 御史中丞으로서 금조가 張邦昌을 황제로 추대하는 것을 반대하여 포로가 되었다가 탈출하였다(1130). 이듬해 參知政事를 거쳐 곧 재상이 되었고, 고종의 절대적인 신임하에 19년 동안 남송 국정을 좌지우지하였다. 악비를 살해하는 등 극단적인 주화정책을 추진하여 紹興和議(1142)를 체결함으로써 남북대치 국면을 안정시키는 성과를 거두었다. 하지만 淮河 이북 영토의 포기, 신하의 예로 歲貢을 바치는 굴욕적 화의 체결, 악비 살해와 권력 남용 등으로 인해 후대 대표적인 간신으로 낙인찍혔다.

하여금 조정으로 들어와 호소하게 하여 선교랑[31]이었던 동국경에게 조봉랑을 추증할 수 있게 하였다. 그리고 동국경의 아들 동중감도 관직을 얻었다. 이때가 소흥 10년(1140) 5월이었다.(자가 지능인 범성대[32]가 한 이야기다.)

31 宣教郎: 元豐 3년(1080) 관제개혁 후 문관 寄祿官 30개 품계 중 26위로 종8품이다. 본래 宣德郎이었는데, 政和 4년(1114)에 개칭하였다.

32 范成大(1126~1193): 자는 지능이고 호는 石湖居士이며 兩浙路 蘇州 吳縣(현 강소성 蘇州市 吳中區·相城區) 사람이다. 處州지사를 역임하였고, 乾道 6년(1170)에 금조에 사신으로 다녀왔다. 中書舍人을 거쳐 淳熙 5년(1178)에 參知政事에 올랐으나 두 달 만에 물러나서 고향에 은거하였다. 시문에 능해 남송 중흥기 4대 시인으로 꼽힌다.

09 소고기를 먹으면 안 된다는 꿈의 계시食牛夢戒

周階, 字升卿, 泰州人, 寓居湖州四安鎭. 秦楚材守宣城, 檄攝南陵尉, 以病疫告歸. 夢就逮至官府, 緋袍人據桉治囚, 又有緋綠者數十人, 以客禮見, 環坐廳事. 一吏引周問曰: "何得酷嗜牛肉?" 叱令鞭背, 數卒捽曳以去. 周回顧乞命, 且曰: "自今日以往, 不唯不敢食, 當與闔門共戒." 坐客皆起爲謝罪, 主者意解, 乃得歸. 夢覺, 汗流浹體, 疾頓愈. 至今恪守此禁, 時時爲人言之. 紹興三十年, 周監鹽官倉.

자가 승경인 태주[33] 사람 주계는 호주 사안진에 잠시 거하고 있었다. 자가 초재인 진재[34]가 선주[35]지사로 있으면서 주계에게 관할 남릉현[36] 현위직을 임시 대리로 맡겼는데, 역병이 들어 사직하고 귀향하였다. 꿈에 그는 누군가에게 체포되어 한 관아에 이르렀는데, 붉은색을 누인 관복[37]을 입은 고위관원이 안석에 기대어 죄수들을 심문하고 있었고, 또 붉은색과 녹색 관복을 입은 수십 명이 빈객을 대하는 의례로 서로 인사하며 관아에 빙 둘러앉아 있었다. 서리 한 사람이

33 泰州: 淮南東路 泰州(현 강소성 泰州市).

34 秦梓(?~1146): 자는 楚材이며 江南東路 江寧府(현 강소성 南京市) 사람이다. 台州지사를 지냈다. 秦檜의 형이지만 동생과 정견이 달라 溧陽(현 강소성 常州 溧陽市)으로 이주하여 은거하였으며 청렴한 관리로 평가받았다.

35 宣城: 江南東路 宣州(현 안휘성 宣城市).

36 南陵縣: 江南東路 宣州 南陵縣(현 안휘성 蕪湖市 南陵縣).

37 緋袍: 6품관 이상이 입는 붉은색을 누인 관복이다.

주계를 데리고 들어와 묻기를,

"어찌하여 소고기를 그렇게 즐겨 먹었는가?"

꾸짖으며 그의 등을 채찍으로 때렸다. 그 후 여러 이졸들이 머리채를 휘어잡고 끌고 나갔다. 주계는 뒤를 돌아다보며 살려 달라고 애걸하며 말하길,

"지금부터는 제가 소고기를 먹지 않음은 물론이고 온 집안 식구들과 함께 계율을 지키겠습니다."

함께 앉아 있는 빈객들도 모두 일어나 사죄하니, 주관 관원의 마음도 풀어져서 이내 살아 돌아올 수 있었다. 꿈에서 깨어나니 온몸이 땀에 젖어 있었고 병은 곧 나았다. 지금까지 그는 이 계율을 굳건히 지켰고 항상 사람들에게 그 일을 말하였다. 소흥 30년(1160) 주계는 소금창고를 감독하는 관리가 되었다.

10 양의 원한羊寃

吳道夫說, 其妻族弟爲淮西一邑主簿. 邑陋甚, 無人屠羊, 簿與令尉議, 共醵金買諸旁郡字養之, 非祭祀及大賓客與公家所當用, 勿得以私意殺. 約已定. 久之, 簿妻妹自遠來, 相見喜甚, 買酒款曲, 倉卒無以具饌, 輒烹一羊. 酒罷, 二婦人同宿, 簿獨寢外舍, 且五更, 聞羊鳴牀下, 其聲怒而哀. 拊牀驚之, 不止.

少選, 登牀, 以角觸簿, 且齧且罵, 作人言曰: "買羊□□, 爾之謀也, 與衆爲誓而首背之. 我某日當祭社乃死, 今遽殺我, 不義, 必償我命乃可." 簿曰: "是我之罪, 不敢逃死, 姑容入室別妻子, 且囑後事, 可乎?" 羊曰: "當爾殺我, 肯少貸邪?" 簿亟入扣寢門呼妻, 妻方與妹酣寢, 寂不應.

簿曰: "我以寃督死甚急, 故欲與爾別, 忍不相應. 我死矣, 爾勿得嫁, 否則當爲厲以報爾." 妻驚覺, 啓門, 則其夫已臥血中死. 直宿小史云: "但見簿說爭時事, 無所睹也." 妻尚少, 父母欲嫁之, 每媒氏至, 必夢故夫責己, 竟守志焉.

오도부[38]가 한 이야기이다. 처가 쪽 집안 동생 하나가 회남서로[39]

38 吳道夫: 乾道 6년(1170) 6월 3일 오후, 陸游가 秀州 崇德縣에 이르렀을 때 右從政郞으로 현지사에 부임한 吳道夫가 찾아와서 만났다는 기록이 『入蜀記』에 실려 있다.

39 淮南西路: 至道 3년(997)에 전국에 15개 路를 설치하면서 신설된 淮南路는 熙寧 5년(1072)에 회남동로와 회남서로로 분리되었다. 회남서로는 현 안휘성의 장강 이북에 상당하는 지역이며, 치소는 壽州(현 안휘성 淮南市 壽縣)였고 모두 8개 州 · 1개 軍으로 이루어졌다. 북송 멸망 후 최전선이 되자 建炎 2년(1128)에 치소

의 어느 현 주부로 있었다. 그 현은 매우 궁핍한 곳이어서 양을 잡는 사람도 없었다. 주부는 현령·현위와 의논하기를, 함께 돈을 거두어 옆 고을의 양을 사서 기르되 제사나 중요한 손님이 올 때, 또는 관에서 꼭 필요한 경우가 아니면 사사로이 양을 잡지 않기로 하였다. 이렇게 약속한 지 한참을 지난 뒤 주부의 처제가 먼 곳에서 왔다. 서로 만나게 되어 기뻐하며 정성껏 대접하려고 술을 샀지만 창졸간에 안주를 구할 수가 없어서 양 한 마리를 잡아 삶았다. 술자리가 파하자 아내와 처제는 같은 방에서 잤고 주부는 홀로 바깥채에서 잠이 들었는데, 오경이 되었을 때 침상 아래서 양의 울음소리가 났다. 그 소리는 몹시 화가 난 듯도 했고 슬프게 들리기도 했다. 침상을 부여잡고 놀라 떨고 있는데 울음을 멈추지 않았다.

잠시 후에는 침상으로 올라와 뿔로 주부를 받고, 물어뜯고 욕하면서 사람처럼 말하며 이르기를,

"양을 사서 키우는 것은 네가 주도한 일이었다. 여러 사람들과 약속해 놓고도 네가 가장 먼저 약속을 어겼다. 나는 모일에 토지공 제사의 제물로 죽었어야 하는데 지금 갑자기 나를 죽였으니 이는 옳지 않은 일이다. 반드시 나의 목숨에 대해 보상해야 마땅할 것이다."

주부가 대답하길,

"그것은 나의 잘못이 맞소. 감히 죽음을 피할 수는 없지만 잠시 방으로 가서 아내에게 이별을 고하고 후일을 당부할 수 있게만 해 주시오. 괜찮겠지요?"

를 廬州(현 안휘성 合肥市)로 옮겼다. 약칭은 淮南·淮右이다.

양이 대답하길,

"네가 나를 죽일 때 잠시라도 틈을 주었느냐?"

주부는 급히 안으로 들어가 침실 문을 두드리며 아내를 불렀는데, 아내는 처제와 막 단잠을 자고 있어 아무런 반응이 없었다. 주부가 말하길,

"나는 양의 원귀에게 죽음을 재촉당하고 있는데 절박하기 그지없소. 그래서 당신과 헤어져야 하는데 어찌 대답이 없단 말이요. 내가 죽더라도 당신은 재가하지 마시오. 그렇지 않으면 내가 악귀가 되어 보복할 것이오."

아내가 놀라 깨어 문을 열었는데, 남편이 쓰러져 피를 흘리며 죽어 있었다. 숙직하던 시종이 말하길,

"주부가 근래 발생한 일에 대해 다투는 것만 들었을 뿐 다른 것은 본 것이 없습니다."

아내는 아직 젊었고 부모도 그녀를 개가시키려 하였지만 매번 매파가 올 때마다 꿈에 죽은 남편이 나타나 책망하기에 그녀는 마침내 수절하였다.

11 조자현의 꿈趙子顯夢

趙公稱, 字子顯, 舊居泉南. 紹興二十八年爲贛州守. 族人以窮來相依, 舍之它館, 日餽食之, 每約飭使勿爲過. 嘗晝寢, 夢故居門庭毛血狼籍, 命掃除之, 隨卽如故. 旁舍人來告, 已屠牛若干矣, 矍然而寤. 護戎以邏事入白曰: "宗室某子自泉州來, 以舊識使君, 屠數牛爲市." 考其數, 與夢合. 子顯悟神告, 逮捕窮治, 抵其僕於罪, 遣出境, 遂嚴其禁.(趙不庿說.)

자가 자현인 조공칭[40]은 예전에 천주[41] 남쪽에서 살았다. 소흥 28년(1158) 감주[42]지사가 되었는데, 집안사람 중 하나가 아주 곤궁하여 그에게 와서 몸을 의탁하였다. 조공칭은 따로 집을 마련하여 그를 살게 하고 매일 음식을 보내 주었다. 하지만 매번 만나자고 할 때마다 사람을 보내 타이르고 관아로 들어오지 못하게 하였다.

한번은 조공칭이 낮잠을 자는데, 꿈에 천주에서 살던 집 문간[43]에 짐승의 털과 피가 낭자한 것을 보고 그것을 치우라고 명하였는데 치

40 趙公稱: 자는 子顯이다. 송조의 종실로 紹興 8년(1138)에 과거에 探花(3등)로 급제하였다. 탐화로 선발된 3명 가운데 하나인 陳修가 73세인데다 미혼이라서 고종이 궁녀 출신의 여자와 혼인을 주선한 일로 유명하다.

41 泉州: 福建路 泉州(현 복건성 泉州市).

42 贛州: 江南西路 贛州(현 강서성 贛州市). 紹興 23년(1453)에 虔州에서 개칭하였다.

43 門庭: 문에 붙어 있는 넓은 공간을 뜻하며 家門을 뜻하기도 한다.

운 즉시 도로 처음과 같아졌다. 그때 옆에 살던 도령[44]이 와서 이미 소 몇 마리를 잡았다고 알려 주었다. 이에 놀라 깨었다. 호융[45]이 순찰 업무로 들어와서 보고하길,

"종실의 어떤 사람이 천주에서 왔는데, 전부터 지사를 잘 안다고 하면서 여러 마리 소를 도살하여 시장에 팔았습니다."

그 숫자를 확인해 보니 꿈에서 말한 것과 꼭 같았다. 조공칭은 신의 경고임을 깨닫고 그 종실 사람을 체포하여 끝까지 추궁하고 그 노복에게 죄를 물어 감주 밖으로 쫓아 버렸다. 그리고 소를 함부로 잡지 못하게 한 금령을 엄격하게 지켰다.(조불유가 한 이야기다.)

44 舍人: 전국~한대에는 왕공귀인의 보좌관을 뜻하였고, 송조에서도 太子舍人・中書舍人・起居舍人・閤門宣贊舍人・閤門舍人 등 보좌관직 관직명에 사용하였다. 한편 권세가 집안의 자제에 대한 호칭으로도 썼다.

45 護戎: 군대 업무를 감찰하는 관원을 뜻한다.

12 꿈속에서 읽은 기이한 책夢讀異書

沈濬, 字道元, 錢塘人. 爲人清修, 不妄語. 居湖州仙潭村. 郡中親表間嘗以姻事邀致入城, 宴飮稠疊, 連日不得歸, 意頗厭倦. 夢謁友人陸維之, 見堆桉有書數十種, 主人方束帶. 沈信手披一編, 其間章之多寡大抵類『眞誥』. 擇一章最簡者讀之, 其詞云: "人喜食桃李, 桃李不可多食, 食蟹大可笑, 凡食蟹必殺. 凡學道必以純陽得道. 殺, 陰也. 如不得已, 能食車中之鼠, 溷厠之蜣蜋, 乃可." 讀未盡數句, 維之顧曰: "文頗怪, 子宜畢之." 俱一笑, 乃覺. 欲尋其致夢之由而不可得.

久之, 始悟半歲前, 有婺女僧懷政來, 同寓慧通寺, 政作東坡玉糝羹, 約沈陸共之. 陸至, 則羹盡矣, 因戲政曰: "恰沿河來, 見舟中婦人作洗手蟹, 偶得一詩, 持贈子, 云: '紫髯霜蟹殼如紙, 蒲萄作肉琥珀髓. 主人揎腕斫兩螯, 點醋揉橙薦新醴. 癡禪受生無此味, 一箸菜根飽欲死. 喚渠試與轑釜底, 換取舌頭別參起.' 坐皆傳翫擊節. 沈默有感, 徐曰: "詩則美矣, 其如語大工何!" 維之驚謝. 沈自是不食蟹, 稍證夢中大可笑之說. 又二年, 因餌蒼朮, 禁食桃李, 方盡省一章語云.(沈自有文記此.)

자가 도원인 항주 전당현[46] 사람 심준은 사람이 고결하고 발랐으며 언사가 신중하였다. 그는 호주 덕청현 선담촌[47]에 살았는데, 한번은 호주 성내에 사는 친척이 혼사에 심준을 초대하여 가게 되었다. 잔치가 거듭 이어져 며칠이 지나도록 돌아가지 못하자 슬슬 지루하고 싫

46 錢塘縣: 兩浙路 杭州 錢塘縣(현 절강성 杭州市).

47 湖州 仙潭村: 兩浙路 湖州 德淸縣 仙潭村(현 절강성 湖州市 德淸縣 莫幹山鎭 仙潭村).

증나기 시작하였다.

그러던 중 꿈에 친구 육유지[48]를 찾아갔는데, 책상에는 수십 종류의 책이 잔뜩 쌓여 있었고 육유지는 마침 의관을 정제하고 있었다. 심준은 손 가는 대로 한 권을 펴 보았는데, 책의 장절 규모가 마치 『진고』[49] 같았다. 가장 짧은 한 장을 골라 읽어 보니 다음과 같이 쓰여 있었다.

"사람들은 복숭아와 오얏을 좋아하는데, 복숭아와 오얏을 많이 먹어서는 안 된다. 게를 먹는 것은 크게 웃음거리가 되니, 무릇 게를 먹는 이는 반드시 게를 죽여야 한다. 무릇 도를 배우는 자는 반드시 순양[50]으로 득도하는데, 죽임은 음에 해당한다. 만약 부득이하다면 수레 안의 쥐를 먹거나 변소의 강랑[51]을 먹으면 된다."

채 몇 구절도 다 읽기 전에 육유지가 돌아보며 말하길,

"글이 좀 이상할 거예요. 아마도 끝까지 다 읽어 보아야 이해가 될 거요."

둘은 함께 웃었다. 이때 심준은 꿈에서 깨어났다. 그는 이러한 꿈을 꾸게 된 연유를 알고자 하였지만 끝내 알 수 없었다.

한참 후에 비로소 반 년 전의 일이 떠올랐다. 무주[52]의 회정이란 승

48 陸維之: 자는 永仲이고 호는 石室이며 兩浙路 杭州(현 절강성 杭州市) 사람이다. 박학다식하였으며 60세에도 어린애처럼 어려 보였다고 한다. 주변의 천거에도 불구하고 시종 도사로 은거하였으며 『石室小隱集』 30권을 남겼다.

49 『眞誥』: 東晉의 許謐(305~367)·許翽 부자가 眞人의 가르침을 기록한 것을 梁의 陶宏景(456~536)이 편찬한 책으로 도교 上淸派의 경전이다. 당시까지의 도교 철학을 집대성하여 총 20권으로 이루어졌으며, 불교 윤회설의 영향을 받아 仙·鬼·人의 순환적 세계관을 설명하기도 하였다.

50 純陽: 純一한 양기를 뜻한다. 火는 순양에, 水는 순음에 해당한다.

51 蜣蜋: 쇠똥구리·말똥구리 등 풍뎅이과 곤충이다.

52 婺女: 兩浙路 婺州(현 절강성 金華市).

려가 이곳에 와서 심준과 함께 혜통사에서 머물렀다. 회정이 마침 동파옥삼갱[53]을 만들고 있었는데, 심준과 육유지가 함께 가서 먹기로 약속하였다. 하지만 육유지가 도착하였을 때 이미 옥삼갱을 다 먹어 버렸기에 육유지는 회정에게 장난삼아 말하길,

"방금 나는 강가를 따라 내려왔는데, 마침 고기잡이 배 한 척을 만났다오. 배에서 한 여자가 게를 씻고 있는 것을 보고 우연히 시 한 수를 지었다오. 지금 이 시를 당신에게 주겠소. 시는 다음과 같소."

종이처럼 얇은 게 껍질은 자줏빛 수염에 서리 내린 듯하고,
포도로 만든 살이요, 호박으로 이루어진 골수라네.
주인이 소매를 걷어 올려 두 집게 발을 떼어 내고,
식초를 뿌리고 귤을 짜서 넣고 새로 만든 단술을 붓네.
참선에 열중하여 다른 생을 얻는다 해도 이 맛은 없으리니,
채소며 뿌리며 한 끼라도 배부르게 먹고 죽기를 바랄 뿐.
스님을 불러 맛보게 하면 가마솥 밑까지 핥으리니,[54]
설령 혀를 바꾸더라도 각자 우뚝 일어서리라.

앉아 있던 사람들이 모두 시를 돌려 보면서 무릎을 치며 감탄해 마지않았다. 심준은 묵묵히 보고 있다 감동하여 천천히 말하기를,

53 東坡玉糝羹: 중국 최고의 문인으로 명성이 드높은 소동파는 미식가로도 유명하다. 직접 요리를 하면서 東坡肉 등 다양한 요리를 개발하였는데, 玉糝羹은 해남도 儋州에 있던 기간(1097~1110)에 창안한 요리로 알려졌다. 하지만 실제로는 소동파의 아들 蘇過(1072~1123)가 만든 것으로 순무나 무청 · 당근 · 쓴 메밀 · 糝豆 등을 재료로 만든 걸쭉한 국이다.

54 轑釜: '솥바닥을 긁는다'는 뜻이다. 劉邦이 미천하던 시절 자꾸 친구들을 데리고 오자 형수는 음식이 있음에도 일부러 솥바닥을 긁어 친구들을 되돌려 보냈다는 고사에서 유래하였다. 여기서는 솥바닥을 핥을 정도로 맛이 좋다는 말이다.

"이 시는 매우 아름답구려! 시구가 어쩌면 그렇게 정교하단 말이오!"

육유지는 놀라며 고마움을 표하였다. 심준은 그때부터 게를 먹지 않았는데, 이것은 '게를 먹는 것은 크게 웃음거리가 되니'라는 꿈에서 본 말이 무슨 뜻인지를 조금 깨달았기 때문이었다. 다시 2년 후 창출[55]을 복용하게 되었는데, 복숭아나 오얏을 먹지 말라는 말을 듣고 그제야 비로소 그 장에서 한 말이 무슨 뜻인지 모두 알 수 있었다.(심준 스스로 이 이야기를 기록하였다.)

55 蒼朮: 국화과에 속하는 삽주 · 남창출 · 북창출의 뿌리줄기로 만든 약재로 소화 및 위장 기능 강화에 좋은 효과가 있다.

13 이삼영에 관한 시李三英詩

舊傳鄭獬牓進士周師厚者, 策名居五甲末, 纔歷一人曰陳傳. 師厚戲爲語曰: "擧首不堪看鄭獬, 回頭猶喜見陳傳." 紹興二十七年, 永嘉王十朋魁多士, 同郡吳已正爲殿, 李三英以特奏名得出身, 列於吳下. 吳效前語曰: "擧頭不敢攀王十, 伸脚猶能踏李三." 其歇後體殆若天成云.

옛날부터 전해 오는 이야기다. 정해[56]가 장원급제한 과거에서 함께 진사가 된 주사후는 등수가 '5갑의 끝'이었으며, 그 뒤로 겨우 진전 한 명뿐이었다.[57] 그럼에도 주사후는 진전을 놀리며 말하길,

"머리를 들어 감히 정해를 바라볼 수는 없지만, 고개를 돌려 기쁜 마음으로 진전을 쳐다보네."

소흥 27년(1157) 과거에서 온주 영가현[58] 사람 왕십붕[59]이 장원급제

56 鄭獬(1022~1072): 자는 毅夫이며 江南西路 虔州 虔化縣(현 강서성 贛州市 寧都縣) 사람이다. 皇祐 5년(1053)의 과거에서 장원급제하였다. 神宗 때 翰林學士와 開封府지사 대리를 역임하였으나 王安石과 정치적으로 대립하여 매우 불우한 말년을 보냈다. 사후 10여 년 동안 장례를 치르지 못할 정도로 가세가 빈곤하였다.

57 五甲: 주사후는 합격자 가운데 가장 성적이 낮은 5갑이므로 엄격하게 말하면 '진사'가 아니라 '同진사출신'이며, 그 뒤로 1명밖에 없다는 것은 꼴찌에서 두 번째로 합격한 것이다.

58 永嘉縣: 兩浙路 溫州 永嘉縣(현 절강성 溫州市 永嘉縣).

59 王十朋(1112~1171): 자는 龜齡이고, 호는 梅溪이며 兩浙路 溫州 樂淸縣(현 절강성 溫州市 樂淸市) 사람이다. 과거에 장원급제하였고 起居舍人, 侍御史를 역임했으며, 饒州·夔州·湖州·泉州지사를 지냈다. 강직하고 치적이 뛰어나 높은 평가

하였고, 그와 동향사람인 오이정이 꼴찌였다. 이삼영은 특주명으로 과거에 붙어서 오이정보다 한 등 아래였다.[60] 오이정은 앞의 농담을 따라 하길,

"감히 머리를 들어 왕십붕을 따라잡을 수는 없지만 다리를 뻗으면 그런대로 이삼영을 밟을 수는 있네."

이런 혈후체[61] 시는 천성연간(926~930)의 것과 매우 유사하다.

를 받았으며, 금조에 대한 강경론을 주장하였다.

60 出身: 科甲出身의 약칭으로 과거에 급제하여 관직을 얻을 자격을 취득하였다는 뜻이다.

61 歇後詩體: 語尾의 내용을 드러내지 않고 諧音을 이용해 뜻을 전하는 문자유희에 가까운 시체를 뜻한다. 당말오대에 유행하였으며 縮腳詩語라고도 한다.

14 소희선생小郗先生

李次仲季與小郗先生游建康市，入茶肆，見丐者蹣跚行前，滿股瘡穢. 李謂郗曰: "此人惡疾如此, 願先生救之." 郗曰: "不難也. 正恐怪奇驚衆耳." 李固請，乃索紙一幅，吐津塗其上，稠如膠餳，持以與丐者，令貼于股. 移時, 問之曰: "覺熱否?" 曰: "始時甚痛, 已而極痒，今正熱不可忍." 郗揭紙，命李視之，新肉已滿，瘢痕悉平. 市人爭來聚觀，郗於衆中逸去. 李急追訪之, 不及矣.(湯與立說.)

자가 차중인 이계는 소희 선생과 건강부[62]의 시장에서 거닐다가 찻집에 들어가는데, 앞에서 한 거지가 절뚝거리며 걸어가고 있었다. 살펴보니 다리가 온통 피부병으로 썩고 있었다. 이계가 소희에게 말하길,

"이 사람이 이렇게 지독한 병에 걸렸으니, 선생께서 그를 구해 주시길 간곡히 바랍니다."

소희가 말하길,

"그야 어렵지 않아. 그저 괴이한 일로 많은 사람들을 놀라게 할까 그것이 걱정이지."

이계가 간곡히 청하자 종이 한 장을 달라고 하더니 침을 뱉어 그 위에 발랐는데, 마치 엿을 붙인 것 같았다. 그리고는 거지에게 주어

62 建康府: 남송 江南東路 建康府(현 강소성 南京市).

다리에 붙이라고 하였다. 어느 정도 시간이 지나자 그에게 묻길,

"뜨겁지 아니한가?"

거지가 대답하길,

"막 붙였을 때는 매우 아팠는데 조금 있으니 너무 간지럽고 지금은 참을 수 없을 만큼 뜨겁습니다."

소희는 종이를 걷어내고 이계에게 다리를 보라고 하였다. 새 피부가 이미 생겨났고 상처는 모두 나았다. 시장 사람들은 다투어 와서 무리지어 구경하였는데 소희는 사람들 사이에서 사라지고 없었다. 이계는 급히 그를 따라가려고 하였으나 쫓을 수가 없었다.(탕여럽이 한 이야기다.)

이견을지 夷堅乙志 卷 2

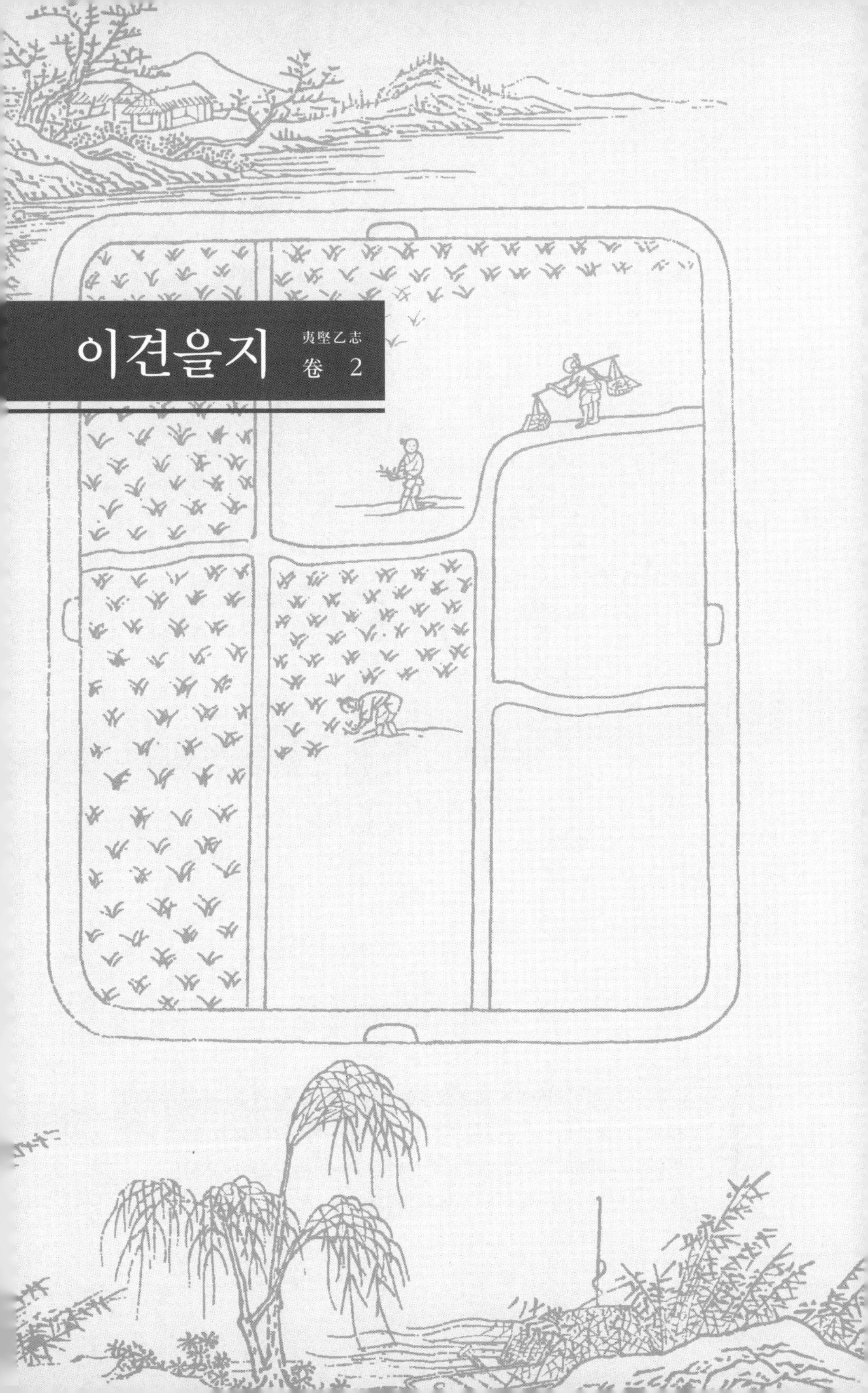

01 나무 안의 항아리樹中甕

毗陵胡氏家欲廣堂屋, 以中庭朴樹爲礙, 伐去之. 剖其中, 得陶甕, 可受三斗米, 而皮節宛然. 卽日山魈見怪. 有行者善誦龍樹呪, 召使治之, 命童子觀焉. 見人物皆長數寸, 爲龍樹所逐, 入婦人榻上, 遂憑以語. 乃結壇考擊逐去, 蓋擾擾半年乃定.

상주[1]의 호씨 집안은 집을 넓히려고 하였는데, 뜰에 있는 팽나무가 가로막고 있어서 그것을 베어 없앴다. 그런데 나무 한가운데를 베자 항아리가 나왔다. 쌀 세 말을 너끈히 담을 수 있는 크기였는데 나무의 껍데기와 속은 온전하였다. 그날부터 산도깨비[2]가 나타나 괴이한 일을 벌였다. 어느 한 행자가 '용수주문'을 잘 왼다고 하여 그를 불러 산도깨비를 다스리게 하고 어린아이에게 옆에서 잘 지켜보라고 시켰다. 사람들이 나타났는데, 키가 모두 몇 촌밖에 안 되었고 '용수주문'에 쫓기자 여자들의 침상으로 들어가더니 곧 빙의하여 말을 하였다. 이에 행자가 제단을 쌓고 때려서 내쫓았다. 대략 반년 동안 소란을 피우더니 비로소 잠잠해졌다.

1 毗陵: 兩浙路 常州(현 강소성 常州市) 전202년에 설치된 毗陵縣은 589년에 常州로 개칭되었는데 워낙 오래 쓰인 지명이어서 상주의 별칭으로 널리 쓰였다. 毘陵으로 표기하기도 한다.

2 山魈: 산도깨비로 발이 하나며 밤에 나와 사람을 해친다고 한다. 魈魅라고도 한다.

02 의흥현의 한 촌민宜興民

宜興民素以滑稽著, 有山鬼入其室, 自天窗垂一足徹地, 黑毛毶毶. 民戲謂之曰: "若果神通, 更下一足." 鬼不能答, 少頃, 收足去. 自是不復至.(蔣丞相說.)

상주 의흥현[3]의 한 촌민은 본래 재치가 뛰어난 것으로 유명했는데, 어느 날 산도깨비가 그의 방으로 들어가 천장의 창문으로 다리를 바닥까지 늘어뜨렸는데 검은 털이 숭숭 나 있었다. 그 촌민은 산도깨비를 놀리며 말하길,

"만약 정말로 신과 통한다면 다른 한쪽 다리도 내려 봐라."

산도깨비는 맞대응할 수 없어 잠시 후 내렸던 다리를 거둬들였다. 이때부터 다시 나타나지 않았다.(재상 장불[4]이 한 이야기다.)

3 宜興縣: 兩浙路 常州 宜興縣(현 강소성 無錫市 宜興市).

4 蔣芾(1117~1188): 자는 子禮며 兩浙路 常州 宜興縣(현 강소성 無錫市 宜興市) 사람이다. 紹興 21년(1151)에 2등으로 과거에 급제하였고, 乾道 2년(1166)에 參知政事에 임명되었으며 乾道 4년(1168)에 재상으로 승진하였다. 후에 효종의 북벌에 반대하여 사실상 정계에서 물러났다.

03 장 교수蔣教授

永嘉人蔣教授, 紹興二年登科, 得處州縉雲主簿, 再調信州教授, 還鄕待次. 未至家百里, 行山中, 聞嶺上二人哭聲絶悲. 至, 則一叟挾雙鬟女子攔道哭. 蔣悽然問其故, 叟曰: "從軍二十年, 方得自便, 不幸遇盜, 挈我告身去. 將往吏部料理, 非五十萬錢不可辦. 甚愛此女, 今割愛鬻之, 行有日矣, 故哭不忍捨."

蔣曰: "以我囊中物與叟, 少緩此計, 何如?" 卽擧餘裝贈之, 纔直十萬. 叟曰: "感君高義, 然顧亡益也." 蔣曰: "叟果不見疑, 當以女寄我歸, 叟姑持此錢往臨安. 事若不濟, 還吾家取之. 吾善視叟女, 非敢以爲姬妾, 勿憂也." 叟謝曰: "諾." 約明年暮春再相見, 以女授蔣, 拭淚而別.

蔣下車載女, 自策杖踵其後. 將至家, 置女外館, 獨入見母妻. 妻周氏迎謂曰: "聞有隨車人, 今安在?" 蔣以實告. 妻曰: "然則美事也, 共成之何害?" 使人喚女歸. 蔣母柯氏, 愛之如己子, 夜則與同寢處. 女間至外舍與蔣戲, 或相調謔. 方初見時, 猶常常女子, 至是, 顔色日艶, 嫣然美好矣. 一夕, 醉不自持, 遂留與亂, 而叟亦絶不至.

臨赴官, 妻不肯往, 曰: "自有麗人, 何用我?" 柯夫人亦曰: "汝受人託子, 而一旦若是, 前程事可知矣. 吾老當死鄕里, 不能隨汝也." 蔣力請不能得, 竟獨與女之信州. 居數月, 薄晩呼女櫛髮, 女把櫛揮涕不止. 問之, 不答. 咄曰: "憶汝父邪? 欲去邪?" 女曰: "身非有所悲, 悲主君耳. 人壽不可料, 今數且盡, 願急作書報君夫人."

蔣怒, 罵之曰: "小兒女子安得爲不祥語?" 女曰: "事極矣, 過頃刻便不可爲, 吾言不敢妄." 顧廷下小史, 令取筆札, 女倉卒收櫛, 秉筆強蔣使書. 蔣怒且笑曰: "所書當云何?" 曰: "但言得暴疾, 以今日死." 蔣不得已, 寫十數字, 復問曰: "汝那得知?" 女忽變色厲聲曰: "君知縉雲有英華者乎? 我是也." 拊掌而滅. 蔣隨卽仆地死, 耳鼻口眼皆血流. 小史見一狐自室中穿牖升屋而去.

人皆謂蔣爲義不終至此. 或說蔣初赴縉雲, 人語以英華事, 蔣曰: "必殺之." 到官數日, 行圃後隙地, 得巨井, 礌石覆之. 意怪處其下, 命發視, 見大白蚓, 長丈餘, 粗若柱, 引錐刺其首, 蚓卽失去. 及信州之死, 疑是物云.(唐信道 · 蔣子禮說.)

온주 영가현[5] 사람 장 교수는 소흥 2년(1132) 과거에 급제한 뒤 처주 진운현[6] 주부가 되었고 신주[7] 교수를 거쳐 다음 보임을 대기하기 위해 고향으로 돌아가고 있었다. 집까지 100리 정도 남은 곳에서 산길을 가고 있었는데, 두 사람의 애끓는 울음소리가 고갯마루로부터 들려왔다. 가 본즉 한 노인이 두 갈래로 쪽진 머리를 한 여자를 안고 좁은 산길을 막아선 채 큰소리로 울고 있었다. 장 교수는 안된 마음에 자초지종을 물으니, 노인이 대답하길,

"내가 군에 복무한 지 벌써 20년이 흘러 비로소 퇴직하게 되었는데, 불행히도 강도를 만나 내 사령장을 빼앗겨 버렸다오. 앞으로 이부에 가서 이 일을 처리하려면 50만 전을 내지 않고서는 재발급을 받을 길이 없소. 내가 딸애를 애지중지하지만 지금 부득이한 사정으로 할 수 없이 사랑하는 딸을 팔았소. 딸이 곧 떠나야 하나 차마 보내지 못하고 이렇게 울고 있다오."

장 교수가 말하길,

5 永嘉縣: 兩浙路 溫州 永嘉縣(현 절강성 溫州市 永嘉縣).

6 縉雲縣: 兩浙路 處州 縉雲縣(현 절강성 麗水市 縉雲縣).

7 信州: 江南東路 信州(현 강서성 上饒市).

"내 자루에 있는 물건을 노인께 드릴 테니 딸을 팔려는 생각을 잠시 늦추는 게 어떻겠소?"

장 교수는 곧 여분의 행장을 모두 그 노인에게 주었다. 하지만 그 가치는 겨우 십만에 불과하였다. 노인이 말하길,

"그대의 큰 의로움에 감동하였소이다. 그러나 크게 도움이 되지는 않아 보입니다."

장 교수가 말하길,

"노인께서 실로 나를 의심하지 않는다면 딸을 나에게 맡겨 우리 집으로 돌아가게 하고, 노인은 잠시 이 돈을 가지고 임안부로 가시지요. 만약 일이 제대로 풀리지 않는다면 우리 집으로 돌아와 딸을 데려가시지요. 내가 그대의 딸을 잘 돌볼 것이외다. 어찌 감히 첩으로 삼겠소? 걱정 마시오."

노인은 고마워하며 말하길,

"그렇게 합시다."

내년 늦봄에 다시 만나기로 약속한 뒤 노인은 딸을 장 교수에게 맡기고 눈물을 훔치며 헤어졌다.

장 교수는 수레에서 내려 여자를 태운 뒤 자신은 지팡이를 짚고 그 뒤를 따라갔다. 장 교수는 집에 도착한 뒤 여자를 집 밖 다른 곳에 머물게 하고 혼자 집으로 가 어머니와 아내를 만났다. 아내 주씨는 그를 맞으며 말하길,

"함께 수레를 타고 온 사람이 있다고 하던데 지금 어디에 있어요?"

그는 사실대로 말하였다. 아내가 말하길,

"그렇다면 아주 좋은 일을 하셨군요. 저도 함께 도와준다면 무슨 문제가 있겠어요?"

아내는 사람을 시켜 그녀를 불러들였다. 장 교수의 어머니 가씨는 그녀를 자기 자식처럼 예뻐하였고 밤이면 함께 같은 침상에서 잤다. 그 여자는 은밀히 사랑채로 가서 장 교수와 장난치고, 때로는 서로 희롱하기도 하였다. 막 처음 만났을 때는 그저 평범한 여자에 불과했지만 지금은 얼굴이 날로 요염해지고 생긋 웃는 모습이 아름다웠다. 어느 날 밤 장 교수는 술에 취하여 자제하지 못하고 마침내 그녀와 더불어 하룻밤을 보냈다. 그 노인 역시 아무런 소식도 없는 채 오지 않았다.

새로 부임해야 할 때가 되자 아내는 함께 가기를 원치 않아 하며 말하길,

"당신 옆에 아름다운 여인이 있는데 내가 무슨 소용이 있나요?"

어머니 가씨 부인 역시 말하길,

"너는 다른 사람으로부터 자식을 돌봐 달라는 부탁을 받아 놓고 하루아침에 일을 이렇게 만들었으니 앞날이 어떨지 훤히 보인다. 나는 이미 늙었고, 고향에서 죽고 싶구나. 너를 따라갈 수가 없다."

장 교수는 힘써 다시 청하였지만 뜻대로 되지 않았다. 마침내 홀로 그녀와 함께 신주로 갔다. 몇 개월이 지나 어느 날 초저녁 그녀를 불러 머리를 빗겨 달라고 하였는데 그녀는 빗을 들고는 하염없이 눈물을 흘리고 있었다. 이유를 물으니 대답하지 않았다. 그녀를 꾸짖으며 말하길,

"아버지가 생각나서 그러느냐! 가고 싶으냐?"

그녀가 답하길,

"저는 슬퍼할 이유가 없는데, 당신을 생각하니 슬플 뿐입니다. 사람의 수명이란 헤아릴 수 없는 것이지만 지금 당신의 수명이 다하였

으니 바라건대 급히 편지를 써서 부인께 알리시지요." 장 교수는 화가 나서 그녀에게 욕하길,

"어린 여자아이가 어찌 그런 불길한 말을 하느냐?"

그녀가 답하길,

"빨리 서두르셔야 합니다. 조금 지나면 아무것도 할 수 없을 것입니다. 제가 감히 함부로 말씀드리겠습니까?"

그녀는 뜰아래 있는 시종을 불러 붓과 종이를 가져오게 한 뒤 잽싸게 벼루를 정리하고 붓을 들어 장 교수에게 억지로라도 쓰게 하였다. 장 교수는 화가 나면서도 웃음도 나서 말하길,

"뭐라고 써야 한다는 말이냐?"

그녀가 답하길,

"그저 갑작스레 병이 들어 지금 죽게 되었다고 쓰세요."

장 교수는 부득이 십여 자를 적더니 다시 묻길,

"너는 어떻게 이것을 알았느냐?"

그녀는 갑자기 얼굴색을 바꾸어 엄한 목소리로 말하길,

"그대는 진운현에 영화라는 사람이 있다는 것을 아는가? 내가 바로 영화다."

그녀는 가볍게 손뼉을 치더니 곧 사라졌다. 장 교수는 곧바로 땅바닥에 쓰러져 죽었고, 귀와 코, 입과 눈 모두에서 피를 흘렸다. 여우 한 마리가 집 안의 창에서 뛰쳐나와 지붕으로 뛰어오르더니 어디론가 가 버리는 것을 한 시종이 보았다.

사람들은 모두 장 교수가 의리를 끝까지 지키지 못하여서 이 지경에 이르렀다고 이야기하였다. 어떤 사람은 장 교수가 처음 진운현에 부임하였을 때 사람들이 영화에 대한 이야기를 듣고 말하길,

"내가 반드시 영화를 죽일 것이오."

부임한 지 며칠 되지 않아서 채마밭 뒤 공터를 거닐다가 커다란 우물을 발견하고는 바위로 우물을 덮어 버렸다. 그리고 그 아래에 요괴가 산다고 생각하고 사람들에게 명하여 파 보게 하였더니 커다란 흰 지렁이가 나왔는데, 길이가 1장이 넘었으며 몸집은 기둥처럼 굵었다. 송곳을 가져다 그 대가리를 찔렀더니 지렁이가 곧 사라졌다. 장 교수가 신주에서 죽자 사람들은 그 지렁이가 한 짓이 아닐까 생각하였다.(당신도와 장자례가 한 이야기다.)

04 진씨의 딸陳氏女

無錫人陳彦亨, 居南禪寺側, 妻邊氏有身. 夢女子紅衣素裳, 掬水廷下, 仰視曰: "妾崑山縣陳提擧女也. 來南禪赴水陸會, 若功德圓就, 當生夫人家爲男子, 如其不然, 亦可爲女也." 邊氏視此女甚美, 謝曰: "爲兒女非所敢望, 幸來相過, 肯啜茶足矣." 女笑而去. 旣寤, 以告彦亨. 使詢之, 果有陳彦武提擧者自崑山來, 爲十八歲亡女設水陸. 明日, 邊生一子.

상주 무석현[8] 사람 진언형은 남선사[9] 옆에 살고 있었는데, 그의 아내 변씨가 임신 중이었다. 꿈에 한 여자가 붉은 저고리에 흰 치마를 입고 뜰아래에서 물을 한 움큼 뜨면서 올려다보며 말하길,

"소녀는 평강부 곤산현[10] 제거상평관 진씨의 여식입니다. 남선사에 와서 수륙재에 참여하려는데 만약 공덕이 원만하게 쌓이면 응당 부인 집안의 아들로 태어날 것이며 만약 그렇지 못하다면 딸로 태어날 것입니다."

변씨가 그 여자를 보더니 매우 아름답기에 고마워서 말하길,

"내 자식이 되겠다는 것은 나로서는 감히 바랄 수 없는 바지요. 다

8 無錫縣: 兩浙路 常州 無錫縣(현 강소성 無錫市).

9 南禪寺: 547년에 창건된 고찰이자 무석 최대의 사찰로 유명하다. 북송 인종이 남선사를 福聖禪院으로, 북선사를 壽聖禪院으로 개칭하였지만 남문 옆에 자리하고 있어서 주민들은 계속 남선사라 칭하였다.

10 崑山縣: 兩浙路 平江府 崑山縣(현 강소성 蘇州市 昆山市).

행히 이렇게 서로 오가게 되었으니 차 한잔 함께 한다면 족하겠습니다."

그 여자는 웃으며 가 버렸다. 꿈에서 깨자 변씨는 진언형에게 꿈에서 본 것을 말하였다. 그리고 그런 일이 있는지 알아보라고 하였는데, 정말로 진언무라는 제거관이 곤산현에서 남선사로 와서 18세로 죽은 딸을 위해 수륙재를 올리고 있었다. 다음 날 변씨는 아들을 낳았다.

05 장몽손張夢孫

毗陵張汝楫維濟, 紹興十三年知明州奉化縣. 其子婦李氏孕及期, 維濟夢故人陳郁文卿來曰: "相別十六年矣, 今欲與君爲孫, 何如?" 維濟喜. 明日語僧日智曰: "文卿, 佳士也. 吾必得賢孫, 可賀我." 已而李氏乃得女, 遂名之曰夢孫. 及數歲, 戲祖旁, 偶見文卿生時書, 則捧視曰: "我所書也." 文卿, 無錫人, 與維濟皆沈元用牓進士, 爲楊州司理參軍. 建炎中, 虜犯淮甸, 死官下.

자가 유제인 상주 사람 장여집은 소흥 13년(1143)에 명주 봉화현[11] 지사가 되었다. 며느리 이씨가 임신하여 산달이 다가왔는데, 장여집의 꿈에 자가 문경인 친구 진욱이 와서 말하길,

"우리가 헤어진 지 16년이나 지났는데, 지금 그대의 집 손자가 되려고 하는데 어떠하오?"

장여집은 기뻐하였다. 다음 날 일지라는 승려에게 말하길,

"진욱은 훌륭한 선비였소. 나는 반드시 현명한 손주를 볼 것입니다. 나에게 축하해 주셔도 좋습니다."

오래지 않아 이씨는 딸을 낳았고, 마침내 이름을 꿈에서 점지한 손녀라는 뜻에서 몽손이라 하였다. 몇 해가 지나 몽손이 할아버지 옆에서 놀고 있는데, 우연히 진욱이 살아 있을 때 썼던 편지를 보더니 손

11 奉化縣: 兩浙路 明州 奉化縣(현 절강성 寧波市 奉化市).

에 들고 보면서 말하길,

“내가 쓴 편지구나!”

진욱은 상주 무석현 사람으로 자는 원용인 심회가 장원급제할 때 장여집과 함께 진사에 급제하였다.[12] 그는 양주[13] 사리참군을 역임하였다. 건염연간(1127~1130)에 금군이 회하 일대를 침범하였을 때 관아에서 순직하였다.

12 沈晦가 장원급제한 것은 북송의 마지막 과거인 宣和 6년(1124) 때의 일이다.

13 揚州: 淮南東路 揚州(현 강소성 揚州市). 본문의 ‘楊 ’은 ‘揚’의 오기로 보인다.

06 개가 된 사람人化犬

姑蘇翟秀才家乳婢王氏, 平生無一善, 見人誦佛, 則笑毁之. 年四十歲時, 贅生於尻, 日以痛楚. 用膏藥傅之, 愈益大, 至尺餘, 則成狗尾矣. 自是不能行, 據兩手於地, 匍匐移足乃可動. 伺犬彘就槽輒隨之食, 夜與共寢, 踰半歲乃死. 又節級徐忠, 因病亦生一尾, 謂妻子曰: "我坐抛飮食之過. 夢入城隍廟, 令詣曹供狀, 自今勿得食人食, 惟舐糠乃可, 且和糠來." 旣至, 蹲踞而食, 與犬亡少異. 其家爲作浮屠供悔謝, 旬日而死, 時紹興三十年五月也.

소주[14] 사람인 수재 적씨 집안의 유모 왕씨는 평생 한 번도 선행을 행한 일이 없었고 다른 사람이 불경을 암송하는 것을 보면 비웃으며 비방하곤 하였다. 40세 되던 해에 꼬리뼈에 혹이 생기더니 매일 몹시 아파 고통스러워하였다. 고약을 발랐지만 혹이 더 커지더니 길이가 한 척이나 되어 마치 개꼬리 같았다. 이때부터 걸을 수 없었고, 두 손을 땅에 짚고 기어서 발을 옮겨 겨우 움직일 수 있었다. 개나 돼지를 엿보고 있다가 구유로 가면 곧 따라가 함께 먹었고, 밤에는 개 · 돼지와 함께 자더니 반년이 지나자 죽고 말았다.

또 절급[15]인 서충이 병들어 꼬리가 나자 아내에게 말하길,

14 姑蘇: 兩浙路 蘇州(현 강소성 蘇州市).

15 節級: 廂都指揮使 이하 押官까지 군관의 범칭이지만 지휘사 등의 장교를 제외한 十將 · 將虞候 · 承局 · 押官 등 최하급 무관에 대한 통칭이기도 하다. 창고관리 또

"나는 음식을 버린 죄를 받는 것 같소. 꿈에 성황묘에 들어갔는데, 관할부서로 가서 진술서[16]를 제출하라고 하였소. 그리고 지금부터는 사람이 먹는 음식을 먹을 수 없다고 하였고, 오직 겨만 핥아 먹을 수 있다고 하였다오. 그러니 겨를 가져오시오."

겨를 가져다주자 웅크리고 먹는데 그 모습이 개와 조금도 다르지 않았다. 집안 식구들은 서충을 위해 불상을 모시고 허물을 뉘우치며 사죄하였다. 서충은 열흘 후에 죽었다. 이때가 소흥 30년(1160) 5월이었다.

는 순찰 병사 가운데 고참을 선임하는 것이 상례다. 지방 관아에서 형옥 업무를 담당하는 서리를 뜻하기도 한다.

16 供狀: 관아에 제출하는 진술서 또는 진술서 제출을 뜻한다.

07 장십의 아내張十妻

吳江縣民張十妻, 嗜殺生, 又事舅姑亡狀, 年六十矣. 紹興二十九年得疾, 兩股皆生惡瘡, 蛆盈其中, 齧骨及髓, 宛轉呻痛. 聲達鄰里. 久之, 每遺糞必自取食, 并食薦席皆盡, 期年乃死.(四事日智說.)

소주 오강현[17] 주민 장십의 아내는 살생을 좋아하였다. 또 시부모를 모시는 데 안하무인이었다. 60세가 되던 소흥 29년(1159)에 병이 들었는데, 두 다리에 온통 욕창이 생겼고 구더기가 그 안에 가득 찼다. 뼈는 물론이고 골수까지 갉아 먹어 몸을 돌릴 때마다 신음소리를 내며 아파했다. 그 소리가 옆 마을까지 들릴 정도였다. 한참 후에는 매번 똥을 누고 난 뒤 스스로 먹더니 나중에는 돗자리까지 모두 먹어 치웠다. 일 년을 넘기더니 죽고 말았다.(위의 네 일화는 일지가 한 이야기다.)

17 吳江縣: 兩浙路 蘇州 吳江縣(현 강소성 蘇州市 吳江市).

08 승천사承天寺

滕愷, 字南夫, 婺源人. 紹興五年登科, 調信州司戶. 既赴官, 夢往它郡, 遊僧舍, 牓曰'承天寺'. 室宇甚壯, 了無僧居, 獨老頭陀出應客曰: "此寺乃本師所建. 旣成, 以緣事未了, 捨之遊方, 踰期不還, 衆僧亦悉委去. 惟某僅存, 老病無力, 不得供掃洒事也." "去幾何時?" 曰: "二十七年." "何時當來?" 曰: "今歲歸矣." 愷時春秋二十七, 旣悟, 以爲不祥.

會是年秋試考校南康軍, 至中塗, 日薄晚, 投宿民家. 不肯容, 指支徑小曲曰: "是間佛刹頗潔, 士大夫來者多就館, 盍過之!" 行數十步, 果得野寺, 視其額, 則"承天" 也. 入門寂然, 廊廡殿宇, 凝塵如積. 徘徊良久, 但一人出, 相與問答, 全如夢中所言. 愷戲登禪牀, 作長老說法, 以爲夢證已應, 無他矣. 旣而導至上方, 啓戶拂榻, 凡室中之藏, 器玩巾裓, 皆歷歷可識, 始大惡之, 不能留, 強宿於旁舍, 明晨去之.

自爾以來, 精爽常鬱鬱. 旣入試闈, 晝減食, 夜忘睡, 與同院交際, 無復笑語. 訝而問之, 始告之故, 曰: "吾恐死, 安得有樂趣?" 同院更出言諭解, 莫能得. 畢事, 卽還, 抵樂平驛, 有道士上謁曰: "吾欲見戶曹君." 小史入白, 愷拒弗見. 道士直入, 睨愷曰: "急治行, 後三日猶可與家人訣, 緩則無及." 不揖而出. 愷愈懼, 走信告其家, 遂奄奄感疾.

越三日至德興, 急招邑令相見曰: "愷且鬼, 不暇與君語. 路逢狂道士, 言當命盡今日, 設如其言, 以身後事累公." 令曰: "安有此? 君當勞苦成疾, 吾歸取酒飮君, 同宿於是, 勿懼也." 令甫上車, 愷果死. 其兄純夫在鄕里, 自得樂平書, 已憂之. 是日, 徙倚門間, 望一僧, 頂暖帽, 策杖且來, 謂爲庵中人, 迎與語. 僧不答, 以袂蒙面, 徑造南夫書室. 就視, 無人焉. 純夫失聲泣, 而德興奉愷喪至, 以臥轎舁歸, 首戴暖帽. 則所見僧, 蓋愷也.(程泰之說.)

자가 남부인 휘주 무원현[18] 사람 등개는 소흥 5년(1135)에 과거에 급제하여 신주 사호참군사[19]로 발령을 받았다. 막 부임하려던 참에 꿈에서 다른 주에 가서 사찰을 구경하였는데, '승천사'라는 편액이 적힌 곳이었다. 사찰 전각은 매우 장엄하였으나 거주하는 승려가 아무도 없고 다만 늙은 승려가 나와 손을 맞으며 말하길,

"이 사찰은 본래 스승께서 창건하신 것입니다. 막 다 지어 놓고 속세의 인연이 다하지 않아 이곳을 버리고 다른 곳으로 떠나셨습니다. 기한이 지났는데도 돌아오시지 않아 많은 승려들 역시 이곳을 버리고 떠났습니다. 지금 저만 홀로 남아 있는데다 늙고 병들어 기운이 없어 청소조차 감당하기 어렵습니다."

"떠나신 지가 얼마나 되었소?"

대답하길,

"27년입니다."

"마땅히 오신다면 그것이 언제쯤이겠소?"

대답하길,

"올해는 돌아오셔야 합니다."

등개는 그해 마침 27세였다. 꿈에서 깨어나자 상서롭지 못한 징조라 여겼다.

마침 그해 해시가 있어 등개는 감독관으로 남강군으로 갔는데, 도중에 날이 점점 저물어 오자 민가에 투숙하려고 하였다. 그런데 민가

18 婺源縣: 江南東路 徽州 婺源縣(현 강서성 景德鎭市 婺源縣).

19 司戶參軍事: 각 州 · 軍의 호적 · 조세 · 창고 관리 등 戶曹 관련 업무를 맡은 관리이다. 각 주마다 1명을 임명하였으며, 품계는 주의 크기에 따라 종8품~종9품이었다. 약칭은 司戶參軍 · 司戶 · 戶曹이다.

에서 그를 받으려 하지 않고 대신 조금 꺾어진 오솔길을 가리키며 말하길,

"저기로 가면 사찰이 하나 있는데 제법 깨끗하여 사대부들이 오면 대체로 그곳에 가서 묵지요. 왜 그리로 가시려 하지 않으시나요?"

이에 몇 십 발짝을 걸어가 보니 정말로 들판에 사찰이 나타났고, 그 편액을 보니 '승천사'라고 쓰여 있었다. 산문을 들어가 보니 적막하였고, 전각과 회랑 및 행랑채 모두 먼지가 잔뜩 쌓여 있었다. 한참을 배회한 뒤에 겨우 승려 한 명이 나와 서로 말을 주고받았는데, 그 내용이 모두 전날 꿈에서 말한 것과 꼭 같았다.

등개는 장난삼아 참선하는 자리에 올라 앉아 장로가 설법하듯 해 보았는데, 꿈에서 본 것 모두가 현실로 드러났고 다른 점이 없다고 여겼다. 잠시 후 위쪽으로 안내를 받아 문을 열고 침상의 먼지를 털어 내고 보니 방 가운데 있는 도구와 수건, 승복 등 모두 눈에 익어 알아볼 수 있었다. 그는 비로소 불쾌한 기분이 들어 더 머무를 수 없었다. 이에 인근 민가에서 억지로 방을 빼서 자고 다음 날 새벽 일찍 그곳을 떠났다.

하지만 그때부터 마음이 늘 우울하게 되었다. 시험장에 들어간 뒤 낮에는 식욕이 없었고 밤에는 잠이 오지 않았다. 시험장에 함께 있던 관리들과 교류할 때도 다시는 웃으며 얘기를 나누지 못했다. 어떤 사람이 의아해서 물어보니 비로소 그 까닭을 밝히고 말하길,

"나는 죽을까 두렵소이다. 그러니 어찌 즐거움이 있겠소이까?"

시험장의 관리들은 한마디씩 하며 그를 위로했지만 소용이 없었다. 해시를 다 본 뒤 즉시 집으로 돌아갔는데 도중에 낙평역에 이르렀다. 한 도사가 만나기를 청하며 말하길,

"나는 사호참군사를 만나고 싶소."

노복이 들어와 알렸지만 등개는 거절하며 만나지 않았다. 그러자 도사가 곧장 들어와 등개를 보며 말하길,

"급히 채비를 하시오. 앞으로 사흘 동안은 그래도 가족들과 이별이라도 할 수 있지만 더 늦어지면 그마저도 할 수가 없소이다."

도사는 인사도 하지 않고 나가 버렸다. 등개는 더욱 두려워하며 편지를 보내서 집에 알렸고, 곧 병이 들어 숨이 끊어질 듯했다. 사흘 후 요주 덕흥현[20]에 이르렀을 때 급히 현지사를 불러 마주하고 이르길,

"나는 이제 곧 죽어 귀신이 될 것 같습니다. 길게 말할 시간이 없소. 길에서 한 떠돌이 도사를 만났는데, 내 목숨이 오늘 다한다고 합디다. 만약 그의 말처럼 된다면 내가 죽고 난 뒤의 일을 부탁하오."

현지사가 말하길,

"무슨 그런 일이 다 있겠소이까? 아마도 너무 힘들어 병이 난 것으로 내가 가서 술을 가지고 올 테니 좀 드시지요. 나도 이곳에서 그대와 함께 투숙할 것이니 너무 걱정 마시오."

현지사가 막 수레에 올랐는데 등개가 정말로 죽고 말았다. 등개의 형인 등순부가 고향에 있었는데, 낙평역에서 보내온 편지를 받고는 등개에 대해 걱정하고 있었다. 이날 문간에서 서성거리고 있는데, 멀리서 한 승려가 머리에 보온용 모자를 쓰고 지팡이를 짚으며 오고 있었다. 승려는 자신이 암자에서 왔다고 말하기에 그를 맞아 이야기하려 했으나 승려는 아무런 대답도 없이 소매로 얼굴을 가린 채 곧장

20 德興縣: 江南東路 饒州 德興縣(현 강서성 饒州市 德興市).

들어와 등개의 서재로 갔다. 하지만 가서 보니 아무도 없었다. 등순부가 소리 죽여 울고 있는데 덕홍현에서 보내 온 등개의 상여가 도착하였다. 가마에 누워 돌아온 모습을 보니 머리에 보온용 모자를 쓰고 있었다. 등순부가 본 승려가 아마도 등개였던 것 같다.(자가 태지인 정대창이 한 이야기다.)

09 관인 왕문삼文三官人

王非朝議, 東州人. 建炎初避地吳興, 寓居空相寺. 其姪文老薄暮行寺外, 見人衣青道服, 乘馬而過, 甚類其所親文三兄者, 隨而呼之. 回顧曰: "昨夕抵此, 檥舟白蘋亭下. 適有故, 須亟出城, 明當奉謁. 不然, 君幸過我." 遂馳出青塘門.

文老與之別數年矣, 詰旦, 訪得其舟, 呼其僕曰: "欲見三官人." 僕曰: "死逾月矣." 文老曰: "昨乘馬過吾門, 與我語, 安得有是?" 具道所見. 僕驚報家人, 皆大哭而出. 其妻泣曰: "夫死時羈困方甚, 不能具冠帶, 故以便服殮. 君所見皆是也." 文老歸, 念青塘門外有慈感寺, 徑詣之, 問夜來何客至此, 僧曰: "無重客, 但施主設水陸耳." 方悟來赴冥集云.(徐惇立說.)

동주[21] 사람인 조의대부 왕비는 건염연간(1127~1130) 초, 호주 오흥현[22]으로 피난 와서 공상사에 잠시 머물고 있었다. 왕비의 조카 왕문로는 초저녁에 절 밖으로 나와 거닐다가 청색 도복을 입은 사람이 말을 타고 지나가는 것을 보았는데, 친척 형인 왕문삼과 아주 닮았기에 쫓아가서 그를 불렀다. 왕문삼은 뒤를 돌아보며 말하길,

21 東州: 동한 말, 삼국시대에 사천에서 長安(현 섬서성 西安市) 주변의 三輔, 南陽(현 하남성 南陽市) 일대를 지칭하는 용어였다. 북송의 永興軍路 京兆府와 京西南路 鄧州에 해당한다. 당시 정식 행정지명으로서의 동주는 거란 東京道의 頭下軍州인데 관할 현이 없었으며 치소의 위치도 불명확하다.

22 吳興縣: 兩浙路 湖州 吳興縣(현 절강성 湖州市 吳興區).

"나는 어제 저녁 여기에 도착하였는데, 백빈정 아래 배를 대고 출발 준비를 했다. 마침 일이 있어 급히 성을 나가야 하니 내일 다시 찾아가겠다. 그렇지 않으면 네가 나를 찾아와도 좋다."

그리고 곧 말을 달려 청당문[23]을 빠져 나갔다.

왕문로는 그와 헤어진 지 몇 해가 지난 터라 이튿날 날이 밝는 대로 배가 있는 곳으로 찾아갔다. 노복을 불러 말하길,

"왕문삼 관인을 만나려고 왔다."

노복이 대답하길,

"관인께서 돌아가신 지 한 달이 넘었습니다."

왕문로가 말하길,

"어제 말을 타고 우리 집 문을 지나가다 나와 이야기까지 하였는데 어찌 이런 일이 있단 말이냐?"

그리고 자신이 본 것을 모두 말하자 노복이 깜짝 놀라 집안사람들에게 알렸더니 모두 대성통곡하며 밖으로 나왔다. 왕문삼의 아내가 울며 말하길,

"떠돌아다니느라 너무 곤궁해 남편이 죽었을 때 관복도 제대로 갖출 수 없어서 입은 옷 그대로 염하였습니다. 보신 모습 그대로입니다."

왕문로가 돌아오다가 청당문 밖에 자감사[24]가 있는 것이 생각나서

23 靑塘門: 靑塘은 오흥성의 수재를 막기 위해 삼국시대 오의 孫皓가 서북쪽에 축조한 제방이다. 청당문은 현 湖州市 吳興區 金泉街에 있다.

24 慈感寺: 당 乾元연간(758~760)에 창건되었으며 원래 호주성 밖 서북쪽에 있다가 建炎 3년(1129)에 현 潮音橋 부근으로 이전하였다. 나루터에 있어 관음을 모시는 절로 번성하였다. 청대 이후 쇠락하여 현재는 폐사가 되었다.

바로 가서 어젯밤에 어떤 손님이 오지 않았냐고 물었다. 스님이 답하길,

"특별한 귀빈은 없었습니다. 다만 한 시주께서 수륙재를 올린 일이 있습니다."

그제야 비로소 왕문로는 왕문삼이 수륙재에 서둘러 갔던 것임을 깨달았다.(서순립[25]이 한 이야기다.)

25 徐惇立: 吏部郎官을 지냈고 당대의 권신 秦檜와 사이가 좋지 않았다.

10 작은 마님 막씨莫小孺人

紹興十五年, 許子中叔容自丹陽還烏墩, 舟至奔牛, 與前廣州鄭通判柩船同泊堰下. 日且暮, 一紫衣吏自稱林提轄, 求見曰: "某, 鄭氏之隸也. 主君嬖妾莫氏, 本烏墩莫知錄庶女, 嫡母不容, 方在孕時, 逐其母, 女生於外舍. 旣長, 遂爲人妾, 會正室虛位. 實主家事, 號小孺人. 主君死於南方, 一子絕幼, 不能歸, 賴平江王侍郞喚有契好, 使人致其柩, 欲葳諸境內僧舍中. 家貲絕豐, 莫氏悉有之, 將從此歸其父. 聞君居烏墩, 幸爲達一書, 使來相迎." 許曰: "諾."

行數十里, 明日復會, 林曰: "莫氏願一見君, 祈爲先致囊橐." 許恐有他嫌, 拒弗受. 頃之, 又至曰: "書不暇作, 但致此意於知錄君足矣." 許至家, 他日詣知錄君告其事. 驚云: "無有也."

居數月, 許與中表高公儒遇, 語及之. 高驚曰: "吾幾墮其計中." 乃話所見: 初, 泊舟姑蘇館, 亦値林生, 其詞略同. 末云: "莫氏欲歸其父, 自念平生不相聞, 且失身於人, 必不見禮. 欲嫁爲人婦, 士大夫有所不可, 而閭閻市井又非厥偶, 思欲復入大家爲姬侍. 其人顏色絕美, 隨身貲財可直數千萬, 使君頗有意乎?"

高入, 謀諸妻, 妻慕其貨, 許納焉. 林曰: "欲先見之否?" 高喜, 留飮酒, 出立舷外以俟. 少時, 婦人靑衣紅裳, 步堤上, 令童子以小靑蓋障面, 腰支綽約, 容止閑暇爲之心醉. 林笑曰: "頗當君意否? 然此良家子, 難立券, 君當稍致幣帛, 如聘禮乃可." 卽以綵一束授之. 及暮而來, 曰: "約定矣. 今悉擧橐中物置君舟, 明日相見於某寺, 然後成禮." 話未訖, 負十餘篋來, 皆金珠犀象沈麝之屬.

及期, 林導高入寺, 至一室戶外, 望簾間數女子笑語, 紅裳者在焉. 顧見外人, 皆反走. 林曰: "君少止, 吾當先告語之." 入半日許, 悄無復命. 堂下誦經僧訝高久立, 來問故, 具以所見言. 僧曰: "山寺冷落, 安得有此?" 高猶以爲妄, 厲聲咄之. 老僧自室中出, 歎曰: "必此怪也, 比頻有所睹.” 引入視, 則藏院後列殯宮十餘所, 皆出木牌書主名, 有曰小孺人莫氏, 最後曰提轄林承信. 方震駭走出, 僕人奔報, 舟且沒. 繼一僕云: “舟幸無恙, 而所寄之物皆非矣.” 遽視之, 犀象香藥盡白黑紙錢灰, 所謂金珠器皿, 蓋髑髏獸骨牛糞也. 二人所遇如此, 高僅得脫耳. (太學生錢之望說, 未質於許也.)

소흥 15년(1135), 자가 숙용인 허자중[26]은 윤주 단양현[27]에서 수주 숭덕현 오돈진[28]으로 돌아오는 길에 배가 상주 무진현 분우진[29]에 이르러 전 광주[30] 통판 정씨의 운구를 실은 배와 함께 제방 밑에 정박하였다. 해가 막 질 무렵, 자주색 옷을 입은 서리 하나가 임제할이라고 자칭하며 허자중에게 만나기를 청하면서 이르길,

“저는 정 통판 밑에 있던 서리입니다. 통판의 애첩이었던 막씨는 본래 오돈진 사람으로 지록사참군사[31]였던 막씨의 서녀입니다. 지록의 부인이 그녀의 어미를 받아들이지 않아 막 임신했을 때 그 어미가 쫓겨나 다른 집에서 그녀를 낳았습니다. 그녀는 장성하여 통판의 첩

26 許子中: 자는 叔容이며, 乾道 5년(1169)에 淮西安撫司 參議官으로서 요새 건설과 피난민의 관전 경작을 관리하였고, 이듬해에는 兩淮와 京西의 철전 공급과 사용 문제 처리를 위해 司農丞으로 淮西로 파견되었다는 기록이 있다.

27 丹陽縣: 兩浙路 潤州 丹陽縣(현 강소성 鎭江市 丹陽市).

28 烏墩鎭: 兩浙路 秀州 崇德縣 烏墩鎭(현 절강성 嘉興市 桐鄕市 烏鎭). 烏墩은 남송 光宗의 이름 惇과 동음이어서 후에 烏鎭으로 개칭하였다.

29 奔牛鎭: 兩浙路 常州 武進縣 奔牛鎭(현 강소성 常州市 新北區 奔牛鎭).

30 廣州: 廣南東路 廣州(현 광동성 廣州市).

31 知錄事參軍事: 州 · 軍 군대의 獄事와 재정, 관리 규찰을 담당한 지방관이다. 고위 관료인 京朝官을 임명할 경우에는 지록사참군사, 하급 관리인 選人을 임명할 경우에는 錄事參軍事로 구분하였다. 약칭은 각각 知錄과 錄事이며 합칭은 錄曹이다.

이 되었는데, 마침 정실 자리가 비어 있어 실제로 집안일을 모두 주관하며 작은 마님[32]이라 불리었습니다. 통판께서 남쪽에서 돌아가셨는데, 하나밖에 없는 아들이 너무 어려 고향으로 돌아가 묻힐 수가 없었습니다. 다행히 평강부[33]의 시랑 왕환[34]과 각별했던 관계 덕분에 사람을 시켜 영구를 이곳까지 모시고 와 우선 평강부 경내의 사찰에 영구를 보관하게 해 주었습니다.[35] 통판 집안의 그 많던 재산을 막씨가 모두 차지하게 되었고, 지금 그 재산을 가지고 생부에게 돌아가고자 합니다. 듣기로 당신은 오돈진에 살고 있다고 하니 부탁하건대 편지 하나를 전해 주셔서 가족들이 와서 막씨를 맞아줄 수 있게 해 주십시오."

허자중이 "알겠소"라고 대답하였다.

배는 수십 리를 더 갔고, 다음 날 또다시 그들을 만났다. 임제할이 말하길,

"막씨가 그대를 한번 만나길 원합니다. 또 원하건대 자루 하나를 먼저 건네고자 합니다."

32 孺人: 고대에는 大夫의 정처, 당대에는 왕의 妾에 대한 封號였다. 元豐 3년(1080) 관제개혁 이후 升朝官인 정8품의 通直郎의 어머니와 부인에 대한 봉호였고, 政和 2년(1112)에는 7품관의 부인으로 개정되었다. 하지만 이런 규정과 달리 부인에 대한 존칭으로도 쓰였다.

33 平江府: 兩浙路 平江府(현 강소성 蘇州市).

34 王喚: 자는 顯道이며 紹興 14년(1146)에 寶文閣學士로 平江府지사를 지냈고 17년에 사록을 신청하여 提擧江州太平興國宮으로 은퇴하였다. 재상을 지낸 王珪의 증손자이며 권신 秦檜의 매형인데다, 아들이 없는 진회에게 자신의 아들을 양자로 보내서 권력과 밀접한 관계를 유지하였다.

35 菆: 관의 사방에 나무를 쌓아 관을 가리는 것을 가리켜 菆 또는 菆塗라고 한다. 부득이한 사정으로 장례를 치르지 못할 경우 시신을 관에 넣어 임시로 보관하는 草殯의 한 방식이다.

허자중은 혹시 다른 의심이라도 받을까 우려하여 거절하고 받지 않았다.

잠시 후 그가 다시 또 와서 말하길,

"미처 편지를 쓸 새가 없어서 그러니 당신이 우리의 뜻을 막지록에게 전해 주면 좋을 듯합니다."

허자중은 집에 도착하여 다른 날 막지록을 만나 그 일을 전하였다. 그는 깜짝 놀라 말하길,

"그런 일이 없었소."

몇 달 뒤 허자중이 외사촌[36]인 고공유와 만났을 때 그 이야기를 하였다.

고공유가 깜짝 놀라 말하길,

"나도 거의 그 계략에 빠질 뻔하였다네."

그리고 자신이 본 것을 말하였는데 다음과 같다.

처음에 배를 소주의 여관에 정박하고 마찬가지로 임씨를 우연히 만났는데, 와서 했던 말이 거의 같았다. 마지막에 말하길,

"막씨는 생부에게 돌아가고 싶어 하지만 아버지와 평생 서로 연락도 하지 않고 살았고, 또 다른 사람의 첩이었던 몸이라 제대로 대접받기란 결코 기대할 수 없을 것 같다고 스스로 여기고 있습니다. 다른 사람에게 재가하려고 하여도 사대부에게 갈 수도 없고 그렇다고 평범한 이들[37] 역시 배우자 감이 아니어서 그저 다시 대갓집 시첩으

36 中表: 고종사촌과 외사촌, 즉 고모와 외삼촌의 자녀 사이에서 서로를 부르는 칭호다.

37 閭閻: 25戶를 閭라고 하고 25호가 모인 里巷의 대문을 閻이라고 하였다. 후에 여염은 平民・民間, 鄕村・村落 등을 뜻하였다.

로나 들어가려고 생각하고 있습니다. 막씨는 미모가 매우 뛰어난데다가 가지고 있는 재산도 수천만에 이르니, 그대는 혹여나 막씨에 대해 생각이 있습니까?"

고공유가 집으로 와 아내와 그 일을 의논하니, 아내는 그 재물이 탐나 막씨를 첩으로 들이는 것을 허락하였다. 임제할이 말하길,

"먼저 만나 보시겠소?"

고공유는 기뻐하며 그를 남게 하여 술을 대접하고 밖으로 나가 뱃전에 서서 기다리고 있었다. 조금 후에 청색 저고리에 붉은 치마를 입은 부인이 제방 위로 걸어 올라왔는데, 동자에게 작은 청색 우산으로 얼굴을 가리게 하였다. 허리는 가늘고 날씬하였으며, 용모와 행동거지는 아름답고 품위가 있어 사람의 마음을 푹 빠지게 하였다. 임제할은 웃으며 말하길,

"그대의 마음에 드시지요? 어떻소? 하지만 이분은 양갓집 자손이니 계약서를 쓰기는 어렵소. 그대는 마땅히 약간의 폐백을 준비하여 빙례[38]로 막씨를 맞아 주었으면 좋겠소."

고공유는 채색 비단 한 속을 임제할에게 건넸다. 저녁이 되었을 때 와서 말하길,

"혼약이 정해졌습니다. 지금 자루 안의 모든 물건을 가져다 그대의 배에 실었습니다. 내일 한 절에서 만나 혼례를 올리지요."

말이 다 끝나기도 전에 10여 개의 상자를 들고 왔는데, 모두 금·진주·서각·상아·침향·사향 등 귀중한 것들이었다.

38 聘禮: 본래 초대할 때 경의를 표하기 위해 보내는 예물을 말하였으나 후에는 통상 혼례를 앞두고 신랑 측이 신부 측에 보내는 금전·물품 등의 예물을 뜻한다.

약속 시간이 되자 임제할이 고공유를 인도하여 절로 데려갔고 한 방 앞으로 갔다. 주렴 안에 몇 명의 여자들이 웃으며 이야기하고 있었고, 붉은 치마를 입은 여자가 안에 있는 것이 보였다. 밖에 사람이 온 것을 보자 모두 돌아갔다. 임제할이 말하길,

"잠시 기다리시지요. 내가 먼저 들어가 말씀을 드리겠소."

그런데 들어간 지 반나절이 지났는데도 아무런 말이 없었다. 그때 법당 아래서 경을 외고 있던 승려는 고공유가 오래 서 있는 것을 의아해 하며 와서 까닭을 물으니 고공유는 자신이 본 것을 모두 말하였다. 승려가 대답하길,

"산사가 호젓하기만 한데 무슨 그런 일이 있단 말이오?"

고공유는 여전히 승려가 이상하다 여기고 성난 목소리로 그를 꾸짖었다. 한 노승이 방에서 나와 탄식하며 이르길,

"이것은 요괴가 한 짓이 분명하오. 근자에 빈번하게 모습을 보였소이다."

노승은 고공유를 안으로 데려가 보게 하였다. 장경각 뒤에 십여 개의 관이 나란히 있는데, 모두 밖의 나무패에 주인의 이름을 써 놓았다. 그 가운데 하나가 막씨 부인이라고 쓰여 있었다. 그리고 가장 마지막 것에는 제할 임승신이라고 쓰여 있었다. 고공유가 기겁하여 밖으로 뛰쳐나왔을 때 노복이 달려와 배가 가라앉고 있다고 말하였다. 연이어 한 노복이 와서 말하길,

"다행히 배는 별일이 없지만 막씨가 맡겨 놓은 물건은 하나도 제대로인 것이 없습니다."

서둘러 가서 보니, 서각 · 상아 · 향약은 모두 희고 검은 지전의 재가 되었고, 소위 금 · 진주 · 그릇 등은 대개 해골, 동물의 뼈, 소똥이

었다. 고공유와 허자중 두 사람이 이런 일을 겪었고, 고공유는 겨우 화를 면했던 것이다.(태학생 전지망[39]이 한 이야기며 허자중에게 물어보지는 않았다.)

39 錢之望(1113~1199): 자는 表臣이고 兩浙路 常州(현 강소성 常州市) 사람이다. 지략이 뛰어났으며 해릉왕의 전면 공세 때 우윤문을 도와 공을 세우는 등 남송 초 혼란기에 도처에서 반군과 도적을 진압하는 데 큰 공을 세웠다. 工部尙書와 楚州·和州·廣州·盧州지사를 지냈다.

11 오은의 꿈吳圻夢

吳圻元翰, 政和中以太學錄習樂恩, 得上舍及第, 爲鎭江府教授, 代李伯紀. 已入官舍, 伯紀館書室未去. 圻夢一鬼, 紫袍金帶拜廷下曰: "後十五年當爲樞密使." 寤而甚喜. 由此益自負, 意執政可指期得. 既而仕宦殊不進, 靖康元年, 至定州獲鹿令以死. 伯紀乃以是年知樞密院.(圻之姪億說.)

자가 원한인 오은은 정화연간(1111~1118) 태학록으로 『악경』을 가르치는 은혜를 입었고,[40] 상사생으로 급제하여 진강부[41]의 교수가 되어 백기 이강의 후임이 되었다.

오은이 관사에 왔을 때 이강은 서재에 머물면서 아직 떠나지 않고 있었다. 오은은 꿈에 한 귀신을 만났는데, 자주색 도포와 금색 허리띠를 하고 공청 아래서 배알하며 말하길,

"15년 후에 추밀사가 될 것입니다."

오은은 꿈에서 깨어나 매우 기뻐하였다. 이때부터 자부심이 더욱 커져 자신이 집정이 될 날이 멀지 않았다고 생각하였다. 그러나 오은의 관운은 오히려 순조롭지 않았다. 정강 1년(1126)에 진정부 획록

40 太學錄은 학생의 규정 위반을 규찰하고 시험의 감독을 맡을 뿐 태학생을 상대로 강의하지 못하는데, 오은은 특별히 『악경』을 강의할 수 있었기에 은혜를 입었다는 말이다.

41 鎭江府: 兩浙路 鎭江府(현 강소성 鎭江市).

현[42]지사가 되었을 때 죽고 말았다. 이강은 이해에 추밀원 지사가 되었다.(오은의 조카 오억이 한 이야기다.)

42 獲鹿縣: 河北西路 眞定府 獲鹿縣(현 하북성 石家莊市 鹿泉區). 河北西路 定州(현 하북성 保定市 定州市)는 政和 3년(1113)에 中山府로 승격하였고, 획록현은 관할현이 아니므로 본문은 착오로 보인다. 이에 진정부 획록현으로 번역하였다.

조사광趙士珖

徐處仁擇之丞相居睢陽, 與南外宗正仲葩善. 洎帥[此下宋本闕一葉.] “尊公名爲何?” 曰: “巴.” 不能言仲葩.“字爲何?” 沉吟移晷, 曰: “與權.” 而其父乃字茂實, 敦義正悔與鬼語, 乘其誤, 叱之曰: “爾乃下鬼憑附, 非眞趙撫幹也! 豈有爲人子而不知父字者乎?” 命速輿出. 吏拊式歎曰: “招我來, 不見禮而相逐, 無故人意如此, 令我羞見他人.”

既還家, 敦義意殊未快, 復折簡詢其死後在何地, 有何人拘錄, 何以能來此, 世間所傳禍福報應事果何似, 吏曰: “所問事多, 容我緩爲報.” 索紙方欲下筆, 忽號呼數聲, 大書曰: “奉差我捉去見天齊仁聖帝.” 蹶然仆地. 凡三日, 吏乃甦. 蓋鬼留者幾半月, 其去也. 人疑戟門神所劾, 或恐泄陰間事, 故云. 敦義自是不再歲亦亡. 三徐同一紙書, 而敦濟·敦立獨不爲所記錄, 豈非壽祿未艾, 黠鬼不能窺邪? 士珖死時才三十七.(敦立說.)

자가 택지로 후에 승상을 지낸 서처인[43]이 고향인 응천부 송성현[44]에 살고 있을 때, 남외종정사 지종[45]을 맡고 있는 종실 조중파와 친하

43 徐處仁(1062~1127): 자는 擇之이며 京東西路 應天府 穀熟縣(현 하남성 商邱市 虞城縣) 사람이다. 監察御史 · 右正言 · 給事中 · 戶部尙書 · 尙書右丞 등을 거쳐 永興軍路 안무사를 지내면서 童貫의 재정 낭비에 대해 반대하여 주목받았다. 흠종 즉위 후 강경책을 주장하여 中書侍郎 · 太宰 겸 門下侍郎으로 중용되었지만 현실적인 타개책을 내놓지 못하여 곧 파직되었다.

44 睢陽: 京東西路 應天府 宋城縣(현 하남성 商邱市 睢陽區). 睢水의 북쪽에 위치하여 지어진 지명으로 天寶 1년(742)에 설치한 睢陽郡에서 유래한 별칭이다.

45 南外宗正司: 황실 종친을 관리하기 위해서 崇寧 1년(1102)에 송조의 발상지인 응

게 지냈다. 안무사가 된 뒤[송대 판본은 이 뒤의 1엽이 결락되어 있다.]

"아버님 존함이 어떻게 되시나?"

대답하길,

"파입니다."

중파라고 말하지 못하였다.

"자는 어떻게 되시나?"

그는 한참을 우물쭈물하더니[46] 대답하길,

"여권입니다."

하지만 그의 아버지 자는 무실이었다. 그때 서돈의는 귀신과 이야기 나눈 것을 막 후회하고 있어서 귀신이 잘못 대답한 틈을 타서 꾸짖길,

"너는 별 볼일 없는 귀신이 빙의한 것이지 진짜 조무간이 아니구나! 어찌 사람의 아들로 아비의 자를 모를 수 있단 말이냐?"

당장에 수레를 타고 나가라고 명했다. 서리는 수레 판을 툭툭 치면서 탄식하길,

"나를 부르더니 예를 다하지도 않고 쫓아내는구나. 이렇듯 옛 친구로서의 정이 조금도 없으니 나로 하여금 다른 사람을 볼 낯이 없게 하는구나."

집으로 돌아온 뒤 서돈의는 마음이 대단히 불편해서 다시 간략한 편지[47]를 써서 그가 죽은 후 어디에 있는지, 어떤 사람에 의해 잡혀갔

천부(현 하남성 商邱市)에 설치한 기관이며 책임자는 知宗이다. 남송 초에는 兩浙路 潤州(현 강소성 鎭江市)로 옮겼고, 다시 몇 차례의 이동을 거쳐 福建路 泉州(현 복건성 泉州市)에 자리 잡았다.

46 移晷: 본래 그림자가 움직인다는 뜻으로 상당한 시간이 지남을 가리킨다.

는지, 어떻게 세상에 올 수 있었는지, 세간에 전하는 길흉화복과 인과응보 등이 과연 어떠한지 등에 대하여 물어보았다. 서리가 말하길,

"물어본 것이 너무 많으니 내가 시간을 조금 들여서 답해도 되겠지요."

종이를 찾아 막 붓으로 쓰려 하는데 갑자기 몇 차례 호통치는 소리가 들리자 큰 글씨로 쓰길,

"나를 급히 보내 동악천제인성제[48]를 뵙게 하였다."

그리고는 갑자기 땅에 엎어졌다. 사흘이 지나자 서리가 다시 깨어났는데, 아마도 귀신이 보름 동안 머물다 떠나간 듯하였다. 어떤 사람들은 대문의 신장이[49]이 죄를 캐물은 것이 아닐까 여겼고, 어떤 사람은 저승의 일을 누설하였기에 그런 것이 아닐까 라고 수군거렸다. 서돈의 역시 그로부터 다시 해를 넘기지 못하고 죽었다. 서씨 형제 세 명의 이름은 한 종이에 쓰여 있었지만, 돈제와 돈립만 쓰여 있지 않았다. 아마도 수명과 봉록이 다하지 않아 교활한 귀신도 능히 엿볼 수 없었던 것이 아니겠는가? 조사광이 죽었을 때 나이가 겨우 37세였다.(서돈립이 한 이야기다.)

47 折簡: 반쪽짜리 죽간에 가볍게 쓴 글로서 예의가 정중하지 않음을 뜻하기도 한다.

48 東岳天齊仁聖帝: 동악 태산신에게 송 眞宗이 책봉한 封號로서 정식 명칭은 '大宋東岳天齊仁聖帝'이다.

49 戟門神: 미늘창(戟)은 도끼날과 뾰족한 창날이 함께 붙어 있는 창을 뜻한다. 악귀나 재해를 막기 위해 집의 대문에 붙여 놓는 신상의 그림에는 통상 미늘창이나 칼을 든 무장을 그리는데, 이를 가리켜 '창(戟)을 든 대문의 신'이라고 한다. 대부분 역대 명장을 모델로 한다.

이견을지 夷堅乙志 卷 3

01 목숨을 구걸한 개구리蛙乞命 | 02 수군 왕귀舟人王貴
03 진술고 여식의 시陳述古女詩 | 04 기왕 한세충이 도적을 주살하다韓蘄王誅盜
05 포성현 길가 여관의 파리浦城道店蠅 | 06 장씨 부인의 여종張夫人婢
07 두씨 첩의 아버지竇氏妾父 | 08 왕씨 부인의 시주王夫人齋僧
09 흥원종 묘지興元鍾誌 | 10 하주의 도인賀州道人 | 11 양대명陽大明
12 유약허劉若虛 | 13 혼돈등混沌燈 | 14 통직랑 왕순 사당王通直祠

01 목숨을 구걸한 개구리 蛙乞命

浙西兵馬都監康湑, 居臨安寶蓮山, 夏夜且睡, 爲蛙聲所聒, 命小童捕之. 湑熟寐, 夢十三人乞命. 湑曰: "吾職雖兵官, 非能擅生殺者, 何以能貸汝死?" 曰: "但公見許, 無不可者." 少焉魘寤, 告其妻. 妻曰: "得非群蛙乎?" 呼童詰之, 已置一瓶中, 驗其數, 正十三枚也, 卽釋之. 時紹興二十九年.(張才甫說.)

양절서로 병마도감[1]인 강서[2]는 임안부[3]의 보련산에 살고 있었다. 어느 여름날 밤, 막 잠이 들려고 하는데 개구리 우는 소리가 시끄러워서 어린 시종에게 잡아 오라 시켰다. 강서가 깊이 잠들었을 때, 꿈에 열세 사람이 와서 살려 달라고 간청하였다. 강서가 말하길,

"내 비록 무관 직책을 갖고 있지만 마음대로 죽이고 살릴 수 없는데, 어떻게 너희들의 죽을죄를 용서해 줄 수 있단 말이냐?"

그들이 말하길,

"그저 공께서 허락만 해 주신다면 안 될 일이 없습니다."

1 兵馬都監: 禁軍을 파견할 때 지휘권을 위임받는 무관직인데, 출정이나 변방 수비를 위한 경우에는 '行營兵馬都監'이라고 한다. 동일한 병마도감이지만 관할 부대의 크기는 路·州·縣·鎭 등 매우 다양하다.

2 康湑: 효종이 주도한 隆興북벌이 실패로 돌아간 이듬해인 隆興 2년(1164)에 禮部尙書 魏紀와 함께 부사로 금조에 파견되어 금조를 숙부로, 남송을 조카로 하고 세폐 20만 양필과 일부 영토 할양을 조건으로 하는 隆興和議를 체결하였다.

3 臨安府: 남송 兩浙路 臨安府(현 절강성 杭州市).

잠시 후, 가위에 눌려 잠에서 깨어난 강서가 그 일을 아내에게 알려 주자, 아내가 말하길,

"여러 마리 개구리가 아닐까요?"

어린 시종을 불러 캐물으니 이미 개구리를 동이 하나에 담아 두었고 그 수를 헤아리니 꼭 열세 마리였다. 즉시 개구리를 풀어 주었다. 소흥 29년(1159)의 일이다.(장재보가 한 이야기다.)

02 수군 왕귀舟人王貴

紹興三十一年, 北方遣使者高景山·王全來賀天申節. 詔中貴人黃述持扇帕迎賜之, 例用兩浙漕司舟. 舟師王貴者, 病死於楚州洪澤, 有二子. 其妻泣告述曰: "夫死, 舟當還官, 則一家數口且濱溝壑, 儻得長子繼役, 乃可續食矣, 願丐一言於漕使." 述許之. 還至鎭江, 與漕遇, 伸其請, 卽日剌爲兵以代貴. 述至丹陽, 晚泊. 貴棹小舟, 遙望而拜曰: "擧家荷公恩惠, 無以論報." 呼之使前. 謝曰: "人鬼路殊, 不敢登公舟也." 始省其死. 呼左右至, 已無所見.

소흥 31년(1161) 북방 금조에서 사신 고경산과 왕전을 보내 고종의 생일[4]을 축하하였다. 황제는 조서를 내려 환관 황술에게 부채와 수건을 갖고 가서 그들에게 하사하고 영접하게 하였다. 관례에 따라 양절로 전운사의 배를 사용하게 하였다. 수군 왕귀라는 자가 초주[5] 홍택호[6]에서 병사하였는데 슬하에 두 아들이 있었다. 왕귀의 아내가 울며

4 天申節: 통상 황제의 생일을 가리켜 '萬壽節'이라고 하는데, 황제마다 자신의 생일에 대한 고유한 명칭을 붙인다. 송태조는 長春節이고 태종은 乾明節·壽寧節이라고 하였다. 천신절은 남송 고종의 생일 명칭이다.

5 楚州: 淮南東路 楚州(현 강소성 淮安市).

6 洪澤湖: 강소성 서쪽에 있는 2,000㎢ 크기의 거대한 담수호이다. 고대에는 富陵湖, 한대 이후에 破釜塘, 수대에 洪澤浦라고 하였다가 당대에 비로소 홍택호라고 부르기 시작하였다. 본래 규모가 그렇게 크지 않았지만 1128년 황하가 회하로 물길을 바꾸면서 회하가 배수를 감당할 수 없게 되어 오늘과 같은 거대한 호수로 변모하였다.

황술에게 말하길,

"남편이 죽었으니 배를 관에 돌려보내야 마땅하지만 집안의 식솔들이 모두 굶어 죽어야 할 판입니다.[7] 만약 큰아들이 이 일을 이어서 할 수 있다면 식구들이 끼니를 이을 수 있습니다. 원컨대 전운사에게 한마디만 거들어 주십시오."

황술은 그러겠다고 허락하였다. 황술이 진강부[8]로 돌아와 전운사와 만났을 때, 왕귀 아내의 청을 잘 설명해 주니 그날로 그 아들에게 문신[9]을 하게 하고 병사가 되어 왕귀 자리를 대신하게 하였다. 황술이 진강부 단양현[10]에 도착했을 때 어두워져 배를 정박해 두었다. 왕귀가 마침 작은 배를 저어 오며 멀리서 황술을 보고는 절하며 말하길,

"온 식구가 공의 은혜를 입었는데 은혜에 보답할 길이 없습니다."

황술이 그를 불러 가까이 오라고 하였다. 왕귀가 감사하며 이르길,

"사람과 귀신은 길이 다르니 감히 공의 배에 오를 수는 없습니다."

황술은 그제야 그가 이미 죽었음을 깨달았다. 배 위의 시종들을 불러 모았으나 그는 이미 사라지고 없었다.

7 溝壑: 본래 황토지대의 침식곡을 뜻하나 전란과 기근 등으로 대량의 사망자가 나올 경우 침식곡에 매장한 데서 유래하여 굶어 죽기 직전의 곤궁한 상태를 뜻한다.

8 鎭江府: 兩浙路 鎭江府(현 강소성 鎭江市).

9 文身: 탈영을 막기 위해 군인에게 문신을 하는 경우는 고대부터 있었지만 오대에 와서 유행하였고, 송조는 이를 제도화하여 문신을 하는 풍조가 만연하였다. 통상 사병에게는 이마에 卒을, 장교에게는 상두박에 勇·忠 등의 글자를 문신하였는데, 이는 한편으로 무관에 대한 사회적 경시 풍조를 조장하기도 하였다.

10 丹陽縣: 兩浙路 鎭江府 丹陽縣(현 강소성 鎭江市 丹陽市).

03 진술고 여식의 시陳述古女詩

陳述古諸女多能詩文, 其一嫁壻曰李生, 爲晉寧軍判官. 部使者知其妻於詩最工, 以所藏小鴈屛從之求題品. 婦自作黃魯直小楷細書兩絶句, 其一曰: "蓼淡蘆欹曲水通, 幾雙容與對西風. 扁舟阻向江鄕去, 卻喜相逢一枕中." 其二曰: "曲屛誰畫小瀟湘, 鴈落秋風蓼半黃. 雲澹雨疎孤嶼遠, 會令淸夢到高唐." 兩篇淸絶灑落如是, 不必眞見畫也.

자가 술고인 진양[11]에게는 여러 명의 딸이 있었는데, 모두 시문에 능하였다. 그중 하나가 시집을 갔는데, 사위 이씨가 하동로 진녕군[12]의 판관이 되었다. 하동로 감사는 이씨의 아내가 시에 아주 능하다는 것을 알고는 소장하고 있던 작은 기러기 그림의 병풍을 보내서 품평을 청하였다. 그녀는 황정견 해서체를 이용한 작은 글씨로 두 개의 절구를 써주었다.

여뀌풀이 맑게 피고 갈대가 흐드러진 곳 굽이굽이 시내가 흐르는데,
몇 쌍의 기러기가 한갓지게 서쪽에서 불어오는 바람을 맞고 있네.

11 陳襄(1017~1080): 자는 述古이며 福建路 福州 候官縣(현 복건성 福州市 閩侯縣) 사람이다. 왕안석의 靑苗法에 대하여 거듭 반박하는 등 신법에 대해 매우 비판적이었지만 진양의 문재를 아낀 신종은 陳州·杭州지사로 내보내어 보호하여 주었다. 강직한 성품으로 유명하였고 많은 인재들을 추천하였으며, 수리사업과 학교 건립 등에 힘썼다.

12 晉寧軍: 河東路 晉寧軍(현 섬서성 楡林市 佳縣).

강은 고향으로 향하나 조각배 가지 못하니
꿈속에서나 기쁘게 서로 만나리.

굽이굽이 병풍에 누가 작은 소상팔경[13]을 그려 놓았는가,
기러기 가을바람에 떨어지듯 나르며 여뀌풀이 거의 누런빛을 띠네.
구름은 맑고 빗방울이 성근데 외로운 섬 아득히 보이고,
마침 맑디맑은 꿈에 고당[14]에 다다른 듯하네.

두 시의 극히 맑고 깨끗함이 이와 같으니 병풍의 그림을 볼 필요도 없었다.

13 瀟湘: 호남성 洞庭湖 남쪽에 있는 瀟水와 湘江의 아름다운 경치를 말한다. 습윤함과 따스함이 어우러진 호수와 완만한 언덕을 畵題로 한 소상 8경으로 유명하다. 호남성의 代稱이기도 하다.

14 高唐: 전국시대 雲夢澤에 만든 초의 樓臺로 楚襄王이 노닐다가 꿈에 巫山의 선녀를 만났다는 전설이 있다.

04 기왕 한세충이 도적을 주살하다韓蘄王誅盜

韓蘄王宣撫淮東, 獲凶盜數十輩, 引至金山, 陳刀劍于廷下, 以次斬之, 皆股戰就誅. 獨一盜躍而出揖, 指一刀最大者曰: "願從相公乞此刀喫." 韓笑曰: "甚好." 時有中使來宣旨者在坐, 爲言此人臨死不怯, 似亦可用. 韓曰: "彼用計欲脫耳." 竟殺之.

기왕 한세충이 회남동로 선무사로 있을 때 흉악한 도적 수십 명을 잡아 진강부 금산으로 끌고 가 뜰 아래 칼과 검을 진열하여 놓고 순서대로 베었다. 모두 두려워 다리를 벌벌 떨다가 주살당했다. 그런데 오직 한 명의 도적이 뛰어나와 읍하며 가장 큰 칼을 가리키며 말하길,

"상공께 원컨대, 이 칼에 당하기를 청하나이다."

한세충이 웃으며 답하길,

"그거 아주 좋구나!"

이때 황제의 명을 전하러 온 환관이 옆에 앉아 있었는데, 그 사람을 가리켜 죽음을 앞에 두고도 겁먹지 않으니 역시 쓸 만하다고 하였다. 한세충이 말하길,

"저자는 계략을 써서 죽음을 면하려 한 것일 따름이오."

곧바로 그를 베었다.

05 포성현 길가 여관의 파리浦城道店蠅

浦城永豐境上村民作旅店，有嚴州客人齎絲絹一擔來僦房安泊．留數日，主婦性淫蕩，挑與姦通．旣而告其夫云：“此客所將貨物不少，而單獨出路，可圖也．” 夫卽醉以酒，中夜持刃斫之．客大叫救人，聲徹于鄰．彼處居者甚少，僅有一鄰叟奔而至．婦走立于門，以右手遮拒使勿入，左手持客絲一把與之，叟喜而去，客遂死．夫婦共舁屍埋於百步外山崦裏，倉卒荒怖，坎土殊淺，主人自意無由泄露．

經數月，客之子訝父久役不返，向時固相隨作商，凡次舍道塗，悉所諳熟，於是逐程體訪．到此店跡絕，因駐物色．正晝悶坐，一蠅頗大，飛著于臂，揮之復來，至于五六．子念父心切，極疑焉，祝之曰：“豈非神明使爾有所告乎？但引我行．” 遽飛起，此子從其後．蠅營營如語，徑飛至客窆處．群蠅無數，子伸首探之，屍儼然存．走報里伍，捕凶人赴縣．鄰叟之過亦彰，遂爲明證．店夫婦並伏誅，叟坐杖脊，官毁凶室爲墟．鄭景實自莆田往臨安，道出其地，正見屋廬皆蕩析，遺趾一空．時淳熙十一二年間也．客寃得蠅而伸，殆與新昌鹿麑相類，蓋得鬼而誅云．

건양군 포성현[15] 영풍진 내 한 촌민이 여관을 하고 있었는데, 엄주[16]의 한 객상이 명주[17] 한 짐을 이고와 방을 빌려 머물렀다. 며칠을 머무

15 浦城縣: 福建路 建寧府 浦城縣(현 복건성 南平市 浦城縣).

16 嚴州: 兩浙路 嚴州(현 절강성 杭州市 建德市).

17 紗絹: 씨실과 날실을 한 올씩 교차하여 무늬 없이 얇게 짠 것으로 綿紬라고도 한다. 순백 · 亞白색 · 회백색이 있으며, 정련 여부에 따라 생명주와 명주로 구분한다.

는 사이 여관 주인의 아내가 음탕하여 그를 꼬드겨 간통하였다. 하지만 얼마 지나지 않아 그녀가 남편에게 말하길,

"이 손님이 가지고 온 물건이 적지 않고 또 혼자 다니니 물건을 뺏을 만하지 않아요?"

남편은 곧 그에게 술을 먹여 취하게 한 후 야밤에 칼로 찔렀다. 그 객상은 살려 달라고 비명을 질렀고, 그 소리가 이웃집까지 들렸다. 그곳은 사람이 거의 없는 데여서 겨우 옆집의 노인 한 명만 달려 왔다. 하지만 여주인이 달려 나와 문 앞에 서서 오른손으로 그를 막아 들어가지 못하게 하고, 왼손으로 객상의 비단 한 뭉치를 주었다. 노인은 좋아라 하며 돌아갔고 객상은 곧 죽고 말았다. 주인 부부는 함께 시신을 끌고 백 보쯤 떨어진 산굽이로 가서 파묻었다. 창졸간에 벌어진 일이라 황급하고 무서워 구덩이를 아주 얕게 팠지만 여관 주인은 비밀이 새어 나가지 못할 것이라 여겼다.

몇 개월이 지나 객상의 아들은 아버지가 오랫동안 돌아오지 않은 것을 의아해하였다. 그는 예전에 아버지를 따라가 장사하면서 머물렀던 숙소와 길에 대해서 모두 잘 알고 있었기에 길을 따라 수소문하였다. 이 여관에 이르렀을 때, 아버지의 종적이 끊긴 것을 알고 이곳에 머물며 찾기 시작했다. 한낮에 생각에 잠겨 앉아 있는데, 마침 큰 파리 한 마리가 날아와 어깨에 앉았다. 내쫓아도 다시 오기를 대여섯 차례 반복하였다. 아들은 아버지를 생각하는 마음이 간절하여 아주 의아해 하며 파리를 향해 기원하며 말하길,

"혹 신명께서 너를 시켜 나에게 무슨 말을 전하려는 것인가? 그렇다면 나를 이끌고 가 보아라."

그러자 파리는 급히 날아오르기 시작했고 객상의 아들은 그 뒤를

따랐다. 파리가 앵앵거리는 것이 꼭 무슨 말을 하는 것 같았는데, 곧 바로 그 객상이 묻힌 곳에 이르렀다. 수없이 많은 파리 떼가 몰려 있기에 아들은 목을 빼고 뒤져 보니 시체가 그대로 있었다. 이에 달려가 마을 향병들에게 알렸고 범인을 잡아 현으로 데리고 갔다. 이웃 노인의 과실까지도 드러나 마침내 모든 것이 명백해졌다. 여관 주인 부부 둘 다 사형에 처해졌고, 노인은 척장에 처해졌다. 관에서는 그 흉악한 집을 헐어 폐허로 만들었다.

정경실이 홍화군 포전현[18]에서 임안부로 갈 때 그곳을 지나갔는데, 집이 모두 헐려서 빈터만 남은 것을 직접 보았다고 하였다.

순희 11~12년(1185~1186)에 있었던 일이다. 그 객상의 원통함이 파리로 인해 풀렸는데, 이는 월주 신창현[19]의 어린 사슴 이야기와 매우 유사하다. 대개 귀신의 도움을 얻어 범인을 주살한 것이라고 하겠다.

18 莆田縣: 福建路 興化軍 莆田縣(현 복건성 莆田市).
19 新昌縣: 兩浙路 越州 新昌縣(현 절강성 紹興市 新昌縣).

06 장씨 부인의 여종張夫人婢

張稽仲叔夜樞密之夫人, 宗室克敞女也. 有小婢常侍左右, 每出必從. 在海州時, 因侍夫人夜如廁, 將還, 呼之不應, 至于再三. 他妾聞之, 亟往視, 乃俱歸, 將笞責此婢. 而是日以疾臥, 元未嘗出, 始知先攜燈者鬼物耳. 夫人不淹旬遂病, 踰月而卒.(張才父說.)

자가 계중인 첨서추밀사 장숙야[20]의 부인은 종실 조극창의 여식이다. 한 어린 여종이 늘 부인을 모셨고 외출할 때마다 매번 데리고 다녔다.

해주[21]에서 살 때, 여종이 부인을 모시고 밤에 화장실을 갔다. 부인이 돌아가려고 여종을 불렀는데도 대답이 없기에 거듭해서 불렀다. 다른 첩이 그 소리를 듣고 급히 가서 보고는 부인과 함께 돌아와 그 여종을 꾸짖고 매질하려고 하였다.

그런데 이날 여종은 병이나 누워 있었고 원래 밖에 나온 일이 없었

20 張叔夜(1065~1127): 자는 嵇仲이며 江南東路 信州 永豐縣(현 강서성 上饒市 廣豐區) 사람이다. 禮部侍郎과 龍圖閣直學士를 역임하였으며 宋江의 반란을 진압하는 데 큰 공을 세웠다. 채경과 사이가 좋지 않았으며, 鄧州지사로 있을 때 금군에 의해 개봉부가 포위되자 근왕군을 이끌고 와서 개봉 방위에 앞장섰다. 이때 簽署樞密使직을 수여받았다. 북송 멸망 후 금군의 협조 요청을 거부하고 포로가 되어 끌려가다가 자결하였다. 용맹과 충정으로 높이 평가받아 '忠文公'으로 추증되었다.

21 海州: 淮南東路 海州(현 강소성 連雲港市).

다. 그제야 비로소 먼저 등을 들고 따라나섰던 여종이 귀신임을 깨달았다. 부인은 열흘도 안 되어 병들었고, 한 달을 조금 넘기더니 죽고 말았다.(장재의 부친이 한 이야기다.)

07 두씨 첩의 아버지竇氏妾父

徐州人竇公邁, 靖康中買一妾, 滑人也. 未幾, 虜犯河北, 妾父母隔闊不相聞, 憂思之至, 殆廢寢食. 忽僵仆於地, 若有物憑依. 乃言曰: "某, 女之父也. 遭兵亂, 擧家碎于賊, 羈魂無所歸. 欲就此女丐食, 而神不許, 守竇氏之門歲餘矣. 土地憐我, 今日始得入." 竇氏曰: "汝不幸死, 夫復何言? 吾令汝女作佛事, 且具食祭汝, 汝亟去." 許諾, 妾卽蘇. 竇氏如所約, 陰與之戒, 勿令妾知. 又再歲, 其父乃自鄕里來, 初未嘗死也. 前事蓋黠鬼所爲以竊食云.

서주[22] 사람 두공매는 정강연간(1126~1127)에 첩을 한 명 샀는데, 활주[23] 사람이었다. 얼마 후 금군이 황하 이북 지역을 침략하였는데 첩은 부모와 멀리 떨어져 헤어진 뒤 서로 소식이 끊겼다. 이에 너무 걱정이 커서 잠을 잘 수도 음식을 먹을 수도 없는 지경이었다. 그러던 어느 날 갑자기 몸이 뻣뻣해져 땅에 쓰러지더니 마치 무언가가 빙의한 것처럼 보였다. 그러더니 곧 말하길,

"나는 이 여자의 애비라오. 전란으로 온 가족이 적의 손에 박살 나서 떠도는 혼백은 돌아갈 곳이 없소이다. 딸아이에게 와서 얻어먹으려 해도 신명이 허락하지 않아 두씨 집 대문에서 기다린 지 벌써 1년여가 되었소. 토지신도 나를 불쌍히 여기어 오늘에서야 비로소 들어

22 徐州: 京東西路 徐州(현 강소성 徐州市).
23 滑州: 京畿路 滑州(현 하남성 安陽市 滑縣).

올 수 있게 되었소이다."

두씨가 말하길,

"당신이 이렇게 불행하게 죽었으니 대체 무슨 말을 더 하리오? 내가 당신 딸을 시켜 재를 올리게 하고, 또 당신을 위해 음식을 갖춰 제사를 지내 줄 것이니 서둘러 좋은 곳으로 떠나시오."

귀신이 이를 승낙하자 첩은 곧 깨어났다. 두씨는 약속한 대로 해주었고 집안사람들에게도 몰래 주의를 주어 첩이 이 일을 알지 못하게 하였다. 그런데 또 한 해가 지나 첩의 아버지가 고향에서 왔는데, 당초 죽은 일이 없었다. 앞에 있었던 일은 아마도 교활한 귀신의 소행으로서 몰래 제사만 훔쳐 먹은 것이리라.

08 왕씨 부인의 시주 王夫人齋僧

宗室瓊王仲儡之子士周, 娶王晉卿都尉孫女, 少年時墮胎死. 死二十有二年, 當紹興丁丑, 士周以復州防禦使奉朝請, 居臨安糯米倉巷. 歲五月十二日, 天未曉, 妾楊氏夢人促使起曰: "天竺和尚且至." 旣明, 上竺僧中左來謁曰: "被命飯僧, 敢請其意." 出紙貼子一, 其辭云: "奉太尉台旨, 十五日就本院齋僧一堂, 承受使臣陳興押." 士周愕曰: "初未嘗有此意, 而使令中亦無陳興者."

中左慙而退. 出門, 遇中竺僧慶敷·靈隱僧了心, 皆言以齋意來白, 遂俱入, 復謁. 士周方拒其說未了, 聞空中喧呼, 入視之, 乃其子不騫之婢來喜者爲物所憑, 作王氏語謂士周曰: "無詰三僧, 爲此事者乃我也. 我以平生洗頭洗足分外用水及費纏帛履襪之罪, 陰府積穢水五大甕, 令日飮之. 乳母亦代我飮, 纔盡三甕, 又逐去, 不使代我. 我不堪其苦, 欲求佛功德以自救, 無由可得. 聞瓊王主龍瑞宮, 從者數百輩, 平生姬侍, 如萬恭人·王恭人·夏棋童輩皆在左右, 獨我以身汚穢不得前. 近從它人假大衣特髻, 方得入拜庭下. 王憫我窮, 以陳保義借我, 故使散齋貼於三寺. 我自爾請料錢三十千時爲夫婦, 今月俸十倍, 忍不救我?"

又喚一乳媼曰: "汝嘗見我, 何不言?" 媼曰: "前日實見夫人立太尉牀前, 恐太尉懼, 不敢說." 又責家人, 以其女嫁胡氏, 資送太薄, 至於典衣而不能贖. 又囑使嫁孀妹. 已而大慟, 且勸家人力爲善, 勿殺生. 其言切至, 聞者皆悲泣. 士周許爲齋三寺僧, 且於仙林寺設水陸. 王氏頗喜, 戲曰: "爲我典錢作功德, 無誦言於後也."

三僧言陳興者, 貌甚黑, 衣四䙆皂衫, 持舊青蓋. 人與之語, 輒退避. 飮茶設食, 但擧而嗅之. 初疑其飽, 與錢二百, 苦辭其半. 又從監寺僧取知委狀而去, 且告以士周所居. 云: "如得錢分從者時, 無須留待我, 我今往平江矣." 士周卽以錢授三寺. 後兩夕, 來喜者復夢王氏云: "我今坐蓮花盆中, 去不來矣." 龍瑞宮在會稽山下, 瓊王疑爲其神云. 張掄才父, 王壻也, 嘗見所書齋貼.

종실인 경왕 조중리[24]의 아들 조사주는 자가 진경인 부마도위[25] 왕선[26]의 손녀를 아내로 맞았는데, 부인이 젊어서 유산하다가 사망하였다. 세상을 뜬 지 22년이 되던 소흥 27년(1157), 조사주는 복주[27]방어사[28] 및 봉조청에 임명되어 임안부의 찹쌀 창고 거리에 거주하였다. 이해 5월 12일 날이 채 밝기 전인데 조사주의 첩 양씨의 꿈에 어떤 사람이 와서 일어나라고 재촉하며 말하길,

"천축사의 승려가 곧 도착합니다."

날이 밝자 상천축사[29] 승려 중좌가 찾아와서 아뢰길,

"스님들에게 음식 공양을 하라는 명을 받았는데, 무슨 뜻인지 감히

24 趙仲儡: 濮安懿王 趙允讓의 손자이고 景王 趙宗漢의 아들이다. 종실의 전례에 따라 右監門衛大將軍 · 武功大夫 · 忠州防禦使 등의 명예직을 받았고 紹興연간(1131~1162)에는 南外宗正事 知宗을 맡았다. 瓊王은 追封된 것이다.

25 都尉: 명예직인 勳官으로 上輕車都尉(정4품), 輕車都尉(종4품), 上騎都尉(정5품), 騎都尉(종5품) 등이 있다.

26 王詵(1036~1093, 또는 1048~1104): 자는 晉卿이며 河東路 太原府(현 산서성 太原市) 사람이다. 熙寧 2년(1069)에 英宗의 딸인 蜀國大長公主와 결혼하여 左衛將軍 · 駙馬都尉 등의 명예직을 받았다. 시서와 산수화에 능하였으며 특히 산수화의 대가로 유명하다.

27 復州: 荊湖北路 復州(현 호북성 天門市 · 仙桃市 일대).

28 防禦使: 무신에 대한 명예직으로서 元豐 3년(1080) 관제개혁 이후 종5품으로 節度使, 承宣使, 觀察使의 아래, 團練使, 刺史의 위에 위치하였다.

29 上天竺寺: 10세기에 항주 靈隱寺 남쪽에 창건된 사찰로서 白衣觀音을 모신 발상지이다. 상천축사와 함께 중천축사 · 하천축사가 함께 있었다.

여쭙고자 합니다.”

그리고 종이쪽지 하나를 꺼내었는데, 다음과 같이 쓰여 있었다.

“태위의 뜻[30]을 받들어 15일 본 사찰에서 승려를 함께 공양하는 불사를 시행하고 사신 진홍의 수결을 받아라.”

조사주가 경악하며 말하길,

“당초 우리는 시주할 계획이 없으며, 사령[31] 중에 진홍이라는 자도 없다.”

승려 중좌가 부끄러워하며 물러났다. 문을 나서자 중천축사 승려 경부와 영은사 승려 요심을 만났는데, 모두 재를 올리는 의향이 무엇인지 물어보려 왔다고 말하기에 곧 함께 들어가 다시 아뢰었다. 조사주가 그들이 말하려는 것을 미처 거절하기도 전에 공중에서 누군가 요란하게 부르는 소리가 들려서 들어와 보니 아들 조불건의 노비 내희라는 자에게 무엇인가가 빙의한 듯 왕씨의 말투로 조사주에게 말하길,

“세 스님을 나무라지 마세요. 이 일을 벌인 사람은 바로 저랍니다. 저는 평생 머리 감고 발을 씻는 데 정해진 양 이상으로 물을 썼고, 발싸개용 비단과 버선, 신발을 낭비한 죄를 져 명계의 관부에서 더러운 물 다섯 동이를 쌓아 두고 매일 이를 마셔야 한답니다. 유모가 저 대

30 台旨: 송대에 황제의 의견을 聖旨, 재상 의견을 鈞旨, 지사 의견을 台旨라고 하였다. 태위는 명예직이긴 하나 정1품의 최고위직이므로 台旨가 적합한 용어가 아니나 이 사건이 발생할 당시 조사주의 직위가 방어사였던 점을 고려할 필요가 있다. 다른 인물과 마찬가지로 저자 홍매는 조사주의 관직 가운데 최고위직을 기록하였다.

31 使令: 差遣官이나 使喚을 뜻한다. ‘使伶’이라고도 한다.

신 마시고 있지만 겨우 세 항아리를 마셨을 뿐인데 다시 좇겨나 저를 대신해 줄 수가 없어요. 저는 그 고통을 참을 수가 없어 부처께 공덕을 쌓아 스스로를 구하려 하지만 그럴 방법도 없답니다. 듣자 하니 경왕께서는 용서궁[32]을 관장하고 시종이 수백 명이나 되며, 평생 만공인, 왕공인, 하기동 등 희첩들이 모두 좌우에서 모시고 있다지요. 오직 저만 몸이 더러워 앞으로 갈 수가 없었습니다. 그래서 다른 사람에게 외투와 가채를 빌려 겨우 뜰로 들어가 절을 할 수 있었습니다. 용서궁의 궁주께서 저의 궁색함을 불쌍히 여기어 시종 진보의를 저에게 빌려주셨습니다. 그 덕분에 제가 세 절에 재를 올린다는 쪽지를 보낸 것입니다. 저는 당신 요전[33]이 삼만 관일 때 부부가 되었는데, 지금 매월 요전이 열 배가 되었으니 저를 구해 줄 수 없다고는 차마 못 하시겠지요?"

그리고 다시 한 늙은 유모를 불러 말하길,

"너는 나를 본 적이 있을 텐데 어찌 아무 말도 하지 않았느냐?"

유모가 말하길,

"앞전에 부인께서 태위의 침상 앞에 서 있는 것을 실제로 보았지만 태위께서 듣고 놀라실까 봐 감히 말씀드리지 못했습니다."

32 龍瑞宮: 현 절강성 紹興市 會稽山 동남쪽 宛委山에 자리한 도교 사원이다. 宛委山은 도교의 '第10洞天'에 해당하는 곳으로서 神龍 1년(705)에 창건한 懷仙館을 開元 2년(714)에 용서궁으로 개칭하여 후대로 이어졌다. 청대에는 龍神廟로 개칭하였지만 현지에서는 여전히 용서궁으로 불렸다.

33 料錢: 당대 초 공해전의 자본을 각 주지사가 운영할 수 있도록 1인당 40~50관씩 대출해 주고 매월 이자로 4관을 징수하였는데, 이를 가리켜 料錢 또는 月料錢이라고 하였다. 송대에도 관리들은 봉록 외에도 식료품을 주거나 그에 해당하는 현금을 주었는데 이를 가리켜 料錢이라고 한다.

또 집안사람들을 책망하며, 딸을 호씨네 집에 시집보낼 때 지참금을 너무 적게 주어 지금 옷가지를 저당 잡히고 그것을 찾아갈 수도 없는 지경이라고 하였다. 또 과부가 된 여동생을 재가시켜 달라고 부탁했다. 잠시 후 대성통곡을 하더니 집안사람들에게 힘써 좋은 일을 하고 살생하지 말 것을 당부했다. 그 말이 어찌나 절절한지 듣는 사람들 모두 서럽게 울었다. 조사주는 세 사찰의 승려에게 공양을 드리겠다고 허락하였고, 또 선림사[34]에서 수륙재를 지내 주었다. 왕씨는 자못 기뻐하며 농담 삼아 말하길,

"나를 위해 물건을 전당 잡히고 돈을 마련해 공덕을 쌓았으니 후에 다시 와서 이런저런 말[35]을 하지는 않겠어요."

세 승려가 말하길 진홍이라는 자는 얼굴이 매우 검고, 사방의 매듭이 트인 검은 적삼을 입고 있었으며 손에는 오래된 청색 우산을 들고 있었다고 한다. 다른 사람들이 그와 말하려 하면 매번 몸을 피했으며, 차를 마시고 음식을 먹을 때마다 그릇을 들어 냄새만 맡곤 하였다. 처음에는 배가 불러서 그런가 싶어서 돈 200문을 주었지만 굳이 사양하고 그 반만 받았다. 그리고 주지[36]에게서 위임장을 받아 갔으며, 또 조사주가 거하는 곳을 알려 주면서 말하길,

34 仙林寺: 紹興 32년(1162)에 창건된 사찰로 현 杭州市 餘杭區 中山北路 동쪽의 仙林橋直街에 있다. 隆興 1년(1163)에 효종에 의해 '隆興萬善大乘戒壇'이란 사액을 받아 수계를 행하는 중요한 사찰이 되었다. 원말에는 張士誠이 軍器局으로 썼고, 명 洪武 4년(1371)에 중건되었다. 1929년 사찰 내에 학교를 세우면서 폐사가 되었다.

35 誦言: 경전에 나오는 말을 읊는다는 말이며, 공개적으로 분명히 말한다는 뜻도 있다.

36 監寺僧: 사찰 주지에 대한 별칭이다.

"만약 생긴 돈을 노복들에게 나눠 줘야 할 때 내 것을 남겨 둘 필요가 없습니다. 나는 지금 평강부[37]로 갑니다."

조사주는 즉시 돈을 세 절에 시주하였다. 이틀 뒤 내희의 꿈에 왕씨가 다시 나타났는데, 그녀가 말하길,

"나는 지금 연꽃 화분 가운데 앉아 있고, 한번 가면 앞으로는 다시 오지 않을 것입니다."

용서궁은 회계산[38] 아래 있는데, 경왕은 용서궁의 신이 한 말이 아닐까 생각했다. 장륜재의 부친은 왕선의 사위인데, 일찍이 그 공양을 기록한 쪽지를 본 적이 있다고 한다.

37 平江府: 兩浙路 平江府(현 강소성 蘇州市).

38 會稽山: 절강성 紹興市에 위치한 산으로 夏의 禹王이 제후를 모아 놓고 공적을 따졌다(會計)고 하여 붙여진 이름이다. 會稽는 會計와 같은 뜻이다. 높이 354m에 불과하지만 우왕의 능이 있고, 『周禮』, 『山海經』 등에 기록되어 널리 알려졌다. 또 회계산은 전5세기에 越王 勾踐이 吳王 夫差에 포위되어 패하였다가 20년의 嘗膽 끝에 부차를 격파하여 '회계의 치욕'을 설욕하였다는 고사로도 유명하다. 始皇帝도 방문하여 비석을 세웠다.

09 홍원종 묘지興元鍾誌

[此下宋本闕十四行又一葉.]

[송대 판본은 이 뒤의 14행과 그 뒤의 1엽이 결락되어 있다.]

10 하주의 도인賀州道人

顏博文, 字持約, 建炎中謫居賀州. 平生好延方士, 雖窮約不少倦. 有客敝衣大冠, 善飮酒, 數過顏, 輒出酒飮之. 他日, 邀顏出, 行城外十里許, 入深山, 同坐石上, 謂顏曰: "偶獲名酒, 幸公同一醉." 袖出一瓢, 取兩杯共酌. 顏亦嗜酒, 度各飮十四五杯, 顧其瓢纔堪受升餘, 而終日傾不竭, 始異之, 起再拜. 道人曰: "子眞可教, 然子方居遷謫中, 當有以給朝夕之費." 卽取書一編, 授顏, 閱之, 乃唐圭峰長老宗密所注『周易參同契』也. 中有化汞爲銀之法, 暇日試之而信.

後居廣州, 每月旦望二七日, 必詣海山樓, 視漁舟所過, 悉買魚蝦放諸海, 或至費數千. 朱丞相漢章時爲監司幹官, 謂顏曰: "公未脫散地, 俸入殊不多, 何以繼此?" 曰: "吾嘗得一鍛汞法, 今數爲之. 道流有過者, 我館之, 或經年, 須其自去乃已. 餘悉爲放生之具, 此外一錢不敢妄用." 丞相求觀. 顏令宿齋戒, 逮旦而往. 顏索水銀十兩, 置釜中, 取夾袋內紅粉末刀圭糝其上, 以炭五斤燃之. 少焉汞汁躍出, 高數寸, 乃復下, 如是再三, 則四面施炭, 鼓鞴扇之. 俄青焰上騰. 曰: "可矣." 鉗出, 擲下地, 俟冷而稱之, 得銀十兩, 無少耗焉.(朱丞相說.)

자가 지약인 안박문은 건염연간(1127~1130)에 하주[39]로 귀양 가서 지내게 되었다.[40] 안박문은 평생 방사를 초빙하길 좋아하여 비록 곤

39 賀州: 廣南西路 賀州(현 광서자치구 賀州市).

40 顏博文: 금조가 북송을 멸망시킨 뒤 張邦昌을 괴뢰 황제로 즉위시킬 때 著作郎이었던 顏博文은 '황제 자리는 어차피 무력이나 선양 둘 가운데 하나로 차지하는 것'이라며 적극적으로 아첨하였다. 후에 관련자들을 처벌할 때 朝散大夫였던 안박문

궁하였지만 그들을 대하는 데 조금도 태만하지 않았다. 한 객이 왔는데, 헤진 옷에 큰 모자를 썼고 술을 잘 마셨다. 여러 차례 안박문의 집을 지났는데, 안박문은 그때마다 나가서 술을 대접하였다. 어느 날 그는 안박문을 부르더니 외출하자고 하여 성 밖으로 10리쯤 가 깊은 산속으로 들어갔다. 돌 위에 함께 앉은 뒤 안박문에게 말하길,

"우연히 좋은 술을 얻었으니 공과 함께 한번 취해 볼 수 있으면 좋겠소이다."

그는 소매에서 호리병 하나를 꺼내더니 잔 두 개를 가져와 함께 마셨다. 안박문도 술을 좋아하였는데, 각자 열네다섯 잔 정도 마셨을 때 그 호리병을 보니 겨우 한 되 남짓 담을 수 있는 것인데, 종일 따라도 줄지 않아 비로소 기이하게 여겨 일어나 두 번 절하였다. 도인이 말하길,

"그대는 참으로 가르칠 만하오. 그러나 그대는 지금 귀양 와 있는 몸이니 당연히 아침저녁 밥값이라도 있어야 하지 않겠소."

그는 곧 책을 한 권 꺼내 안박문에게 주었고, 안박문이 그것을 보니 곧 당나라 규봉 장로 종밀[41]이 주를 단 『주역삼동계』[42]였다. 그 가운데는 수은을 은으로 만드는 법이 있었는데, 한가한 날 그것을 실험

은 하주로 귀양갔다.

41 宗密(780~841): 사천성 果州(현 南充市) 사람이다. 다양한 불교사상과 실행의 통일을 추구하는 禪敎일치를 주장하였고, 나아가 유불도 3교 융합을 주장하였다. 저서로는 『金剛般若經論疏纂要』와 『原人論』이 있다.

42 『周易參同契』: 동한 魏伯陽이 지은 연단술에 관한 책이다. 상중하 3편으로 이루어졌으며, 주역의 爻象을 이용해 연단과 신선이 되는 방법을 설명하고 있다. 도교의 內丹·外丹派 모두 매우 중시하고 있다. '參'은 『周易』·黃老·爐火 등 3事를 뜻한다.

해 보니 믿을 만한 것이었다.

후에 광주[43]에서 살게 되었는데, 매월 초하루와 보름, 그리고 27일에 반드시 해산루[44]에 가서 고깃배가 지나가는 것을 보면 물고기를 모두 사서 바다에 방생하였는데, 그 비용이 수천 문에 달하기도 하였다. 당시 자가 한장인 승상 주탁[45]이 전운사 소속 간판공사로 근무하고 있었는데, 안박문에게 말하길,

“공은 여전히 한직[46]으로 밀려나서 봉록도 매우 적을 터인데 어찌 이런 일을 계속하고 있소?”

안박문이 대답하길,

“저는 일찍이 수은을 단련하는 비법을 얻어 지금 자주 쓰고 있습니다. 제 집 앞을 지나는 도사가 있으면 제가 그들을 재워 주는데, 어떤 이는 한 해를 넘기기도 하지만 반드시 그들 스스로 떠날 때까지 아무 소리 하지 않습니다. 남는 것은 모두 방생에 쓰고 이외에는 한 푼도 함부로 쓰지 않습니다.”

수은으로 은을 만드는 것을 보고 싶다고 청하자 안박문은 주탁에

43 廣州: 廣南東路 廣州(현 광동성 廣州市).

44 海山樓: 현 廣州市 越秀區의 大南路와 北京路의 교차지에 위치했던 누각으로서 慶曆 5년(1045)에 광주성 남문 앞의 珠江 강변에 세워졌다. 주강의 풍광과 광주를 오가는 선박을 조망하는 명승지로 유명하였는데, 원대에 불탄 뒤 없어졌다.

45 朱倬(1086~1163): 자는 漢章이며 福建路 福州 閩縣(현 복건성 福州市 · 閩侯縣) 사람이다. 진사급제 후 복건 · 광동 · 광서에서 재정 담당 속관을 지냈고, 紹興 7년(1137)에 左議郎으로 승진하였으나 秦檜와 불화하여 복주에서 10년간 은거하였다. 紹興 29년(1159)에 御史中丞이 되었고, 이듬해 參知政事가 되었다. 紹興 31년(1161)에 尙書右僕射同平章事가 되었으며, 해릉왕의 전면 공세에 맞서 친정을 주장하였다. 효종 즉위 후 은퇴하였다. 虞允文 · 史浩 등의 인재를 대거 발탁하였다.

46 散地: 본래 자기 영토를 뜻한다. 자기 땅에서 전쟁을 하면 위기 상황에서 병사들이 쉽게 도망간다고 한 데서 유래하였다. 한편 ‘閑職’을 뜻하기도 한다.

게 목욕재계하며 하루를 지내고 다음 날 아침 일찍 오라고 하였다. 안박문이 수은 10량을 가져다 솥에 넣고 주머니 안에서 붉은 분말을 꺼내서 탕시[47]에 담아 그 위에 흩뿌렸다. 그리고는 석탄 다섯 근으로 불을 땠다. 잠시 후 수은 즙이 몇 촌[48] 높이까지 펄펄 끓어올랐다가 내려가기를 두세 차례 반복하였다. 그러자 사방으로 석탄을 넣고 풀무질을 해 바람을 일으켰다. 잠시 후 파란 불꽃이 위로 일어났다. 안박문이 말하길,

"다 되었습니다."

안박문은 그것을 꺼내 땅에 내려놓고, 식기를 기다려 달아 보니 은 10량이었다. 조금도 줄어든 것이 없었다.(승상 주탁이 한 이야기다.)

47 刀圭: 한약 용기의 명칭이기도 하고 湯匙라고 하는 중국식 수저의 명칭이기도 하다.

48 寸: 현재의 도량형으로는 3.3㎝이지만 송대에는 3.1㎝였다. 그 구체적인 길이는 시대와 지역에 따라 편차가 있지만 1丈=10尺=100寸=1000分의 십진법을 원칙으로 하였다.

11 양대명陽大明

南安軍南康縣民陽大明葬父於黃公坑山下，結廬墓側．所養白雞爲狸捕去，藏之石穴．次夕，大雷震，石粉碎，狸死焉，人以爲孝感．有道人至廬所見之，歎其純孝，指架上道服曰：“以是與我，當有以奉報．”大明與之，無靳色．道人解腰間小瓢，貯衣其中．瓢口甚窄而衣入無礙．俄取桉間小黑石拊摩之，噓呵良久，則成紫金矣．又變藥末爲圓劑以授大明，明謝曰：“身居貧約，且在父喪，不敢覬富壽也．”道人益奇之，復探瓢取道服還之，曰：“聊試君耳．”

題詩椽間曰：“陽君眞確士，孝行動穹壤．皇上憐其艱，七夕遣回往．逡巡藥頑石，遺子爲饋享．子旣不我受，吾亦不汝強．風埃難少留，願子志勿爽．會當首鼠記，青雲看反掌．”遂別去．鄕人聞者競觀之．題處去地幾丈許，始以淡墨書，旣而墨色粲發，字體飛動，皆疑其人仙者云．時紹興十三年也．里胥以事聞于縣，縣令李能一白郡守上諸朝．明年，詔賜帛十四，令長吏以歲時存問之．其事具『起居注』．

남안군 남강현[49]의 주민 양대명은 황공갱산 아래 아버지를 묻고 묘 옆에 여막을 짓고 시묘하였다. 그가 키우던 흰 닭을 살쾡이가 잡아가 바위 굴 속에 숨겨 두었다. 다음 날 저녁 큰 천둥과 번개가 바위굴을 쳐서 바위가 깨지고 살쾡이가 그 안에서 죽자 사람들은 그의 효성이 통했다고 여겼다. 한 도인이 여막에 와서 그를 보더니 그 순수한 효

49 南康縣: 江南西路 南安軍 南康縣(현 강서성 贛州市 南康縣).

심에 감탄하며 시렁에 걸린 도복을 가리키더니 말하길,

"이것을 나에게 주면 분명 좋은 일이 있을 것입니다."

양대명은 도사에게 도복을 주었는데, 조금도 꺼리는 기색이 없었다. 도인은 허리춤에 찬 조그만 표주박을 풀더니 옷을 그 안에 넣었다. 표주박 주둥이는 매우 좁았지만 옷을 넣는 데 지장이 없었다. 잠시 후 도인은 안석 사이에 있는 작은 검은색 돌을 가져와 비비면서 한참 동안 숨을 불어 넣으니 그것이 곧 자주색 금이 되었다. 또 약 가루를 뭉쳐 환약처럼 만들어 양대명에게 주었다. 양대명이 사양하며 말하길,

"저는 가난한데다 또 아버지 상까지 당하여서 부귀와 장수를 감히 바랄 수 없습니다."

도인이 그를 더욱 각별하게 여겨 다시 표주박을 찾아 도복을 꺼내어 그에게 돌려주며 말하길,

"잠시 그대를 시험해 본 것일 뿐이라오."

이에 도인은 서까래 사이에 다음과 같은 시를 남겨 주었다.

양군은 진정 참다운 사인,
그 효행 하늘과 땅을 움직였네.
황상께서 그가 어버이 상을 당함에 불쌍히 여겨,
칠석에 사람을 보내 돌아보게 했네.
명약과 귀한 보석[50]을,
그대에게 주어 누리게 하였지만 사양하였네.

50 頑石: 女媧가 하늘을 메울 때 썼던 오채색의 靈石이라고 하며, 단단한 돌이나 보석을 뜻하기도 한다.

그대 내가 주는 것을 이미 받지 않는다 하니,
나 역시 그대에게 강권할 수가 없네.
바람도 먼지도 잠시 머물기 어려운 그대여,
원컨대 그대의 뜻이 무너지지 않게 하오.
당연히 주저하면서도[51] 이 시를 쓰노니,
고관대작이야 손바닥 뒤집듯 가볍게 보시게나.

도사는 곧 떠났다. 마을 사람들이 그 이야기를 듣고 모두 서둘러 와서 보았다. 시를 쓴 곳은 땅에서 높이가 몇 길이나 되고 앞 글자는 옅은 먹색인데 점차 검은색이 찬연히 빛나고, 글자는 나는 듯 생동감이 있어 모두 그 도사가 신선이 아닐까 생각했다. 때는 소흥 13년(1144)의 일이다. 향리가 이 일을 현에 알렸고, 현지사 이능일은 주지사에게 알려 조정에 상신하게 하였다. 이듬해 황제가 비단 10필을 하사한다는 조서를 내렸다. 또 현지사[52]를 시켜 매년 때가 되면 양대명을 문안하게 하였다. 이 일은 『기거주』[53]에 실렸다.

51 首鼠: 주저한다는 뜻이다. 가장 앞에 선 쥐가 동정을 살피느라 주저한 데서 유래하였다. 주저주저하며 결정하지 못한다는 뜻의 '首鼠兩端'으로 널리 쓰인다.

52 長吏: 주지사 · 현지사를 통칭한다. 본문의 장리는 남강현지사를 지칭하는 것이다.

53 起居注: 황제를 수행하는 사관(종6품인 起居舍合과 起居郎)이 황제의 언행을 기록한 것이다. 左史는 사건을 右史는 발언을 기록하여 국사 편찬의 기본 자료로 삼았다. 대외 유출이 금지되었고 국사 편찬 후 파쇄하여 명청대 이전의 기거주로는 『大唐創業起居注』가 유일하다.

12 유약허劉若虛

錢塘人劉實, 字若虛, 老於場屋. 紹興五年赴省試, 寓北山僧舍. 其僕王高者服勤累年矣, 夜扣戶呼曰: "適夢明日牓出, 樊光遠爲第一人, 劉若虛次之. 夢中了然, 主公必高選." 劉亦喜. 如期揭牓, 樊冠多士, 而劉被黜. 識者審其夢云: "若虛, 劉字也. 牓不言劉實而言劉若虛, 無名之兆耳."

後七年, 始以特奏名試大廷, 又入五等爲助教, 納敕不拜. 會顯仁皇后北歸, 劉與同科沈亮功皆獻頌, 有旨許出官一任, 調主吉州太和簿. 族人有精五行者, 謂劉無食祿相. 踰年, 官期至, 縣遣手力一人來迎. 劉, 書生也, 已大喜滿望, 置酒, 呼族人質之曰: "平生言我不作官, 今迓卒至矣." 族人但引咎悔謝. 酒罷還家, 復布算推測, 密告人曰: "若虛苟得祿, 吾不復談命." 竟以登塗前一日死.(湊季文說.)

자가 약허인 항주 전당현[54] 사람 유실은 과거 시험장에서 세월을 다 보냈다. 소흥 5년(1135), 성시를 보러 가서 북산의 한 사찰에서 머물렀다. 유실의 노복 중에 왕고라는 자가 있었는데, 여러 해 동안 맡은 일을 열심히 하였다. 그날 밤 문을 두드리며 큰소리로 말하길,

"지금 막 내일 합격자 방문이 붙는 꿈을 꾸었습니다. 번광원이 일등이고 유약허가 그 다음이었습니다. 꿈속의 정황이 너무 분명하니 주인께서 반드시 높은 점수로 합격하실 겁니다."

54 錢塘縣: 兩浙路 杭州 錢塘縣(현 절강성 杭州市).

유실 역시 기뻐하였다. 기한이 되자 방문이 붙었는데, 번광원이 여러 사인 가운데 일등이었다. 하지만 유약허란 이름은 없었다. 아는 사람이 그 꿈을 풀어서 말하길,

"약허는 유실의 자입니다. 방문에 유실이라 하지 않고 유약허라 한 것은 합격자 명단에 없을 거라는 징조였습니다."

유실은 7년 뒤에 비로소 특주명으로 조정에서 시험을 쳤지만 성적이 가장 낮은 5갑에 속하여 주학조교[55]로 임명한다는 조칙을 받았지만 부임하지 않았다.[56] 마침 현인황후[57]가 북쪽 금조에서 돌아올 때 유실은 과거 합격 동기생인 심량공과 함께 송축하는 글을 바쳤는데, 고종으로부터 한 차례에 한해 지방관[58]으로 부임하라는 성지가 내려와 길주 태화현[59] 주부를 맡게 되었다. 유실의 집안사람 가운데 오행에 정통한 자가 있었는데, 유실은 녹봉을 받을 수 있는 상이 아니라고 말하였다. 한 해가 지나 부임해야 하는 날짜가 다가오자 태화현에서 아병[60] 한 사람을 보내 그를 맞이하였다. 유실은 서생이었기에 벌써부터 크게 기뻐하며 기대에 가득 찼다. 술상을 차려 놓고 그 집안

55 州助教: 특주명, 특별 은택 또는 納粟으로 관직을 얻은 사람에게 주는 종9품의 최말단 직급이다. 약칭은 조교이다.

56 不拜: 임명을 받아들이지 않는다는 뜻이다.

57 顯仁皇后(1080~1159): 성은 韋씨이며 개봉부(현 하남성 開封市) 사람으로 휘종의 비빈이며 고종의 생모다. 靖康 1년(1126)의 북송 멸망 때 賢妃 신분으로 금조에 포로가 되어 끌려가 갖은 고생을 다 겪었다. 고종이 즉위하고 紹興 12년(1142)에 소흥화의가 체결되자 이듬해 귀국하였다. 북송 멸망으로 압송된 3,400여 명의 포로 가운데 유일하게 귀환하였다.

58 出官: 京官으로 지방관에 보임되는 것을 뜻한다.

59 太和縣: 江南西路 吉州 泰和縣(현 강서성 吉安市 泰和縣).

60 手力: 관아에서 잡역을 담당하던 하급 아전 또는 군졸이다. 본문에서는 迓兵과 같은 뜻으로 썼다.

사람을 불러 묻길,

"그대는 평소 내가 관직에 오르지 못할 것이라 말했지만 지금 나를 맞이하러 아병이 도착했네."

이에 집안사람은 그저 자기의 잘못이라며 사과하였다. 하지만 술자리가 파한 뒤 집으로 돌아가 다시 산가지를 펼쳐 점을 치고서 몰래 다른 사람에게 말하길,

"만약 유실이 정말로 관직을 얻는다면 나는 다시는 점괘에 대해서 말하지 않겠다."

결국 유실은 태화현으로 출발하기 하루 전에 죽었다.(자가 계문인 능경하[61]가 한 이야기다.)

61 淩景夏: 자는 季文이며 兩浙路 杭州 餘杭縣(현 절강성 杭州市 餘杭縣) 사람이다. 紹興 2년(1132) 과거에 차석으로 붙었다. 刑部員外郎으로 있을 때 秦檜의 주화론에 대해 반대하였다가 지방관으로 좌천되었고 다시 10여 년 동안 향촌에 은거하였다. 진회가 죽은 뒤 비로소 복직하여 中書舍人, 撫州 · 襄陽지사, 吏部侍郎를 지냈다. 강직하고 후덕하였다.

13 혼돈등混沌燈

會稽陸農師左丞少子寶，居無錫縣，招老儒陳先生誨諸子. 幼子甫六歲，敏慧夙成，纔入學，卽白先生，乞爲對偶. 以兩字·三字命之，笑曰："不足爲也." 益至五字，乃可. 試書曰："鷺宿沙頭月"，應聲曰："鴉翻樹杪風" 又令對"濃霜雁陣寒"，答曰："殘月雞聲曉." 每出語輒驚人，而了不置思. 父母皆喜，謂兒長大當可繼左丞.

明年正月八日，令其僕買大竹作燈毬，漫以黑紙，掛于几桉之側. 人問何物? 曰："此名渾沌燈." 明日，穴其一竅. 如是凡七日，至十五日而七竅成. 兒是夕亦卒. 所謂"日鑿一竅，七日而渾沌死." 異哉! (陳阜卿說. 阜卿，陳先生子也.)

월주[62] 사람으로 자가 농사인 육전[63]은 상서성 좌승을 지냈다. 그에게 어린 아들이 있었는데 이름은 육보였다.

상주 무석현[64]에 살고 있던 육전은 원로 유학자 진 선생을 불러 자식들을 가르치게 하였다. 막내아들은 그때 겨우 여섯 살이었지만, 명

62 會稽: 兩浙路 越州(현 절강성 紹興市).

63 陸佃: 자는 農師이며 兩浙路 越州 山陰縣(현 절강성 紹興市) 사람이다. 매우 빈한한 집안에서 형설지공으로 학업을 달성하여 관직에 나갔으며 왕안석의 학문적 계승자로 평가받았지만 신법에 대해서는 그다지 긍정적이지 않았으며, 구법당에 대한 정치적 압박에 반대하여 좌천되기도 하였다. 吏部尙書를 거쳐 재집인 상서성 우승과 좌승을 역임하였다. 유명한 시인 陸游의 조부이기도 하다.

64 無錫縣: 兩浙路 常州 無錫縣(현 강소성 無錫市).

민하고 슬기로우며 조숙하였다. 막 공부를 시작하자마자 진 선생에게 시의 대구를 달라고 청하였다. 선생이 두세 글자를 대구로 주자 웃으며 말하길,

"대구가 너무 적어 부족합니다."

선생이 다섯 글자로 늘려 주자 곧 대응하였다. 선생이 시험 삼아 대구를 쓰길,

"백로가 모래밭에서 쉬니 그 머리에 달빛이 비치는구나."

그러자 대응하길,

"까마귀가 나무 사이로 날자 가지 끝이 바람에 휘날리누나."

선생이 다시

"짙은 서리 기러기 떼에 차갑게 내리네."

라고 하자 답하길,

"초승달에 닭 우는 소리가 새벽을 알리네."

라고 하였다.

매번 대구를 줄 때마다 사람들을 경탄하게 하였을 뿐 아니라 상상을 초월할 정도였다. 부모 모두 기뻐하였고, 이 아이가 크면 반드시 육전의 뒤를 이을 것이라 말했다.

이듬해 정월 8일, 노복에게 큰 대나무를 사오게 하여 둥근 등을 만들게 하고, 검은색 종이로 덮어씌운 뒤 책상 옆에 걸어 두었다. 사람들이 무슨 물건인지를 물으면 답하길,

"이것의 이름은 혼돈등입니다."

라고 하였다.

다음 날 혼돈등의 이목구비에 구멍 하나를 뚫었다. 7일 동안 이같이 하였고, 정월 15일이 되니 7개의 이목구비가 완성되었다. 아이 역

시 이날 저녁에 죽었다. 이른바 "매일 구멍을 한 개씩 뚫었고, 7일째 혼돈이 죽었다"[65]는 말과 꼭 들어맞았다. 참으로 기이한 일이다!(진부경이 한 이야기이며, 부경은 진 선생의 아들이다.)

65 渾沌: 『莊子』「應帝王」에 나오는 우화다. 남해와 북해의 임금 儵과 忽이 중앙의 임금 혼돈에게 융숭하게 대접받았다. 이에 숙과 홀은 혼돈의 후의에 보답하기 위해 논의한 결과 누구에게나 있는 이목구비가 혼돈에게 없다며 하루에 하나씩 구멍을 뚫어 주었는데, 칠일째 오히려 혼돈이 죽고 말았다. 각자의 주관적 감각과 편견으로 자연으로부터 받은 본성을 손대서는 안 된다는 우화다.

14 통직랑 왕순 사당王通直祠

福州人王純, 字良肱, 以通直郎知建州崇安縣. 方治事, 食炊餅未終, 急還家, 即仆地死. 死之二日, 衆僧在堂梵唄, 王家小婢忽張目叱僧曰: "皆出去, 吾欲有所言." 擧止語音與良肱無異. 遂據榻坐, 遣小史招丞簿尉. 丞簿尉至, 錄事吏亦來. 婢色震怒, 命左右擒吏, 下杖之百.

語邑官曰: "殺我者, 此人也. 吾力可殺之, 爲其近怪, 故以屬公等. 吾未死前數日, 得其一罪甚著, 吾面數之曰: '必窮治汝!' 其人忿且懼, 遂賂庖人置毒. 前日食餅半即覺之, 蒼黃歸舍, 欲與妻子語, 未及而絕. 幸啓棺視之, 可知也." 丞以下皆泣, 呼匠發之, 擧體皆潰爛爲黑汁. 始詰問吏, 吏頓首辭服, 并庖人皆送府. 府以其無主名, 不欲正刑, 密斃之於獄. 邑中今爲立廟, 曰王通直祠云.(王嘉叟說.)

자가 양굉인 복주[66] 사람 왕순은 통직랑 직급으로 건령군 숭안현[67] 지사가 되었다. 어느 날 일을 보다가 구운 전병을 먹다 말고 급히 집으로 돌아갔다. 그리고 집에 도착하자마자 땅에 쓰러져 죽었다. 죽은 지 이틀째 되던 날 많은 승려들이 집에서 범패[68]를 연주하고 있는데, 왕순 집안의 어린 여종이 갑자기 눈을 부릅뜨고 승려들을 질책하며

66 福州: 福建路 福州(현 복건성 福州市).

67 崇安縣: 福建路 建寧軍 崇安縣(현 복건성 南平市 武夷山市).

68 梵唄: 본래 부처의 공덕을 찬양하는 노래였으나 점차 사찰에서 재를 올릴 때 부르는 모든 노래를 가리키게 되었다. 불교 교리를 담은 한시 형태의 偈頌은 범패의 일부가 되지만 구분된다.

말하길,

"모두 나가거라. 내가 하고 싶은 말이 있다."

행동거지와 말투가 왕순과 조금도 다름이 없었다. 곧장 긴 탁자에 기대고 앉아 시종을 보내 현승·주부·현위를 모두 소집하였다. 현승·주부·현위가 왔고 문서 기록을 담당한 서리도 왔다. 여종은 몹시 진노한 기색으로 좌우에 명하여 그 서리를 체포하고 곤장 백 대를 치라 하였다.

현의 관원들에게 말하길,

"나를 살해한 자가 바로 이 자다. 나는 이 자를 죽일 수 있지만 괴이한 일로 여길까 싶어서 그대들에게 일을 맡기는 것이다. 내가 죽기 며칠 전에 이 자가 한 가지 큰 죄를 지은 것을 알고 면전에서 여러 차례 말하길, '반드시 너를 끝까지 추궁할 것이다!'라고 하였다. 이 자는 한편 분하기도 하고 한편 겁나기도 하여 요리사에게 뇌물을 주어 독을 타게 하였다. 앞전에 전병을 반쯤 먹었을 때 그것을 알아차렸다. 급히 숙소로 돌아와 처자식에게 말하려고 하였는데 말을 채 하기도 전에 숨이 끊어졌다. 관을 열고 살펴보기 바란다. 보면 알 수 있을 것이다."

현승 이하 관원들은 모두 울었고, 급히 장인을 불러 관을 열어 보니 온몸이 문드러져 검은색 진액이 나왔다. 비로소 서리에게 힐책하니 서리는 머리를 조아리며 죄를 인정하여 요리사와 함께 건령군으로 보냈다. 건령군에서는 적용할 만한 적당한 죄목이 없고 정상적인 형벌로는 마땅치 않다고 판단하여 옥중에서 몰래 그들을 죽게 하였다. 숭안현에서는 지금 왕순을 위해 사당을 세워 '통직랑 왕순 사당'이라 불렀다.(왕가수가 한 이야기다.)

이견을지

夷堅乙志
卷 4

01 검은 사다리를 오르는 꿈夢登黑梯

俞舜凱, 徽州人. 紹興十八年赴省試, 夢紅黑二梯倚檐間, 有使登紅梯者. 俞顧梯級甚峻, 辭以足弱不能躡, 遂登黑梯, 造其顚而寤. 是歲中特奏名一人.(楚贇說, 亦徽人.)

휘주[1] 사람 유순개는 소흥 18년(1138)에 성시에 응시하였는데, 꿈에 붉은색과 검은색의 사다리 두 개가 처마 사이에 걸쳐져 있는 것을 보았다. 어떤 사람이 그에게 붉은색 사다리에 오르라고 하였다. 유순개는 그 사다리의 발판이 매우 가파른 것을 보고는 다리 힘이 없어 디딜 수 없다며 사양하고 마침내 검은색 사다리에 올랐다. 사다리 꼭대기까지 오르고는 곧 꿈에서 깨어났다. 이해 그는 특주명으로 발탁된 유일한 사람이 되었다.(역시 휘주 사람인 초지가 한 이야기다.)

1 徽州: 江南東路 徽州(현 안휘성 黃山市).

02 장문규張文規

張文規, 字正夫, 高安人, 以特奏名入官, 再調英州司理參軍. 眞陽縣民張五數輩盜牛, 里人胡達·朱圭·張運·張周孫等率保伍追捕之. 羣盜散走, 獨張五拒抗不去, 達殺之而取其貲. 盜不得志, 反以被刦告于縣. 縣令吳邈欲邀功, 盡取達·圭以下十二人送獄, 劾以強盜殺人, 鍛鍊備至, 皆自誣服. 圭·運二人瘐死.

旣上府, 事下司理院, 文規察囚辭色, 疑不實, 一問得其情, 又獲盜牛黨以證, 獄具. 胡達以手殺人杖脊, 餘人但等第杖臀而已, 圭·運乃無罪. 時元祐七年也. 邈計不行, 恚忿歸番禺, 嘔血死. 文規雪寃獄, 活十人, 當得京秩. 郡守方希覺以其老生無援, 不爲剡奏, 但用擧者遷臨川丞, 紹聖四年之官.

明年夏四月癸卯, 以驗屍感疾, 遂困, 勺飮不入口者一月, 昏不知人. 家人環泣待盡. 越五月辛未, 忽微作聲, 索水飮, 身漸能動, 大言曰: "速差人般取船上行李." 至夜半, 神氣始定, 乃言: "方病在牀, 聞一人呼云: '英州下文字.' 卽出視之, 有公吏三四輩曰: '攝官人照證事.' 吾告以病篤乏力不能行, 又無公服. 吏曰: '彼中自有公服, 已具舟岸下矣.' 不得已與俱往, 頃刻間至英. 視井邑人物歷歷如舊, 唯市中酒樓不見. 問左右, 曰: '焚之矣.'

吏止之, 令俟取公案, 須臾而回. 問何等文書, 曰: '吳邈解胡達案也.' 吾念邈死已久, 何爲追我? 方悟已死. 稍行前, 入大官府, 門廡嚴峻, 戈戟列衛甚整. 同行者十餘人, 將入門, 一卒持衣冠至, 服而入. 或告曰: '有持水漿來者, 切勿飮, 飮則不得還.' 又前至一門, 衛兵愈盛, 力士數十, 皆執斧鉞.

果有持水至者, 同行皆飮, 吾辭以不渴. 又易茶以來, 復辭之. 其人怒曰: '何爲難伏事?' 復前行. 追者先入門, 出, 引衆俱進. 殿宇樓觀, 金碧相照, 殿上垂簾皆不敢仰視. 潛問殿上爲誰, 曰: '王也.' 俄傳呼, 驅同行者使前, 旋卽捽去, 最後方及吾. 聞簾內所問, 果吳邈事. 一一以實對.

王曰: '吾亦詳知, 然必須卿至結正者. 貴審實爾.' 吾奏曰: '臣自勘此獄, 使十人將死得生, 獨不蒙朝廷賞勞, 敢問其說?' 王曰: '臨川丞卽酬賞也.' 吾曰: '若准賞格, 當改合入官, 而今但用舉者循資耳.' 王曰: '豈有舉主二人而遽得丞大邑乎? 蓋吾初得二薦章, 旣赴部, 而廣東提刑王彭年者已不可用.' 不謂冥間知之如此之的, 遂奏曰: '官職旣有定分, 願以微功少延壽數.' 卽聞殿上索簿. 吏抗聲云: '已蒙王判.' 則見文書自簾出, 降付衛者, 引吾至所司. 遙見吳邈荷校於簾下, 而朱圭·張運立其傍.

吾借書欲觀, 衛者不可. 曰: '至司則見矣.' 指司吏曰: '此濮州舉人也, 行己正直, 明法, 不第, 故死得主判于此.' 至司, 揖吏問所判. 吏出示, 紙尾有添一紀三字. 吾佯爲不曉, 以問吏. 吏曰: '子宿學老儒, 豈不曉其義乎? 一紀者, 十二年也. 子有雪活十人之功, 故王以是報子. 此人間希有事也. 適在王所, 聞子應對, 王甚喜. 夫上帝好生而惡殺, 『經』云: '與其殺不辜, 寧失不經.' 又云: '好生之德, 洽于民心.' 凡引此類數十端, 不能盡記.'

吾從容謂之曰: '公本貫濮州邪?' 吏愕曰: '何以知之?' 吾笑曰: '平生聞濮州大鐘, 果有之乎?' (原注: 京師人戲語有濮州鐘.) 吏作色曰: '此非戲所, 勿輕言.' 復引出. 至殿下, 叩簾奏訖, 吏擧手令退. 吾又前白曰: '適蒙判增一紀, 今六十七矣, 計其所增, 當至七十九. 然先父壽止七十八, 豈有人子而壽過其父乎?' 王曰: '不然. 人壽短長, 係乎所修, 父子雖親, 不必同也.' 遂拜謝而出.

廊下一大門, 守衛嚴密, 吏曰: '都獄門也. 其間各有獄, 凡貪淫·殺害·嚴刑酷法·讒譖忠良·毁敗善類, 不問貴賤久近, 俱受罪于此.' 欲入觀, 不可. 望見門內一僧持磬, 吏曰: '導冥和尚也. 凡人魂魄皆此僧導引.' 廊上有欄楯, 如州縣所謂沙子者. 其間囚亦多, 一女子年十七八, 呼曰: '聞官人得歸撫州, 煩爲白知州許朝散云, 十二娘至今未得生天, 願營功果救拔我, 朝散將來亦解保擧官人.' 吾默思, 許守今年擧狀已盡, 安能及我?

俄聞傳呼張文規與罪人通語言, 驅至王所. 王問焉, 以實告. 王曰: '能爲言之, 理無所礙, 彼此當有利益.' 吾遂行. 恐忘女子之言, 又至司, 就吏借筆, 書十二字於臂. 急趨出, 見元追者, 引登舟. 行至一城, 乃南雄州也. 有黃衣來報, 方提擧已死, 追至此. 蓋英守方希覺者, 見提擧江西常平. 吾猶意其在英時不保奏鞫獄事, 走卒妄言悅我以求利. 詰其所在, 曰在某所, 往求之, 不見. 復登舟, 卽抵岸, 送者推出船, 遂寤. 視臂間十二字, 隱隱若存."

時病已經月, 腰膀間肉壞見骨. 善醫者以水銀粉傅之, 肌肉立生. 許朝散者, 臨川守許中復也. 十二娘者, 乃其兄之女. 聞其事, 爲誦佛書, 飯僧薦之. 而方希覺者, 以文規甦後始死, 蓋氣未絶時, 精爽已逝矣. 文規在告幾百日, 漕司以爲不勝任, 檄郡守體量, 將罷之. 許守具事實保明, 言病愈, 已堪釐務, 乃悟女子所謂保擧及王言彼此利益之說. 後有客自英來云: "市樓果爲火所毁." 明年, 文規以通直郎致仕.

至大觀二年, 年七十八, 夢一羽衣來云: "向增壽一紀, 今數足矣. 陰君以公在英州嘗權司法, 斷婦人曹氏斬罪降作絞刑, 又添半紀." 文規寤而思之, 曹氏者, 本罪當斬, 欲全其首領, 故以處死定斷. 旣去官, 刑部駁問, 以爲失出, 偶事在赦前, 又曹氏已死, 無所追正, 但索印紙批書而已. 至政和四年乃卒, 年八十三. 考其再生及夢, 凡增一紀有半, 當得十八年, 而只十六年者, 蓋自生還之歲, 至得夢時, 首尾爲一紀, 又自夢歲至終年爲半紀云.(臨川人吳可嘗作傳, 文規之孫平傳之.)

자가 정부인 균주 고안현[2] 사람 장문규는 특주명으로 관직에 올라 영주[3] 사리참군으로 두 번째 발령이 났다. 관내 진양현[4]의 주민 장오

2 高安縣: 江南西路 筠州 高安縣(현 강서성 宜春市 高安市).

를 비롯한 몇 명이 소를 훔치자 마을 사람 호달·주규·장운·장주손 등은 향병[5]을 이끌고 추격하여 그들을 체포하였다. 도둑들이 흩어져 도망쳤는데 장오 혼자 저항하며 버티자 호달은 그를 죽이고 그 재물을 취하였다. 도적들은 뜻을 이루지 못하자 오히려 강도를 당했다며 그들을 현에 고소하였다. 현지사 오막은 어떻게 해서든 공을 세우려고 호달과 주규 등 12명을 모두 투옥하고 강도살인죄로 조사하였다. 죄를 덮어씌울[6] 준비가 다 갖춰졌고, 호달 일행은 모두 죄가 없는데도 거짓으로 자백[7]하였다. 주규와 장운 두 사람은 굶주림과 추위로 감옥에서 죽었다.[8]

곧 사건을 영덕부[9]에 상신하자 영덕부에서는 이 사안을 사리원으로 하달하였다. 장문규는 죄수의 진술과 형색을 살펴보니 사실이 아니라는 의심이 생겨 한 번 심문을 하더니 그 정황을 다 알게 되었다. 또 소를 훔쳤던 무리들을 잡아 와 증언을 하게 하여 판결을 내려 형[illegible] 최종 [illegible]정하였다. 호달은 손으로 사람을 죽였기에 '척장' 판결을

3 英州: [illegible]南東路 英州(현 광동성 淸遠市 永德市).

4 眞陽縣: [illegible]東路 英州 眞陽縣(현 광동성 淸遠市 永德市).

5 保伍: 다섯 [illegible]한 개의 조직인 伍를 구성하여 서로 보호하고 통[illegible](保相統攝)한 데서 유래한 향촌[illegible]래된 鄕兵 조직이다. 송조는 전국 향촌[illegible]都保·大保·少保로 조직하여 운영하였[illegible]

6 鍛鍊: 죄명을 날조해 무고한 사[illegible]으로 만든다는 말이다. 鍛練이라고도 한다.

7 誣服: 죄가 없는데도 강요에 못 이겨 거짓으로 자백하거나 죄를 인정한다는 말이다.

8 瘐: 죄수가 감옥에서 굶주림과 추위로 병들거나 죽는다는 말이다. 瘐死라고도 한다.

9 英德府: 廣南東路 英德府(현 광동성 淸遠市 永德市). 慶元 1년(1195)에 英州에서 승격하였다.

받았고, 나머지 사람들은 단지 등급에 따라 엉덩이에 곤장만 맞았다. 주규와 장운은 무죄였다. 이때가 원우 7년(1092)이었다.

오막은 계획이 제대로 실행되지 않자 광주[10]로 돌아가 화와 분노로 피를 토하며 죽었다. 장문규는 원통한 옥사를 해결하여 10명을 살렸으므로 경조관으로 승급되는 것이 당연하였다. 하지만 주지사 방희각은 그가 나이가 많고 뒤를 봐주는 이가 없다 여기며 천거하는 상주문을 올리지 않았고,[11] 고작 추천한 것이 무주[12] 관할 현의 현승 자리였다. 소성 4년(1097)에 부임하였다.

이듬해 여름 4월 계묘일에 장문규는 검시를 하다가 감염되어 곧 위독해졌는데, 한 달 동안 물 한 숟가락도 입으로 넘기지 못하게 되자 정신이 혼미해져 사람도 알아보지 못하였다. 가족들은 둘러앉아 울며 죽을 날만 기다리고 있었다. 5월 신미일이 지나 홀연 작은 소리를 내더니 마실 물을 찾았고, 몸을 점점 움직일 수 있게 되었으며, 큰 소리로 말하길,

"빨리 사람을 배로 보내서 배 위의 짐을 가져오라고 해라."

밤이 깊어지자 정신과 기색이 정상으로 돌아오기 시작하였다. 장문규는 다음과 같이 말하였다.

막 병이 들어 침상에 누워 있었을 때 어떤 사람이 부르는 소리가 들리길,

"영주에서 공문이 왔습니다."

10 番禺: 廣南東路 廣州(현 광동성 廣州市).

11 剡奏: 본래 대신들이 황제에게 보고할 내용을 미리 목간에 써 놓는 것을 말하는데, 추천용 상주문을 뜻하기도 한다.

12 臨川: 江南西路 撫州(현 강서성 撫州市).

곧 나가 보니 공무 담당 서리 3~4명이 말하길,

"공을 추포하여 증거를 대조해야 할 일이 있습니다."

나는 그들에게 병이 깊고 기운이 없어 갈 수 없고 또 관복도 없다고 하였다. 그러자 서리가 말하길,

"저기에 관복을 준비해 두었고, 이미 배도 구해서 언덕 아래 정박시켜 두었습니다."

이에 부득이 그들과 함께 갈 수밖에 없었는데, 순식간에 영주에 다다랐다. 거리와 사람들을 보니 하나도 안 빼고 모두 옛날과 꼭 같았다. 단지 시장 안에 주루가 보이지 않기에 옆 사람들에게 물어보니 대답하길,

"불이 나서 다 타 버렸습니다."

서리가 나를 잡아 세우더니 공문서[13]를 가지고 올 때까지 기다리라 하고, 금방 돌아왔다. 어떤 문서냐고 물어보니 대답하길,

"오막이 보고한[14] 호달에 관한 사안입니다."

내가 생각해 보니 오막은 오래전에 죽었는데 왜 나를 데려가는지 의아했다. 그제야 비로소 내가 이미 죽었다는 것을 깨달았다. 조금 더 앞으로 가서 큰 관청으로 들어갔는데 그 대문과 곁채의 분위기가 아주 엄숙하였고, 병사들이 창과 칼을 들고 매우 가지런히 서 있었다. 동행한 사람이 10여 명이었는데, 막 대문으로 들어가려는데 한 병졸이 의관을 가지고 오기에 입고 들어갔다. 어떤 사람이 말하길,

"마실 것을 가지고 온 사람이 있거든 절대 마시면 안 됩니다. 물을

13 公案: 관리가 안건을 심사할 때 쓰는 탁자 또는 관에서 처리하는 공문을 가리킨다.
14 解: 문서로 보고한다는 뜻이다.

마시면 돌아갈 수 없게 됩니다."

다시 앞으로 가서 또 다른 문에 이르렀는데, 그곳을 지키는 병사는 더욱 많았다. 힘센 장사 수십 명이 모두 큰 도끼를 들고 있었다.

정말로 어떤 사람이 물을 가지고 왔고 동행한 사람들 모두가 그것을 마셨는데, 나는 목이 마르지 않다고 사양하곤 마시지 않았다. 그러자 다시 차를 가지고 왔으나 거듭 사양하였다. 그러자 그 사람이 화를 내며 말하길,

"어찌 그리 관의 일[15]에 협조하지 않습니까?"

우리는 다시 앞으로 갔다. 우리를 잡아가는 사람들이 먼저 문으로 들어갔다가 다시 나오더니 우리를 이끌고 함께 들어갔다. 전각과 누각은 금빛과 초록빛으로 서로 빛났고, 전각 앞에 늘어진 주렴은 감히 쳐다볼 수도 없었다. 전각 위에 있는 사람이 누구냐고 몰래 물어보자 대답하길,

"왕이십니다."

잠시 후 왕의 부름을 전하자 동행한 사람들을 서둘러 데리고 앞으로 나가더니 돌아서서 한 명씩 뽑아서 갔다. 마지막으로 내 차례가 되었다. 주렴 안에서 물어보는 소리가 들렸는데, 정말로 오막에 관한 일이었다. 하나하나 사실대로 대답했다. 왕이 말하길,

"나 역시 상세히 알고 있으나 반드시 경이 와서 안건을 매듭짓고 판결[16]해야 할 일이다. 사실을 잘 살피길 바라노라."

15 伏事: 남에게 굴복하여 섬긴다는 뜻에서 파생하여 조정이나 관아에서 일함을 가리킨다.

16 結正: 안건을 매듭짓고 판결을 내린다는 말이다.

나는 아뢰길,

"신이 직접 이 옥사를 조사하였는데 열 사람을 원통한 죽음에서 구해 주었는데도 저만 혼자 조정으로부터 상을 받지 못하였습니다. 감히 그에 대한 설명을 청하고자 합니다."

왕이 대답하길,

"무주 관할의 현승 자리가 곧 상을 준 것이었다."

나는 또 말하길,

"포상 규정에 따르면 승진하여 관직을 내려 주어야 합니다. 이번 추천은 단지 일상적인 고과평정[17]에 불과합니다."

왕이 대답하길,

"추천자가 두 사람 뿐인데도 바로 큰 현의 현승 자리를 맡을 수 있었던 까닭이 무엇이겠느냐? 나는 당초 두 개의 추천장을 받았지만 너를 즉시 부임시켰기에 광남동로 제점형옥공사 왕팽년이라는 자를 임용할 수 없었던 것이다."

명계에서 이렇게 상황을 잘 알고 있는지 나는 예상하지 못했다. 그래서 아뢰길,

"관직이란 이미 정해진 분수가 있을 것이리니 제 작은 공로를 생각해 수명을 조금 늘려 주시기를 원합니다."

그러자 곧 전각 위에서 왕이 장부를 찾는 소리가 들렸다. 서리가 큰 목소리로 말하길,

17 循資: 송대 하급관리(選人)는 매년 1회씩 3년의 평정을 받아야 1회 임기를 마치며, 3회 임기를 마쳐야 경조관 승진 자격을 갖춘다. 이를 가리켜 循資라고 한다. 본문에서는 일상적인 고과평정에 따른 인사 조치였음을 말하는 것이다.

"이미 왕의 판결을 받았습니다."

곧 문서를 보이며 주렴 밖으로 꺼내서 호위하는 병사에게 문서를 주고, 나를 이끌고 수명을 관장하는 부서로 데려갔다. 멀리서 오막이 주렴 아래서 형틀을 지고 있는 것이 보였다. 그런데 주규와 장운이 그 옆에 서 있었다.

나는 문서를 보려고 하였지만 호위병사가 안 된다며 이르길,

"주관부서에 가야 볼 수 있습니다."

또 한 부서의 서리를 가리키며 말하길,

"저자는 해시에 합격한 복주[18]의 거인인데, 행동이 곧고 바르며 법에 밝으나 과거에 급제하지 못하였기에 죽은 뒤 여기서 판결을 주관하고 있습니다."

관할부서에 이르러 공손하게 서리에게 인사하며 판결 받은 바에 대해 물어보았다. 서리는 문서를 보여 주었는데, 용지 끝에 '1기를 추가함添一紀'이라는 세 글자가 쓰여 있었다. 나는 짐짓 모르는 체하며 서리에게 묻자 그가 대답하길,

"그대는 박학다식한[19] 나이 든 유생인데 어찌 그 뜻을 모르신단 말입니까? 1기는 12년이란 말입니다. 그대는 열 명의 억울함을 씻어 주고 살려 준 공이 있어 왕께서 이것으로 그대에게 보답한 것입니다. 이런 경우는 인간 세상에서 드문 일입니다. 마침 왕이 계신 곳에서 그대가 응대하는 것을 들으시고 매우 기뻐하셨습니다. 무릇 상제는 살리는 것을 좋아하고 죽이는 것을 싫어하십니다. 『서경』에 이르길,

18 濮州: 京東西路 濮州(현 산동성 菏澤市 鄄城縣).
19 宿學: 박학다식하고 수양이 깊은 학자, 또는 학식이 깊고 넓다는 말이다.

'무고한 사람을 살해하느니 차라리 법을 어긴 책임을 져라'고 하였고, 또 '생명을 사랑하는 덕은 민심에 부합한다.'[20]고 하였습니다. 이러한 종류의 글은 수십 개를 인용할 수 있으니 일일이 다 적을 수도 없습니다."

나는 차분하게 그에게 말하길,

"그대의 본관이 복주지요?"

서리는 깜짝 놀라며 말하길,

"그것을 어떻게 아셨습니까?"

나는 웃으며 말하길,

"살았을 때 복주의 큰 종[21]에 대해 들었는데 진짜로 그렇게 큰 종이 있소이까?" (원문 주: 도성 사람들의 우스갯소리 중에 복주종이라는 것이 있다.)

그 서리는 얼굴색을 바꾸며 말하길,

"이곳은 농담을 하는 곳이 아닙니다. 농담하시면 안 됩니다."

그들은 다시 나를 끌고 나와 전각 아래로 갔다. 그리고 주렴 아래서 조아리며 다 아뢰자 서리는 손을 들어 나에게 내려오라고 하였다.

20 『尙書』「大禹謨」의 "죄의 경중이 의심스러울 때는 가급적 가벼운 쪽으로 벌하고, 공로의 크고 작음이 의심스러울 때는 가급적 큰 쪽으로 상을 주어라. 무고한 사람을 살해하느니 차라리 법을 어긴 책임을 지는 것이 낫다. 생명을 사랑하는 덕은 민심에 부합한다(罪疑惟輕, 功疑惟重. 與其殺不辜, 寧失不經, 好生之德, 洽于民心)"에서 인용한 것이다.

21 송대에 '汝州 · 許州 · 濮州의 세 가지 큰 것'이라는 속담이 있었는데, 그것은 여주의 바람, 허주의 대파, 복주의 종이었다고 한다(『中國風土謠諺釋』). 『老學庵筆記』 권4에는 顯德 6년(959) 2月에 後周 세종이 복주 대종 소리가 10리 밖에서도 들린다는 말을 듣고 太淸觀에 주었다는 『周世宗實錄』의 기록이 있다고 적혀 있다.

하지만 나는 다시 앞으로 나아가 아뢰길,

"마침 저는 12년을 더 사는 것으로 판결받는 은혜를 입었습니다. 그런데 지금 67세인데, 그 더해진 바를 계산해 보면 79살까지 살게 됩니다. 선친께서 78세에 돌아가셨는데, 아들의 수명이 아버지보다 더 길어서야 되겠습니까?"

왕이 말하길,

"그렇지 않다. 사람 수명의 길고 짧음은 그 수양하는 바에 달렸고, 부자가 비록 가장 가까운 사이지만 반드시 같을 필요는 없다."

이에 두 번 절하여 감사를 올리고 나왔다.

복도 아래에는 대문 하나가 있는데, 물샐틈없이 수비하고 있었다. 그 서리가 말하길,

"주 감옥의 대문입니다. 저 안에는 각각 옥사가 있는데, 탐욕과 음란, 살해, 가혹한 형벌과 법의 혹독한 집행, 충신에 대한 참언, 선한 것에 대한 훼손 등의 죄를 범한 자를 귀천과 친소 관계에 상관없이 모두 여기에서 벌을 받습니다."

나는 들어가 보려고 했지만 안 된다고 하였다. 멀리서 바라보니 문 안에 한 승려가 풍경을 갖고 있었다. 서리가 말하길,

"명계로 인도하는 일을 맡은 승려입니다. 이 승려가 모든 사람들의 혼백을 인도해서 간답니다."

복도에는 난간이 있었는데 마치 주현에서 말하는 사자[22]와 같았다. 그 사이로 죄수들이 많았는데, 열일고여덟 살쯤 되어 보이는 한 여자

22 沙子: 본래 欄은 세로로, 楯은 가로로 만든 난간을 뜻하는데, 沙子에 대한 구체적 근거는 찾지 못하였으나 난간을 뜻하는 것으로 추정한다.

가 소리치길,

"관인께서는 무주로 돌아가실 것이라 들었습니다. 번거로우시겠지만 무주지사 조산대부[23] 허공께 가서 말 좀 전해 주십시오. 십이낭이 지금까지 환생하지 못하였으니 원컨대 공덕을 더욱 쌓아 저 좀 구해 달라고 말입니다. 조산대부께서는 장차 관인을 보증하여 추천하는 일을 해 주실 것입니다."

나는 곰곰이 생각해 보니, 지사 허공은 금년 추천장을 다 썼는데 어찌 나에게까지 차례가 돌아올 수 있겠는가? 잠시 후 장문규가 죄인과 말을 주고받았다고 고함을 지르는 소리가 들리더니 왕이 있는 곳으로 다시 잡혀갔다. 왕이 묻기에 사실대로 고하였다. 왕이 말하길,

"그녀를 위해 말을 전해도 된다. 사리에 어긋난 것이 없고 피차 이익이 될 것이다."

나는 드디어 떠나게 되었는데, 그 여자의 말을 잊어버릴까 걱정스러워 다시 부서에 들러 서리에게 붓을 빌려 팔뚝에 12자를 적었다. 급히 나오니 원래 나를 데려왔던 자가 보였고, 그자가 나를 이끌고 가서 배에 태웠다. 한 성에 이르렀는데 바로 남웅주[24]였다. 누런 옷을 입은 어떤 이가 와서 보고하기를 제거상평관 방씨가 이미 죽어 이곳에 데려왔다고 하였다. 아마도 영주지사였던 방희각이 당시 제거강서상평관이었던 듯하다. 나는 그가 영주지사로 있을 때 내가 옥사를 처리한 것에 대해 보주[25]하지 않은 것을 여전히 기억하고 있었다. 하

23 朝散大夫: 문관 寄祿官 29개 품계 중 11위로 정5품상이었으나 元豐 3년(1080) 관제개혁 후 문관 寄祿官 30개 품계 중 18위, 종6품으로 바뀌었다.

24 南雄州: 廣南東路 南雄州(현 광동성 韶關市 南雄市).

25 保奏: 조정에 사람을 추천하고 보증 서는 것을 말한다.

지만 병졸이 내게 듣기 좋은 소리를 하는 것은 뭔가 이익을 얻으려고 그러는 것이 아닐까 여겨져서 방희각이 있는 곳을 캐물었다. 모처에 있다고 말하기에 가서 그를 보고자 하였으나 볼 수 없었다. 다시 배에 올라 강기슭에 이르자 나를 데려다 준 자가 나를 배 밖으로 나가게 하였고, 이에 잠에서 깨었다. 팔뚝을 보니 12글자가 불분명하나마 그대로 있었다.

장문규는 말을 마쳤다.

이때 병이 난 지 이미 몇 달이 지나 허리와 다리 사이에 살이 썩어 뼈가 보일 지경이었다. 좋은 의사가 수은 가루를 발라 주더니 피부와 살이 곧 생겨났다. 조산대부 허씨라는 자는 무주지사 허중부였다. 십이낭은 허중부 형의 딸이다. 그 일을 듣더니 불경을 외우고 승려에게 공양을 하며 천도제를 지내 주었다. 방희각은 장문규가 소생하자 곧 죽었는데, 아마 기가 미처 끊어지지 않았지만 혼백은 이미 세상을 뜬 것 같았다.

장문규가 병가를 청한 지 수백 일이 되자 전운사는 그가 일을 맡을 수 없다고 생각하고 주지사에게 공문을 보내 잘 파악해 보라고 한 뒤 그를 파직시키려던 참이었다. 지사 허중부는 모든 사실을 책임지고 다 밝혔고,[26] 병이 다 나아서 이미 업무를 감당할 만하다고 말하였다. 그제야 비로소 여자가 말했던 추천과 보증 그리고 피차 이익이 될 것이라는 왕의 말에 담긴 의미를 깨달았다.

후에 한 손님이 영주로부터 와서 말하길,

26 保明: 책임을 지고 상부에 사실을 설명하고 밝힌다는 뜻이다.

"시장의 주루가 정말로 불이 나서 다 타 버렸더군요."

이듬해 장문규는 통직랑으로 관직에서 물러났다.

대관 2년(1108), 78세가 되던 해에 꿈에서 깃털 옷을 입은 자가 와서 말하길,

"지난번에 12년의 수명을 더 주었으니 지금 그 연수가 꽉 찼습니다. 하지만 일찍이 공께서 영주 사리원을 관장하면서 조씨 부인의 참형 건을 결정할 때 교수형으로 죄를 감하여 판결하였기에 명계의 임금께서는 다시 6년을 더해 주시기로 하였습니다."

장문규가 깨어나 생각해 보니 조씨는 본래 죄가 마땅히 참형에 처해야 하나 그 머리를 온전히 남게 하고자 교수형에 처하기로 판단하고 결정하였다. 이미 퇴직하였지만 형부에서 반박하며 질의하기를 '실출'[27]에 해당한다고 보았다. 하지만 우연히 발생한 사건이었고 사면령이 내려지기 전의 일이었으며, 또 조씨가 이미 죽었기에 처벌을 바로잡을 수 없었다. 이에 그냥 관부문건[28]에 사유서[29]를 첨부하는 것으로 마무리하였다.

장문규는 정화 4년(1114)이 되어 죽었는데 향년 83세였다. 그의 환생과 꿈을 생각해 보니 무릇 1기하고도 그 반이 늘어났으니 18년을 얻어야 맞는데 16년밖에 못 얻은 것은 대개 그가 생환했던 해와 꿈을

27 失出: 죄의 경중이나 유무 여부에 대해 잘못 판단하여 판결을 잘못 내린다는 말이다.

28 印紙: 관에서 인쇄하여 발급한 각종 표나 문건 등을 말한다.

29 批書: 관에서 인쇄 발급한 용지에 격식에 맞춰 비평이나 사유를 기재한 것이다. 만약 용지가 누락되거나 형식에 위배될 경우 정8품 通直郞 이상의 升朝官 2명의 보증이 반드시 있어야 했다.

꾼 해까지 앞뒤로 포함하여 1기로 쳤기 때문일 것이다. 또 꿈을 꾼 해에서 죽은 해까지가 1/2기에 해당한다.(무주 사람 오가가 일찍이 그에 관한 전기를 썼다. 장문규의 손자 장평이 그 내용을 전하였다.)

03 허의가 꿈속에서 지은 시許顗夢賦詩

許顗, 字彦周, 拱州襄邑人. 宣和己亥, 訪所親鄭和叔於城北, 因宿焉. 夢行大路中, 寒沙没足, 其旁皆丘壠荊棘. 有婦人皂衣素裳行田間, 曰: "此中無沙易行." 顗從往之, 足弱不能登, 婦人援其手以上. 月正明, 無樹木, 彌望皆野田, 麥芃芃然. 婦人引顗藉草坐, □□□□處有矮磚臺, 臺上有紙筆. 顗題曰: "閑花亂草春春有, 邊鴻社燕年年歸. 青天露下麥苗溼, 古道月寒人跡稀." 拍筆臺上有聲, 驚覺. 歷歷在目, 疑其類墟墓間事, 不祥也. 是歲大病幾死.

자가 언주인 공주 양읍현[30] 사람 허의는 선화 1년(1119)에 성 북쪽에 있는 친척 정화숙을 찾아갔다가 그 집에서 묵었다. 꿈에 큰길을 걷고 있었는데, 차가운 모래가 두 발을 덮었다. 그 주위는 다 가시나무로 가득한 언덕이었다. 검은 저고리와 하얀 치마를 입은 한 여인이 밭 가운데를 걸어가면서 말하길,

"여기는 모래가 없어 걷기가 편합니다."

허의는 그녀 쪽으로 가서 따라 걸었는데 다리에 힘이 없어 위로 올라갈 수가 없자 그 부인이 허의의 손을 잡아 위로 올려 주었다. 마침 달이 한참 밝았고 나무가 없어서 멀리 바라보니 모두 들과 밭이었으며 보리가 무성하였다.

30 襄邑縣: 京畿路 拱州 襄邑縣(현 하남성 商丘市 睢縣).

여인은 허의를 끌고 와 풀밭에 자리 잡고 앉혔다. □□□□ 곳에 이르자 벽돌로 만든 낮은 돈대가 있었고 돈대 위에는 종이와 붓이 놓여 있었다. 허의가 시를 짓기를,

한가로운 꽃과 낭자한 풀들에 봄이 가득하고,
주위를 나는 기러기와 한데 모인 제비들은 해마다 돌아온다.
푸른 하늘에 이슬이 내려 보리 싹을 적시고,
옛길 달빛 차가운데 사람의 발길이 드물구나.

붓을 두드리니 돈대 위에 울리는 소리가 있어 놀라 깨어났다. 눈앞에 본 듯 생생하며 마치 폐허가 된 묘지에서 일어난 일 같은 의심이 들었다. 상서롭지 못하다고 여겼다. 이해에 그는 큰 병이 들어 거의 죽을 뻔하였다.

04 약잉사 상공의 노비掠剩相公奴

沈傳曜侍郎昭遠, 紹興戊辰自江西移帥湖南. 過袁州, 逆旅人令蒼頭趨走於前, 年十三四矣, 容止安詳, 殊無村野小兒態. 喜而問之, 答曰: "嘗在一官人家爲小童數年, 近方辭歸." 傳曜曰: "肯從我乎?" 曰: "幸甚! 且請歸白父母." 少選復至, 遂隨以西. 出入房闥間, 極謹飭, 凡所使令, 皆能知人意, 擧家愛之.

至潭半歲, 忽求去. 傳曜曰: "汝方習熟於此, 姑留可也." 曰: "奴自有所職, 但當事侍郎許時, 期至當去耳." 傳曜怪其語, 問所職爲何, 對曰: "見爲掠剩相公奴, 所掌者, 人間鞋履也. 人所著鞋, 更新換舊, 皆有簿歷, 書之唯謹, 如侍郎平日所服用, 皆記錄無遺." 因取袖間歷, 幷以舊屨數十緉出示, 再拜而去. 傳曜始驚異, 知其非人. 後數日而傳曜卒. (張栻欽甫說.)

자가 전요인 시랑 심소원[31]은 소흥 18년(1148)에 강남서로 안무사로 있다가 형호남로 안무사로 가게 되었다. 원주[32]를 지나는데 여관에서 시종[33]을 보내 그를 앞에서 안내하게 하였다. 나이가 열서너 살

31 沈昭遠: 자는 傳曜이며 兩浙路 湖州(현 절강성 湖州市) 사람으로 政和 8년(1118)에 上舍生으로 관직에 나갔다. 紹興 4년(1134)에 금군과의 전면전에 군량 공급을 책임진 司農卿으로서 직무를 성공적으로 수행하였다. 금조에서 휘종의 유해를 보내온 것에 대한 사은 사신으로 다녀오기도 하였다. 太府少卿과 尙書右司員外郎 등을 역임하였다.

32 袁州: 江南西路 袁州(현 강서성 宜春市).

33 蒼頭: 전국시대 鄕黨의 청년으로 구성된 군 조직으로 푸른 두건을 두른 데서 유래하였다. 한대 이후 군사적 기능이 줄어들면서 노복으로 전락하였다.

되었고, 용모와 행동거지가 차분하여 시골 소년의 촌스러운 티가 전혀 없었다. 심소원은 기뻐하며 그에게 물어보니 답하길,

"전에 한 관원의 집에서 시종 노릇을 여러 해 하였고 근래 그만두고 돌아왔습니다."

심소원이 말하길,

"나를 따라갈 생각이 있느냐?"

그가 답하길,

"그렇게 해 주신다면 더 바랄 것이 없습니다. 다만 돌아가 부모님께 말씀드리고 왔으면 합니다."

잠시 뒤 다시 돌아와 심소원을 따라 서쪽으로 향했다. 소년은 사랑채와 안채를 드나들 때마다 행동이 매우 조심스러우며, 시키는 일마다 모두 상대의 뜻을 잘 알아 온 집안이 그를 예뻐하였다.

담주[34]로 온 지 반년이 지났을 때 소년은 갑자기 떠나겠다고 하였다. 심소원이 말하길,

"이제 너도 이곳에 익숙해졌는데 조금 더 머물러도 좋지 않으냐."

그가 답하길,

"저는 본래 맡고 있는 일이 있었습니다만 시랑을 잠시 모시게 되었습니다. 이제 기한이 되었으니 떠나야만 합니다."

심소원은 그 말이 괴이하여 맡고 있는 일이 무엇이냐고 물어보자 대답하길,

"저는 현재 약잉사[35] 상공의 노비이며, 담당하고 있는 일은 사람들

34 潭州: 荊湖南路 潭州(현 호남성 長沙市).

35 掠剩使: 모든 사람들이 거둬들일 수 있는 수입은 운명적으로 정해져 있는데, 만약

의 신발입니다. 사람들은 헌 신발과 새 신발을 바꿔 신는데, 신는 신발 모두 장부에 기록이 남고,[36] 그 기록을 매우 신중하게 처리합니다. 시랑께서 평소 사용하는 신발 역시 하나도 빠트리지 않고 모두 기록하고 있습니다."

그는 소매에서 장부를 꺼내어 보여 주었고 또 오래된 신발 수십 켤레를 꺼내서 보여 주었다. 그러고는 두 번 절하고 떠났다. 심소원은 비로소 놀랍고도 이상해하며 그가 사람이 아님을 알았다. 그 후 며칠이 지나 심소원은 사망하였다.(자가 흠보인 장식이 한 이야기다.)

그것을 초과할 경우 명계의 관아에서 잉여분을 빼앗아 가며 '掠剩使' 또는 '掠剩鬼'가 그것을 주관한다고 한다.

36 簿歷: 관리의 이력과 고과에 관한 기록을 뜻한다.

여주의 늙은 병졸廬州老兵

呂安老尚書祉既以淮西事不幸死，廬州人或云見之，至今虛正廳不居. 紹興二十六年，吳逵爲守，當春時，家人思欲出郊. 城外有道觀，相承爲踏青宴飲之地. 逵宿戒騶從，遲明即出. 方五鼓，直宿老兵起，望廳上已有燈燭，即屏間窺覘，乃安老據案治事，吏校列侍其旁.

典謁者持賓客牌白曰："某官某官過廳." 安老起迎，數客肅揖就坐，賓主之禮與常日郡守見僚屬不殊. 客退，安老回顧，見老兵，令呼出曰："見我不致敬，敢竊窺邪?" 敕五伯杖之二十. 老兵拜謝，起，了無所睹. 旦視其創，乃真受杖也，療之數月乃愈.

자가 안로인 상서 여지[37]는 회서에서의 반란으로 불행히 사망하였는데, 여주[38] 사람 중에 그의 혼령을 보았다는 이도 있어 지금까지 그 청사를 비워 두고 아무도 거주하지 않는다. 소흥 26년(1156) 오규가

37 呂祉(?~1137): 자는 安老이며 福建路 建州 建陽縣(현 복건성 南平市 建陽區) 사람이다. 紹興 1년(1131), 荊湖提刑으로 도적을 진압하는 데 공을 세웠고, 建康府 지사로서 대금 강경론을 주장하였다. 호부·형부시랑을 거쳐 병부상서로 승진하였다. 紹興 7년(1137), 劉光世가 파직된 뒤 그의 부대를 악비에게 귀속시키기로 하였으나 재상인 秦檜와 張浚 모두 반대하였다. 결국 장준이 겸직한 도독부에서 직접 관할하기로 하고 유광세의 部將 王德을 左護軍都統制, 酈瓊을 副都統制, 그리고 兵部尚書·都督府參謀軍事 呂祉를 節制로 임명하였다. 酈瓊은 자신의 직책이 王德보다 낮은 것에 거듭 불만을 표하였으나 무시당했고, 여지가 자신을 파직하려고 하자 8월에 여지를 살해하고 4만 병력을 이끌고 大齊로 투항함으로써 남송에 커다란 충격을 주었다.

38 廬州: 淮南西路 廬州(현 안휘성 合肥市).

여주지사가 되었는데 봄이 되자 가족들이 교외로 놀러 나가고자 하였다. 성 밖에 도관이 하나 있는데, 예로부터 답청[39]하고 연회를 하는 곳이었다. 오규가 답청할 곳을 잘 살펴보라고 하였으므로[40] 말 타는 시종은 날이 밝기를 기다려 출발하려고 하였다.

막 오경이 되었을 무렵 숙직하던 늙은 병졸이 일어나 보니 청사에 이미 촛불이 켜진 것이 보였다. 병풍 사이로 몰래 살펴보니 여지가 책상에 기대어 일을 보고 있었고, 서리와 장교들이 그 옆에 서서 시중을 들고 있었다.

접대를 담당하는 서리가 빈객 명단을 들고 와서 보고하길,

"모모 관원과 모모 관원이 관청을 지난다고 합니다."

여지가 일어나 맞으니 여러 손님이 공손하게 인사하며 앉았다. 손님과 주인의 의례가 평상시 지사가 수하 관리들을 만날 때와 다르지 않았다. 손님이 물러나자 여지가 뒤를 돌아보며 늙은 병졸을 발견하곤 앞으로 나오라고 명하며 말하길,

"나를 보고서도 예를 다하지 않고 감히 몰래 나를 엿본단 말이냐?"

형졸을 불러 곤장 20대를 치게 하였다. 늙은 병졸은 절하며 사죄하였는데, 일어나 보니 아무것도 보이지 않았다. 새벽에 그 상처를 보니 진짜로 곤장을 맞은 것이다. 몇 달 동안 치료하여 겨우 나았다.

39 踏青: 清明節을 전후하여 교외를 거닐며 노는 唐代 이래의 풍속을 뜻한다.

40 宿戒: 제사 지내기 10일 전과 3일 전, 2회에 걸쳐 齋戒를 올리는데, 3일 전의 제계를 가리켜 宿戒라고 한다. 하지만 '사전에 警戒한다'는 뜻도 있다.

06 장율[41]의 꿈張津夢

張津, 字子問, 紹興戊辰, 自常州錄事參軍歲滿赴吏部磨勘. 同鋪有張聿從政者, 建康人, 罷夔路屬官來, 亦有擧將五員, 當改秩, 而其一人嘗坐累, 銓曹以薦章爲疑, 方上省待報, 未決可否也. 聿憂之, 幾廢寢食. 忽見津至, 審其姓名, 大喜.

鋪吏問所以然, 曰: "昔年至蔣山謁寶公丐夢, 夢神告曰: '汝身畔有水則改官.' 竊而訊諸占夢, 皆莫能測. 今與宗人遇, 而其名曰津, 聿字加水, 津字也. 神告之矣, 此吾所以喜也." 時秦丞相當國, 以聿鄕里之故, 爲下其事, 適以是日得報, 二人遂同班引見. 津次當第三, 聿班在四, 而軍頭司誤易之. 及詣殿下, 聿立於津上, 正符身畔水之兆云.(子問說.)

자가 자문인 장진은 소흥 18년(1148)에 상주[42] 녹사참군사 임기를 마치고 고과평정[43]을 받기 위해 이부로 갔다. 같은 역참에 머물고 있던 사람 가운데 자가 종정인 건강부[44] 사람 장율이 있었다. 기주로의

41 이 일화의 제목이 목차에는 '張聿夢', 본문에는 '張津夢'으로 각기 다른데, 그 내용을 보면 '張聿夢'이 맞다. 본문 제목의 '津'은 '聿'의 오기로 보인다.

42 常州: 兩浙路 常州(현 강소성 常州市).

43 磨勘: 당대 이래 관리에 대한 정기 근무 고과평정 제도를 말한다. 송대의 마감제도는 매우 복잡한데, 장진 같은 하급관리[選人]는 매년 1회씩 3년의 평정을 받아야 1회 임기를 마치며, 3회 임기를 마쳐야 경조관 승진 자격을 갖춘다. 이를 가리켜 循資라고 한다. 또 이때 추천자가 관련 서류를 이부의 南曹에 보내 주어야 한다. 남조는 이력 검토 후 流內銓으로 보내 확인케 한 뒤 다시 남조에서 중서성으로 보내 재상의 비준을 받아야 경조관 승진이 가능하다. 이를 改官・改秩이라고 한다.

속관 근무를 마치고 왔는데, 그 역시 무관 5명의 추천을 받아서 경관으로 승진하기를 기다리고 있었다. 그런데 추천자 가운데 한 명이 일찍이 잘못된 일에 연루된 바가 있어 인사 담당 부서[45]에서는 그 추천장에 대해 의문을 제기하여 중서성의 회답을 기다리면서 가부를 결정하지 않고 있었다. 장률은 걱정스러워 제대로 잠도 못 자고 음식도 먹지 못하고 있었다. 그런데 생각지 않게 장진이 오자 이름을 묻더니 크게 기뻐하였다.

역참의 서리가 그 까닭을 물으니 답하길,

"몇 년 전에 장산에 가서 보공묘를 참배하면서 신께 현몽해 줄 것을 청하였더니 꿈에 신이 나타나 알려 주길, '네 몸聿 옆에 물水이 있으면 경관으로 승진할 수 있을 것이다'라고 하였다. 깨어나서 해몽하는 사람들에게 물어보았으나 그 뜻을 헤아린 사람이 한 명도 없었다. 오늘 종친과 만났는데, 이름이 '진'이라고 하시니 이는 바로 '율聿'자 옆에 '물 수水'를 더한 '진津'자이다. 바로 신께서 알려 주신 그 일이지. 내가 기뻐하는 까닭이 바로 여기에 있다."

이때 승상 진회가 국정을 장악하고 있었는데, 장율이 같은 고향 사람이라 그 일을 바로 처리하여 마침 이날 통지를 받았고, 두 사람이 마침내 같은 반열에서 황제를 알현하게 되었다. 장진의 순서가 세 번째이고 장율의 순서가 네 번째여야 하나 어전충좌군두사[46]에서 실수

44 建康府: 남송 江南東路 建康府(현 강소성 南京市).

45 銓曹: 인사 담당 기관의 통칭이다. 북송 전기에는 流內銓만 이부 소속이었고, 審官東院 · 審官西院 · 三班院은 중서성 소속이었으나 원풍개혁 이후 모두 이부 소속으로 바뀌었다.

46 御前忠佐軍頭司: 황제가 편전에서 공적인 일로 사람들을 만날 때 관련 업무를 맡

로 순서를 바꾸었다. 이에 황제 앞에 나갈 때 장율이 장진 위에 서게 되었다. 그래서 마치 장율 옆에 물이 있는 모양처럼 되었다.(장진이 한 이야기다.)

은 禁軍 조직의 하나다. 후에 御前忠佐軍頭司와 御前忠佐軍頭引見司로 나뉘었지만 진종 이후 남송까지 명칭만 분리되었을 뿐 실제로는 하나로 운영하였다. 약칭은 軍頭司이다.

07 대고산의 용大孤龍

郭三益樞密赴長沙, 過大孤山下, 天晴無風, 江水清泚. 舟至中流, 屹不動, 如有物維之者. 舟人沒水周視, 無所遇. 忽於柁上見小兒, 可長五寸, 形體皆具, 垂兩股, 夾柁而坐, 柁爲之臬兀. 仰視見人, 不變色. 遽以告郭. 郭命衣冠, 焚香瀝酒禱之. 有頃, 化爲長蛇, 昂首入水中, 舟卽能去.

후에 동지추밀원사를 지낸 곽삼익이 담주[47]지사로 부임하면서 파양호 안에 있는 대고산[48] 아래를 지나는데 하늘이 맑고 바람 한 점 없었으며 강물은 맑디맑았다.

배가 호수 중간쯤 왔는데 갑자기 멈춰 꼼짝도 하지 않았다. 마치 어떤 물건에 걸린 것 같았다. 뱃사람이 물속으로 들어가 주위를 살펴보았지만 아무것도 없었다. 갑자기 배의 키 위에 어린아이가 나타났는데, 키는 기껏해야 5촌 정도였지만 형체를 모두 갖추었다. 아이는 두 다리를 아래로 뻗어 키를 끼고 앉았는데, 키가 흔들려서 불안하였다. 고개를 들어 사람을 마주 보면서도 얼굴색이 변하지 않았다.

급히 곽삼익에게 보고하니 곽삼익은 의관을 갖추라 명하고 향을

47 長沙: 荊湖南路 潭州(현 호남성 長沙市).

48 大孤山: 강서성 九江市 湖口縣 鄱陽湖 안에 있는 높이 90m의 섬으로 삼면이 절벽으로 이루어져 경치가 아름답다. 한쪽 봉우리는 높고, 한쪽은 낮은 것이 마치 큰 신발 같다고 하여 鞋山이라고도 한다.

태우고 술을 뿌리며 기도를 올렸다. 잠시 후 그 아이는 긴 뱀으로 변하더니 머리를 들고 물속으로 들어갔고 배는 즉시 움직이기 시작했다.

08 장적의 아내張績妻

張績彦偉, 鄱陽人. 妻王氏孕十有二月, 未產而績死. 王氏哭泣, 數日間, 胎失去, 了無所知覺.(盧亨說.)

자가 언위인 요주 파양현[49] 사람 장적의 아내 왕씨는 임신하였는데, 열 달 하고도 두 달이 지나도록 출산하지 못하였고 또 남편 장적도 죽었다. 왕씨가 통곡하자 며칠 사이에 태아가 어디론가 사라졌다. 그런데도 전혀 알지도 느끼지도 못하였다.(노형이 한 이야기이다.)

49 鄱陽縣: 江南東路 饒州 鄱陽縣(현 강서성 上饒市 鄱陽縣).

09 조사조趙士藻

趙士藻, 紹興中權廣東東南道稅官. 既罷, 與同官劉令, 孫尉共買舟泛海如臨安. 士藻挈妻子已下凡六人俱, 初抵廣利王廟下. 舟人言: “法當具牲酒奠謁.” 藻欲往, 而令尉者持不可. 是夕, 藻夢與二人入廟中, 王震怒責之曰: “汝曹爲士大夫, 當知去就. 大凡過一郡一邑, 猶有地主之敬, 今欲航巨浸而傲我不謁, 豈禮也哉!” 藻言初心願展謁之意. 王捨之, 顧左右, 執二人斬首, 少焉吏以銀盤盛二猪頭至前, 血淋漓屬地.

藻驚悟, 視令尉則亦起坐, 意甚恐怖, 告以夢, 夢協, 而二人皆生於亥云. 明日, 三人同詣廟, 拜謁謝罪. 藻獨禱於神, 問去留之計. 盃珓曰吉, 乃歸舟. 至夜, 令尉同榻寢, 有蛇如箸大, 徑其腹以過, 自三更幾達明乃絕. 旦而視其下, 一物蜿蜒蟠繞, 如數百丈索, 留半日, 乃不見, 皆大駭. 然業已辦行, 不暇止.

是晚, 海中火光如電掣, 舟人大懼, 急入一濡浦中. 巨浪隨至, 須臾舟已溺. 藻立近舷外, 虞候挾之登腳船, 取佩刀斷纜, 僅得至岸. 入一寺中, 謂僧曰: “它物無所惜, 獨告身及妻妾淪沒爲可痛耳!” 有行者健甚, 自云能入水不濡, 即許厚賞遣之. 時舟雖沉, 望桅檣猶可認. 行者移兩時方出, 已癡不知人, 久乃能言曰: “值大黑龍, 不見首尾, 其身充滿於船中, 無隙可入. 震悸而出, 幾爲所吞.” 藻臨水號慟. 明日浪止, 於溺處得告敕囊及零陵香一席, 遂復還郡中. 初, 藻客遊得攝事, 以竊賄成家, 始娶婦買妾. 及是儼然孤窮, 與初不異. 乃貨所餘香, 陸行歸浙.

조사조는 소흥연간(1131~1162)에 광남동로 동남지역 임시 조세징수관을 맡고 있었다. 직무를 마치고 나서 동료 현지사 유씨, 현위 손씨와 공동으로 배를 사서 바닷길로 임안부로 갔다. 조사조는 처자식 등 모두 여섯 명을 거느리고 갔는데, 처음 다다른 곳은 광리왕묘[50] 아래였다. 뱃사람이 말하길,

"예법에 따르면 마땅히 제물과 술을 준비해 제사를 올려 광리왕께 고해야 합니다."

조사조는 가 보기를 원했지만 현지사와 현위 두 사람은 절대 가지 않겠다고 고집을 부렸다. 이날 저녁 조사조는 꿈에 두 사람과 함께 광리왕묘에 들어갔는데, 왕이 진노하여 그를 꾸짖길,

"너희들은 사대부로 예절에 부합하는 행동이 어떤 것인지 마땅히 알 것이다. 무릇 각각의 주와 현을 지나려면 그 땅의 주인에 대해 예를 갖추는 것이 마땅하다. 지금 큰 바다를 항해하면서 나에게 고하지도 않고 오만하니, 어찌 예라 할 수 있단 말이냐."

조사조는 당초 찾아뵈려는 마음이 있었다는 뜻을 말하였다. 이에 왕은 그를 놓아주었다. 하지만 좌우를 돌아보니 두 사람을 잡아 와 참수하였고, 잠시 후 서리가 은쟁반에 돼지머리 두 개를 담아서 앞으로 가지고 왔는데, 피가 땅에 뚝뚝 떨어지고 있었다.

조사조는 놀라 깨어나서 보니 현지사와 현위 역시 일어나 앉아 있어 속으로 몹시 두려워서 그들에게 꿈 얘기를 해주었다. 꿈이 묘하게 맞아떨어졌고, 두 사람은 모두 돼지띠라고 했다. 다음 날 세 사람은 함께 광리왕묘에 가서 배알하며 사죄하였다. 조사조 홀로 신 앞에 기

50 廣利王廟: 天寶 10년(741) 唐朝는 廣州를 근거지로 한 남방의 해상무역 발전을 기원하기 위해 남해신을 廣利王에 봉하고 元和 15년(820) 광주에 남해신묘를 창건하였다. 이때 韓愈가 쓴 '南海神廣利王廟碑'가 유명하다. 광리는 '천하의 이익을 널리 모으다(廣收天下之利)'는 뜻이다.

도하면서 머물지 떠날지 계책을 물은 뒤 배교로 점을 치니 길하다고 나왔다. 이에 배로 돌아왔다.

밤이 되자 현령과 현위는 한 침상에서 잠들었는데 굵기가 젓가락처럼 큰 뱀이 그들의 배를 감싸며 지나갔고, 삼경에서 동틀 무렵 사이에 흔적도 없이 사라졌다. 아침이 되어 그 아래를 보니 구불구불한 모양으로 둥글게 똬리를 틀고 있었는데 길이가 수백 길이나 되는 동아줄 같았다. 반나절이 지나자 비로소 보이지 않았기에 모두 크게 놀랐다. 그러나 떠날 준비가 모두 끝나 더 머무를 시간이 없었다.

이날 저녁 바다 한가운데서 불빛이 번개처럼 빨리 지나가자 뱃사람들이 크게 놀라 서둘러 한 빈 포구로 들어갔다. 거대한 파도가 따라 몰아쳐 왔고 순식간에 배는 물에 가라앉았다. 조사조는 뱃머리 밖에 서 있었는데, 시종[51]이 그를 팔에 끼고 작은 배[52]에 올랐고 패도를 꺼내 닻줄을 끊어 겨우 해안에 다다를 수 있었다. 조사조는 한 절에 들어가 승려에게 말하길,

"다른 것은 아까울 것이 없는데 오직 사령장과 아내, 그리고 첩이 물에 빠진 것이 너무 애통하외다!"

절의 행자 중에 아주 건장한 자가 있었는데, 물에 들어가도 빠져 죽지 않을 수 있다고 자신하기에 즉시 후한 상을 주기로 약속하고 그를 보냈다. 이때 배는 비록 가라앉았지만 돛대를 바라보니 여전히 위치를 알아볼 수 있었다. 행자는 두 시진[53] 가까이 돼서 비로소 나왔는

51 虞候: 무관 관직명이기도 하지만 송대에는 관원이 고용한 侍從을 뜻하기도 하였다.

52 腳船: 본래 전함 뒷부분에 묶어 둔 작은 예비용 배로 脚艦이라고도 한다.

53 時辰: 하루 시간을 子時부터 亥時까지 12단위로 나누고 1단위를 1시진이라고 하

데, 이미 미쳐서 사람을 알아보지 못했다. 한참 시간이 지나자 비로소 말을 할 수 있었는데,

“생각지 않게 커다란 흑룡을 만났는데, 그 머리와 꼬리는 보지 못했고 그 몸뚱이가 배 안을 꽉 채우고 있어 들어갈 틈이 없었습니다. 놀랍고 두려워 나왔는데 거의 삼켜 먹힐 뻔하였습니다.”

조사조는 물가에서 통곡하였다. 다음 날 파도가 그치자 배가 빠진 곳에서 사령장을 넣은 주머니와 영릉향[54] 한 석[55]을 찾을 수 있었다. 곧 다시 광주로 돌아왔다. 당초 조사조가 임시 대리 관직의 업무[56]를 얻은 뒤 몰래 뇌물을 받아 그제야 비로소 혼인도 하고 첩도 사며 가정을 이룰 수 있었다. 이때 외롭고 가난하게 되니 처음과 전혀 다를 바 없게 되었다. 이에 남은 영릉향을 팔고, 육로를 이용해 양절로로 돌아갔다.

였다. 1시진은 지금의 2시간과 같다.

54 零陵香: 중국에서 일찍부터 향료로 사용된 콩과 식물이다. 송대에 荊湖 · 兩廣 지방의 습지에서 많이 생산되었다.

55 席: 송대에 소금 · 쌀 등을 계량하던 단위이나 구체적인 중량은 확인하기 힘들다.

56 攝事: 임시 대리로 직무를 맡은 관원의 업무를 뜻한다.

10 낙청현의 두 사인樂清二士

溫州樂清縣分兩部, 號邑西·邑東. 賈如愚秀才居邑東, 赴鄉擧, 夢解榜揭樓上, 曰陳七. 賈不能曉, 以告鄕人謝權甫. 謝曰: "君必中選. 邑東, 陳字也, 而君行第七, 其爲陳七昭昭矣." 明日報至, 果然.

王龜齡, 紹興丙寅歲同其弟補試太學, 寓湖上九曲寺, 得失之心頗切. 忽夢揭榜, 有王二, 旣覺, 以爲其弟且中選. 弟曰: "王二者, 兄當爲第二人耳." 旣而亦然. 又甲戌年赴省試, 寂無夢兆. 嘗獨行窗下, 見故紙堆積, 默禱求讖, 乃信手揭之, 得敗紙半幅, 如占五行者, 字皆滅矣, 唯丁丑二字可辨. 是年不利, 至丁丑歲, 遂魁天下云.(龜齡說.)

온주 낙청현[57]은 둘로 나누어져 각각 읍서와 읍동이라고 칭한다. 수재인 가여우는 읍동에 살고 있었는데 향시에 응시하러 갔다. 꿈속에서 해시 합격자 방문이 누각 위에 걸려 있고, '진칠'이라 쓰여 있었다. 가여우는 무슨 뜻인지 알 수 없어 동향의 사권보에게 물어보았다. 사권보가 말하길,

"그대는 반드시 급제할 것입니다. '읍동邑東'은 바로 '진陳'자입니다. 그대 항렬이 일곱 번째이니 그대가 '진칠陳七'인 것은 분명해 보입니다."

다음 날 통보가 왔는데 과연 그러하였다.

57 樂清縣: 兩浙路 溫州 樂清縣(현 절강성 溫州市 樂清市).

자가 귀령인 왕십붕은 소흥 16년(1146)에 동생과 함께 태학에 보충 시험을 치르고자 호수 위쪽에 있는 구곡사에 머물렀는데, 합격 여부에 대한 부담이 매우 절박하였다. 갑자기 꿈에 합격자 방문을 보았는데, '왕이'라고 쓰여 있었다. 깨어나 그는 동생이 합격할 것이라 여겼다. 동생이 말하길,

"'왕이'라는 것은 형이 마땅히 제2등이라는 뜻일 것입니다."

후에 보니 과연 그러하였다.

또 소흥 24년(1154)에 성시에 응시하였는데 꿈에 아무런 징조도 없었다. 한번은 홀로 창 아래를 거닐고 있는데, 폐지가 쌓여 있는 것을 보고 묵묵히 기도를 올리며 어떤 조짐을 구하면서 손이 가는 대로 그것들을 펴보았다. 찢어진 종이 반쪽이 손에 들어와 보니 오행점을 친 것 같았는데, 글자가 모두 해져 오직 '정축' 두 글자만 알아볼 수 있었다. 이해는 운이 좋지 않았지만 정축년(소흥 27년, 1157)에 이르러 마침내 장원급제하였다고 한다.(왕십붕이 한 이야기이다.)

11 초빈한 곳의 전병殯宮餠

靖康元年春, 京師受圍. 監察御史姚舜明之子宏欲歸越, 出南薰門買舟. 已得舟, 欲復入城, 適有旨, 不許諸門納入者. 宏無可奈何, 率所善士人兩輩, 陸馳而東. 循汴數日, 晩至道側小寺, 僧盡不在, 僧房多殯宮, 三子者不可前, 姑留宿. 令僕買酒於村店, 并得豬肉以來. 寺庖久不爨, 什器皆闕, 雖有肉, 不能饌.

一士笑曰: "吾自有計." 取肉置一棺上, 縷切之以爲羹. 讀棺前楬識, 知其爲婦人, 士戲之曰: "中夜空寂, 不妨過我." 三子旣醉寢. 過夜半, 此士蹶起, 嘔吐狼藉, 意緒昏昏. 待旦視之, 所嘔皆餠餌, 而昨夕未嘗食也. 云昨睡方熟, 有好婦人來, 相與飮, 以餠啖我. 遂往殯前物色之, 蓋死者家陳餠以供, 滿楪皆片裂矣.

정강 1년(1126) 봄, 도성이 금군에 의해 포위당했다. 감찰어사[58] 요순명의 아들 요굉은 양절로 동쪽 지역으로 돌아가려고 남훈문[59]을 나와 배를 구입했다. 배를 구한 뒤 다시 성으로 들어가려 했지만 그때 성지가 내려와 각 성문마다 사람이 들어오는 것을 금지하였다. 요굉은 달리 어찌할 수가 없어서 평소 잘 지내던 사인 둘을 이끌고 육로를 이용해 동쪽으로 서둘러 갔다.

58 監察御史: 상서성 소속 6부를 비롯한 모든 관리의 감찰 업무를 맡은 御史臺 소속의 종7품관이다.

59 南薰門: 개봉부 외성의 남대문에 해당한다. 황성의 남대문인 宣德門과 동일 축선에 있다.

변하를 따라 며칠을 가다가 하루는 저녁 무렵에 길옆의 작은 절에 이르렀다. 승려들은 한 명도 없었고 승방에는 관만 여러 개 놓여 있었다. 세 사람은 앞으로 더 갈 수가 없어 잠시 머물기로 하였다. 시종에게 마을 점포로 가서 술을 사 오라고 시켰는데, 돼지고기까지 구해서 돌아왔다. 절의 공양간은 오랫동안 비어 있어서 조리도구 등이 하나도 없어 고기가 있더라도 음식을 차릴 수가 없었다.

한 사인이 웃으며 말하길,

"내게 나름대로 방법이 있습니다."

그는 돼지고기를 관 위에 얹어 놓고 실처럼 잘게 썰어 국을 만들었다. 관 앞에 있는 표지를 읽어보곤 여자 것임을 알고 사인이 장난삼아 말하길,

"한밤중에 적적하면 나에게 와도 좋소."

세 사람은 취하여 잠들었다. 한밤중이 되자 이 사인은 갑자기 벌떡 일어나더니 여기저기 어지럽게 토하고, 의식도 혼미하였다. 아침이 되기를 기다려 보니 구토한 것 모두 전병이었는데, 어젯밤에 먹은 적이 없던 것이었다. 그 사인이 말하기를 어제 막 잠이 들었을 때 한 아름다운 여인이 와서 함께 술을 마셨는데, 그녀가 자기에게 전병을 먹였다고 하였다. 곧 관 앞에 가서 살펴보니 아마도 죽은 여자 집에서 전병을 진설하여 공양하였던 것인 듯했다. 평상이 온통 부스러기로 가득하였다.

이견을지

夷堅乙志

卷 5

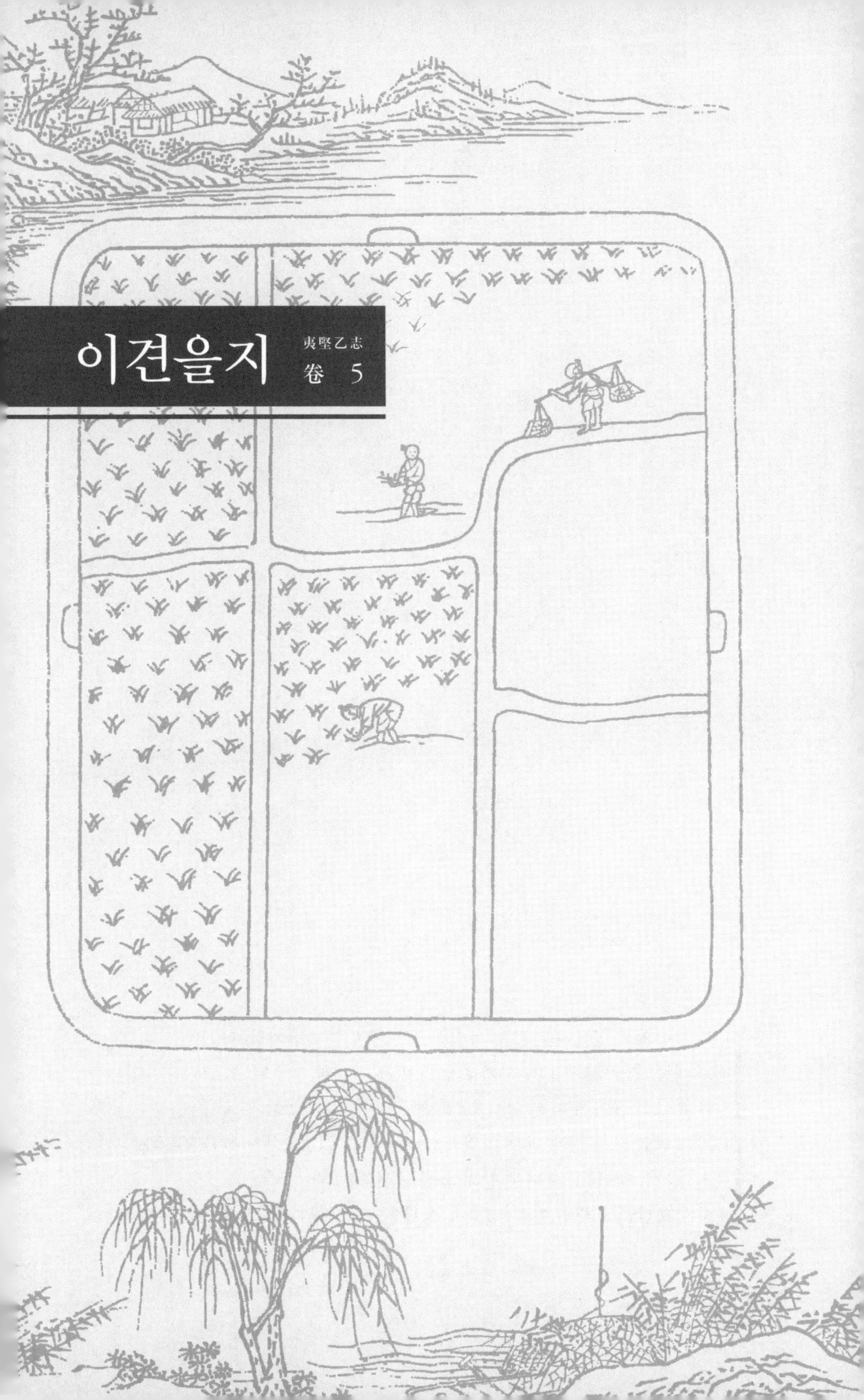

01 사람의 수명을 주관하는 사명진군司命眞君

余嗣, 字昭祖, 福州羅源人, 官朝散郎. 紹興十八年, 居鄉里, 與福帥薛直老有同年進士之好, 丐部銀綱往行在, 欲覬賞典合年勞遷兩秩, 明年郊祀恩任子. 九月五日至郡中, 館于所親林氏. 十九日往大中寺, 飮于表弟韓知剛邑家. 歸時已二鼓, 倦甚就枕.

月色甚明, 似夢非夢, 見一人排闥而入, 道衣小冠, 持旌幢立於牀前, 呼曰: "司命眞君相召." 嗣索所逮符檄, 曰: "面奉嚴旨, 並無文書." 嗣卽起, 著紫窄衫, 繫帶而出. 回視己身, 臥榻如故, 歎曰: "吾必死矣! 逆旅中至此, 爲之奈何?" 追者前導, 常遠數步, 欲與之語, 不可得. 纔出東門, 覺非平日所行路, 夾道高木, 陰森蔽虧, 日色晃曜, 乃似辰巳間. 經五六里許, 不逢行人, 心甚怖.

俄見一城巍然, 門旁兩人對立, 軟巾束帶, 如唐人衣冠. 追者曰: "眞君門下引進使者在此相候, 可進矣." 二使揖入門. 門內有亭, 供張甚盛. 一人華冠螺髻, 衣紅綃袈裟, 嗣升亭, 二使俱坐, 不交一談, 飮湯而退. 復引入, 度行三四里, 所過金碧輝映, 甃地皆琉璃. 私喜, 知決非惡地, 憂心稍釋. 入, 轉一曲角, 舍宇益雄麗. 使者曰: "此眞官治事所也." 嗣問曰: "若至彼, 用何禮以見?" 曰: "公無朝服, 只合肅揖."

聞呼, 卽登殿. 入門, 揭金書牌曰 '司命眞官之殿', 如儀以謁. 卽引上, 視眞官冠服, 與今朝服等. 熟視之, 蓋建炎間越州同官某也. (原注: 嗣不欲言之, 或云: '張讀聖行也.') 笑謂嗣曰: "此間今年考校, 得二十人, 見公姓名, 特去相召." 嗣皇恐謝曰: "嗣官卑材下, 無寸長可紀, 安得預考校之列?" 眞官厲聲曰: "此間不問人貴賤, 不問官尊卑, 但看一念之間正不正爾. 與公有舊, 欲公知前程事. 公官資儘有, 而所享之壽止七十四. 若能辭榮納祿, 可延一紀. 自此以往, 積功累行, 又有乘除, 所得之數蓋不止此. 公欲之乎?" 嗣曰: "敢不聽命." 眞官曰: "今日非奏過天曹主宰, 亦召公不得, 然不可過三時, 宜速歸."

顧二使令引出. 遂退, 由元路行. 經一殿門, 聞人聲嘈嘈, 有呻吟號泣者, 使者曰: "司過眞君殿也, 方坐殿訊囚." 嗣問曰: "人世何事爲重罪?" 曰: "不孝爲大, 欺詐次之, 殺生又次之." 及外門, 花冠者出, 向嗣合爪曰: "此官員不可思議. 吾到此半年, 見多少人入來, 何嘗有出去者! 此官員實是不可思議." 復揖坐, 飮湯下階. 使者曰: "尋常只到此, 以公與眞官有分, 且又慈仁, 今特遠相送." 旣出, 嗣問曰: "適花冠者何人?" 曰: "渠是三十三天上人, 以微過謫監門, 滿一年, 卽復歸矣." "所飮何湯?" 曰: "入時是醍醐, 出時爲甘露."

嗣懇曰: "今幸得歸, 何以見敎?" 曰: "輒有厭禳之術, 公到家日, 取門上桃符, 親用利刃斫碎, 以淨籃貯之. 至夕二更, 令人去家一里外, 於東南方穴地三尺埋之. 此人出, 公卽靜坐, 冥心呪曰: '天皇地皇, 三綱五常, 急急如律令.' 俟其還, 乃止." 又云: "公歸家, 食當異席, 寢當異被, 食當祭先, 寢當存息, 皆修持之要." 嗣曰: "此行念無以報德, 使者何所須?" 二人相視而笑, 掉頭曰: "此中無用, 此中無用." 固問之, 曰: "公平日誦『金剛經』, 回向一兩卷足矣." 往來酬答唯一人, 其一默不語. 又行一二里, 辭去, 曰: "此去無他歧徑, 歸卽至."

嗣獨行, 如及城東門, 足跌而寤, 已三更矣. 儼如白晝出謁之狀, 遂呼僕張燈作辭綱劄子. 遲明, 詣薛白之, 且言欲致仕. 洎還家, 取桃符如所敎以行, 然不曉何理也. 竟自列掛冠, 明年拜命, 始爲人道其始末如此, 且自作記. 人謂嗣必享上壽, 福未艾也. 然是後七年而卒, 殊與所夢不侔云.

자가 소조인 복주 나원현[1] 사람 여사[2]는 관직이 조산랑에 이르렀는

1 羅源縣: 福建路 福州 羅源縣(현 복건성 福州市 羅源縣).

2 餘嗣: 政和 2년(1112)에 과거에 급제하였고 潮州통판을 지냈다.

데, 소흥 18년(1148)에 고향에 머물고 있었다. 그는 자가 직로인 복건로 경략사 설필[3]과 과거급제 동기생의 연분이 있어, 은을 행재 임안부로 운반하는 일을 자신에게 맡겨 달라고 청탁하였다. 그것은 이 일을 잘 처리해서 그해의 고과기준을 채울 경우 포상규정에 따라 두 번째 보임을 받을 수 있으리라 기대해서였다.[4] 또 그래야 이듬해 교사 때 황제가 내리는 은전에 따라 자식이 관직을 받을 수 있었다.[5]

9월 5일, 그는 복주에 도착해서 친척 임씨의 집에 머물렀다. 9월 19일에는 대중사[6]에 갔고, 자가 지강인 사촌 동생 한기의 집에서 술을 마셨다. 숙소로 돌아갈 무렵 이미 2경이 지난 시간이어서 아주 피곤하여 곧 잠에 들었다.

마침 달빛이 매우 밝아 비몽사몽간에 한 사람이 방문을 열고 들어

3 薛弼: 자는 直老이며 兩浙路 溫州 永嘉縣(현 절강성 溫州市 永嘉縣) 사람이다. 북송 멸망기에 湖南轉運判官을 지냈고, 岳飛가 楊么의 반란을 진압할 때 계책을 내어 큰 공을 세웠다. 紹興 6년(1136)에 荊南府지사 및 湖北·京西宣撫司參議官이 되었다. 이듬해 악비군 위무에 힘썼고, 紹興 8년(1138)에 戶部侍郎이 되었다. 악비가 숙청될 때 연루 혐의로 위기에 처했지만 진회와의 인연으로 살아남았고 복건로 경략안무사, 광주지사 등을 역임하였다.

4 여사는 朝散郎이지만 이는 봉록의 기준인 품계로서 정7품관일 뿐 실제 보직과는 무관하다. 관리로 근무하고 봉록을 받기 위해서는 實職이라고 하는 실제 보직이 필요하다. 송대는 모든 관리를 파견 형식으로 임명하였기 때문에 임기를 마친 뒤 별도의 보직을 받지 못하면 일종의 명예퇴직자가 된다.

5 恩任: 황제의 특별한 은혜로 관직에 임용되는 것이다. 교사를 마치고 관료 자식들을 대상으로 특별 임용 조치를 내려 주는 것이 관례였기에 관료들은 교사에 큰 관심을 가졌다. 여사 역시 실제 보직을 받아야 자식이 은임의 혜택을 받을 수 있었다.

6 大中寺: 福州 侯官縣(현 복건성 福州市 閩侯縣) 鍾山에 있던 사찰이다. 당 大中 4년(850)에 창건되었기에 대중사라고 하였다. 오대에 만든 定慧塔이 유명하였다. 天聖연간(1023~1031)에 화재로 소실되었다가 元豐연간(1078~1084)에 중건되었다. 청 雍正 12년(1734)에 화재로 폐사가 되었다.

오는 것을 보았다. 도복을 입고 작은 관을 썼으며 경당[7]을 들고 와 평상 앞에 세우더니 부르며 말하길,

"사명진군[8]께서 부르십니다."

여사가 체포에 필요한 징표나 공문을 요구하자 그가 말하길,

"대면하여 엄정한 명을 받들었기에 별도의 문서 같은 것은 없습니다."

여사는 즉시 일어나 몸에 딱 달라붙는 자주색 적삼을 입고 허리띠를 졸라매고 나오면서 돌아보니 자기 몸은 여전히 침상에 누워 있었다. 그는 탄식하며 말하길,

"죽음을 피할 길이 없겠구나. 멀리 나와서 죽음을 맡게 되었으니 이를 어찌한단 말인가?"

그를 잡으러 온 자가 앞에서 안내하며 갔는데, 계속하여 몇 걸음을 앞서가니 그와 말을 하려고 하여도 그럴 수가 없었다. 막 동문을 빠져나오고 나서 비로소 평소 걸어 다니던 길이 아님을 깨달았다. 길의 좌우로 높은 나무가 늘어섰으며 음산한 숲이 하늘을 절반쯤 뒤덮었지만 그 사이로 비치는 햇빛은 빛나고 있는 것으로 보아 진시에서 사

7 旌幢: 정과 당 모두 깃대에 천을 달아서 만든 깃발이지만 일반 기와 달리 깃봉에 용머리 등의 장식물을 달고 새털 등으로 만든 장식을 늘어뜨려 황제의 권위를 나타내는 지휘·의장용 깃발이다. 후에 당은 불경을 쓴 원통형 깃발(經幢)의 뜻이 있어 승리와 祥和의 상징하기도 한다.

8 司命眞君: 부엌과 음식을 주관하는 동시에 민간의 선악과 화재 방비를 관장하는 신이다. 연말에는 하늘에 올라가 일 년 동안의 공과를 보고하므로 그에 앞선 12월 23일에 제사를 지내는데, 이를 送竈라고 한다. 민간 신앙의 대상이어서 속칭도 竈神·竈君·竈王·竈公 등 다양한데, 도교에서는 '九天司命定福東廚煙主保竈護宅眞君' 또는 '九靈元王保竈護宅天尊'이라고 칭하였으며, '司命眞君'은 약칭이다.

시 사이 같았다. 5~6리쯤 갔지만 행인을 만나지 못하여 마음속으로 몹시 무서웠다.

잠시 후 높고 큰 성 하나가 보였고, 성문 옆으로 두 사람이 마주 서 있는데 건[9]을 쓰고 허리띠를 묶고 있는 것이 꼭 당나라 때 사람의 의관 같았다. 끌고 온 자가 말하길,

"사명진군이 계신 곳의 문에서 안내를 맡고 있는 사자가 여기서 기다리다 안내할 것이니 그를 따라 들어가면 됩니다."

두 사자가 와서 인사하기에 성문 안으로 들어갔다. 성문 안에는 정자가 있었는데, 연회용 음식과 재료가 매우 풍성하였다. 한 사람은 화려한 관을 쓰고 나발의 머리모양을 하고 있었고, 붉은 비단으로 만든 가사를 입고 있었다. 여사가 정자에 오르니 두 사자는 같이 앉았지만 한 마디도 서로 나누지 않았고 탕만 마시고 물러났다. 다시 들어와 데리고 나가더니 대략 3~4리를 간 것 같은데, 지나는 곳마다 금빛과 푸른빛이 밝게 빛나고 벽돌로 만든 벽과 바닥은 모두 광택이 나기에 속으로 기뻐하였다. 가는 곳이 결코 나쁜 곳은 아닐 것이라 생각하니 걱정스럽던 마음이 조금씩 풀렸다. 들어가 굽은 모퉁이를 돌아가니 건물이 더욱 웅장하고 화려하였다. 사자가 말하길,

"이곳은 사명진관께서 일을 보는 곳입니다."

여사가 물어보길,

"만약 사명진관께 가게 되면 어떤 예법에 따라 인사를 올려야 합니까?"

9 軟巾: 신분이 높은 사람은 冠을, 낮은 사람은 머리를 감싸는 幘을 썼는데, 책을 가리켜 折上巾·軟巾·軟裹라고도 한다. 唐代는 주로 흑청색을 사용하였기에 烏沙 또는 烏紗帽라고 하였다.

사자가 답하길,

"공께서는 관복이 없으니 그저 공손하게 두 손 모아 인사드리십시오."

부르는 소리가 들리기에 즉시 대전으로 올라가 문안으로 들어가니 금으로 쓰인 편액이 걸려 있었는데 '사명진관 전각'이라고 쓰여 있었다. 의례에 맞춰 알현하고, 곧 안내를 받아 올라가 사명진관의 관과 복장을 보니 지금 왕조의 것과 같았다. 자세히 살펴보니 건염연간(1127~1130)에 월주[10]에서 함께 관직에 있었던 모씨였다.(원문 주: 여사는 그에 대해서 언급하길 원치 않았지만 자가 성행인 장독[11]이라고 말한 적도 있다.) 그는 웃으며 여사에게 말하길,

"올해 여기에서 시험을 쳐서 20명의 관원을 뽑았는데 공의 이름이 있기에 특별히 가서 모셔 온 것입니다."

여사는 황공하여 감사하며 말하길,

"저는 관직도 낮고 재능도 없어 거론할 만한 작은 장점도 없는데, 어찌 시험에 참여할 수 있겠습니까?"

사명진관이 엄한 목소리로 말하길,

"이곳은 사람의 귀천을 묻지 않고 관직의 높고 낮음도 묻지 않고 단지 생각이 바른가 여부만을 봅니다. 공과 옛정이 있어 공의 앞날에

10 越州: 兩浙路 越州(현 절강성 紹興市).

11 張讀(1066~1145): 자는 聖行이며 福建路 泉州 晉江縣(현 복건성 泉州市 晉江市) 사람이다. 潁昌府지사 范純禮로부터 크게 인정받아 명성이 자자해졌다. 부친 봉양을 위해 중앙보직을 사양하고 興化軍지사를 지냈으며, 남송 때에는 거듭된 추천을 사양하고 고향에 은거하였다. 소식 · 소철형제와 각별하게 지냈다. 효행이 뛰어나고 성리학에 조예가 깊었으며, 학식이 풍부한 데다 어려운 이를 돕는 데 앞장섰지만 정작 본인은 청빈하게 지내 높은 평가를 받았다.

대해 알려 주고 싶었소. 공의 관운은 충분합니다만 누릴 수 있는 수명은 74세까지입니다. 만약 부귀영화를 사양하고 봉록을 반납하면 12년을 연장할 수 있습니다. 지금부터 공덕을 쌓고 행동을 절제하며 또 공덕의 정도를 잘 계산해 보면 얻을 수 있는 수명이 아마 거기에 그치지 않을 것이오. 공께서는 그럴 생각이 있으시오?"

여사가 말하길,

"어찌 감히 명을 받들지 않을 수 있겠습니까?"

사명진관이 말하길,

"오늘 만약 천조의 주재자께 아뢰지 않았더라면 공을 부를 수 없었을 것입니다. 하지만 세 시진을 넘겨서는 안 되니 속히 돌아가야 하오."

두 사자를 보고 데리고 나가게 했다. 곧 퇴청하여 원래 온 길로 돌아갔다. 한 전각의 문을 지나는데, 사람들 목소리가 시끄럽게 들렸고, 신음하는 소리며 목 놓아 우는 소리도 있었다. 사자가 말하길,

"이곳은 잘못을 다스리는 사명진군의 대전인데, 지금 대전에 앉아 죄수를 심문하는 중입니다."

여사가 물어보길,

"사람 사는 세상에서 어떠한 일이 중죄가 됩니까?"

그가 대답하길,

"불효가 가장 크고, 사기 치는 것이 그 다음이고, 살생이 또 그 다음입니다."

바깥문에 이르자 화려한 관을 쓴 자가 나오며 여사를 향해 손을 부여잡고 말하길,

"이 관원은 실로 불가사의한 분이다. 내가 여기에 온 지 반년인데,

많은 사람들이 들어오는 것은 봤지만 나간 사람이 언제 있었던가! 이 관원은 진짜 불가사의한 분이다."

다시 읍하고 앉아 탕을 마시고 계단을 내려왔다. 사자가 말하길,

"일반적으로는 여기까지만 모셔다 드립니다. 그러나 공은 우리 사명진관과 인연이 있는데다 자상하고 인자하셔서 지금 특별히 멀리까지 모셔다 드리겠습니다."

문을 나온 뒤 여사가 다시 묻길,

"조금 전 만난 그 화려한 관을 쓴 사람은 누구입니까?"

대답하길,

"그는 도리천[12] 사람으로 작은 잘못을 저질러 문을 감독하는 부서로 유배되었는데 1년이 지나면 다시 돌아갈 것입니다."

"우리가 마신 것은 무슨 탕이오?"

대답하길,

"들어갈 때 마신 것은 제호탕[13]이고, 나올 때 마신 것은 감로입니다."

여사가 간절히 묻길,

"나는 지금 다행히 이승으로 돌아가게 되었는데, 나에게 뭐든 조금 더 알려 줄 것이 없습니까?"

12 三十三天: 불교에서는 欲界의 6개 天 가운데 가장 높은 忉利天을 三十三天이라고도 한다. 도리천은 須彌山 정상에 있으며 도리천 중앙에는 帝釋天이 거주한다고 한다.

13 醍醐: 본래 우유에서 정제한 최상의 음료를 뜻하나 佛性을 비유하기도 한다. 醍醐灌頂는 제호를 정수리에 부어 준다는 뜻으로 사람에게 지혜를 불어넣어 불도를 깨닫게 함을 비유한다.

대답하길,

"여기 압양[14]의 비법이 있습니다. 공께서 집에 도착하시면 문 위에 걸어 둔 도부[15]를 가져다 직접 날카로운 칼로 찍어 잘게 부순 뒤 깨끗한 바구니에 그것을 담으십시오. 그리고 밤 2경이 되면 사람들에게 집에서 1리 밖으로 가서 동남쪽 땅을 3척 정도를 파서 그것을 묻게 하십시오. 그 신장이 보이거든 공은 즉시 정좌하고 마음을 집중하여 '천황지황, 삼강오상, 급급여율령'이라는 주문을 외우십시오. 신장이 돌아가기를 기다려 멈추시면 됩니다."

또 말하길,

"공이 집으로 돌아가면 음식은 마땅히 다른 자리에서 드시고, 잠자리도 반드시 다른 이불로 바꿔 덮어야 합니다. 식사에 앞서 제를 먼저 올려야 하고, 잘 때도 응당 호흡을 보존하는 데[16]에 힘써야 합니다. 이 모든 것이 수양의 요결입니다."

여사가 말하길,

"이번 오간 일을 생각해 보니 그대에게 보답할 것이 없군요. 사자

14 厭禳: 재앙을 막고 복을 받게 하거나 다른 사람에게 재앙이 내리게 하는 또는 어떤 사물을 항복시키는 주술을 뜻한다.

15 桃符: 『山海經』에 따르면 동해에 있는 度朔山 또는 桃都山이라는 산에 많은 귀신들이 모여 사는데, 이들이 출입하는 문을 '神荼'와 '鬱壘'라는 두 명의 神將이 지키고 있다고 한다. 이에 민간에서는 새해를 맞이하면서 복숭아나무로 판목을 만들어 '신도'와 '울루'라고 쓰거나 신상을 새겨서 대문에 걸어 두는 풍속이 있다. 이 판목을 가리켜 '도부'라고 한다. 송대부터 점차 春聯이 도부를 대신하기 시작하였다.

16 存息: 도가의 胎息論에서는 코로 맑은 기운을 극히 미세하게 들어 마신 뒤 혀끝으로 입천장을 받친 뒤 잠시 호흡을 보존하면 혀 아래에서 진행이 나와 목을 타고 오장으로 들어가 眞氣가 丹田으로 歸納된다고 한다. 호흡을 통해 쌓은 공력을 유지하고 증진시키기 위해 정신을 집중하고 조용히 생각함을 뜻한다.

께서 필요한 것이 무엇이오?"

두 사람은 서로 마주 보며 웃었다. 그는 머리를 흔들며 대답하길,

"여기서는 필요한 것이 없습니다. 여기서는 필요한 것이 없어요."

여사가 끈질기게 묻자, 대답하길,

"공께서 평소 『금강경』을 외우실 때, 중생을 위해[17] 한두 권씩만 읽어 주시면 충분합니다."

묻고 대답하길 여러 차례 하였지만 오직 한 사람만 호응할 뿐 다른 한 사람은 침묵하며 한마디도 하지 않았다. 또다시 1~2리를 가자 헤어져야 한다고 말하길,

"이 길로 가면 달리 갈림길이 없으니 쭉 가시면 곧 도착하실 것입니다."

여사는 혼자 걸어갔는데, 가다 보니 성 동문에 이르렀고 발을 접질러 곧 깨어났다. 이미 삼경이 되었다. 마치 대낮에 외출해서 누군가를 뵙고 온 것 같았다. 곧 시종을 불러 등을 켜게 하고 은을 운반하는 일을 사양하는 차자를 썼다. 날이 밝자 설필에게 가서 사정을 말하고, 또 관직에서 물러나겠다고 밝혔다. 다시 집으로 돌아와 도부를 시킨 대로 처리하였지만 무슨 이치인지는 알 수 없었다. 마침내 스스로 관직에서 물러나겠다고 하여 그 이듬해 허락을 받았다. 그제야 비로소 사람들에게 자초지종을 말하고 스스로 기록까지 남겼다. 사람들은 여사가 필시 장수를 누리며 복이 끊이지 않을 것이라 말하였지만 그로부터 7년 후에 세상을 떴다. 그가 꾼 꿈과 완전히 달랐다.

17 回向: 불교에서 수행을 통해 쌓은 자신의 공덕을 혼자 누리는 것이 아니라 법계의 중생과 함께 누림으로써 공덕이 더 원만해지도록 하는 것을 뜻한다.

유자앙劉子昂

紹興三十二年, 劉子昂爲和州守, 方淮上亂定, 獨身入官. 他日, 見好婦人出入郡舍, 意惑之, 招與合. 歷數月久, 因詣天慶觀朝謁. 有老道士請間, 曰: "使君不挈家, 而神色枯顇黧黑, 殆有妖氣, 如何?" 劉初諱不答, 再三言之, 乃以買妾對. 道士曰: "非人也, 將不可治. 今以二符相與, 逮夜宜懸於戶外, 渠當不敢入." 劉以符歸. 夜未半, 婦人至, 怒罵曰: "相待如夫婦, 何物道士乃爾! 吾去卽去, 無憶我." 劉不能割愛, 亟起取符壞之. 終不悟生人何以畏符, 復綢繆如初. 又數日, 道士入府問訊, 望見劉, 驚惋曰: "弗活矣, 奈何! 奈何! 然當令使君見之." 命取水數十擔覆于堂, 其一隅方五六尺許, 水至卽乾. 掘之, 但巨屍偃然于地, 略無棺衾之屬, 僵而不損. 劉審視, 蓋所偶婦人也. 大惡之, 不旬日而殂.(王嘉叟說, 得之於韓璡之子季明.)

소흥 32년(1162) 유자앙이 화주[18]지사가 되었는데, 회하 이북의 난이 막 평정되었기에 가족을 거느리지 않고 홀로 관사에 들어갔다. 어느 날 아름다운 여인이 주의 관사를 드나들면서 의도적으로 그를 유혹하기에 불러다 함께하였다. 이렇게 여러 달을 함께 지내던 중 천경관에 가서 신을 참배하게 되었다. 어느 늙은 도사가 잠시 드릴 말씀이 있다며 조용히 청하여 말하길,[19]

18 和州: 淮南西路 和州(현 안휘성 馬鞍山市).

19 請間: 틈이 있을 때 조용히 뵙고 말할 것을 청한다는 뜻이며 請閒이라고도 한다.

"지사[20]께서는 가족들을 데리고 오지 않으셔서 정신과 마음, 얼굴색 모두 초췌하고 칙칙하니 분명 요기에 쓰인 것 같습니다. 어떠한지요?"

유자앙은 처음에는 꺼리며 대답하지 않다가 거듭 물어보기에 첩을 샀다고 대답하였다. 도사가 말하길,

"그 첩은 사람이 아닙니다. 앞으로 다스리기가 어려울 수 있습니다. 지금 두 개의 부적을 드릴 터이니 밤이 되면 이것을 문밖에 걸어두십시오. 분명 그녀가 감히 들어오지 못할 것입니다."

유자앙은 부적을 가지고 돌아왔다. 밤이 아직 깊지 않았는데 부인이 와서 화를 내고 욕하며 말하길,

"그대와 부부같이 지내고 있는데 무슨 도사라는 놈이 그런 말을 한단 말입니까? 내가 떠나야 하면 곧 떠나겠어요. 나를 그리워하지나 마세요."

유자앙은 사랑하는 마음을 끊어 낼 수가 없어 급히 일어나 부적을 떼어 그것을 찢어 버렸다. 이승의 사람들이 왜 부적을 두려워하는지 그 이유를 유자앙은 끝내 깨닫지 못하였다. 다시 처음처럼 부둥켜 지냈다. 또 며칠이 지나자 도사가 화주 관아에 와서 사정을 알아보다가 멀리서 유자앙을 보더니 놀라고 답답해 하며 말하길,

"살 수가 없겠구나. 어찌하겠나! 어찌하겠나! 지사께서 직접 요귀를 볼 수 있게 해 드려야겠구나."

그는 물을 수십 번 들어 날라[21] 관아 건물에 붓게 하였다. 높이가

20 使君: 漢代에 太守 · 刺史에 대한 호칭으로 썼는데, 후에는 주지사에 대한 존칭 또는 아내가 지방관인 남편을 이르는 말로도 쓰였다.

5, 6척 되는 한 모서리 부분은 물이 닿자마다 곧 말랐다. 그곳을 파 보니 큰 사체가 땅 속에 거꾸로 누운 모양으로 놓여 있었고 관이나 덮개 같은 것은 없었다. 딱딱하게 굳었지만 온전하였다. 유자앙이 자세히 보니 대략 함께 지냈던 부인 모습이었다. 크게 두려워하더니 열흘이 안 돼 죽었다.(왕가수가 한 이야기다. 한진의 아들 한계명으로부터 들은 것이라 한다.)

21 擔: 물이나 땔감을 한 번 지는 단위다. 무게 단위로도 쓰는데 100斤에 해당한다. 현재 기준으로는 50㎏이다.

03 재동의 꿈梓潼夢

梓潼神夢之靈, 前志已載矣. 成都人羅彥國, 累試不第, 卽四擧, 齋戒乞夢. 夢蔡魯公謂曰: "已奏除公樞密直學士矣." 次年, 省試又下, 乃以累擧恩得密州文學. 犀浦人邵允蹈, 紹興七年被鄕薦, 亦乞夢于神. 夢神告曰: "已與卿安排甲門高第矣." 及類試, 果爲第一, 乃刻石紀于廟西廡. 後罷眉州幕官赴調臨安, 舟行至閘口鎭, 病死. 始驗甲門之語, 蓋閘字也.

검주 재동현[22]에서 있었던 신비한 꿈의 영험함은 『갑지』에 이미 실려 있다.[23] 성도부[24] 사람 나언국은 여러 차례 과거를 보았지만 합격하지 못하였는데, 네 번째 응시하게 되자 목욕재계하고 현몽을 간구하였다. 꿈에 노국공 채경이 나와 말하길,

"이미 공에게 추밀직학사[25]에 제수되도록 요청하는 상주문을 올렸다."

이듬해 성시에 또 낙방하였지만 여러 차례 응시한 것에 대한 특별한 은택을 입어 특주명으로 밀주[26] 문학[27] 자리를 얻었다.

22 梓潼縣: 利州路 劍州 梓潼縣(현 사천성 綿陽市 梓潼縣).

23 『夷堅甲志』 권18-4 「席帽覆首」 참조.

24 成都府: 成都府路 成都府(현 사천성 成都市).

25 樞密直學士: 閣學士의 하나로 한림학사의 바로 아래지만 직학사 가운데 가장 높다. 품계는 정3품이다.

26 密州: 京東東路 密州(현 산동성 濰坊市 諸城市).

성도부 비현 서포진[28] 사람 소윤도는 소흥 7년(1137) 향리에서 추천을 받았는데, 역시 신에게 현몽을 간구하였다. 꿈에 신이 나타나 말하길,

"이미 경에게 갑문[29]의 높은 등수를 안배해 두었다."

유성시[30]를 치르자 과연 일등을 하였다. 이에 소윤도는 그것을 돌에 새겨 사묘의 서쪽 곁채에 세워 기념하였다. 후에 미주[31]의 막직관을 마치고 임안부[32]로 부임하던 중 배가 갑구진에 다다랐을 때 병이 들어 사망하였다. 그제야 비로소 '갑문'이란 말의 의미가 밝혀졌으니, 아마도 과거의 '갑문'이 아니라 '갑구진'을 뜻하는 것이었다.

27 文學: 당대에 府學·州學박사를 文學으로 개칭하였다. 품계는 參軍과 같지만 서열은 참군보다 앞이었다. 송대에는 주로 문책을 받아 강등된 관리나 특주명으로 관직을 얻은 자, 또는 납속으로 관직을 산 자에게 부여하는 종9품 관직으로 실제 직책은 없다.

28 犀浦鎭: 成都府路 成都府 郫縣 犀浦鎭(현 사천성 成都市 郫縣 犀浦鎭).

29 甲門: 과거 합격자를 등수에 따라 1甲~5甲으로 구분하는데, 臚唱의 특전을 누리는 3甲까지 진사급제라고 칭하므로 갑문이라고도 한다.

30 類省試: '성시와 유사한 시험'이란 뜻이다. 남송 건국기 전란으로 사천·섬서에서 임안부로 과거를 보러 가기 힘들게 되자 이 지역에 별도의 과거를 보게 하고 그것을 가리켜 유성시라고 하였다. 1등으로 합격할 경우 전시 3등으로 대우해 주었다. 약칭은 類試이다.

31 眉州: 成都府路 眉州(현 사천성 眉山市).

32 臨安府: 남송 兩浙路 臨安府(현 절강성 杭州市).

04 사기로 남의 밭을 차지한 장구張九罔人田

廣都人張九, 典同姓人田宅. 未幾, 其人欲加質, 囑官儈作斷骨契以罔之. 明年, 又來就賣, 乃出先契示之. 其人抑塞不得語, 徐謂之曰: "願爾子孫似我, 欲語言而不得." 灑淚而去. 是年秋, 張有孫, 語不出而死. 至冬, 其子病傷寒, 失音亦死. 又一年, 身亦如之.

성도부 광도현[33] 사람 장구는 같은 장씨 성을 가진 어떤 사람의 집과 밭을 담보물로 저당 잡았다. 얼마 후 그 사람이 담보를 더 잡히려 하자 장구는 관아의 중개인에게 부탁하여 추후 매매 권리 일체의 포기를 명시한 계약서[34]를 작성하여 그를 속였다. 이듬해 주인이 다시 와서 땅을 되팔라고 하자 곧 먼저 만들어 놓은 계약서를 꺼내 보여주었다. 그 사람은 기가 막혀 아무 말도 못하다가 천천히 그에게 말하길,

"당신과 자손들이 꼭 나처럼 말을 하고자 하여도 할 수가 없게 되길 바랄 뿐이요."

그는 눈물을 쏟으며 떠났다. 그해 가을 장구는 손자를 보았는데 말

33 廣都縣: 成都府路 成都府 廣都縣(현 사천성 成都市 雙流區).

34 斷骨契: 집 · 토지 매매 시 재구입이나 추가 비용 등을 요구할 수 없게 권리 포기를 명시한 계약을 뜻한다. "심성을 수양하여 뼈가 부러지듯 아무리 슬퍼도 영원히 다시 사지 않겠다(修心斷骨, 永不回贖)"는 문구가 있어 '단골계'라고 하며, 한번 계약하면 절대 되돌릴 수 없다는 의미에서 '死契'라고도 한다.

도 하지 못하고 죽었다. 겨울이 되자 장구의 아들이 상한병에 걸렸는데 역시 아무 소리도 내지 못한 채 죽었다. 또 그 다음 해 자신도 역시 그처럼 되었다.

05 송고의 살인에 따른 업보宋固殺人報

成都人宋固爲縣之文學. 鄕耆長有病者, 困臥境上. 時大觀四年, 朝廷方行安濟法, 若有病者, 則里正當任責. 固憚於聞官, 誘令過雙流縣牛飮橋, 覺病者懷中有所挾, 搜之, 得銀十餘兩, 乃取之, 而推墮其人橋下, 戒其徒勿得言. 居無何, 復至前處, 失脚墮水中死. 其屍出下流五十里外沙磧中, 與病者屍合, 若相抱持者然.(三事王時亨說.)

성도부 사람 송고는 현학의 문학이 되었는데, 향의 기장[35] 가운데 병든 자가 있어 힘들게 자리 보전하는 상황에 이르렀다. 때는 대관 4년(1110)으로 조정에서 막 안제법[36]을 시행하였는데, 내용인 즉 만약 병자가 있을 때는 이정[37]이 그를 보살피는 책무를 진다는 것이다. 송고는 관에서 환자에 대해서 알게 될까봐 병자를 꾀어 쌍류현[38] 우음교를 지나가게 하였는데, 병자 가슴 속에 뭔가 품고 있는 것을 발견

35 耆長: 송대 향촌의 差役으로 도적을 잡는 업무를 맡았다. 耆戶長이라고도 한다.

36 安濟法: 철종 때 빈민 보호시설인 居養院과 빈곤자 공동 무덤인 漏澤園을 설치하면서 송조의 사회구제정책이 본격화되었고, 휘종 때 1천호 이상의 도시마다 빈곤 환자 치료를 주목적으로 하는 安濟坊 설치를 법제화하면서 제도적으로 괄목할 수준에 이르렀다. 단, 실제 수용 규모가 작고, 수용 기준이 복지적 측면보다는 사회 불안요소 방지의 측면을 중심으로 했다는 점, 특히 빈부격차가 심하고 부패했던 휘종 때 추진되었다는 점에서 그 실효성에 대하여 논란이 있다.

37 里正: 송대 향촌의 差役으로 戶長·鄕書手와 함께 세금 징수 책임을 맡았다. 또 이정이 아전역을 맡기도 했다. 里君·里尹·里宰 등의 별칭이 있다.

38 雙流縣: 成都府路 成都府 雙流縣(현 사천성 成都市 雙流區).

하고는 그것을 헤쳐 보니 은이 10여 냥이나 되었다. 곧 그것을 뺏고 병자를 다리 밑으로 밀어 떨어뜨렸다. 그리고 주위의 무리들에게 아무 말도 하지 못하도록 주의를 주었다. 그리고 아무 일도 없었던 듯 지냈지만 지난번 그 다리에 다시 왔다가 그만 발을 헛디뎌 물에 빠져 죽었다. 송고의 시체는 강을 따라 흘러가 50리 밖 모래와 자갈이 많은 얕은 물가에서 발견되었는데, 그때 죽은 그 병자의 시체와 함께 있었다. 게다가 마치 서로 껴안고 있는 것 같았다.(앞의 세 일화는 왕시형이 한 이야기다.)

06 장연도 딸의 명계 관부 대질張女對冥事

妻父張淵道自兵部侍郎奉祠, 寓居無錫縣南禪寺. 次女已嫁梁元明, 來歸寧. 紹興己未正月七日, 因遊惠山寺, 食煎餠差冷, 還家心痛. 至夜逐劇, 正睡落枕. 元明扶之起坐, 但淚下不語, 指其口曰: "說不得." 問何所見, 應曰,"張渥在此." 渥者, 淵道叔也, 死於兵間, 後降靈其家, 云爲泰山府直符走吏. 意其爲祟, 呼洞虛觀道士視之. 道士取紙焚香作法, 請家人共視, 皆曰: "髣髴見紙上有影如人戴幞頭者." 道士曰: "然則正神, 非祟也. 是必陰府追對事耳." 書符使呑之. 天明稍甦, 猶心痛, 忽忽如癡, 晚乃能言.

始病時, 有持符來牀下, 云: "官追汝." 女曰: "我士大夫家女子, 何得輒喚?" 曰: "陽間如此, 陰府不問也." 便覺身隨此人去. 至寺後牆門, 欲出, 一人長丈許, 推之入. 責追者曰: "張侍郎小娘子, 爾何人而得呼之?" 追者不答, 則身已在牆外. 有兜檐甚飾, 使登焉. 兩人肩舁, 約行數百里, 又度錢塘江.

久之, 入一大府, 朱門明煥, 上施大金釘, 殿屋九間皆垂簾, 其中三間簾捲. 王者紅袍碧玉冠, 坐其上. 追者前白: "公事到." 王竦身凭案立問曰: "張相公在陝西殺趙哲, 汝父爲參議官, 預其事否?" 女欲言'不知', 恐累父, 答云: "初不預謀, 亦曾諫, 不見聽." 王曰: "諫而不聽, 何不去?" 答曰: "嘗求一郡, 不得請." 王顧左右, 令詣司供狀. 方對答時, 望西廡一人, 側聽而笑. 東廡亦有一人, 皆狀貌堂堂. 旣詣曹, 曹吏指曰: "笑者乃趙哲, 其東則曲端也." 吏以下皆長一丈, 戴鐵幞頭, 著褐布袍, 具筆札, 令女爲狀. 且曰: "當追長子, 以其不慧, 故免." 蓋淵道長子通, 自幼多病, 不解事.

俄持盤食來, 甚豐. 或曰: "不可食, 食則不得歸矣." 廡下各列門戶, 或榜云'鑊湯地獄', 或榜云'剉碓地獄'. 其室甚多, 皆扃鐍, 不見人. 遙見故姻家宋氏母, 據案相望而笑. 傍人云: "見判善部." 須臾, 供狀畢,王命放還. 無復轎乘, 獨隨追者行, 及江頭, 見貴人公服乘馬, 導從甚盛, 問人, 云呂相公也. 是時呂忠穆公已臥病, 後一月始薨, 蓋其魄兆先逝矣.

필자의 장인인 장연도가 병부시랑에서 물러나 사록관 신분으로 상주 무석현[39] 남선사에서 기거하고 있었다. 둘째 딸은 양원명에게 시집갔는데 문안차 친정에 와 있었다. 소흥 9년(1139) 정월 7일, 혜산사[40]에 놀러 갔다가 전병을 먹던 중 몸이 지나치게 냉해져서 집으로 돌아왔는데 가슴 통증이 심하였다. 밤이 되자 더욱 심해졌고 막 자려다 말고 목 뒤가 아프다고 했다. 양원명이 아내를 부축하여 일으켜 앉히자 그저 눈물만 흘릴 뿐 아무 말도 못하다가 자신의 입을 가리키며 말하길,

"말을 하려 해도 어떻게 할 수가 없어요."

뭔가 본 것이라도 있냐고 물어보자 대답하길,

"장악이 여기에 와 있습니다."

장악은 장연도의 숙부로 전쟁 중에 죽었는데, 잠시 후 그의 혼령이 집안으로 내려와 말하길 자신은 태산부[41]에서 직부[42]의 전령을 맡고

39 無錫縣: 兩浙路 常州 無錫縣(현 강소성 無錫市).

40 惠山寺: 현 강소성 무석시 혜산구에 있는 고찰로 423년에 창건되었고 537년부터 혜산사로 개칭하여 500년 가까이 유지하였다. 북송 초에 普利院, 남송 초에는 荐福寺로 개칭하였으나 주민들은 계속 혜산사로 불렀다.

41 泰山府: 중국에서는 사후세계에 대해 특정한 논리 체계가 없었으나 불교의 영향을 받아서 사람이 죽으면 혼이 태산으로 돌아간다는 설화가 점차 형성되었고, 魏晉 때부터 명계를 관장하는 신으로 泰山府君이 자리 잡게 되었다. 그리고 후대로 갈수록 그 구성과 책무가 체계적으로 정리되었다.

있다고 하였다. 사람들은 그녀가 요괴에 홀린 것이라 여기고 동허관의 도사를 불러 살펴보게 하였다. 도사는 종이를 가지고 와 태워 향을 피우며 법술을 행하였고 집안 식구들에게 함께 보라고 청하였다. 모두가 말하길,

"종이 위의 그림자가 마치 사람이 머리에 두건을 쓰고 있는 것과 같아 보입니다."

도사가 말하길,

"그렇다면 이는 진짜 신령이며, 무엇에 홀린 것이 아닙니다. 분명 명계의 관부에서 그녀를 데려가 대질할 일이 있을 것입니다."

그리고 부적을 하나 쓰더니 그녀에게 삼키라고 하였다. 날이 밝자 조금씩 깨어났는데 가슴의 통증은 여전하다고 하더니 갑자기 바보처럼 멍해졌다. 저녁이 되어서야 비로소 말을 할 수 있었다.

그녀가 처음 병이 났을 때 어떤 사람이 공문을 갖고 와서 침상 아래에서 말하길,

"관에서 당신을 잡아 오라 하였습니다."

그녀가 말하길,

"나는 사대부 집안의 여자인데 어찌 그리 마음대로 소환할 수 있나요?"

대답하길,

"이승에서는 그렇더라도 명계의 관부에서는 그런 것을 따지지 않습니다."

42 直符: 도교의 신화 속 신선으로 天乙貴人이라고도 칭한다. 매우 길상한 존재이며 귀인과 귀중품을 주관한다고 한다.

그러더니 곧 몸이 그 사람을 따라가고 있다는 것을 깨달았다. 절 뒤의 담장 문에 이르러 나가려고 할 때 키가 한 길쯤 되는 사람이 그를 밀고 들어왔다. 그리고 그녀를 잡아가는 자를 책망하며 말하길,

"이 사람은 병부시랑 장연도의 작은딸이다. 네가 누군데 그녀를 불러 가려고 하느냐?"

그자는 아무 말도 하지 않았는데, 몸은 이미 담장 밖으로 나가 있었다. 차양이 매우 화려하게 꾸며진 교자가 있었는데, 그 위에 올라타라고 하였다. 두 사람이 어깨에 메고 대략 수백 리를 갔고 다시 전당강을 건넜다.

한참 뒤 큰 관부로 들어갔는데, 붉은 문이 밝게 빛났고, 위에는 금빛으로 빛나는 커다란 금정이 달려 있었다. 대전은 모두 아홉 칸으로 화려한 주렴이 다 걸려 있었으며 그중 세 칸은 주렴을 말아 올려놓았다. 왕은 붉은 도포를 입고 푸른 옥이 달린 관을 쓴 채 위에 앉아 있었다. 그녀를 잡아 온 자가 앞으로 나아가 아뢰길,

"범인이 도착했습니다."

왕이 몸을 벌떡 일으키더니 안석에 기대어 곧장 묻기를,

"재상 장준이 섬서에서 조철을 죽였는데, 너의 아버지가 참의관으로 그 일에 관여하지 않았는가?"

그녀는 '모르겠다'고 말하려다 아버지에게 누가 될까 염려하여 답하길,

"처음부터 모의에 참여하지 않았을 뿐 아니라 일찍이 간언을 하였지만 받아들여지지 않았습니다."

왕이 말하길,

"간언을 하였고 받아들여지지 않았는데, 어찌 사임하지 않았는

가?”

대답하길,

“전에 한 주의 지사 자리를 청하였지만 그 역시 받아들여지지 않았습니다.”

왕은 좌우를 돌아보더니 그녀를 관련 부서로 데려가 진술을 하게 하라고 명하였다. 막 대답을 하려는데 서쪽 곁채에서 한 사람이 귀 기울여 듣더니 웃는 것이 보였다. 동쪽 곁채에도 한 사람이 있었는데 모두 외모가 당당하였다. 담당 부서에 다다르자, 부서의 서리가 그들을 가리키며 말하길,

“웃고 있는 자가 바로 조철이고 그 동쪽에 있는 자는 곡단이다.”[43]

서리 이하 모든 사람들이 키가 1장이나 되었고 갑옷을 두르고 머리에 검은 두건을 썼으며 안에는 모두 갈포로 만든 군복을 입고 있었다. 붓과 공문서를 준비하고 그녀에게 진술하게 했다. 그들이 또 말하길,

“당연히 큰아들을 잡아와야 하는데 그가 똑똑치 못해서 그냥 둔 것이다.”

장연도의 큰아들 장통은 어릴 때부터 병이 많았고 사리분별을 못하였다.

잠시 후 반상이 나왔는데 음식이 매우 풍성하였다. 혹자가 말하길,

43 建炎 4년(1130) 8월, 張俊은 18만 대군을 인솔하고 금에 대한 전면 공세에 나섰다. 이때 趙哲은 環慶路經略使로 참전하였다. 송군은 초반 승리로 우위를 점하자 금군을 경시하여 富平(현 섬서성 銅川市 耀州區)에서 오히려 대패하였다. 장준은 패전의 책임을 물어 조철과 그 부하들을 참수하였는데, 그 패전 책임의 소재를 놓고 논란이 많았다. 曲端은 전투가 벌어지기 전에 파직되었다.

"먹으면 안 됩니다. 먹으면 돌아갈 수 없소이다."

곁채 아래에 각각의 문이 쭉 늘어서 있었는데, 어떤 팻말에는 "가마솥 끓는 물 지옥"[44]이라 쓰여 있고, 다른 팻말에는 "방아에 찧기는 지옥"[45]이라 쓰여 있었다. 그런 방이 매우 많았는데, 모두 빗장이나 자물쇠가 걸려 있어 그 안의 사람을 볼 수 없었다. 멀리 예전의 친척 집안사람 송씨 모친을 보았는데, 안석에 기대어 서로 바라보니 빙긋 웃었다. 옆에 사람이 말하길,

"지금 착한 일을 담당하는 부서의 판관을 맡고 있다."

금방 진술이 끝나자 왕은 그녀를 돌려보내라고 명하였다. 다시 타고 갈 수레가 없어서 그녀 홀로 끌고 온 자를 따라 걸었는데, 강 머리에 이르자 귀인이 관복을 입고 말을 타고 있는 것이 보였다. 길 안내하느라 앞뒤로 늘어선 시종[46]들이 매우 많아 사람들에게 물어보니 재상 여이호라고 하였다. 그때 충목공 여이호는 이미 병으로 누워 있었는데, 한 달 후에 비로소 죽었다. 아마 그 혼령이 먼저 간 것 같았다.

44 鑊湯地獄: 펄펄 끓는 가마솥에 사람을 꿰어 넣고 끓이는 지옥이다. 살생을 일삼던 사람에 대한 벌이라고 한다.

45 剉碓地獄: 石磑지옥이라고도 한다. 맷돌에 사람을 넣고 갈거나 돌절구에 넣고 디딜방아로 짓찧는 지옥이다. 가축을 도살한 벌이라고 한다.

46 導從: 황제나 고위관료가 행차할 때 앞에서 길을 여는 자를 導, 뒤에서 수행하는 자를 從이라고 한다.

한림도화원 화학생畫學生

成都郫縣人王道亨, 七歲知丹青, 用筆命意已有過人處. 政和中, 肇置畫學, 用太學法補試四方畫工. 道亨首入試, 試唐人詩兩句爲題曰: "胡蝶夢中家萬里, 子規枝上月三更." 餘人大率淺下, 獨道亨作蘇屬國牧羊北海上, 被氈杖節而臥, 雙蝶飛舞其上, 沙漠風雪羈棲愁苦之容, 種種相稱. 別畫林木扶疎, 上有子規, 月正當午, 木影在地, 亭榭樓觀, 皆隱隱可辨, 曲盡一聯之景. 遂中魁選. 明日進呈, 徽宗奇之, 擢爲畫學錄.

又學中嘗以"六月杖藜來石路, 午陰多處聽潺湲"爲題, 餘人皆畫高木臨清谿, 一客對水坐. 有一工獨爲長林絕壑, 亂石磴道, 一人於樹陰深處, 傾耳以聽, 而水在山下, 目未嘗睹也. 雅得聽潺湲之意, 亦占優列.

성도부 비현[47] 사람 왕도형은 일곱 살 때부터 그림[48]을 잘 그렸다. 운필과 명의[49] 모두 이미 다른 사람을 월등히 넘어서는 바가 있었다. 정화연간(1111~1117)에 한림도화원[50]에서 처음으로 회화 학교를 설

47 郫縣: 成都府路 成都府 郫縣(현 사천성 成都市 郫縣).

48 丹靑: 본래 수은으로 이루어진 황화 광물인 붉은색의 丹砂와 深綠色 또는 淺藍色 陶土인 靑臒을 합한 안료를 가리킨다. 단청은 후에 화려한 색채, 나아가 그림 · 초상화 · 화가의 뜻으로 확대되었다.

49 命意: 시문이나 회화의 주제를 확정한다는 뜻과 함께 그 안에 내포된 含意를 가리키기도 한다.

50 翰林圖畫院: 오대 남당과 후촉 등의 한림도화원은 상당한 수준을 갖고 있어 북송 건국 이후 그 전통이 그대로 이어졌다. 특히 휘종은 米芾을 서화학박사로 임명하

치하여 태학의 법규에 따라 사방의 화공을 시험으로 선발하였다. 왕도형은 1기 응시자였는데, 시험은 당시 두 구절을 화제로 주는 방식이었다. 화제는,

> 나비의 꿈[51] 속에 고향은 만 리 밖이고,
> 두견은 나뭇가지에 앉았는데 달빛이 삼경이네.[52]

다른 사람들은 대부분 천박하게 그렸는데 오직 왕도형만이 소무가 북해지역에서 양을 치면서[53] 담요를 덮고 정절[54]을 들고 누워 있는데, 두 마리 나비가 그 위에서 춤을 추고, 사막의 눈과 바람을 통해 타국에서 살며 고초에 시달리는 모습을 그렸다. 이런 모든 것들이 화제에

고 작품 제작만 하던 도화원을 화가 양성을 위한 기관으로 변모시켰다. 도화원 교육의 최대 특징은 시문과 회화를 결합한 것이며, 휘종의 직접 지도를 통해 화가의 지위를 크게 향상시킨 점이다. 도화원에는 待詔·藝學·祗候 등의 직제가 있고 직제에 포함되지 않는 화가를 畫學生이라고 불렀다.

51 胡蝶夢: 莊子가 꿈 속에서 나비로 변해 자신이 누군지 잊었는데, 꿈에서 깨니 자신은 여전히 그대로였다. 이럴 경우 장자가 꿈 속에서 나비로 변한 것인지 아니면 나비의 꿈 속에서 나비가 장자로 변한 것인지 분별하기 어렵다는 유명한 우화이다. 『莊子』「內篇·齊物論」에 실려 있다.

52 唐代 시인 崔涂가 현 호남성 북부 지방을 여행하면서 지은 '春夕'의 일부다. 장자의 호접몽처럼 꿈속에서 만 리 밖에 있는 고향을 보았는데, 꿈에서 깨 보니 나뭇가지에 앉아 있는 두견새가 지금이 3경임을 알려 준다는 내용을 담고 있다.

53 蘇武: 소무는 天漢 1년(전100)에 흉노에 사신으로 파견되었다가 내분에 휘말려 흉노로부터 투항을 요구받았다. 하지만 소무는 충절을 지키기 위해 모든 핍박을 견뎠고, 심지어는 北海(현 바이칼호) 근처에서 19년 동안 양을 키우며 온갖 고초를 겪었음에도 굴복하지 않았다. 그러다 始元 6년(전81)에 비로소 풀려나 돌아와서 충정의 표상으로 높이 평가받았다. 귀국 후 한조의 속국을 관리하는 직책인 典屬國을 맡았다.

54 旌節: 사신들이 자신의 신분을 확인하기 위해서 가지고 가던 부절의 일종이다. 긴 장대 끝에 7층으로 둥근 원형 장식을 달고 각 층마다 작은 구리 방울을 달았다.

딱 들어맞았다.

또 따로 그린 그림 역시 나무가 무성하면서도 아취가 있는데, 그 위에 두견새가 앉아 있고 달은 마침 자정이어서 나무 그림자가 땅에 드리워졌고, 정자와 누각이 모두 은은하지만 분별할 수 있게 하는 등 하나로 연결된 풍광을 곡진하게 표현하였다. 마침내 일등으로 뽑혔다. 다음 날 그림을 올리니 휘종이 왕도형을 기재라고 생각해 화학록[55]에 발탁하였다.

또 배우는 과정에서 일찍이 다음의 시제로 그림을 그리게 하였다.

유월 명아주 지팡이 짚으며 돌길을 거니는데,
한가운데 뜬 달빛 그윽한 곳에 졸졸 흐르는 물소리 들리네.[56]

나머지 사람들은 모두 키 큰 나무가 푸른 계곡 가까이에 드리워져 있고 한 객이 물을 대하고 앉아 있는 모습을 그렸다. 한 화공만이 홀로 긴 숲에 깎아지른 계곡, 어지럽게 널린 바위와 돌계단 길, 그리고 한 사람이 나무 그늘 깊은 곳에서 귀 기울여 무언가 듣고 있는 것을 그렸다. 물은 산 아래로 흐르고 있어 눈으로는 보려 해도 볼 수 없으니 졸졸 흐르는 물소리를 들으려 한다는 것을 아취 있게 표현한 것이어서 역시 뛰어난 작품에 속하였다.

55 畫學錄: 국자감에서 학칙을 집행하고 학생을 평가·지도하는 직책으로 學正을 임명하고, 學正의 업무를 보좌하는 學錄을 학생 가운데서 선발하였다. 畫學錄은 武學錄·律學錄 등에 준하여 임명한 것 같다.

56 왕안석의 시 「定林」의 "六月杖藜尋石路, 午陰多處弄潺湲"에서 각 구마다 한 글자씩 바꾸었다.

08 주자강周勉仲

周勉仲自強爲蘄州司法時, 以驛舍爲官廨. 晩步中門外, 往來微倦, 顧聽側有板倚, 使人取之欲坐. 及其處, 則了無一物. 宅後枕郡治之萬芝堂, 堂有池, 白晝見人蓬首對水坐, 叱之使起. 其人矍然立, 背如負大甕者, 躍入池中, 有聲紞然. 識者以爲龜鼈之精云. 又嘗往廬山, 與歸宗長老坐小室, 見一人往來窗下, 著烏巾, 其身僅與窗等, 訝其太短, 出視之, 無所見.(勉仲說.)

자가 면중인 주자강[57]이 기주[58] 사법참군[59]이 되었을 때 역사를 관아로 삼고 있었다. 저녁에 중문 밖을 배회하다 조금 피곤하여 관아 옆을 보니 판자가 놓여 있는 것을 보고 사람을 불러 그것을 가져와 앉을 수 있게 하려고 하였다. 그런데 그곳에 가자 곧 아무것도 보이지 않았다. 집 뒤로는 주 관아 경내의 만지당과 잇닿아 있는데, 만지

57 周自強: 자는 勉仲이며 兩浙路 衢州(현 절강성 衢州市) 사람이다. 과거에 급제하지 못하였으나 증조 이래 3대가 관료를 지내 遺恩에 의해 출사하였다. 처음 받은 관직이 본문의 기주 사호참군이었다. 출발은 미흡하였지만 후에 법률 전문가로 인정받아 乾道 1년(1166)에 大理少卿, 9년에 大理卿이 되었고, 權刑部侍郎을 거쳐 廣南東路經略安撫使, 建寧府지사 등을 역임하는 등 관운이 매우 순탄하였다.

58 蘄州: 淮南西路 蘄州(현 호북성 黃岡市 蘄春縣).

59 司法參軍: 형사 문제를 담당한 州의 속관으로 崇寧 2년(1103)에는 將仕郎, 政和 6년(1116)에는 迪功郎으로 개칭하였다. 원풍개혁 이후 품계는 주의 크기에 따라 종8품~종9품이었다. 司理參軍이 소송과 심문 등 검찰 역을 맡은 데 비해 司法參軍은 법률 판단에 따라 관결하는 판사 역을 맡았다. 약칭은 司法·法曹·法掾이다.

당 안의 연못에서 대낮에 사람이 보였다. 산발한 머리를 한 채 연못을 대하고 앉아 있기에 그에게 일어나라고 소리 질렀다. 그 사람이 놀라 일어섰는데, 등에 큰 항아리를 지고 있는 것 같았다. 그가 연못 안으로 뛰어 들어가니 북치는 듯한 소리가 들렸다. 알 만한 사람들은 다 거북의 정령이라고 여겼다.

또 일찍이 여산에 간 일이 있는데, 귀종장로와 함께 작은 방에서 지냈다. 마침 어떤 사람이 창 아래에서 배회하는 것을 보았다. 검은 두건을 둘렀고 몸은 겨우 창문 높이와 비슷하였다. 주자강은 그의 키가 너무 작은 것에 놀라 밖으로 나가 보니 아무것도 보이지 않았다. (주자강이 한 이야기다.)

09 나무 안의 훔친 물건樹中盜物

王深之湛, 家臨川. 每失去盌楪瓶合及衣服之屬, 輒譴責僕婢, 然不復可得. 一夕, 暴風起, 屋東大皁莢樹吹折, 斷處中空, 凡王氏積年所失物皆貯其內, 半壞矣. 其樹今猶在云.(郭沰潔己說.)

자가 심지인 왕잠[60]은 집이 무주[61]였다. 매번 주발이나 접시, 병, 상자 및 의복 등이 없어질 때마다 노복들을 나무랐지만 여전히 다시 찾을 수가 없었다. 어느 날 밤 폭풍이 몰아치더니 집 동쪽 큰 주엽나무가 바람에 부러졌다. 그 부러진 곳을 보니 나무 속이 텅 비어 있었고, 그 안에 왕씨 집에서 여러 해 동안 잃어버린 물건들이 다 쌓여 있었다. 하지만 그 반은 이미 망가졌다. 그 나무는 지금까지 여전히 있다고 한다.(자가 탁결인 곽기가 한 이야기다.)

60 王湛: 太常寺丞을 거쳐 紹興 26년(1156)에 直祕閣으로 閬州지사로 나갔던 것만 확인된다.

61 臨川: 江南西路 撫州(현 강서성 撫州市).

10 사호참군 호씨의 첩扈司戶妾

洪州分寧王氏壻扈司戶, 自京師買一妾, 甚美, 攜歸, 置于妻家. 妻母謂人曰: "扈郎妾信美! 然語音僅能出口, 十句只可辨一二, 面目極峭冷, 與人寡合, 而足絕小, 可藏於袴中, 類非人間女子. 久留不去, 非扈氏福也." 扈生聞之, 疑其妻不能容, 故母言如此, 未忍決絕. 妾來時以白犬自隨, 行止飮食不暫捨, 逮夜則寢牀下. 經一歲, 妾入佛堂瞻禮, 急大呼乞救, 人往視之, 則爲犬齧斷一臂, 臥血中死矣. 犬亦繼死.(李紹祖說.)

홍주 분녕현[62]에 사는 왕씨의 사위 사호참군 호씨는 도성에서 첩을 한 명 샀는데 매우 아름다웠다. 데리고 돌아와 처가에 살게 했다. 장모가 사람들에게 말하길,

"호서방의 첩은 정말 아름답다! 그러나 말할 때 목소리가 입가에서 우물거릴 뿐, 열 마디 하면 한두 마디만 겨우 알아들을 수 있었다. 인상이 너무 딱딱하고 차가운데다 사람들과 잘 어울리지 못한다. 발도 아주 작아서 바지로도 가릴 수 있었다. 인간 세상의 여자가 아닌 것 같아 오래 같이 사는 게 호서방에게 복은 아닐 거다."

호씨는 장모의 말을 듣고 아내가 그녀를 받아들이지 않아 장모가 그렇게 얘기하는 것이라 의심하며 차마 관계를 정리하지 못하였다.

62 分寧縣: 江南西路 洪州 分寧縣(현 강서성 九江市 修水縣).

첩이 왔을 때 흰 개가 스스로 따라 왔는데 어디를 가거나 음식을 먹을 때나 잠시도 그녀를 떠나지 않았고 밤이 되면 침상 아래에서 잤다. 일 년이 지나서 첩은 불당에 들어가 예불을 드렸는데, 갑자기 살려 달라고 크게 소리치기에 사람들이 가서 보니 개가 그녀의 팔 한쪽을 물어뜯었다. 그녀는 쓰러져 피를 흘리며 죽었고, 개 역시 따라 죽었다.(이소조가 한 이야기다.)

11 괴승이 준 부적異僧符

豫章之南數十里生米渡, 乾道元年三月八日, 有僧晨濟. 將登岸, 謂津吏曰: "少頃見黃衫五人荷籠而至者, 切勿使渡, 渡則有奇禍至." 取筆書三字, 似符而非, 了不可識. 其文曰 "□□□", 以授吏曰: "必不可拒, 當以此示之." 語畢而去. 吏不甚信也, 然私怪之.

至午, 果有五黃衣, 如府州急足者, 各負兩竊籠, 直前登舟. 吏不許, 皆怒罵, 殆欲相歐擊. 良久不解, 吏乃取所書字示之. 五人者一見, 狼狽反走, 轉眼失所在, 委十籠於岸滸. 發之, 中有小棺五百具. 吏焚棺而傳其符, 豫章人家家圖祀之. 是歲, 江浙多疫, 唯此邦晏然. 識者謂五人乃瘟部鬼也. 予過江州及衢州, 見土人言各不同, 竟未知孰是.(余端禮說.)

홍주[63]에서 남쪽 수십 리 떨어진 곳에 생쌀나루[64]가 있었는데, 건도 1년(1165) 3월 8일, 한 승려가 새벽에 배를 타고 건넜다. 배가 나루에 다다를 무렵 나루터를 관장하는 서리에게 말하길,

"잠시 후 누런색 적삼을 입은 다섯 사람이 대바구니를 메고 올 터인데 절대 건너게 해서는 안 되오. 만약 건너간다면 즉시 뜻하지 않

63 豫章: 江南西路 洪州(현 강서성 南昌市).

64 生米渡: 현 강서성 南昌市 新建區 서남쪽 40리에 있다. 부근에 유명한 쌀시장인 生米市가 있어서 붙여진 지명이며, 악비가 紹興 1년(1131) 2월에 기병 3천 명을 이끌고 말을 이용해 도강해서 李成을 급습하여 5만 명을 포로로 잡는 대승을 거둔 곳으로 유명하다.

은 화가 닥칠 것이오."

그리곤 붓을 들어 세 글자를 썼는데 부적 같기도 하고 아닌 것 같기도 해서 무슨 뜻인지 끝내 알 수 없었다. 거기에는 '□□□'라고 쓰여 있었다. 승려는 그것을 서리에게 주면서 말하길,

"반드시 거절할 수 없을 터이니 그때 이것을 보여 주시오."

말을 하고 난 뒤 떠났다. 서리는 그 말을 곧이듣지 않았지만, 속으로는 이상한 일이라고 생각하였다.

정오가 되자 과연 누런색 옷을 입은 사람 다섯이 왔는데, 각 주의 전령 같아 보였다. 각자 대바구니를 두 개씩 메고 곧장 배에 올라탔다. 서리가 승선을 허락하지 않자 일제히 화를 내며 욕하여 서로 치고받고 싸우기 직전까지 갔다. 오랫동안 수습이 되지 않자 서리는 승려가 적어 준 글자를 꺼내 그들에게 보여 주었다. 다섯 사람은 그것을 한 번 보더니 낭패를 본 듯 오히려 도망갔고 눈 깜짝할 사이에 어디로 갔는지 찾을 수 없었다. 10개의 대바구니만 나루터 물가에 버려져 있었다. 그것을 들춰 보니 안에 작은 관 500개가 들어 있었다. 서리는 관을 불태우고 그 부적을 사람들에게 전하니 홍주 사람들은 집집마다 그것을 그려 붙인 후 제사 지냈다.

이해에 강절[65] 지역에는 전염병이 많이 돌았는데 오직 이 지역만 편안하였다. 알 만한 사람들이 말하길 다섯 명 모두 전염병을 주관하는 부서의 귀신이라고 하였다.

내가 강주[66]와 구주[67]를 지나갈 때 만난 사인들에게 물어보니 그 말

65 江浙: 좁은 의미의 강절은 장강과 전당강 사이로 吳·越 문화 지역을 뜻한다. 지금은 강소성·절강성을 지칭한다.

이 각각 달랐다. 누구 말이 맞는지 끝내 알 수 없었다.(여단례[68]가 한 이야기이다.)

66 江州: 江南東路 江州(현 강서성 九江市).

67 衢州: 兩浙路 衢州(현 절강성 衢州市).

68 余端禮(1135~1201): 자는 處恭이고 兩浙路 衢州 龍游縣(현 절강성 衢州市 龍游縣) 사람이다. 효종 때 監察御史·大理少卿·太常少卿·吏部侍郞·太平州지사를 지냈다. 光宗 때 吏部尙書·同知樞密院事가 되었고, 寧宗 즉위에 공을 세워서 知樞密院事 겸 參知政事가 되었고 다시 좌·우丞相을 지냈다. 반듯한 성품을 갖고 있다는 긍정적 평가와 함께 권신 韓侂胄에 부화했고 별다른 업적이 없다는 부정적 평가가 함께 있다.

이남금李南金

樂平士人李南金, 紹興二十七年登科, 纔唱名罷, 歸旅舍, 夢二女子執版歌詞以侑酒, 曰: "君是園中楊柳, 能得幾時青? 趁金明春光尚好, 尊酒賞閑情. 它年歸去, 強山陰處, 一枕曉霞清." 覺而記其語, 不曉強山爲何處. 旣調官, 得光化軍教授, 未赴, 來謁提點坑冶李稙, 獻新發鐵山, 自督工烹煉.

一日, 見巨蛇仰首向爐, 如有所訴. 李戒坑戶勿得害, 旣而殺之. 它日, 又有蛇, 其大如柱, 來冶處, 傍小蛇千餘隨之, 結爲大團. 巨蛇躍起, 首高丈餘. 李猶令僕持杖捶之, 僕不敢前. 又遣人歸家取勅告置地上, 蛇徑行不顧. 李甚駭, 卽覺體中不佳, 遂歸. 先是, 其家人夢一姥來尋李教授, 曰: "枉殺我兒." 及是知其不可起, 數日而卒.

요주 낙평현[69]의 사인 이남금은 소흥 27년(1157) 과거에 급제하여 창명이 끝나자마자 여관으로 돌아와 잤는데, 꿈에 두 여자가 목판에 새겨진 노래 가사를 가지고 와 술을 권하며 말하길,

그대는 이 정원의 버드나무,
언제 푸르러지는지 아시나요?
금빛 밝은 봄 풍광 좋을 때,
술을 마시며 남녀의 정을 느껴 봅시다.
다른 해 돌아가시면 강산의 그늘 깊은 곳에서,

69 樂平縣: 江南東路 饒州 樂平縣(현 강서성 景德鎭市 樂平市).

자다가 서리의 맑은 기운에 깰 것입니다.

꿈에서 깨어난 뒤에도 그 말을 기억하였지만 강산이 어디인지는 알지 못하였다. 관직에 제수되어 광화군[70]의 교수로 가게 되었다. 부임하기 전에 제점갱야주전사의 이직을 찾아뵙고 새로 발견된 철광석산에 대해 아뢰었다. 그리고 스스로 장인들을 독려하여 제련하게 하였다.

어느 날 커다란 뱀이 나타나 대가리를 들고 고로를 향해 왔는데 무언가 하고 싶은 말이 있는 것 같았다. 이남금은 광부들에게 해치지 말라 주의를 주었지만 잠시 후에 그 뱀을 죽였다. 다른 날 또 다른 뱀이 나타났는데 그 크기가 기둥처럼 컸다. 야철하는 곳으로 왔는데, 옆에 작은 뱀 천여 마리가 따라다니며, 엉켜서 크게 무리를 지었다. 커다란 뱀이 몸을 일으키니 대가리 높이가 1장이 넘었다.

이남금은 노복들에게 몽둥이로 더욱 내려치라고 시켰지만 종들은 감히 앞으로 나가지 못했다. 또 사람을 집으로 보내 사령장을 가져와 땅 바닥에 두게 하였는데, 뱀은 곧장 지나가며 돌아보지도 않았다. 이남금은 매우 놀랐고, 몸이 좋지 않게 되었음을 느껴 곧장 집으로 돌아갔다. 이에 앞서 그 집안사람이 꿈을 꾸었는데, 한 노파가 이 교수를 찾아와 말하길,

"나의 아들을 잘못 죽였다."

이렇게 되자 이남금은 자기가 다시 일어날 수 없음을 알았고 며칠 지나 죽었다.

70 光化軍: 京西西路 光化軍(현 호북성 襄樊市 老河口市).

이견을지 夷堅乙志 卷 6

01 석관 안의 부인石棺中婦人

紹興初, 南劍州將樂尉藺歘因捕盜至山村, 見農人掘地得石棺, 無罅, 呼匠者鑿開. 視之, 一婦人, 長三尺餘, 瞑目裸體, 形色紅潤如生. 兩手各握一劍, 口銜一劍. 歘卽以油傘裹瘞之, 不知何物也.

소흥 초(1131), 남검주 장락현[1] 현위인 인양은 도적을 잡으러 산간 마을에 갔다가 한 농부가 땅을 파던 중 석관을 발견한 것을 보았다. 석관은 벌어진 틈이 없어 장인을 불러다 뚫고 열었다. 안을 보니 한 여인이 누워 있는데 키는 3척 정도 되었고, 눈을 감은 채로 나체였다. 얼굴빛이 붉고 윤기가 있어 마치 살아 있는 것 같았다. 두 손에는 각각 검을 하나씩 쥐고 있었고 입에도 검을 물고 있었다. 인양은 곧 기름 먹인 종이우산으로 싸서 다시 묻어 주었다. 어찌 된 일인지 모를 일이다.

1 將樂縣: 福建路 南劍州 將樂縣(현 복건성 三明市 將樂縣).

원주의 옥사袁州獄

向待制子長久中, 元符中爲袁州司理. 考試南安軍, 與新昌令黃某并別州鄭判官三人俱, 畢事且還. 鄭君有女弟, 嫁爲宜春郡官妻, 欲與向同如袁. 而黃令者, 前三年實爲袁理官, 以故二人邀與偕往. 黃不可, 鄭強之, 且笑曰: "公遽能忘情于煙花中人乎?" 黃不得已, 亦同塗, 然意中殊不樂.

逮至, 又欲止城外, 向力挽入官舍. 坐定, 向將入省二親, 揖之就便室. 黃如不聞, 卽其側呼之, 瞪目不答. 俄指向所用銅槃曰: "其價幾何? 可輟買否?" 向得其發言, 頗喜. 顧小史令持往所館, 問之曰: "此常物爾, 何遽爲?" 曰: "將置吾棺中." 向始疑懼, 引其手, 使少憩, 亦不動. 亟招鄭君同視之, 掖以就榻.

少頃, 發聲大呼, 若痛不可忍. 遂洞泄血利, 穢滿一室, 登榻復下, 號叫通夕不少止. 向與鄭同辭告曰: "君疾勢殊不佳, 盍有以見屬?" 黃頷首曰: "願見母妻." 向卽日爲書, 走馺步如新昌告其家. 又語之曰: "君本不欲來, 徒以吾二人故. 今病如是, 尊夫人脫未能來, 而君或不起, 是吾二人殺君也, 何以自明? 願君力疾告我所以不欲來及危惙如此之狀."

黃開目傾聽, 忍痛言曰: "吾官于此時, 宜春尉遣弓手三人買雞豚于村墅, 閱四十日不歸. 三人之妻訴于郡, 郡守與尉有舊好, 令尉自爲計. 尉紿白府曰: '部內有盜起, 已得其根株窟穴所在. 遣三人者往偵, 恐其徒泄此謀, 姑以買物爲名. 久而不還, 是殆斃于賊手, 願合諸邑求盜吏卒共捕之.' 守然其言.

尉自將以往, 留山間兩月, 無以復命. 適村民四輩耕于野, 貌蠢甚, 使從吏持錢二萬, 招之與語, 曰: '三弓手爲盜所殺, 尉來逐捕, 久不獲, 不得歸. 倩汝四人詐爲盜以應命, 他日案成, 名爲處斬, 實不過受杖十數, 卽釋汝. 汝曹貧若此, 今各得五千錢以與妻孥, 且無性命之憂, 何

不可者? 汝若至有司, 如問汝殺人, 但應曰有之, 則飽食坐獄, 計日脫歸矣.'

四人許之, 遂執縛詣縣. 會縣令闕, 司戶攝其事. 劾囚, 服實如尉言. 送府, 吾適主治之, 無異詞, 乃具獄上憲臺. 得報皆斬, 旣擇日赴市矣. 吾視四人者皆無兇狀, 意其或否, 屛獄吏以情詰之, 皆曰不寃. 吾又摘語之曰: '汝等果爾, 明日當斬首. 身首一分, 不可復續矣.' 囚相顧泣下, 曰: '初以爲死且復生, 歸家得錢用, 不知果死也.' 始具言其故. 吾大驚, 悉挺其縛.

尉已伺知之, 密白守曰: '獄掾受囚賂, 導之上變.' 明日吾入府白事, 守盛怒, 叱使下曰: '君治獄已竟, 上諸外臺閱實矣. 乃受賄賂, 妄欲改變邪?' 吾曰: '旣得其寃, 安敢不爲辨?' 守無可奈何, 移獄于錄曹, 又移于縣, 不能決. 法當復申憲臺, 則置獄. 守曰: '如是, 則一郡失入之罪衆矣. 安有已論決而復變者?' 悉取移獄辭焚之. 但以付理院, 使如初款.

吾引義固爭, 累十數日不得直, 遂謁告. 郡守令司戶嘗攝邑者代吾事. 臨欲殺囚, 守復悔曰: '若黃司理不書獄, 異時必訟我于朝矣.' 令同官相鐫諭曰: '囚必死, 君雖固執, 亦無益. 今強爲書名于牘尾, 人人知事出郡將, 君何罪焉?' 吾黽俛書押, 四人遂死.

越二日, 黃衣人持挺押二縣吏來追院中二吏, 曰: '急取案.' 吏方云云, 黃衣以挺擊之, 四吏俱入舍不出. 吾自往視, 舍門元未啓, 望其中, 案牘橫陳, 逡巡四吏皆暴卒. 又數日, 攝令死. 尉用他賞改秩, 已去官, 亦死. 而郡守中風不起, 相去纔四十日.

吾一日退食, 見四囚拜于下曰: '某等枉死, 訴于上帝, 得請矣.' 欲逮公, 吾懇曰: '所以知此寃而獲吐者, 黃司理力也. 今七人已死, 足償微命, 乞勿追竟.' 帝曰: '使此人不書押, 則汝四人不死. 汝四人死, 本于一押字. 原情定罪, 此人其首也.' '某等哭拜天廷, 凡四十九日, 始許展三年. 卽揎袴露膝, 流血穿漏, 日拜不已, 至于此.' 又曰: '大限若滿, 當來此地相尋.' 又拜而去.

吾適入門, 四囚已先在, 云候伺已久, 恐過期, 且令亟取母妻與訣別,吾所以不欲來者, 以此故爾. 今復何言?" 向曰: "鬼安在?" 黃指曰: "皆拱立于此." 向與鄭設席焚香, 具衣冠拜禱曰: "爾四人明靈若此, 黃君將死, 勢無脫理. 旣許其與母妻訣, 何必加以重疾, 令痛苦若此哉?" 禱畢, 黃喜曰: "鬼聽公矣!" 痛卽止, 利不復作, 然厭厭無生意. 又旬日, 告向曰: "吾母已來, 幸爲我辦肩輿出迎." 向曰: "所遣卒猶未還, 安得遽至?" 曰: "四人者已來告." 遂出, 果相遇于院門之外, 褰簾一揖而絕.(向樂平人, 其子元伯侍郞說.)

자가 자장인 대제 향구중은 원부연간(1098~1100)에 원주[2]의 사리참군이었다. 남안군[3]에서 향시가 있어 월주 신창현[4]지사 황씨와 또 다른 주의 판관 정씨, 이렇게 셋이서 함께 일하였으며 일을 마치고 돌아가려던 참이었다. 판관 정씨에게 여동생이 있었는데, 원주 의춘현[5]의 관원에게 시집가서 정씨는 향구중과 함께 원주로 가기를 바랐다. 그런데 현지사 황씨는 3년 전 실제로 원주의 사법 담당 관원을 맡았던 일이 있었다. 이런 이유로 두 사람은 그에게 함께 가자고 청하였다. 황씨가 안 된다고 거절하자 정씨가 한편으로는 강권하면서 또 한편으로는 농담 삼아 말하길,

"공은 벌써 꽃 피던 봄날 만났던 원주 여인들과의 정[6]을 벌써 다 잊

2 袁州: 江南西路 袁州(현 강서성 宜春市).
3 南安軍: 江南西路 南安軍(현 강서성 贛州市 大餘縣).
4 新昌縣: 兩浙路 越州 新昌縣(현 절강성 紹興市 新昌縣).
5 宜春縣: 江南西路 袁州 宜春縣(현 강서성 宜春市 袁州區).
6 煙花: 본래 운무 속의 꽃을 가리키나 아름다운 봄 풍경, 또는 기녀 · 애정 관계를 뜻하기도 한다.

었습니까?"

황씨는 부득이 동행하였지만 마음은 전혀 흔쾌하지 않았다.

원주에 도착하자 다시 성 밖에서 머무르려고 하였는데, 향구중이 힘껏 만류하여 관사에 들어갔다. 자리를 정하고 향구중은 집안으로 들어가 부모를 뵙고 문안 인사를 올린 다음 곧 옆방으로 갔다. 이때 황씨가 아무것도 듣지 못한 것처럼 행동하자 즉시 옆으로 가서 그를 불렀지만 눈만 부릅뜨고 쳐다볼 뿐 아무런 대답도 하지 않았다. 그러더니 잠시 후에는 향구중이 사용하는 구리 쟁반을 가리키며 말하길,

"이것의 가격은 얼마나 됩니까? 이것을 살 수 있을까요?"

향구중은 그가 말하는 것을 듣자 매우 기뻐하였다. 향구중은 옆의 시종에게 쟁반을 갖고 숙소로 가라고 하였다. 또 황씨에게 묻길,

"이것은 평범한 것에 불과한데 어찌 갑자기 물어보시오?"

그러자 대답하길,

"내 관 속에 넣어 두려고 그럽니다."

향구중은 비로소 의아하기도 하고 무섭기도 했다. 황씨의 손을 잡아끌면서 조금 쉬는 게 좋겠다고 하였지만, 조금도 움직이지 않았다. 향구중은 급히 정씨를 불러 함께 본 다음 곧 부축하여 침상에 눕게 하였다.

얼마 후 그는 큰소리로 부르짖었는데 아마 통증을 참을 수 없어서 그런 것 같았다. 마침내 피설사를 하였는데 배설물이 방에 가득 찼다. 침상에 오르고 내려오기를 반복하면서 비명을 지르는데, 밤새 잠시도 그치지 않았다. 향구중과 정씨는 황씨에게 같은 말로 권고하길,

"그대 병세가 아주 좋지 않은데, 혹시 우리에게 부탁할 것이라도 있소?"

황씨는 머리를 끄덕이며 대답하길,

"어머니와 아내를 보고 싶소."

향구중은 그날로 편지를 쓴 뒤 발 빠른 전령에게 신창현으로 가서 황씨 집에 이 사실을 알리게 하였다. 또 그에게 말하길,

"그대는 본래 이곳에 오고 싶어 하지 않았는데, 공연히 우리 두 사람 때문에 왔소. 지금 병세가 이처럼 심하니 혹 부인께서 올 수 없고 그대가 병석에서 일어나지도 못하다면 이는 우리 두 사람이 그대를 죽인 것이나 마찬가지가 되오. 그러면 나중에 무엇으로 이 일을 해명할 수 있겠소이까? 그대가 병으로 힘들더라도 처음에 왜 오고 싶어 하지 않았는지, 왜 이렇게까지 병이 위중해졌는지 그 까닭을 말해 주셨으면 하오."

황씨는 눈을 뜨고 경청한 뒤 고통을 참고 다음과 같이 말하였다.

내가 여기에서 근무할 때, 의춘현 현위가 향병[7] 세 사람을 촌락으로 보내 닭과 돼지를 사 오게 하였는데, 40일이 지나도 돌아오지 않았소. 향병의 아내들이 주에 고소하자 예전부터 현위와 가깝게 지내던 주지사는 현위에게 스스로 알아서 대처하라고 하였지요. 현위는 주지사[8]에게 거짓말로 보고하길,

7 弓手: 송대 縣의 치안을 담당한 縣尉司의 향병을 가리키는 말이며 주된 임무는 縣城의 관리와 방위였다.

8 본문에서는 '府'에 보고하였다는 표현이 거듭 나온다. 그런데 의춘현에서 원주를 거치지 않고 그 상급 단위로 보고할 수 없다. 또 袁州가 府로 승격한 일이 없고, 강남서로의 치소인 洪州 역시 隆興 1년(1163)에 비로소 隆興府로 승격하였으니 이 사건이 발생한 원부연간(1098~1100) 당시에는 부가 아니었다. 또 뒤에 원주로 사건이 이첩되어 황씨가 그 일을 처리한 정황이 소개된다. 이에 '부'를 '원주'로 번역하였다.

"지역 내에 도적떼가 일어났는데, 제가 이미 그 근거지인 소굴의 위치를 파악하였습니다. 그래서 세 사람을 보내 정탐하게 하였는데, 그자들에게 이 계획이 누설될까 걱정되어 잠시 물건을 산다고 둘러대었습니다. 그런데도 오래도록 돌아오지 않은 것을 보니 아마 도적의 손에 죽은 것으로 보입니다. 그러니 여러 현이 힘을 합쳐 포졸을 모아 함께 그들을 체포했으면 합니다."

지사는 현위의 말이 일리가 있다고 여겼지요.

현위는 먼저 사람들을 거느리고 나가 산간에서 두 달이나 있었지만 집행한 결과를 다시 위에 보고할 것이 아무것도 없었습니다. 그러던 중 마침 촌민 넷이 들판에서 밭을 갈고 있었는데, 그 모양새가 매우 우둔해 보여 따라온 서리에게 2만 전을 갖고 오라고 하고, 그들을 불러 함께 이야기하길,

"세 명의 향병이 도적에게 살해되어 현위가 도적을 잡으러 왔는데, 오랫동안 잡을 수가 없어 돌아가지 못하고 있다. 너희 네 사람을 고용하여 도적인 척 행세하며 명령을 따르면 얼마 뒤 재판이 이루어질 것이다. 너희는 명목상으로는 참수형에 처해지겠지만 실제로는 곤장 열 몇 대만 맞으면 즉시 너희를 풀어 줄 것이다. 너희들은 이렇게 가난한데, 지금 각각 돈 오천 전을 처자식에게 줄 수 있을 것이다. 또 생명을 잃을 걱정도 없으니 한번 해볼 만하지 않으냐? 너희가 만약 관아에 가면 너희들이 사람을 죽였냐고 심문할 텐데, 그러면 그저 그런 일이 있었다고 대답하면 된다. 그러면 배불리 먹으면서 감옥에서 놀고 있다가 금방 풀려나서 집으로 돌아갈 수 있을 것이다."

네 사람이 제안을 받아들이자 현위는 곧 이들을 묶어서 현아에 도착하였습니다. 마침 현지사가 공석이어서 사호참군이 그 일을 대신

맡았고요. 죄인들을 심문하자 이들은 현위의 말 그대로 범행을 시인하였고 사건은 원주로 이첩되어 마침 내가 그 사건을 맡게 되었습니다. 다른 진술이 없어서 곧 판결에 근거가 되는 모든 문서를 강남서로 제점형옥사에 상신하였습니다. 모두 참하라는 통보를 받았고 곧 날짜를 확정하여 저잣거리에 이르렀습니다.

내가 네 사람을 보건대 모두 흉악한 정황이 없어 그들이 혹 범인이 아닐지도 모른다는 생각이 들어 옥리들을 물리치고 정황을 조사하자 모두 원통하지 않다고 말하더군요. 나는 다시 그들을 사적으로 달래길,

"너희들이 정말 그렇다면 내일 참수되는 것이 당연하다. 몸과 머리가 한 번 나누어지면 다시 이을 수 없다."

죄수들이 이에 서로 바라보며 눈물을 흘리며 말하길,

"처음에는 사형언도를 받더라도 다시 살아나 집에 돌아가 얻은 돈을 쓸 수 있을 거라 생각했습니다. 정말 이렇게 죽을 줄은 전혀 몰랐습니다."

그러자 비로소 그 전후사정을 다 말하였고, 나는 크게 놀라 그들의 포박을 풀어 주었습니다.

현위는 일찌감치 몰래 엿보고 있다가 은밀히 주지사에게 보고하길,

"형사 보좌관[9]이 죄수들로부터 뇌물을 받고 그들을 꼬드겨 투서[10]

9 獄掾: '掾'은 '주변적인 일을 하다'는 뜻으로 掾吏는 '보좌관 · 아전'의 통칭이다. 獄掾은 형사 업무를 담당한 관리지만 주지사를 보좌하기에 붙여진 명칭이다.

10 上變: 본래 '모반이나 반란 등을 비밀리에 조정에 고발한다'는 뜻이지만 본문에서는 전후 문맥을 고려하여 '투서하다'로 번역하였다.

하라고 시켰답니다."

다음 날 내가 주 관아에 들어가 상황을 보고하자 지사는 크게 화를 내며 질책하곤 사임하라며 말하길, "그대는 이 사안을 이미 다 처리해서 마무리하였고, 강남서로 제점형옥사에 보고하여 모든 사실을 점검하였다. 그런데 이제와 뇌물을 받고 멋대로 판결을 번복하려고 하는가?"

나는 대답하길,

"이미 그 원통함을 알았는데, 어찌 바로잡지 않을 수 있겠습니까?"

지사도 어찌할 수가 없어서 이 사건을 녹사참군사[11]에게 이첩하였다가 또다시 현으로 반려하면서 결정을 내리지 못하였습니다. 법대로 한다면 당연히 다시 강남서로 제점형옥사에 재심을 신청해 별도의 수사를 진행해야 하는데, 지사가 말하길,

"만약 그렇게 되면 우리 원주에서 부당하게 과잉 처벌한 죄[12]로 처벌받아야 하는 사람이 너무 많다. 어찌 이미 판결이 난 것을 가지고 다시 번복하려고 하는가?"

그는 다른 부서로 보낼 관련 문서를 모두 가져와 불살라 버렸고 사건을 원주 사리원으로 보내 본래 자백한 것에 근거하여 처리하도록 하였습니다.

나는 이치를 따지며 끝까지 싸웠고 십여 일이 지나도 사건이 바로

11 錄事參軍事: 각 州軍에서 감옥 관리와 재정, 속관에 대한 규찰 업무를 주관하였던 7~8품관이었으나 元祐연간(1086~1094)부터 남송 때까지 종8품이었다. 錄曹 외에도 錄事 · 都曹 · 參軍 · 督郵 · 州綱 · 糾司 · 糾曹掾 등 다양한 약칭과 별칭이 있다.

12 失入之罪: 경미한 범죄에 대해 중한 처벌을 한 잘못에 따른 죄를 뜻한다.

잡히지 않기에 마침내 청가를 냈습니다. 지사는 사호참군 중에 일찍이 현지사직을 대리한 경험이 있던 자에게 내 일을 대행하게 하였습니다. 죄수를 죽이려고 할 즈음에 지사는 다시 후회하며 말하길,

"만약 사리참군 황씨가 판결에 서명하지 않으면 훗날 반드시 나를 조정에 고소할 것이다."

그리고 동료들에게 나를 달래라며,

"죄수는 반드시 사형당할 것이다. 그대가 아무리 고집한들 좋아질 일은 아무것도 없다. 지금 문서 끝에 억지로라도 서명을 하면 사람들은 이 일이 주지사의 결정으로 이루어진 것임을 알게 될 것이니 그대가 무슨 죄가 있겠는가?"

나는 마지못해 서명하였고 네 사람은 마침내 사형당하였습니다.

이틀 뒤 누런색 옷을 입은 사람이 몽둥이를 들고 현의 서리 두 명을 찍어 눌러 관아의 다른 두 서리를 잡아 오라고 시키며 '빨리 문서를 챙겨 와라'라고 말하였습니다. 서리가 막 말을 하려는데 누런색 옷을 입은 자가 그를 몽둥이로 치자 네 명의 서리 모두 관사로 들어가더니 나오지 못하였습니다. 내가 따로 가서 보니 관사의 문은 원래부터 열린 일이 없습니다. 그런데 그 안을 보니 문서들이 어지럽게 널려 있었고, 잠깐 사이에 네 명의 서리가 갑자기 죽었습니다. 그리고 며칠이 지나자 현지사직을 대리했던 사호참군이 죽었습니다. 현위는 다른 일로 포상을 받아 승진을 하여 이미 의춘현을 떠났는데, 그 역시 죽었고요. 지사는 중풍으로 거동할 수 없게 되었으니 이 모두가 겨우 40일 만에 일어난 일입니다.

내가 하루는 퇴근하여 식사를 하는데 네 명의 죄수가 나타나 아래서 절하며 말하길,

"우리들은 억울하게 죽어 상제에게 고소하였는데, 그 청이 받아들여졌습니다. 공을 체포하려고 하기에 우리가 간절하게 말하길 '이 억울함을 알고 실토할 수 있게 한 것은 모두 사리참군 황씨 덕분입니다. 지금 7명이 이미 죽었으니 이 비천한 목숨을 보상하기에 족합니다. 그러니 더 이상 잡아들이지는 마시지요.' 이에 상제가 답하길, '만약 이 사람이 서명하지 않았더라면 너희 네 사람은 죽지 않았을 것이다. 너희 네 사람이 죽은 것은 본래 이 자의 서명에서 시작되었다. 원래의 정황대로 죄를 논하자면 이 자의 죄가 가장 크다.' 우리들은 상제의 조정에서 울고 절하며 모두 49일 동안 간청하였습니다. 그제야 비로소 상제는 3년의 시간을 연장하여 주었습니다. 곧 바지를 걷어 무릎을 보니 피가 흘러 밖으로 새고 있더군요. 매일 쉬지 않고 절을 하여 그렇게 된 것이었습니다. 연장된 기한이 다 되면 마땅히 여기로 다시 와서 당신을 찾겠습니다."

그들은 절을 하고 떠나갔습니다.

그런데 내가 막 이곳 대문을 들어설 때 네 명의 죄수가 이미 먼저 와서 기다린 지 오래되었다고 말하기에 혹 기한이 지날까 걱정되어 급히 어머니와 아내를 불러 이별하고자 한 것입니다. 내가 이곳에 오기를 꺼려 한 것도 다 이러한 까닭이 있어서입니다. 지금 다시 무슨 말을 하겠습니까?

황씨는 말을 마쳤다. 향구중이 말하길,

"그 원귀들은 어디에 있소?"

황씨가 손가락으로 가리키며 말하길,

"모두 두 손 모으고 여기에 서 있습니다."

향구중은 정씨와 함께 자리를 펴고 향을 피우며 의관을 갖추고 절

하며 기도하기를,

"너희 네 사람의 신명한 영령이 이와 같으니 황공은 곧 죽을 것이며 벗어날 방법이 없을 것 같다. 이미 너희가 어머니 그리고 아내와의 이별을 허락하였는데, 무엇 때문에 이렇게 큰 병을 더하여 이처럼 고통스럽게 한단 말인가?"

기도가 끝나자 황씨가 기뻐하며 말하길,

"원귀들이 그대의 말을 들어준 것 같소!"

통증이 곧 멈추었고, 설사도 다시 나지 않았다. 그러나 병색이 완연해 생기라고는 찾아보기 힘들었다. 다시 열흘이 지나 향구중에게 말하길,

"우리 어머니가 이미 오셨으니 내가 나가서 맞이할 수 있도록 가마를 준비해 주시면 좋겠소."

향구중이 말하길,

"보낸 전령이 아직 돌아오지 않았는데 어찌 그렇게 빨리 도착하신다는 것이오?"

그가 말하길,

"죽은 네 사람이 이미 와서 말해 주었소."

서둘러 나가더니 정말로 관아 대문 밖에서 서로 만났다. 황씨는 가마의 발을 걷어 올리고 인사를 하자마자 절명하였다.(향구중은 낙평현 사람이며, 그의 아들인 시랑 향원백이 한 이야기다.)

宣和五年, 向元伯爲開封令. 蔡魯公已致仕, 嘗設醮于城外凝祥宮. 向往謁之, 蔡留宿. 明旦, 見其子攸·孫衡等十餘人來問安, 皆腰金施狨, 且多張蓋者. 向退省其舅何志同尙書, 歎詫其盛. 坐客有京畿轉運使曾徽言, 與蔡不合, 以言鄙薄, 旣而悔之. 何曰: "毋多談. 齊先生適在此, 太師所敬也, 可見之." 乃邀與同席.

齊生曰: "吾素受蔡公異顧, 今館于後圃, 待我甚至, 不當談其短. 偶聞運使之語, 是將然矣." 徽言諱前說, 齊生曰: "無傷也. 蔡公與我語, 不問其身, 但詢其子孫. 吾應之曰: '好.' 然常以妄言自愧也. 諸公見其高門華屋上干霄漢, 三年之後, 無一瓦蓋頭矣. 金勒狨鞍, 赫弈照市, 三年之後, 雖蹇驢亦無有矣. 人言秋風落葉, 此眞是也. 哀哉!" 時諸蔡方盛, 皆不敢出聲. 三歲而蔡氏敗. 齊先生, 淄州人.(元伯說.)

선화 5년(1117), 향원백은 개봉부 개봉현[13]지사가 되었다. 당시 노국공 채경은 이미 관직에서 물러난 상태에서 개봉성 밖에 있는 응상궁에서 재를 올리고 있었다. 향원백이 가서 배알하자 채경은 그에게 묵고 가라고 하였다. 다음 날 아침, 채경의 아들 채유와 손자 채형 등 10여 명이 와서 문안하는데, 모두 허리에는 원숭이 털[14]로 장식한 금

13 開封縣: 開封府 開封縣(현 하남성 開封市). 개봉부는 통상 16~17개 현을 관장하였고, 皇祐 5년(1053)의 경우 42개 현에 달하기도 했다. 하지만 개봉성 안은 개봉현과 祥符縣 2개를 두어 성의 동남·서북을 각각 관리하게 하였다. 이 두 현은 赤縣이라고 하여 일반 현과 달리 매우 특별한 대우를 받았다.

14 狨: 사천에 사는 큰 원숭이의 이름으로 척추 부근의 털이 매우 길고 황금색이라서

빛 허리띠를 하고 있었으며, 여러 개의 일산을 펼치고 행차하였다. 향원백은 응상궁에서 나와 외삼촌인 상서 하지동[15]을 찾아가 그들의 화려함에 놀라 경탄했다고 하였다. 하지만 함께 있었던 손님 중 경기로 전운사 증휘언은 채경과 불화하여 경멸하는 말을 하고는 공연한 소리를 했다고 곧 후회하였다. 하지동이 말하길,

"그런 이야기는 그만들 하시고, 마침 제 선생이 여기에 계시는데, 태사 채경이 존경하는 분이니 만나 뵙도록 합시다."

이에 제 선생을 청하여 자리를 함께하였다.

제 선생이 말하길,

"나는 평소 채공의 특별한 배려를 받았고, 지금 그 집안의 후원에서 살게 해 주시는 등 나에게 각별하게 대해 주고 있어 그분의 단점에 대해서 언급하는 것은 적합하지 않습니다. 우연히 전운사께서 하시는 말씀을 들었는데, 그 말이 아마도 맞을 것입니다."

증휘언은 자신이 앞서 한 말에 대해 꺼림칙하게 여기자 제 선생이 말하길,

"지나친 말씀은 아닙니다. 채공은 나와 이야기할 때 자기 자신에 대해서는 묻지 않고, 그저 자손들에 대해서는 물으십니다. 나는 대답하길, '앞으로 좋을 것입니다'라고 합니다. 그러나 항상 헛된 말을 했다는 생각에 스스로 부끄러울 뿐입니다. 공들께서는 그 댁의 높은 대문과 화려한 집이 하늘[16]을 찌를 듯 당당한 것을 보셨을 겁니다. 하지

송대 사치품으로 각광받았다.

15 何志同: 자는 彦時이며 兩浙路 處州 龍泉縣(현 절강성 麗水市 龍泉市) 사람이다. 채경과 함께 재상을 지내며 북송 멸망에 큰 책임이 있는 간신 何執中의 아들이다. 校書郞 · 符寶郞 · 左司諫 등을 거쳐 少師 · 端明殿學士에 이르렀다.

만 3년 뒤에는 기왓장 하나도 남지 않을 것입니다. 금으로 장식한 굴레와 원숭이 가죽으로 만든 안장 등 찬란한 빛이 저잣거리를 비춥니다. 그러나 3년 뒤에는 절뚝발이 당나귀 한 마리도 없게 될 것입니다. 사람들이 말하는 '추풍낙엽' 같은 꼴이 될 것입니다. 슬픈 현실이죠!"

당시는 채씨들이 정말 잘나가던 때여서 누구도 감히 이런 말을 내뱉을 수 없었다. 3년 뒤 채씨네는 패가망신하였다. 제 선생은 치주[17] 사람이다.(향원백이 한 이야기다.)

16 霄漢: 본래 구름과 태양의 운기를 가리키는 말이지만 은하수 또는 하늘을 지칭하기도 한다.

17 淄州: 京東東路 淄州(현 산동성 淄博市).

04 호부시랑 채거후蔡侍郎

宣和七年, 戶部侍郎蔡居厚罷, 知靑州, 以病不赴, 歸金陵. 疽發于背, 命道士設醮, 倩所親王生作靑詞, 少日而蔡卒. 未幾, 王生暴亡, 三日復蘇, 連呼曰: "請侍郎夫人來." 夫人至, 王乃云: "初如夢中, 有人相追逮, 拒不肯往, 其人就牀見執. 回顧, 身元在牀臥, 自意已死, 遂俱行. 天色如濃陰大霧中, 足常離地三尺許, 約十數里, 至公庭. 主者問: '何以詭作靑詞誑上蒼?' 某方知所謂, 拱對曰: '皆是蔡侍郎命意, 某行文而已.' 主者怒稍霽, 押令退立. 俄西邊小門開, 獄卒護一囚, 杻械聯貫立庭下. 別有二人舁桶血, 自頭澆之. 囚大叫, 頓掣苦痛如不堪忍者. 細視之, 乃侍郎也. 主者退. 復押入小門, 回望某云: '汝今歸, 便與吾妻說, 速營功果救我, 今秖是理會鄆州事.'" 夫人慟哭曰: "侍郎去年帥鄆時, 有梁山濼賊五百人受降, 旣而悉誅之, 吾屢諫不聽也. 今日及此, 痛哉!" 乃招路時中作黃籙醮, 爲謝罪請命.

선화 7년(1119)에 채거후[18]가 호부시랑에서 파직되고 청주[19]지사가 되었는데 병을 이유로 부임하지 않고 강령부[20]로 돌아갔다. 등에 종기가 나서 도사를 불러 제를 올리고 친하게 지내던 왕씨에게 청사[21]

18 蔡居厚(?~1125): 자는 寬夫이며 江南西路 撫州(현 강서성 撫州市) 사람이다. 휘종에게 신종의 변법에 대해 극찬하여 起居郎으로 발탁되었고 右諫議大夫가 되었다. 方臘의 난에 대한 문제점을 지적하여 戶部侍郎이 되었다. 秦州·滄州·應天府지사 등을 역임하였다.

19 靑州: 京東東路 靑州(현 산동성 濰坊市 靑州市).

20 金陵: 江南東路 江寧府(현 강소성 南京市).

21 靑詞: 도교에서 신에게 올리는 글은 푸른 종이에 붉은 글씨로 쓰는 것이 관행이다.

를 써 달라고 부탁하였지만 채거후는 며칠 뒤에 사망하였다. 얼마 후 왕씨 역시 갑자기 죽었다가 사흘 후 다시 깨어났다. 계속하여 소리치길,

"채 시랑 부인을 모셔 오세요."

부인이 오자 왕씨가 말하길,

"당초 꿈에서 어떤 사람이 나를 잡으러 좇아오기에 저항하며 가지 않으려고 하자 그 사람이 침상까지 와서 잡아갔습니다. 뒤를 돌아다 보니 몸은 여전히 침상에 누워 있어서 스스로 이미 죽었구나 생각하여 마침내 함께 갔습니다.

하늘색은 아주 어두워 짙은 안개 속 같았고, 발은 계속 땅으로부터 3척쯤 떠 있었습니다. 대략 십여 리를 가서 한 관아에 다다랐는데 주관하는 관리가 묻기를, '무엇 때문에 청사를 속여 써서 하늘을 능멸하였는가?' 저는 그가 말하는 것이 무슨 뜻인지 알았기에 두 손을 모으고 대답하길, '모두 시랑 채거후가 글의 주제를 확정한 것이며 저는 시키는 대로 적은 죄밖에 없습니다.' 주관 관리의 노여움이 조금 풀리는 것 같더니 관련 자료를 보존하게 하고[22] 저의 해명을 존중한다고 하였습니다.

잠시 후 서쪽에서 작은 문이 열리더니 옥졸들이 한 죄수를 끌고 왔는데, 수갑과 족쇄가 이어진 상태로 뜰아래 섰습니다. 따로 두 사람이 있어 피가 가득한 통을 마주 들고는 머리부터 부어 대고 있고, 죄수는 강제로 끌어당길 때마다 절규하는데, 차마 참을 수 없을 정도로

여기에서 靑詞라는 용어가 나왔으며 青辭 또는 綠素라고도 한다.

22 押令: 특정 사건에 대한 '현장 보존'을 뜻한다.

고통스러운 것 같았습니다. 자세히 보니 바로 채 시랑이었습니다. 주관 관리가 퇴청하자 채 시랑은 다시 압송되어 작은 문으로 들어가는데, 저를 돌아보며 말씀하시길, '너는 지금 돌아가면 곧 내 아내에게 전해라. 속히 공덕을 쌓아 나를 구해 달라고, 지금 일은 오직 운주[23]에서 처리한 일 때문이라고 전하게.'"

채 시랑 부인은 통곡하며 말하길,

"남편이 작년 운주 안무사로 있었을 때 양산박[24]의 도적 오백 명이 투항하였는데 그들을 모두 다 죽였다. 내가 여러 차례 말렸지만 내 말을 듣지 않았다. 오늘날 이 지경에 이르렀으니 실로 애통할 따름이다!"

이에 도사 노시중[25]을 초청하여 황록초재[26]를 지내고 사죄하며 대신 용서를 구하였다.

23 鄆州: 京東西路 鄆州(현 산동성 泰安市 東平縣). 宣和 1년(1119)에 東平府로 바뀌었다.

24 梁山濼: 현 산동성 태안시 동평현에 있는 東平湖의 전신으로서 『水滸志』의 무대로 유명한 梁山泊의 이칭이다. 황하 하류 저습지여서 황하의 범람에 따라 호수의 크기와 지형의 변화가 매우 컸다. 동평호의 평균 수면 면적은 124㎢에 불과하지만 송대에는 지금과 비교할 수 없을 만큼 규모가 컸다.

25 路時中: 자는 當可이며 上清大洞三景法師라고 칭하였다. 宣和연간(1120~1127)에 주로 활동한 도사로 大茅山(강서성 上饒市)에 거주하였고, 『無上玄元三天玉堂大法』 30권을 편찬하였다.

26 黃籙醮: 제사를 통해 신을 불러 죄를 참회하고 선계에 가기 위한 도교의 潔齋 의식이다. 모든 符籙을 황색으로 쓴 데서 붙여진 이름이다. 黃籙·黃籙齋라고도 한다.

05 묘씨촌의 조상杳氏村祖

贛州光孝首坐僧普瑞說: 嘗附江州通判船過池州, 泊村岸, 聞岸上人相呼參祖燒香者, 瑞往隨之. 見百千人憧憧往來, 有屋可三間, 堂內飾小室, 如人家供佛處. 翁媼二人, 各長三尺, 禿髮, 腦後一髻絕小, 以緜衣衾擁下體, 唯露頭面, 兀然如土木. 但眼能動, 有笑容, 人持香燈酌酒以供. 瑞還, 具語通判君, 卽盡室往謁. 享以錢燭茶酒, 撮緜作小包, 蘸酒置二老口, 亦伸舌舔之. 或引手摸其胸乳, 皮皆傅骨, 不知幾百歲. 其人云, 一村皆姓杳, 此二老爲村祖云.

감주[27] 광효사의 방장[28] 보서가 한 이야기이다.

그가 일찍이 강주[29] 통판을 따라 배를 타고 지주[30]를 지난 적이 있었는데, 어느 마을 기슭에 배를 정박하였을 때 언덕 위에서 사람들이 서로 부르며 조상을 참배하고 향을 태우는 소리가 들리기에 보서는 내려서 따라가 보았다. 천여 명에 이르는 많은 사람들이 끊임없이 오가고 있었고, 세 칸짜리 집이 하나 있는데 집 안에 작은 방이 꾸며져 있어 마치 사람들이 불공을 드리는 곳 같았다. 그곳에는 노옹과 노부인 두 사람을 모셨는데, 키가 각각 3척이고 대머리였으며 머리 뒤 상

27 贛州: 江南西路 贛州(현 강서성 贛州市).
28 首坐: 사찰에서 가장 지위가 높은 승려를 가리킨다.
29 江州: 江南東路 江州(현 강서성 九江市).
30 池州: 江南東路 池州(현 안휘성 池州市).

투는 매우 작았다. 솜옷과 이불로 아랫도리를 가렸고 오직 머리와 얼굴만 드러내었다. 우뚝한 모양이 진흙과 나무로 만든 것 같았다. 그러나 눈동자가 움직일 수 있는 것처럼 보였고, 웃음을 띠고 있었다. 사람들은 향과 등을 피우고 술을 따라 바쳤다.

보서가 배로 돌아와 강주 통판에게 본 것을 모두 말하니 곧 온 식구들이 가서 참배하였다. 돈을 시주하고 촛불을 켰으며 차와 술을 바쳤다. 통판은 솜을 조금 집어[31] 뭉친 다음 술에 담가서 두 노인상의 입에 적셔 주니 혀를 내밀어 핥아 먹었다. 어떤 사람이 통판의 손을 끌어서 노인의 유방을 만지게 하니 피부가 모두 뼈에 붙어 있었다. 몇 백 살이 되었는지 모를 일이었다. 그 사람들이 말하길, 이 마을 사람은 모두 묘씨이며, 이 두 노인은 마을의 조상이라 하였다.

31 撮: 엄지와 식지로 잡을 수 있는 정도의 분량을 뜻한다.

06 건강부의 형졸建康伍伯

陳邦光守金陵, 將杖朱衣吏. 當直伍伯從求錢百千, 吏纔許其半, 伍伯怒, 噀手嘻笑曰: "我不打人多時也, 將甘心焉." 摩手牆間急上下, 適有破磁片正對手心, 刺之, 血流及肘, 登時瘇痛, 告假歸. 踰月, 創始愈.

진방광[32]이 강령부 지사로 있을 때, 길 안내를 맡은 시종[33]을 장형에 처한 적이 있다. 당직인 형졸이 그에게 십만 전을 요구하였는데 그 시종은 반밖에 줄 수 없다고 하였다.

그러자 형졸은 화를 내더니 자기 두 손에 물을 뿜으며 비웃으면서 말하길,

"내가 사람을 때리지 않은 지가 얼마나 오래되었나? 이번에 기분 좋게 때려 보자."

그는 손을 벽 사이에 대고 급하게 아래위로 비벼 댔는데 마침 깨진 자기 조각이 손바닥 가운데를 향하고 있어 찔렸다.

32 陳邦光: 建炎 3년(1129), 금군이 장강을 넘어 진군하자 남송 高宗은 浙西로 도피하면서 右僕射 杜充을 御營使로 임명하여 行在로 운영하던 江寧府(현 강소성 남경시)의 방어를 총괄하게 하였다. 陳邦光은 顯謨閣直學士로서 강령부 지사였다. 하지만 방어에 실패하자마자 진방광은 성을 들어 투항하였다.

33 朱衣吏: 궁중에서 조회가 있을 때 황태자 · 친왕 · 재상 · 使相 · 參知政事 등은 하마비가 있는 곳까지 길 안내를 맡은 시종이 2명씩 배당되었다. 이들이 붉은 옷을 입은 데서 유래한 명칭이다.

피가 팔꿈치까지 흘렀고, 곧 상처가 부어오르며 아프기 시작했다. 그는 병가를 내었고 한 달이 되어서야 상처가 낫기 시작했다.

07 유차가 사후에 남긴 글劉叉死後文

知保德軍王清臣請紫姑神, 旣而作文數百言, 自云唐進士劉叉. 其詞曰: "余少爲俠, 遍走天下, 史謂亡命, 非也. 退之贈余金百鎰, 余辭而不受, 史謂竊之, 非也. 洛陽惡少年恃權強妾良家子, 旣而又族其室. 余不忍吉民無訴, 乘夜厥從聚淫, 余奮劍斷其頸十數人, 且膾其肝而餔之. 日夕游於市, 人自不識, 史謂殺平人竄山林, 非也. 余數世爲人直信, 棄己濟衆, 設教化人, 報不平之事. 行無極之道, 以是故用達仙.

至於歌詩, 皆末跡也. 因子見契, 聊爲一啟. 思史之謬詞, 昔之異行, 令余悃然感歎. 余終于終南, 門人葬于山之陽清溪之側, 至今墳猶在, 但人不知爲余墓也. 以余無勳庸于國, 故史氏聽小人之言, 書'不知所終'. 設如子儀·光弼輩, 後世皆知其大功, 然當時史詞褒飾甚多, 蓋世之情如斯也.

嗚呼! 盡信史則不如無史. 彼若不能摭實, 但務華以媚天子, 自可詢有知而書之, 何必縱繆言誣介義之士於有過之地哉? 使余當時聞之, 必令此佞夫首足異處. 余旣爲仙, 不復競, 姑隱之. 後世哲者, 其爲我鑒諸."

보덕군[34] 지사 왕청신이 자고신에게 영험함을 보여 달라고 청하자 자고신은 수백 자의 글을 써 주었고 스스로를 당조 진사 유차[35]라 하

34 保德軍: 河東路 保德軍(현 산서성 忻州市 保德縣).

35 劉叉: 당 元和연간(806~820)에 주로 활동한 시인으로 생몰연대, 자와 호, 출생지와 籍貫 등이 불명확하다. 韓愈로부터 문재를 높이 평가받았으나 한유가 묘지명을 써 주는 것에 불만을 품고 그가 받은 사례금을 갖고 사라졌다. 자유분방함으로

였다. 그 글에는 다음과 같이 쓰여 있었다.

"나는 어릴 적에 협객이 되어 천하를 두루 돌아다녔다. 역사서에는 망명하였다고 했지만 그렇지 않다. 물러날 때 나에게 금 100일[36]을 준다고 하기에 사양하며 받지 않았는데 역사서에서는 내가 그것을 훔쳤다고 썼다. 하지만 그것은 사실이 아니다. 낙양의 못된 소년들이 권세를 믿고 강제로 양가의 딸을 첩으로 삼기도 하고 또 그 집안을 몰살하기도 했다. 나는 착한 백성들이 고소하지 않는 것을 참지 못해 밤에 그들이 모여 음란하게 지내는 틈을 타 검을 휘둘러 십여 명의 목을 베었다. 게다가 그들의 간을 회쳐서 먹었다.

매일 저녁 시장에서 거닐었는데 사람들은 오히려 나를 알아보지 못하였고, 역사서는 내가 평범한 사람들을 살해하고 산림 속으로 달아나 숨었다고 했지만 이 또한 사실이 아니다. 나는 누대에 걸쳐 정직하고 성실하였으며, 나 자신을 버리고 많은 사람들을 구제하였으며 교화로 사람을 변화시켰고 불공평한 일을 위에 알렸으며 무궁한 도를 실행하였다. 이런 까닭에 신선의 경지에 다다를 수 있었다.

마지막으로 언급할 수 있는 업적이 바로 나의 시이다.

그대가 이런 계기를 마련해 주니 그냥 한번 얘기해 본 것이다. 역사서의 잘못된 기록과 예전의 나의 특이한 행적을 생각해 보니 나로 하여금 부끄럽게 하고 절로 탄식이 나는구나. 나는 종남산[37]에서 죽

유명하다.

36 鎰: 20량을 뜻하는 단위지만 24량이란 설도 있다.

37 終南山: 서안 남쪽에 있어 南山 또는 종남산이라고 칭하지만 우리의 산 이름과 달리 서쪽의 寶雞市 眉縣부터 동쪽으로 西安市 藍田縣까지 뻗어 있는 진령산맥의 지맥 가운데 하나다. 관중평야 수자원의 반을 공급하며, 長安區 경내의 높이 2,604m

었고 문하생들이 산의 남쪽 청계의 옆에 묻어 주었다. 지금까지도 봉분이 여전히 남아 있지만 사람들은 그것이 내 무덤인지 모르고 있다. 내가 나라에 큰 공적이 있지 않다 보니 사관들은 소인배들의 말을 듣고는 '그 끝을 잘 모르겠다'라고 적었다. 곽자의[38]나 이광필[39] 등은 후세 사람들이 모두 그들이 세운 큰 공적을 안다. 하지만 그것은 당시 사관들이 심히 과장하고 꾸며 댄 것이 대부분이다. 대체로 세상의 이치가 이와 같다.

오호라! 역사서를 다 믿는 것은 차라리 역사서가 없는 것만 못하구나. 저들이 만약 사실을 다 담지 못하고 그저 그럴듯한 말로 천자에게 아첨할 생각이라면 스스로 조사를 하여 아는 것만 써도 되는데 하필이면 잘못된 말을 믿고 의로운 사인을 죄인으로 만드는 지경에까지 이른단 말인가? 내가 만약 당시에 이를 알았더라면 그런 아첨배의 몸을 토막내 놓았을 텐데. 내가 이미 신선이 되었으니 다시 싸우기가 뭐해서 그냥 덮고 넘어가는 것이다. 후세의 지혜로운 자는 나를 거울삼아 경계함이 마땅할 것이다."

의 봉우리가 서안의 진산으로 간주된다. 도교의 성지이기도 하다.

38 郭子儀(697~781): 華州 鄭縣(현 섬서성 渭南市 華州區) 사람이다. 안사의 난 때 朔方節度使로서 반군을 진압하고 하북의 10여 개 군을 회복하였다. 肅宗 때 위구르군과 연합하여 長安과 洛陽을 수복했으며, 中書令이 되었다. 代宗 때 토번과 손잡은 회흘을 설득하는 데 성공하였다.

39 李光弼(708~764): 營州 柳城(현 요녕성 朝陽市) 사람으로 契丹人이다. 곽자의를 도와 안사의 난을 평정하는 데 큰 공을 세웠다. 하북에서 顔眞卿・顔杲卿 형제와 함께 반군을 견제하고 격파하였으며, 산서 태원 방어전에서도 큰 공을 세웠다. 乾元 1년(758) 곽자의가 일시 실각하자 그를 대신해 삭방절도사 겸 천하병마부원수로 활약하였다. 하지만 上元 1년(760) 낙양에서 패하였고, 말년에는 환관의 견제를 받았다.

08 돼지 족발에 있던 부적豬足符

聶景言居衡陽，有細民欲擧債，買豬蹄來獻，聶受之，付廚作羹．庖婢擧刀，破爪間，見小紙書符在其內，亟出告．使呼其人還之．人曰：“適從屠杌買來，方有求於君家，豈敢以符爲厭呪？”復持與屠者，責誚之．屠者曰：“今旦方刲豕，安得有是？”取元直畀民，而自攜歸煮食之，一家四人皆死．(五事皆郟次南說.)

섭경언은 형주[40]에 살고 있었는데, 한 가난한 이가 그에게 빚을 얻으려고 돼지 족발을 갖고 와서 선물했다. 섭경언은 그것을 받아서 주방에 주어 국을 끓이라 하였다.

주방의 여종이 칼을 들어 발톱 사이를 자르는데, 작은 종이 부적이 그 안에 있는 것을 보고 급히 달려 나와 알렸다. 이에 그 사람을 불러 도로 가져가게 하였다. 그가 말하길,

“막 푸줏간 매대에 있는 것을 사 온 것이고, 지금 저는 나리의 집에 도움을 청하러 왔는데 어찌 감히 부적을 써서 저주를 하겠습니까?”

그는 다시 족발을 가지고 가 푸줏간 주인에게 돌려주며 질책하니, 그도 말하길,

“오늘 새벽에 막 잡은 돼지인데 어찌 이러한 일이 있을 수 있겠습

40 衡陽: 荊湖南路 衡州(현 호남성 衡陽市). 삼국시대에 衡陽郡을 설치한 뒤 형양과 형주 두 지명이 번갈아 사용되었다. 乾元 1년(758)부터 남송까지는 형주였다.

니까?"

푸줏간 주인은 원래 받았던 돈을 그 사람에게 건네주고 자기가 집으로 가져와 삶아 먹었다. 그런데 그의 식구 넷 모두가 죽었다.(위의 다섯 가지 일화는 겹차남이 한 이야기다.)

09 피장묘 신령의 상주문 저지廟神止奏章

段元肅家居京師, 鄰家有病者爲祟所撓, 治之不效, 欲請道士奏章訴于帝. 段之祖夢人如神明者告之曰: "凡神祇有功於人者, 歲滿必遷. 吾主此地若干歲, 今當及遷, 而君鄰家之鬼正在部內, 方自往治之, 聞其家將奏章, 恐致相累, 丐君一言, 令罷之, 病者自安矣." 懇請至再三, 段許諾, 且問其所止, 曰: "亦與君家爲鄰." 明日思之, 乃皮場廟也. 如神言告其鄰, 止不奏, 病者卽日愈.

도성에 살고 있는 단원숙의 이웃집에 한 병자가 요괴에 씌어 몸이 많이 약해졌다. 그를 치료하였지만 효과가 없자 도사를 청하여 천제에게 상주문을 올려 하소연하고자 하였다. 단원숙의 조부는 꿈을 꾸었는데, 신령이 내려와 그에게 말하기를,

"인간 세상에 공로가 있는 모든 신령들은 세월이 차면 반드시 승진하게 되어 있소. 내가 이곳을 주관한 지 벌써 몇 년이 되었고 지금 당연히 승진할 차례가 되었소. 그런데 그대 이웃집의 귀신은 바로 내 관할구역이어서 지금 내가 가서 처리하려고 하오. 그런데 듣자 하니 그 집에서 상주문을 올리려고 한다는데, 그렇게 되면 서로 부담이 될까 걱정스럽소이다. 그대가 말을 좀 전해서 그러지 않게 해 주길 부탁하오. 그러면 병자는 저절로 나을 것이외다."

간절하게 거듭 청하기에 단원숙의 조부는 그렇게 해 주겠다고 약속하였고, 신령께서는 어디에 거주하시느냐고 물었다. 신령이 대답하길,

"나 역시 그대 집과 이웃이라오."

다음 날 그 말을 생각해 보니 바로 집 옆의 피장묘였다. 신령의 말대로 이웃에게 알려 주니 그들은 상주하지 않았고 병자도 바로 그날로 좋아졌다.

10 용수 위의 백로 둥지榕樹鷺巢

福州儀門外夾植榕樹, 每樹有白鷺千數巢其上, 鳴噪往來, 穢污盈路. 過者皆掩鼻. 薛直老弼爲守, 嘗乘涼輿出, 爲糞污衣, 以爲不祥, 欲盡伐其樹而未言. 是夜, 安撫司參議官曾悟夢介胄者懇云: "某受命護府治, 所部數百人皆棲榕間. 今府主欲伐去, 吾無所歸矣, 願爲一言." 悟既覺, 以不聞伐樹事, 不以爲意.

明夜復夢曰: "乞郎言之, 不然, 無及矣. 府主所惡不過鷺穢耳, 此甚易事, 請期三日, 悉去之." 悟許諾. 明日, 過府爲言. 薛驚曰: "吾固欲伐之, 然未嘗出諸口而神已知. 可敬也!" 至暮大雨, 閱三日乃止. 鷺羣悉空, 樹濯濯如新.

복주[41] 관아 의문[42] 앞에 좌우로 용수가 심어져 있는데, 각 나무마다 백로 천여 마리가 그 위에 둥지를 틀고 시끄럽게 울고 날아다니며 오물을 흘려 길에 가득 찼다. 그곳을 지나가는 사람들마다 모두 코를 막았다. 자가 직로인 설필이 복주지사가 돼서 한번은 여름용 가마를 타고 나가던 중 백로의 똥에 옷이 더렵혀지자 불길한 징조로 여겼다. 이에 용수를 모두 다 베어 버리고자 마음먹었지만 아무에게도 말하지는 않았다. 그날 밤 안무사 참의관 증오가 꿈을 꾸었는데, 갑옷을

41 福州: 福建路 福州(현 복건성 福州市).

42 儀門: 관아 건물 내부에 있는 문으로 원래 桓門이라고 했으나 欽宗의 이름을 피휘하여 儀門이라고 불렀다. 빈객을 맞이하고 전송하는 곳으로서 가마나 말을 타고 내리는 장소이다.

입은 자가 간절하게 말하길,

"저는 명을 받아 복주 관아를 지키고 있는데, 부하 수백 명이 모두 용수 가지에 살고 있습니다. 지금 주지사께서 용수를 베어 없애려고 하시는데 그러면 제가 돌아갈 곳이 없습니다. 원컨대 한 마디만 해 주십시오."

증오는 꿈에서 깨었는데 용수를 벤다는 말을 들은 적이 없어 마음에 담아 두지 않았다.

다음 날 밤 또 꿈에 말하길,

"서둘러 말씀을 전해 주시길 부탁드립니다. 그렇지 않으면 늦습니다. 지사께서 싫어하는 것은 백로의 오물입니다. 이는 아주 쉬운 일이니 사흘만 말미를 주시면 모두 치워 버릴 수 있습니다."

증오가 그렇게 말해 주겠다고 허락하였다. 다음 날 주 관아를 찾아가 말을 전해 주었다. 설필이 놀라 말하길,

"나는 반드시 용수를 베야겠다고 생각하였지만 아직 한 번도 발설한 적이 없는데 신령께서 이를 미리 알고 계셨다니 실로 경이롭소!"

저녁이 되자 큰비가 내렸고 사흘이 지나자 비로소 그쳤다. 백로 떼가 모두 사라졌고 용수는 다시 처음처럼 깨끗해졌다.

11 조칠사趙七使

宗室趙子舉, 字升之, 壯年時喪其妻, 心戀戀不已, 於房中飾小室, 事之如生. 夜獨宿次, 覺有從室中啟戶出者, 恐而呼侍婢, 婢既譍復寢, 須臾間, 已至牀前, 牽帳低語曰: "莫怕莫怕, 我來也." 時精爽頓昏, 不知死生之隔, 遂與共寢, 歡如平生. 自是日日至, 每飲食必對案. 僕妾輩從旁窺之, 無所見, 但器中物亦類有人殘餘者.

繾綣益久, 意中憒憒, 漸不喜食, 行步言氣衰劣, 然未嘗與人言. 有道人乞食過門, 適見之, 歎曰: "君甘與鬼游, 獨不爲性命計! 吾能行天心王法, 今以授君, 努力爲之, 鬼不攻自退." 子舉灑然悟, 卽再拜傳受. 繪六甲六丁像, 齋戒奉事唯謹. 妻猶如故態, 頗亦不樂, 時時長吁, 如不得志者. 又半年, 涕泣辭訣, 曰: "久留, 恐壞君法, 吾去矣." 遂絕不至.

子舉從此奉法愈力, 爲人治病輒驗. 建炎二年, 予妻族張氏, 避地自京師南下, 寓居揚州龍興寺. 先是, 有祖姑嫁趙氏, 夫爲絳州守, 未赴, 居太原. 値虜騎圍城, 姑隕于砲下. 又有八叔者, 爲賊所得, 臠食之. 是歲, 妻祖母田氏病, 仿佛見此兩人在窗外. 子舉適同居寺中, 外舅以事告之, 子舉焚香禱請, 久而言曰: "是一男子, 一婦人, 皆以非命死, 然是公家戚屬, 不宜加罪, 當以酒幣善遣之." 如其言, 病亦尋愈.

자가 승지인 종실 조자거는 한창때 아내를 여의고 늘 그리운 마음을 끊어 내지 못하였다. 그리고 방안에 작은방을 꾸며 그곳에서 살아 있을 때처럼 섬겼다. 밤에 홀로 들어와 자고 있는데 그 작은방에서 누군가 문을 열고 나오는 것 같이 느껴졌다. 무서워서 시중드는 여자 노비를 불렀는데, 노비는 대답만 하고 다시 잠에 빠졌고 순식간에 누

군가가 침상 앞으로 와서 휘장을 젖히고 낮은 소리로 말하길,

"무서워하지 말아요, 무서워하지 말아요, 제가 왔어요."

그 순간 조자거는 갑자기 정신이 혼미해지더니 죽음과 삶의 경계를 모르는 것처럼 되어 마침내 죽은 아내와 동침하였는데 즐겁기가 평소 살아 있었을 때와 꼭 같았다.

이때부터 그녀는 날마다 찾아왔고, 매번 식사할 때마다 반드시 상을 마주하고 앉았다. 노복과 첩들도 옆에서 몰래 지켜보았는데, 아무것도 보이지 않았지만 그래도 그릇에 담긴 음식은 마치 누군가 먹다 남긴 것처럼 찌꺼기가 남았다.

깊은 정이 더욱 오래 들자 마음은 점차 심란해지고 점점 식욕도 떨어졌으며 걸을 때나 말할 때도 기력이 없었다. 그러나 다른 사람에게 이 이야기를 한 번도 꺼내지 않았다. 한 도인이 걸식하며 대문을 지나다가 마침 그를 보고는 탄식하며 말하길,

"그대는 혼귀와 달콤하게 놀고 있을 뿐 자신이 살 길에 대해서는 유독 생각하지 않는구려! 나는 천심왕법을 능히 행할 수 있으니 지금 그대에게 전수해 주겠소. 열심히 노력해서 수행하면 혼귀가 공격하지 않고 저절로 물러갈 것이오."

조자거는 홀연 깨닫고 곧 두 번 절한 뒤 천심왕법을 전수받았다. '육갑'과 '육정'[43]의 신상을 그려 놓고 목욕재계하며 받들어 모시기를

43 六甲六丁: 도교의 신화에 등장하는 12명의 유명한 인물로 6명의 甲神은 남성신으로 양계에 속해 있고, 6명의 丁神은 여성신으로 음계에 속해 있다. 남성신은 모두 眞武大帝의 부하로 귀신들을 제압하는 능력을 갖고 있어 '制鬼神'이라고도 한다. 남성신은 甲子神將 王文卿, 甲戌신장 展子江, 甲申신장 扈文長, 甲午신장 韋玉卿, 甲辰신장 孟非卿, 甲寅신장 明文章이고, 여성신은 丁卯신장 司馬卿, 丁丑신장 趙

극진히 하였다. 아내는 여전히 전과 같았지만 자못 우울한 듯하였고, 때때로 긴 탄식을 하였는데, 마치 뜻대로 되지 않아서 그런 것 같았다. 다시 반년이 지나자 눈물을 흘리며 이별을 고하면서 말하길,

"오래 머물렀습니다. 그대가 전수받은 비법을 훼손시키지 않을까 걱정이 되어 저는 떠납니다."

마침내 이별하더니 다시는 찾아오지 않았다.

조자거는 이때부터 법술을 받들어 더욱 법력이 생기더니 사람들을 위해 병을 치료해 줄 때마다 제법 효험이 있었다.

건염 2년(1128), 필자의 처가 쪽 사람인 장씨가 전란을 피해 도성에서 남쪽으로 내려와 양주[44] 용홍사에서 머무르고 있었다. 그에 앞서 고모할머니께서 조씨 집안으로 시집갔는데 남편이 강주[45]지사가 되어 부임하기 전 태원부[46]에 머물렀었다. 그때 금군 기병이 태원성을 포위하여 고모할머니께서는 적의 돌쇠뇌에 맞아 죽임을 당하였다. 또 여덟째 숙부가 계셨는데, 적에게 잡혔고, 적들은 그의 시체를 저미어 먹었다.

그해 처의 조모 전씨가 병이 났는데 이 두 사람이 창 밖에서 보이는 듯하였다. 조자거가 마침 용홍사에서 함께 기거하고 있었고, 외숙이 이 일에 대해 알려 주기에 조자거는 분향하고 기도하여 신에게 간청하자 한참 뒤 신이 말하길,

"지금 여기 남녀 귀신이 각각 한 명씩 있는데 둘 다 비명횡사하였

子任, 丁亥신장 張文通, 丁酉신장 臧文公, 丁未신장 石叔通, 丁巳신장 崔石卿이다.

44 揚州: 淮南東路 揚州(현 강소성 揚州市).

45 絳州: 河東路 絳州(현 산서성 運城市 侯馬·新絳市).

46 太原府: 河東路 太原府(현 산서성 太原市).

다. 하지만 모두 그대 집안사람이니 죄를 물어서는 안 된다. 마땅히 술과 돈을 주어 잘 보내야 한다."

신의 말대로 하니 병이 곧 나았다.

12 요괴와 천심법의 대결魅與法鬪

趙伯兀者, 子擧之子, 效其父習行天心法, 未成. 有饋鯉魚於家者, 魚從盆中跳出, 高數尺, 如舞躍然. 時子擧出行, 家人亟呼伯兀. 兀杖劍誦呪, 臨以正法, 魚躍愈高, 幾至丈許, 兀亦恐, 遽趨避之. 又嘗與羣從飮于嚴州雙溪亭上, 婢子臥欄竿側, 忽放聲大哭, 問焉不應. 伯兀知爲物所憑, 亦行法與相競, 自申至三更不止, 不勝倦苦, 捨之去.(伯兀從弟伯禔說.)

조자거의 아들 조백올은 아버지를 본받아 천심왕법을 수행하였지만 제대로 다 익히지 못하였다. 어떤 사람이 집으로 잉어를 보내왔는데 잉어가 대야에서 뛰어올랐다. 그 높이가 몇 척이나 되는데다 마치 춤을 추는 것처럼 펄펄 날았다.

이때 조자거가 출타 중이라서 집안사람들은 급히 조백올을 불렀다. 조백올은 검을 들고 주문을 외우며 정법으로 임했지만 잉어는 더욱 높이 뛰어올라 거의 한 길 가까이 되었다. 조백올은 역시 겁을 먹고 급히 달아나 피하였다.

또 일찍이 여러 사람들과 엄주[47] 쌍계정에 올라 놀고 있었는데, 한 여종이 난간 옆에 누워서 갑자기 대성통곡하였다. 무슨 일이냐고 물었지만 대답하지 않았다.

47 嚴州: 兩浙路 嚴州(현 절강성 杭州市 建德市).

조백올은 그녀가 무언가에 빙의한 것을 알고 역시 천심왕법으로 맞섰지만 신시부터 시작해 삼경이 되어도 끝나지 않자 피로를 이기지 못해 그녀를 버리고 가 버렸다.

(조백올의 사촌 동생인 조백지가 한 이야기다.)

13 몽성현 장자관의 도사蒙城觀道士

亳州蒙城縣莊子觀玉冊殿, 扃鐍嚴謹, 非時不許開. 宣和中, 道士張沖俊掌觀事, 夜聞其中杖直決遣聲, 盡二十乃止. 明旦, 呼衆人啟鑰視之, 蓋一道士常持天心法者, 縛於梁間, 足反居上, 兩脊杖痕如盌大, 已死矣. 雙足虛抱于梁, 初無繩縶也.(郭沰說, 時隨其父爲丞.)

박주 몽성현[48]에 있는 장자관의 옥책전은 문을 철통같이 철저하게 잠가 두었고, 특별한 때가 아니면 열어 주지 않았다. 선화연간(1119~1125)에는 도사 장충준이 장자관의 운영을 주관하고 있었다. 어느 날 밤, 옥책전 안에서 곤장으로 즉결처분하는 소리를 들었는데, 20대가 되자 비로소 멈췄다. 다음 날 아침 일찍 여러 사람을 불러 자물쇠를 열고 들어가 보니 평소에 천심왕법을 행하던 도사 한 명이 기둥 사이에 몸이 거꾸로 매달린 채 묶여 있었다. 또 두 등짝에 곤장을 맞은 흔적이 주발 모양으로 크게 난 채 이미 죽어 있었다. 두 발은 허공으로 뻗어 기둥에 매달려 있었는데 처음부터 줄로 묶어 놓은 것 같지는 않았다.(곽탁이 한 이야기다. 당시 그는 몽성현 현승이었던 아버지를 따라갔었다.)

48 蒙城縣: 淮南東路 亳州 蒙城縣(현 안휘성 亳州市).

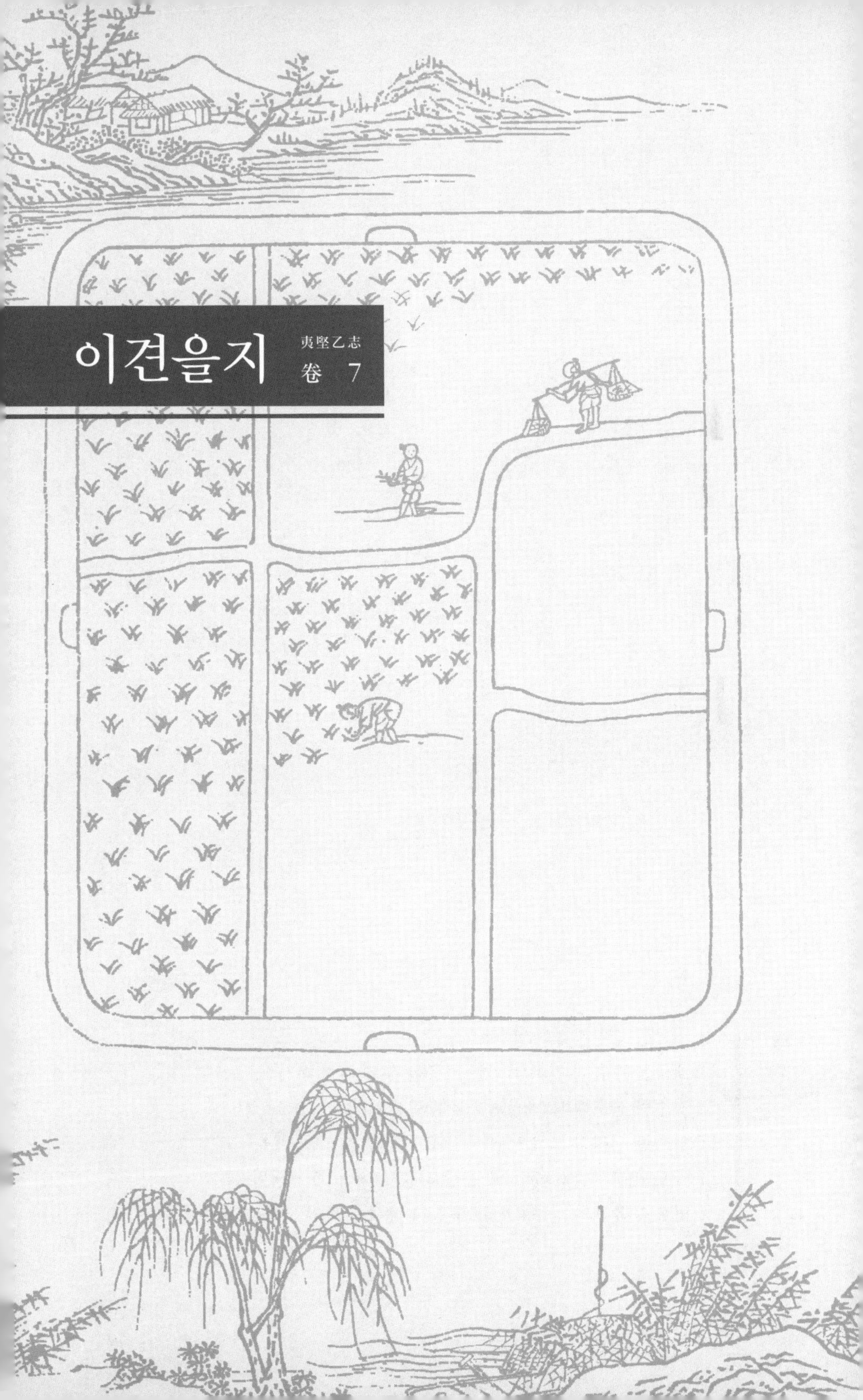

이견을지

夷堅乙志

卷 7

영벽현지사 필조의 딸畢令女

路時中, 字當可, 以符籙治鬼著名, 士大夫間目曰"路眞官", 常齎鬼公案自隨. 建炎元年, 自都城東下, 至靈壁縣. 縣令畢造已受代, 檥舟未發, 聞路君至, 來謁曰: "家有仲女, 爲鬼所禍, 前後迎道人法師治之, 翻爲所辱罵, 至或遭箠去者. 今病益深, 非眞官不能救, 願辱臨舟中一視之." 路諾許, 入舟坐定.

病女徑起, 著衣出拜, 凝立於旁, 略無病態, 津津有喜色, 曰: "大姐得見眞官, 天與之幸. 平生壹鬱不得吐, 今見眞官, 敢一一陳之. 大姐乃前來媽媽所生, 二姐則今媽媽所生也. 恃母鍾愛, 每事相陵侮. 頃居京師, 有人來議婚事, 垂就, 唯須金釵一雙, 二姐執不與, 竟不成昏, 心鞅鞅以死. 死後冥司以命未盡, 不復拘錄, 魂魄漂搖無所歸. 遇九天玄女出遊, 憐其枉, 授以祕法. 法欲成, 又爲二姐壞了. 大姐不幸, 生死爲此妹所困. 今須與之俱逝, 以償至寃, 且以謝九天玄女也. 眞官但當爲人治祟, 有寃欲報, 勢不可已, 願眞官勿復言."

路君沉思良久, 曰: "其詞強." 顧畢令曰: "君當自以善力禱謝之, 法不可治也." 女忽仆地, 掖起之, 復困惙如初. 蓋出拜者乃二姐之身, 而其言則大姐之言也, 死已數年矣. 明日, 二姐殂, 路君來弔, 謂其父曰: "昨日之事, 曲折吾所不曉. 而玄女授法, 乃死後事, 二姐何以得壞之? 君家必有影響, 幸無隱, 在我法中, 當洞知其本末."

畢令曰: "向固有一異事, 今而思之, 必此也. 長女旣亡, 菆於京城外僧寺, 當寒食掃祭, 擧家盡往. 菆室之側, 有士人居焉, 出而扃其戶. 家人偶啓封, 入房窺觀, 仲女見案上銅鏡, 呼曰: '此大姐柩中物, 何以在此? 必劫也!' 吾以爲物有相類, 且京師貨此者甚多, 仲女力爭曰: '方買鏡時, 姊妹各得其一, 鞶結襯緣, 皆出我手. 所用紙, 某官謁刺也.' 視之信然.

方嗟歎而士人歸, 怒曰: '貧士寓舍, 有何可觀? 不告而入, 何理也?'

仲女曰: '汝發墓取物, 姦贓具在, 吾來擒盜耳.' 遂縛之. 士人乃言: '半年前夜坐讀書, 有女子扣戶曰: '爲阿姑譴怒, 逐使歸父母家. 家在城中, 無從可還, 願見容一夕.' 泣訴甚切, 不獲已納之, 繾綣情通. 自是每夕必至, 或白晝亦來. 一日, 方臨水掠鬢, 女見而笑曰: "無鏡耶? 我適有之.' 遂取以相餉, 卽此物也. 時時攜衣服去補治, 獨不肯說爲誰家人. 昨日見語曰: '明日我家與親賓聚會, 須相周旋, 不得到君所, 後夜當復來.' 遂去. 今晨獨處無悰, 故散步野外以遣日, 不虞君之涉吾地也.'

吾家聞之皆悲泣, 獨仲女曰: '此郎固妄言, 必發驗乃可.' 走往殯所踪跡之, 其後有罅可容手, 启甎見棺, 大釘皆拔起寸餘. 及撤蓋板, 則長女正疊足坐, 縫男子頭巾, 自腰以下, 肉皆新生, 膚理溫軟, 腰以上猶是枯腊. 始悔恨, 復掩之, 釋士人使去. 自是及今, 蓋三年餘矣. 所謂玄女之說, 豈非道家所謂回骸起死, 必得生人與久處, 便可復活邪? 事旣彰露, 不可復續, 而白發其事, 皆出仲女, 所謂壞其法者, 豈此邪?" 路君亦爲之驚咤. 道出山陽, 以語郭同升. 升之子沰說.

자가 당가인 노시중은 부록으로 귀신을 잘 다스리는 것으로 유명하여 사대부들 사이에서도 '노 진관'이라 불리었다. 그는 항상 귀신을 다스리는 도가의 법술이 기록된 공문을 몸에 지니고 다녔다. 건염 1년(1127)에 도성에서 동쪽으로 내려가서 숙주 영벽현[1]에 이르렀다. 영벽현지사 필조는 임기를 마치고 후임과의 업무인계가 이미 끝난 상태에서 배를 준비하여 출발하기 직전에 노시중이 왔다는 소리를 듣고 와서 인사하며 말하길,

1 靈壁縣: 淮南東路 宿州 靈壁縣(현 안휘성 宿州市 靈壁縣).

"우리 집 둘째 딸이 귀신에게 해를 입어서 적지 않은 도인과 법사를 청하여 다스리라고 했지만 오히려 굴욕을 겪거나 욕설을 얻어먹었고 심지어는 채찍으로 맞다가 도망가기도 하였습니다. 지금 병이 갈수록 심해지니 진관께서 힘써 주시지 않으면 구할 방법이 없으니 대단히 송구하오나 부디 배로 오셔서 한번만 봐주십시오."

노시중이 허락하고 배에 들어가 좌정하였다.

아프다던 딸은 곧바로 일어나더니 옷을 입고 나와 인사하고는 우두커니 옆에 섰다. 그런데 아픈 기색은 찾아보기 힘들고 오히려 희색이 만연했다. 딸이 말하길,

"저는 큰딸인데 진관을 만나 뵙게 되다니 이는 하늘이 주신 행운입니다. 평생 참으로 억울했지만 어떻게 하소연할 수도 없었는데, 오늘 진관을 뵙게 되었으니 감히 하나하나 말씀드려 보고자 합니다. 큰딸은 전 부인 소생이고 둘째는 지금 부인의 소생인데, 어머니의 편애를 믿고 매사에 나를 업신여겼습니다. 예전에 도성에 살고 있을 때 어떤 사람이 와서 나의 혼사를 논의했는데, 얘기가 거의 다 되어 금비녀 한 쌍만 있으면 될 텐데 둘째가 막고 주지 못하게 해서 결국 혼사가 이루어지지 않았지요. 나는 원망이 가득 찬 심정으로 죽고 말았습니다.

죽은 뒤 명계로 갔지만 명계의 관아에서는 천수를 다하지 않았다는 이유로 등록해 주지 않아서 혼백은 떠돌아다니며 돌아갈 곳이 없었습니다. 마침 지나던 구천현녀[2]를 우연히 만났고, 나의 억울함을

2 九天玄女: 玄女 또는 九天娘娘 · 九天玄女娘娘 · 九天玄母天尊 등 다양한 속칭이 있다. 신화 속의 인물로 병법을 전해 주는 여신으로 알려졌으며, 도교에서는 법술에 신통력을 갖고 있고 사악한 무리를 제거하는 최고의 여자 신선으로 간주된다.

불쌍히 여기어 비법을 전수해 주었습니다. 하지만 법술이 거의 다 이루어질 무렵 또다시 둘째 때문에 망치고 말았습니다. 나의 모든 불행은 살아서나 죽어서나 다 이 동생이 곤혹스럽게 한 것입니다. 오늘은 반드시 동생과 함께 명계로 갈 것입니다. 그렇게 해서 나의 억울함을 보상받고, 구천현녀에게 감사드리고자 합니다. 진관께서 사람들을 위해 요괴를 다스리시는 것은 마땅한 일이나 원통함이 있어 복수하려는 것은 이미 어찌할 수 없는 일입니다. 원컨대 진관께서는 더 이상 아무 말도 말아 주십시오."

노시중은 아무 말 없이 한참 동안 생각에 잠겼다가 말하길,

"따님의 말이 아주 강경합니다."

그리고 필조를 돌아보며 말하길,

"공께서는 스스로 좋은 힘을 모아 기도하며 사죄를 하는 것이 마땅합니다. 법술로는 다스릴 수가 없습니다."

딸아이는 갑자기 바닥에 엎어지더니 부축하여 일으켜 세워도 다시 피곤에 지친 듯 엎어졌다. 아마도 나와서 진관에게 절한 것은 둘째 딸 몸이지만 그 말은 첫째 딸의 말인 것 같았다. 큰딸은 죽은 지 이미 몇 해가 지났다. 다음 날 둘째 딸이 죽었다. 노시중이 와서 문상하고 필조에게 묻길,

"어제의 일에 대해 나는 그 상세한 곡절은 모릅니다. 하지만 구천현녀가 비법을 전했다는 것은 죽은 후의 일인데 둘째 딸이 어떻게 그것을 망쳤다는 말인지요? 공의 집에 반드시 영향이 있었을 터이니 숨기지 말고 말씀해 주시길 바랍니다. 내가 법술을 행하려면 마땅히 그 본말을 잘 알고 있어야 합니다."

필조는 다음과 같이 말하였다.

"예전에 그야말로 기이한 일이 하나 있었습니다. 지금 생각해 보니 분명 그 일 때문인 것 같습니다. 장녀가 죽은 뒤 도성 밖의 한 절에 임시로 관을 두었는데, 한식을 맞아 산소를 돌보고 제사를 지내려고 온 집안 식구들이 다 함께 갔었습니다. 관을 둔 곳 옆에는 한 사인이 머물고 있었는데, 외출을 하며 그 방문을 닫아 놓았습니다. 집안 식구가 우연히 닫힌 문을 열고 방안으로 들어가 몰래 살펴보다 둘째 딸이 책상 위의 동경을 보더니 소리치길,

'이것은 큰언니 관에 넣어 둔 물건인데 어떻게 여기에 있지? 분명히 누군가 훔친 것이다!'

나는 물건에는 비슷한 것이 있기 마련이고, 게다가 도성에서 동경을 파는 사람이 아주 많을 거라고 생각하였습니다. 그런데 둘째 딸이 힘주어 말하길,

'막 이 동경을 샀을 때 우리 자매가 하나씩 나눠 갖고 가죽으로 띠를 둘러 가장자리를 장식하였는데 모두 내가 손수 한 것이었어요. 사용한 종이는 어떤 관원이 보낸 명함[3]이었고요.'

동경을 보니 과연 그러하였습니다.

막 탄식하고 있는데 사인이 돌아와서 화를 내며 말하길,

'가난한 선비가 머무는 방에 무슨 볼만한 게 있다고 아무 말도 없이 들어옵니까. 이게 무슨 도리입니까?'

둘째 딸이 말하길,

"네놈이 관을 뒤져서 물건을 훔쳤지. 장물이 모두 있으니 내가 이

3 謁刺: 만나 보기를 청하거나 축하를 전하기 위해 쓰는 것으로 요즘의 명함과 같다. 刺謁이라고도 한다.

도둑놈을 잡아야겠다!"

마침내 그를 묶었습니다. 이에 그 사인이 말하길,

"반년 전쯤 밤에 내가 앉아서 책을 읽고 있는데, 어떤 여자가 문을 두드리며 말하길, '시어머니께 책망을 듣고 쫓겨나 친정으로 돌아가는 길입니다. 집이 성안에 있는데 어떻게 가야 하는지 알 수가 없어서 그러니 원컨대 하룻밤만 재워 주세요.' 울면서 하소연하는 것이 매우 절박하여 부득이 안으로 들어오게 했고, 마침내 극진히 정을 통하였습니다. 그때부터 매일 저녁마다 꼭 왔고, 어떤 때는 대낮에도 왔습니다. 하루는 마침 물을 떠 놓고 귀밑머리를 빗고 있는데 그녀가 보고 웃으며 말하길, '거울이 없나요? 내가 마침 하나 가지고 있어요.' 곧 가져와 나에게 주었는데 바로 이 물건입니다. 때때로 옷을 들고 가 기워 주기도 하였는데, 다만 어느 집안 사람인지 말하려고 하지 않았습니다. 어제 찾아와서 나에게 말하길, '내일 우리 집안 식구들과 친척 손님이 모두 모여 반드시 돌아다닐 터라 이곳에 올 수가 없어요. 밤이 되면 다시 올게요.' 그리고 곧 갔습니다. 오늘 새벽 나는 홀로 있으면서 무료해서 밖에 나가 산책하며 시간을 보냈는데, 그대들이 내 방에 들어올 줄은 몰랐습니다."

우리 집 식구들은 그 이야기를 듣고 모두 슬피 울었는데 유독 둘째 딸만 말하길,

"이 남자가 치사하게 헛소리를 하고 있어요. 반드시 열어서 검사해 봐야 됩니다."

관을 둔 곳으로 달려가 흔적을 찾아보니 뒷부분에 틈이 있어 손을 넣을 수 있기에 벽돌을 열어 관을 보니 큰 못은 모두 1촌 가량 뽑혀 있었습니다. 관 덮개를 치워 보니 큰 딸애가 발을 포개고 앉아 남자

의 두건을 깁고 있었고, 허리 아래는 살이 모두 새롭게 돋아나 그 살결이 따뜻하고 부드러웠지만 허리 윗부분은 여전히 죽은 살 같았습니다. 그제야 비로소 크게 후회하고 다시 관을 덮어 주고 선비를 풀어 주어 가라고 하였습니다.

그때부터 지금까지 대략 3년 정도 흘렀습니다. 이른바 현녀의 말이라는 것은 도가에서 말하는 해골에서 다시 회생하는 바로 그것이 아니겠습니까? 반드시 살아 있는 사람과 오래 같이 있어야 곧 다시 살아날 수 있다고 하지요? 일이 이미 탄로가 났으니 계속할 수 없었을 것이고 그 일이 쓸데없이 드러나게 된 것이 모두 둘째 딸 때문이니 이른바 그 법술을 망쳤다는 것은 이를 두고 한 말이 아니겠습니까?

필조는 말을 마쳤다. 노시중은 역시 그 말을 듣고 놀라며 개탄하였다. 그는 초주 산양현[4]을 지나며 이 이야기를 곽동승에게 하였다. 곽동승의 아들 곽탁이 한 이야기이다.

4 山陽縣: 淮南東路 楚州 山陽縣(현 강소성 淮安市 淮安區).

02 태극궁 수축에 인골 석회를 사용한 것에 관한 옥사西內骨灰獄

政和四年, 有旨修西內, 命京西轉運司董其役. 轉運使王某坐科擾, 爲河南尹蔡安持劾罷, 起徽猷閣待制宋君於服中, 以爲都轉運使, 免判常程文書, 專以修宮室爲職. 宋銳於立事, 數以語督同列曰: "速成之, 醲賞可立得也." 轉運判官孫睨獨以役大不可成, 戲答曰: "公聞狐壻虎之說乎? 狐有女, 擇壻, 得虎焉. 成禮之夕, 儐者祝之曰: '願早生五男二女.' 狐拱立曰: '五男二女非敢望, 但早放卻臊命爲幸耳.' 今日之事, 正類此也." 宋不樂, 睨卽引疾罷去.

凡宮城廣袤十六里, 創立御廊四百四十間, 殿宇丹漆之飾猥多, 率以趣辦, 需牛骨和灰, 不能給. 洛城外二十里, 有千人冢數十丘, 幹官韓生獻計曰: "是皆無主朽骴, 發而焚之, 其骨不可勝用矣, 自王漕時已用此." 宋然之. 管幹官成州刺史郭漣容·佐使臣彭玘十餘人, 皆幸集事, 擧無異詞. 宋以功除顯謨閣學士, 召爲殿中監而卒.

宣和中, 孫睨病死, 至泰山府, 外門榜曰"淸夷之門", 獄吏捽以入, 令供滅族狀. 孫曰: "我何罪?" 殿上厲聲曰: "發洛陽古冢以幸賞, 乃汝也, 安得諱?" 孫請與諸人對. 望兩囚荷鐵校立廡下, 各有一卒持鐵扇障其面, 時時揮之. 扇上皆施釘, 血流被體, 引至前, 乃宋王二君也. 猶與相撐拄, 孫歷擧狐虎之說, 及所以去官狀, 廷下人皆大笑. 兩人屈服去, 孫復甦.

他日, 韓生亦夢如孫所見者, 供狀畢, 將引退, 仰而言曰: "某罪不勝誅, 但先祖魏公有大勳勞於宗社, 不應坐一孫而赤族." 主者凝思良久曰: "只供滅房狀." 乃如之. 自是數月死. 不一歲, 妻子皆盡, 今唯取同宗之子以繼云. 予聞此事於臨川人吳虎臣曾, 吳得之韓子蒼. 予以國史院簡策參之, 得其歲月官職如此. 邵武李郁光祖云: "有朝士亦以是役進秩, 後居鄧州, 得異疾, 疽生於臀, 長寸許, 中有骨焉, 不可坐臥.

豎以藥齕之, 久而墜地, 拳曲如小豬尾. 數日, 又如故, 復以前法治之. 如是歲餘, 凡落三十六節, 乃死."

王日嚴云: "宋君初與官屬議, 或以爲不便. 宋入宅思之, 必欲行, 自批一紙出付司, 孔目官某慮異時爲人所訟, 以所批黏入牘中. 後數年, 冥府攝對獄, 見牛頭卒引一人從烈焰出, 乃宋也. 孔目訴曰: '事皆由待制, 手筆尚存.' 王者敕一卒往取, 頃刻卽至, 以示宋, 宋引伏, 孔目者乃得歸. 明日, 詣曹閱故牘, 首尾千百番皆在, 獨失宋批矣, 遂以病自列去吏. 歸而棄家, 爲苦行道者."

정화 4년(1114), 장안의 태극궁[5]을 수축하라는 성지가 내려와 경서북로 전운사에게 공사 감독을 맡으라고 명하였다. 그런데 전운사 왕모가 과세 및 차역 때문에 소요[6]가 발생한 일에 연루되어 하남부 지사 채안의 탄핵을 받아 파직되었다. 이에 휘유각대제 송 모가 복상 중이었지만 도전운사로 임명되어 일상적 업무를 면제하여 주고 궁전 수축 업무만 전담할 수 있도록 해 주었다. 송 모는 공적을 세우는 데 급급하여 함께 업무를 맡고 있는 관료들에게 여러 차례 독촉하길,

"빨리 일을 마치면 곧장 후한 상을 받을 수 있을 것이요."

하지만 전운판관 손황은 이 공사가 매우 커서 그렇게 빨리 끝낼 수 없다고 혼자 생각하고 농담하듯 답하길,

"공은 여우가 호랑이 사위를 얻은 이야기를 들어 본 적이 있습니

5 西內: 唐朝의 太極宮을 뜻한다. 당대 장안에 모두 3개의 황궁이 있었는데, 그 가운데 태극궁을 '서내', 大明宮을 '東內', 興慶宮을 '南內'라고 칭하고 이를 합하여 '三內'라고 하였다.

6 科擾: 세금 징수나 差役 배분 등으로 인해 騷擾를 초래한 것을 뜻한다.

까? 여우에게 딸이 있었는데 사윗감을 보다가 호랑이를 사위로 얻었습니다. 혼례를 치르는 저녁에 손님을 접대하는 사람이 축원하길, '빨리 5남 2녀를 낳으시길 바랍니다.' 그러자 여우가 두 손을 모으고 일어나, '5남 2녀는 감히 바랄 수 없고 그저 잡아먹힐 팔자나 빨리 벗어날 수 있으면 좋겠습니다.'라고 했답니다. 지금 일도 바로 이와 유사합니다."

송 모는 불쾌해하였고, 손황은 병을 핑계 삼아 즉시 자리에서 물러났다.

궁성은 가로 세로 너비가 16리이고, 회랑을 440칸이나 세웠는데, 전각마다 붉은 옻[7]으로 칠해야 하는 등 해야 할 작업이 매우 많았다. 앞장서서 빨리 처리하라고 재촉하는데, 소뼈를 태워 만든 골회[8]가 필요하나 공급이 여의치 못하였다. 낙양성 밖 20리 지점에 천인총이라 불리는 전사자 무덤이 수십 곳이 있는데, 전운사 간판공사 한 모가 계책을 내놓으며 말하길,

"이들 모두 주인이 없는 썩은 해골들입니다. 파서 그것을 태우면 뼈는 다 쓸 수 없을 정도로 충분할 것입니다.[9] 전임 전운사 왕 모 때

7 丹漆: 단칠에는 여러 가지 뜻이 있는데, 『宋史』 권85 「지리지」에 따르면 "수천 칸에 달하는 방을 모두 진짜 칠로 장식하여 공역이 대단히 컸고 비용을 감당하지 못하였다"고 하였다. 이에 붉은 옻으로 번역하였다.

8 본문에는 "소뼈와 석회"로 되어 있으나 『宋史』 권85 「지리지」에 따르면 "석회를 바닥에 깔아야 하는데 수매를 독촉하는 바람에 가격이 갈수록 급증해 1升에 수천 문에 달하였다"고 하였다. 이에 소뼈를 태워 만든 骨灰로 번역하였다.

9 낙양성 교외 사방 20리 이내의 분묘를 마구 파헤쳐 인골을 수집해 궁궐 수축에 필요한 골회를 만들었다는 본문의 내용은 『宋史』 권85 「지리지」에서도 확인할 수 있다.

도 이미 이것들을 사용한 일이 있습니다."

송 모는 이 말을 그럴싸하게 여겼다. 감독관[10]인 성주[11] 자사 곽연용과 보좌 무관 팽기 등 10여 인 모두 일이 잘 이루어지기만 바랄 뿐 다른 의견이 없었다.

송 모는 궁전을 수축한 공로로 현모각학사에 제수되고 불려 들어가 전중성감[12]이 되어 죽었다.

손황 역시 선화연간(1119~1125)에 병사하였다. 그의 혼령이 태산부에 이르러 보니 바깥문에 '청이지문'[13]이라는 방이 붙어 있었다. 옥리가 그의 머리채를 휘어잡고 들어가더니 그에게 조상의 분묘를 훼손한 상황을 진술하라고 하였다. 손황이 말하길,

"내가 무슨 죄가 있단 말입니까?"

전각 위에서 엄한 목소리로 말하길,

"낙양의 옛 무덤을 파헤쳐 상을 받은 자가 바로 너다. 어찌 회피하려고 하느냐?"

손황은 다른 사람들과 대질하기를 청하였다. 멀리서 두 죄수가 쇠로 만든 형틀을 지고 곁채 아래에 서 있는 것이 보였다. 각각 옥졸 한 사람이 있어 쇠로 만든 부채를 가지고 그 얼굴을 가리고 있었고, 수시로 부채를 휘둘렀다. 부채 위에는 못이 촘촘히 박혀 있어 피가 흘

10 管幹官: 본래 管勾官이라 하였으나 고종의 이름을 피휘하여 개칭하였다. 관구는 '管理하다'는 뜻이다.

11 成州: 秦鳳路 成州(현 감숙성 隴南市 成縣).

12 殿中省監: 황제의 의식주와 의약 등을 책임진 殿中省의 2인자로 殿中監은 약칭이다. 북송 초에는 종3품관이었고, 元祐연간(1086~1094) 이후로는 정4품관이었다. 崇寧 2년(1103) 이후 秘書監보다 상위직이 되었다.

13 清夷: '清淨하고 평안하다'는 말로서 清平 또는 太平과 유사한 뜻이다.

러 죄수의 몸을 덮었다. 앞으로 끌려와 보니 송 모와 왕 모 두 사람이었고, 서로 부둥켜 지탱하고 있었다. 손황은 분명히 여우와 호랑이 이야기를 하였고, 이에 관직에서 물러난 상황을 열거하였다. 뜰아래에 있던 사람들 모두 크게 웃었다. 두 사람은 굴복하고 끌려갔으며 손황은 다시 살아날 수 있었다.

다른 날 한 모 역시 손황이 본 것과 같은 것을 꿈에 보았는데, 상황 진술이 끝나고 물러날 때 위를 올려다보며 말하길,

"저는 죽을죄를 면하기 어렵습니다. 다만 선친 위공께서 종묘와 사직에 큰 공훈을 세우셨으므로 자손 한 사람의 죄 때문에 가문을 몰살시키는 것은 옳지 않습니다."

주관 관원은 한참 동안 생각에 잠기더니 말하길,

"오직 한 집만 죽일 수 있도록 범죄를 진술하라."

이에 그렇게 하였다. 그로부터 몇 개월 만에 한 모가 죽었고, 한 해가 지나지 않아 처자식이 모두 죽었다. 지금은 종친의 아들을 양자로 데려와 가계를 이어 간다고 한다. 필자는 이 일을 자가 여신인 무주[14] 사람 오증[15]에게서 들었다. 오증[16]은 이를 한 모의 아들 한창에게서 들었다고 한다. 필자가 국사원[17]에 있을 때 여러 자료를 보고 참고하

14 臨川: 江南西路 撫州(현 강서성 撫州市).

15 慮: 본문의 '虎'는 '慮'의 오기로 보인다.

16 吳曾: 자는 慮臣이며 江南西路 撫州 崇仁縣(현 강서성 撫州市 崇仁縣) 사람이다. 총명하고 박학하였으나 과거에 급제하지 못하고 진회의 추천으로 관직에 나갔다. 여러 하위직 관리를 전전했고, 工部郎中과 嚴州지사 등을 지냈다. 뛰어난 학식에 대한 긍정적 평가와 함께 진회의 일파였다는 비판이 공존한다. 남송의 대표적 필기 저작인『能改齋漫錄』을 남겼다.

17 國史院: 국사 편찬을 담당한 기관으로서 修史院·編修院·史館 등의 이름을 거쳐 元祐 5년(1090)에 처음 국사원으로 개칭하였다. 남송 때에는 實錄院에서 실록 편

여 그 일어난 때와 관직 등을 이처럼 알게 되었다.

자가 광조인 소무군 사람 이욱[18]이 말하길,

"조정의 한 사대부 역시 이 일로 인해 승진을 하였고 후에 등주[19]에 살았다. 그는 이상한 병에 걸렸는데 엉덩이에 종기가 났다. 그 길이가 1촌쯤 되었는데 중간에 뼈가 있어 앉을 수도 누울 수도 없었다. 의원이 와서 약을 주고 씹어 먹으라 했는데, 한참 후 종기가 땅에 떨어지니 그 모양이 구불구불해졌고, 그 모양이 마치 돼지꼬리 같았다. 며칠 후 또 종기가 나서 같은 방법으로 그것을 치료하였다. 이렇게 하길 1년이 넘자 무려 36개 관절이 떨어져 나가 죽고 말았다."

왕일엄[20]이 말하길,

"송 모가 처음에 수하 관리들과 상의할 때 혹자는 문제를 야기할 가능성이 있다고 하였다. 송 모가 집에 돌아가 생각해 본 뒤 꼭 달성하고 싶은 욕심에 스스로 종이에 비답[21]하여 관련 부서로 제출하였다. 당시 공목관[22] 모씨는 훗날 사람들에게 소송을 당할까 우려하여

찬을 책임졌고, 국사를 편찬할 경우 임시로 국사원을 개설하였다. 담당 관리들은 거의 대부분 겸직하였다.

18 李郁(1085~1150): 어려서부터 총명하여 항주에서 성리학의 대가 楊時에게 추천되었는데, 양시가 사위로 삼을 정도로 학문이 뛰어났다. 관직에 나갔지만 진회가 권력을 쥐고 있어 사실상 포기하고 고향에 西山精舍를 세워 청빈하게 살면서 학생 양성에 힘썼다. 후에 주희의 학맥과 직접 연결되어 더욱 높이 평가받았다.

19 鄧州: 京西南路 鄧州(현 하남성 南陽市).

20 王日嚴: 端明殿學士에 오른 바 있다. 周必大의 『玉堂雜記』 卷下에 고종 즉위 이래 20여 년 동안 한림학사로 제수된 사람이 7~8명에 불과하고 그들 모두 宰執 반열에 들었는데 유일하게 왕일엄만 그렇지 못하다며 안타까워한 기록이 있다.

21 批答: 품의서 끝에 추가한 상관의 지시 또는 상신한 서류에 지시사항을 써서 보낸 것을 뜻한다.

22 孔目官: 비서성에 속한 서리 가운데 가장 선임자인 都孔目官의 바로 아래 직책이

의견을 첨부한 문건을 공문에 첨부하였다. 이후 여러 해가 지나 명부에 붙잡혀 와 그 옥사에 대해 대질심문하였는데, 머리가 소대가리인 한 옥졸이 뜨거운 불꽃에서 한 사람을 꺼내 오는 것을 보았다. 바로 송 모였다. 공목관이 그를 제소하길, '이 일은 모두 대제 때문에 일어난 것입니다. 대제가 직접 쓴 문서가 아직 보존되어 있습니다.' 명계의 왕은 한 옥졸에게 관련 문서를 가져오게 하였는데 즉시 가져와 송 모에게 보여 주니 곧 자복하였다. 공목관은 비로소 살아 돌아올 수 있었다. 그는 다음 날 관련 부서에 가서 옛날 문서들을 살펴보니 앞뒤로 천백 번을 봐도 문서가 모두 그대로 있었는데, 오직 송 모가 직접 서명한 비답만 없었다. 이에 곧 병을 핑계로 자진 사임하였다. 집으로 돌아온 뒤 집을 떠나 고행하는 수도자가 되었다."

다. 부서의 모든 서무 및 문서를 점검하는 업무를 담당하였다. 송대 이후 점차 사용하지 않게 된 관직명이다.

03 정주의 산도깨비 汀州山魈

汀州多山魈, 其居郡治者爲七姑子. 倅廳後有皁莢樹極大, 榦分爲三, 正蔽堂屋, 亦有物居之. 陳吉老爲通判, 女已嫁矣, 與壻皆來. 夜半, 女在牀外睡, 覺有撼其几者, 頗懼, 移身入裏間, 則如人登焉, 席薦皆震動, 夫妻連聲呼 "有賊". 吉老遽起, 與長子錄曹者偕往, 無所見, 詫曰: "公廨守衛嚴, 賊安得至? 若鬼也, 爭敢爾?"

老兵馬吉方宿直, 命詣廚溫酒. 廚與堂接屋, 馬吉方及門, 失聲大叫. 錄曹素有膽氣, 自篝火視之, 吉仆絶于地, 涎液縱橫, 灌以良藥, 久之, 始能言曰: "一黑漢模糊長大, 出屋直來壓己, 不知所以然." 吉老猶不信. 錄曹見白衣人, 長七尺, 自廚出趨堂, 開門而出, 眞以爲盜, 急逐之, 而堂門元閉自若也. 啓之, 又見其物開廳門去, 復逐之, 亦閉如故. 洎至廳上, 白衣徑奏東箱卒伍持更處, 一卒卽驚魘, 衆救之, 已絶矣.

後數年, 趙子璋爲倅攝郡, 時屬邑寇作, 江西大將程師回自贛上來逐捕, 將班師, 小休倅廳, 出所攜二妾與趙飮. 正行酒, 有小妾長才二尺許, 褐衫素裙, 緩步且前. 程迎擊以杖, 乃一貓躍出, 衣服皆委地. 子璋子伯禔, 隨父之官, 馬吉者猶在, 聞其說如此.(伯禔說.)

정주[23]에는 산도깨비가 많은데, 그중 '칠고자'라는 산도깨비가 주 관아에 살고 있었다. 통판 관아 뒤에 주엽나무[24]가 있는데, 매우 큰데다 줄기가 세 갈래로 나누어져 관아를 완전히 덮고 있었다. 그곳 역

23 汀州: 福建路 汀州(현 복건성 龍岩市 長汀縣).

24 皁莢樹: 주엽나무 또는 쥐엽나무라고도 한다.

시 무언가가 살고 있었다. 진길로가 정주 통판이 되어 부임했을 때 딸은 이미 시집가서 사위와 함께 와 있었다.

밤이 깊었을 때 딸이 평상 바깥에서 자고 있었는데, 누군가가 탁자를 흔드는 것이 느껴져 몹시 무서웠다. 몸을 움직여 침상 안으로 들어갔는데, 어떤 사람이 침상 위로 올라오는 것 같았고 깔아 놓은 자리가 모두 흔들렸다. 부부는 연이어 "도둑이야!"라고 소리 질렀다. 진길로가 급히 일어나 녹사참군을 맡고 있는 큰아들과 함께 가서 보니 아무것도 보이지 않아 괴이하다 생각하며 말하길,

"관아의 경비가 삼엄한데 어찌 도적이 들 수 있겠는가? 만약 도깨비라면 어찌 감히 이럴 수가 있단 말인가?"

늙은 병졸 마길이라는 자가 마침 당직을 서고 있었는데, 진길로는 마길에게 주방에 가서 따뜻한 술을 가져오라고 시켰다. 주방과 관아의 정청 사이는 방으로 이어져 있는데, 마길이 주방문으로 들어서자마자 '악'하고 놀라며 비명을 질렀다. 녹사참군은 본래 담이 커서 혼자 등롱불을 들고 가서 보니 마길이 기절하여 땅바닥에 엎어져 있었는데 온몸에 침이 흥건하였다. 좋은 약을 가져와 먹이니 한참 후에 비로소 말문이 트였다. 마길이 말하길,

"한 명의 검은 남자가 흐릿하게 보였는데, 키가 매우 컸습니다. 방에서 나와 곧장 저에게 오더니 그만 저를 눌러 버렸는데, 어찌된 영문인지 통 모르겠습니다."

진길로는 여전히 믿지 않았다. 그때 녹사참군도 흰옷을 입은 사람을 보았는데, 키가 7척이었으며 주방에서 나와 정청으로 급히 가더니 문을 열고 나가 버렸다. 그래서 진짜 도적이려니 여기고 급히 그를 쫓아갔다. 그러나 정청의 문은 원래 닫혀 있는 그대로였다. 문을

열어 보니 또 그 기이한 무엇인가가 정청의 문을 열고 가는 것이 보였고 다시 쫓아가니 이번에도 문은 닫혀 있던 그대로였다. 정청 위로 올라가자 흰옷 입은 자가 곧바로 동쪽 행랑채의 병졸들이 숙직[25] 교대하는 곳으로 달려갔다. 이때 한 병졸이 곧 경악을 하더니 가위에 눌린 듯했다. 여럿이 그를 구해 보려 했지만 이미 숨이 끊어진 상태였다.

몇 년이 지나 조자장이 통판이 되어 지사직을 대리하고 있을 때 관할 현에서 도적이 일어났다. 강남서로 초토사[26] 정 모의 군대가 마침 감주[27]에서 회군하면서 도적들을 체포하였다. 정 초토사는 군대를 회군시키면서 잠시 정주 통판 관아에서 쉬었다. 그는 데리고 있던 두 명의 첩을 불러내 조자장과 함께 술을 마셨다. 한참 술잔이 오고 가는데 키가 2척쯤 되는 작은 첩이 갈색 적삼과 흰색 치마를 입고 천천히 걸어서 앞으로 왔다. 정 초토사가 몽둥이로 그녀를 내리치자 한 마리 고양이가 뛰어나갔다. 옷은 모두 땅바닥에 그대로 있었다. 조자장의 아들 조백지는 아버지를 따라 관직에 있었고, 마길이라는 자도 여전히 있었다. 마길이 이렇게 말한 것을 들었다.(조백지가 한 이야기다.)

25 持更: 밤에 조별로 숙직하고 순시한다는 말로서 直夜라고도 한다.

26 大將: 정식 관명이 아니라 주로 약칭으로 쓰였다. 1품~3품관이 맡는 최고위 무관직인 宣撫使나 선무사 아래의 招討使 등 전선을 총괄하는 경우, 종2품 이하 節度使로 충원하는 馬步軍都部署의 약칭으로 쓰인다. 실제 직급으로서 대장은 군대 내 衙職 서리나 졸병 가운데 공로가 있는 자에게 殿侍 등으로 임명하기 위해 부여하는 無品官 직급으로서 元祐연간(1086~1094)의 경우 정원은 1,200명이었다.

27 贛州: 江南西路 贛州(현 강서성 贛州市).

04 황련산의 가람신黃蓮山伽藍

韶州樂昌縣黃蓮山寺爲一邑勝處. 建炎二年冬, 郡守延臨江靜師往主法席. 寺伽藍神素著靈異, 邑人祈賽, 必殺牲釃酒, 旣則飮酒乃歸. 師始至, 與神約曰: "神受佛囑付, 守護伽藍, 不應當此供. 自今日以往, 更具淨饌, 神其聽之." 由是人無敢以酒肉入山門者. 明年十一月晦, 有檀越營佛事畢, 欲飮酒. 三僕舁一缸, 由東廂過神祠前, 一犬不知從何來, 突出, 正與缸相值, 應時破碎, 無復餘瀝, 見者莫不歎異.(郟次南說.)

소주 악창현[28]의 황련산에 절이 하나 있었는데, 현에서 유명한 명승지였다. 건염 2년(1128) 겨울, 소주지사는 임강군[29]의 정법사를 초빙하여 주지승으로 모셨다. 절의 가람신은 본래 영험하기로 유명하였는데, 악창현 사람들은 가람신의 보우에 감사드리는 재[30]를 올릴 때마다 반드시 짐승을 잡아 제물로 올리고 술을 따라 올렸다. 재를 마치면 술을 마시고 돌아갔다. 법사가 처음 왔을 때 가람신과 약속하길,

"신께서는 부처의 당부를 받아 가람을 수호하고 계시니 이제 이러한 공양을 받으시면 안 됩니다. 오늘부터는 다시 정갈한 음식을 갖추어 올릴 것이니 신께서는 그것을 허락해 주십시오."

28 樂昌縣: 廣南東路 韶州 樂昌縣(현 광동성 韶關市 樂昌市).
29 臨江軍: 江南西路 臨江軍(현 강서성 宜春市 동남부 · 吉安市 북부 · 新余市).
30 祈賽: 신의 보우에 감사드리는 굿이나 재를 뜻한다.

이때부터 사람들은 감히 술과 고기를 들고 산문을 들어올 수가 없었다. 이듬해 11월 그믐날, 한 시주가 불사를 다 올리고 술을 마시려고 하였다. 세 명의 노복들이 술 항아리 하나를 마주 들고 동쪽 행랑채에서 가람신 사당 앞으로 지나는데, 어디서 왔는지 개 한 마리가 오더니 갑자기 뛰어나가 항아리와 정면으로 부딪혔다. 즉시 항아리가 깨져 남은 술이 없게 되었다. 이를 본 사람들 가운데 그 기이함에 놀라지 않은 자가 없었다.(겹차남이 한 이야기다.)

05 영도현 서리의 노복寧都吏僕

贛州寧都縣吏李某, 督租近村, 以一僕自隨. 僕乞錢于逋戶, 不滿志, 縛諸桑上, 灌以糞, 得千錢. 卽日雲雷四起, 斃僕于村中普安寺前. 錢正在腰間, 打四百文入肉中, 皮蒙其上. 紹興十四年三月也, 縣是時曰虔化云.(寺僧祖一說.)

감주 영도현[31]의 서리 이 모는 근처 촌락으로 가서 농지세를 내라고 독촉하였는데, 한 노복이 스스로 따라나섰다. 그 노복은 체납한 집에 가서 돈을 독촉해 받았지만 목표에 만족스럽지 못하자 그자를 뽕나무 위에 묶고 인분을 입에 넣어 돈 1,000문을 얻어 내었다. 그날로 구름과 천둥이 사방에서 일더니 그 노복은 촌락 안에 있는 보안사 앞에서 죽었다. 돈이 마침 그 허리춤에 있었는데, 400문이 살 안으로 파고 들어갔고 피부가 그 위를 덮었다. 소흥 14년(1145) 3월의 일이다. 영도현을 당시에는 건화현[32]이라고 하였다.(절의 승려 조일이 한 이야기이다.)

31 寧都縣: 江南西路 贛州 寧都縣(현 강서성 贛州市 寧都縣).
32 虔化縣: 江南西路 贛州 虔化縣(현 강서성 贛州市 寧都縣). 紹興 23년(1453)에 虔州에서 贛州로 개칭하면서 州治인 虔化縣을 寧都縣으로 개칭하였다.

06 두삼의 불효杜三不孝

洪州崇眞坊北有大井, 民杜三汲水賣之, 夏日則貨蚊藥以自給, 與母及一弟同居. 弟傭於餠家, 唯兄以兩飯養母, 然特酗酒, 小不如意, 至於辱詈加箠. 鄰曲見者皆扼腕, 導其母使訟, 未及也. 一旦, 大醉歸, 復毆母. 俄忽忽如狂, 取所合蚊藥內砒霜硫黃掬服之, 走入市, 從其徒求水飮. 市人以爲醉, 不知藥毒已發矣, 頃刻而死. 其不孝之報歟?

홍주[33] 숭진방 북쪽에는 큰 우물이 있고, 이곳 주민 두삼은 물을 길어다 팔아서, 또 여름에는 모기약을 팔아서 생계를 유지하였다. 어머니, 동생과 함께 살고 있었는데, 동생은 전병을 만드는 집에서 일을 하고 있었다. 두삼 홀로 어머니가 매일 두 끼의 식사를 할 수 있게 봉양했다. 하지만 술주정이 매우 심하여 조금이라도 자기 맘에 안 들면 어머니에게 욕을 하고 심지어 매질까지 하였다. 이를 본 이웃[34] 사람들마다 모두 분통을 터뜨리며 두삼의 어머니에게 관아에 소송하라고 권하였지만 차마 그렇게 하지는 못하였다.

어느 날 이른 아침, 두삼은 크게 취해 귀가한 뒤 또다시 어머니를 때렸다. 그러다 잠시 후 갑자기 미치광이처럼 되어 모아 놓은 모기약 안의 비상과 유황을 꺼내어 움켜쥐어 먹고는 시장으로 가서 자기 패

33 洪州: 江南西路 洪州(현 강서성 南昌市).
34 隣曲: 曲은 작은 마을을 가리키며, 隣曲은 이웃 마을 또는 이웃 사람을 뜻한다.

거리들을 찾아가 물을 달라고 하여 마셨다. 시장 사람들은 그가 취했다고 여겼을 뿐 약의 독성이 이미 몸에 퍼지고 있는 것은 알지 못했고, 그는 순식간에 죽고 말았다. 이는 불효에 대한 심판이 아니겠는가?

07 마포상 장씨네布張家

邢州富人張翁, 本以接小商布貨爲業. 一夕, 閉茶肆訖, 聞外有人呻痛聲, 出視之, 乃晝日市曹所杖殺死囚也. 曰: "氣絶復蘇, 得水尚可活. 恐爲邏者所見, 則復死矣." 張卽牽入門, 徐解縛, 扶置臥榻上, 設薦席令睡, 與其妻謹視之, 飼以粥餌, 雖子婦弗及知. 經兩月, 脅瘡皆平, 能行. 張與路費, 天未曉, 親送之出城, 亦未嘗問其鄉里姓名也.

過十年久, 有大客, 乘馬從徒, 齎布五千疋入市, 大駔爭迎之, 客曰: "張牙人在乎? 吾欲令貨." 衆嗤笑, 爲呼張來, 張辭曰: "家貲所有, 不滿數萬錢. 此大交易, 願別擇豪長者." 客曰: "吾固欲煩翁, 但訪好鋪戶賒與之, 以契約授我, 待我還鄉, 復來索錢未晚." 張勉如其言.

居數日, 客謂翁: "可具酒飲我, 勿招他賓." 旣至, 邀其妻共飮, 酒酣, 起曰: "翁識我否? 乃十年前牀下所養人也. 平生爲寇刦, 往來十餘郡, 未嘗敗. 獨至邢, 一出而獲. 荷翁再生之恩, 旣出門, 卽指天自誓云: '今日以往, 不復殺人, 但得一主好錢, 持報張翁, 更不作賊.' 纔上太行, 便遇一人獨行, 刦之, 正得千餘緡, 遂作賈客販賣. 今於晉絳間有田宅, 專以此布來償翁媼恩. 元約復授翁, 可悉取錢營生產業, 吾不復來矣." 拜訣而去. 張氏因此起富, 貲至十千萬, 邢人呼爲 "布張家".(三事亦得之郟次南.)

형주[35]의 부자 장옹은 원래 소상인의 마포를 팔아 주는 중개상이었다. 하루는 다관의 문을 닫은 밤늦은 시간에[36] 문밖에서 어떤 사람이

35 邢州: 河北西路 邢州(현 하북성 邢台市).

36 장옹은 마포 판매 중개업을 하면서 다관도 함께 운영한 것으로 보인다. 송대에는

아파 내는 신음 소리가 들렸다. 나가서 보니 낮에 저잣거리에서 장살형[37]을 당하여 죽은 사형수였다. 그가 말하길,

"기절을 하였다가 다시 깨어났는데 물을 조금 마시면 그런대로 다시 살아날 수 있을 것 같습니다. 순찰하는 사람에게 들켜 다시 죽을까봐 두렵습니다."

장씨는 즉시 그를 끌어서 문안으로 들어오게 한 뒤 묶인 줄을 천천히 풀어 주고 부축하여 침상 위에 눕혔다. 자리를 깔아 주고 잠잘 수 있게 해 주었고 아내와 함께 그를 조심스레 보살폈다. 죽을 끓여 먹였는데, 아들과 며느리도 모르게 하였다. 두 달이 지나자 옆구리의 상처[38]도 모두 나아 걸을 수 있게 되었다. 장씨는 노잣돈을 주며 날이 채 밝기 전에 직접 그를 배웅하여 성 밖으로 나가게 하였다. 또한 그 고향이나 이름도 묻지 않았다.

10년 세월이 흘러 어느 날 큰 객상이 말을 타고 수행한 사람들과 함께 마포 오천 필을 갖고 시장에 들어왔다. 큰 거간꾼들이 다투어 그를 환영하였다. 그 객상이 말하길,

"중개인[39] 장씨가 있습니까? 나는 그에게 물건을 팔게 하려고 하

차를 마시는 습관이 일반화되어 도성은 물론이고 주요 도시마다 다관이 있었으며 아침 일찍 마시는 早茶부터 밤늦게 마시는 夜茶까지 하루 종일 차를 마실 수 있었다. 따라서 본문의 '다관의 문을 닫을 시간'이란 매우 늦은 시간을 뜻한다.

37 市曹: 시장에서 판결 내용을 집행하는 것, 즉 죄인에 대한 공개적인 처형을 뜻한다.

38 杖殺은 곤장으로 사람이 죽을 때까지 엉덩이를 때리는 형벌이지만 확실하게 사망에 이르게 하고 고통을 증대시키기 위해 사전에 배 등에 칼로 상처를 내어 출혈을 용이하게 한다. 본문의 '옆구리 상처'는 아마도 칼로 인한 상처일 것이다.

39 牙人: 매매 당사자 사이에서 중재해 주고 구전을 받는 사람을 뜻한다. 춘추전국시대에는 質人이라고 하였고, 西漢 때는 駔儈라고 하였으며, 당조 이후 牙人·牙

오.”

많은 사람들이 비웃으며, 장씨에게 오라고 불렀는데, 장씨가 사양하며 말하길,

“우리 집 재산의 전부를 쳐도 수만 전이 안 됩니다. 청컨대 이처럼 큰 거래는 다른 돈 많은 중개상을 고르시지요.”

객상이 말하길,

“그래도 나는 꼭 노옹께서 수고해 주셨으면 합니다. 먼저 물건을 보관할 점포를 찾으시면 외상으로 물건을 드리지요. 계약서만 내게 써 주시면 됩니다. 내가 고향에 갔다 다시 와서 돈을 받아도 늦지 않습니다.”

장씨는 할 수 없이 그의 말대로 하였다.

며칠을 머문 뒤 그 객상이 장씨에게 말하길,

“술자리를 준비해서 저와 한 잔 하실 수 있습니까? 다른 손님은 부르지 마시고요.”

객상은 술자리에 와서 장씨의 아내도 함께 술을 마시자고 청하였다. 취기가 막 오를 무렵 그는 일어나 말하길,

“장옹께서는 나를 알아보시겠습니까? 10년 전에 침상 아래에 숨겨 돌봐 주셨던 바로 그 사람입니다. 저는 평생 도적질을 하며 10여 주를 돌아다녔지만 실패한 적이 없었습니다. 유독 형주에 와서 딱 한 번 도적질했다가 잡혔더랬지요. 장옹께서 다시 살려 주신 은혜를 입

子・牙郎・牙儈라고 칭하였다. 송조는 국경무역의 경우 반드시 아인을 통해서 거래하도록 엄격하게 통제하였다. 명・청대에는 상업의 발달에 따라 이들의 조합인 牙行이 결성되었다.

어 저 문을 나선 뒤 하늘을 향해 스스로 '지금부터 다시는 사람을 죽이지 않을 것이다. 그저 딱 한 사람의 거액을 털어 장옹에게 은혜를 갚고 더 이상 도적질은 하지 않겠다'고 맹세하였습니다. 막 태항산맥[40]에 이르렀을 때 혼자 가고 있는 어떤 사람을 우연히 만났습니다. 이에 그를 겁탈해서 바로 천여 관을 얻을 수 있었습니다. 마침내 상인이 되어 장사를 했습니다. 지금 진주[41]와 강주[42] 사이에 집과 토지가 있으며 이 마포는 오직 장옹과 부인의 은혜를 갚는 데 쓰고자 합니다. 원래 계약서를 다시 장옹께 드리겠습니다. 이것을 팔아서 번 돈은 모두 가지시고 그것으로 사업을 꾸려 보십시오. 저는 다시 오지 않겠습니다."

그는 절하여 이별을 고하고 떠났다. 장씨는 그로 인해 부를 쌓기 시작해서 재산이 억만 전에 이르니 형주 사람들은 그를 '마포상 장씨 가문'이라 불렀다.(위의 세 일화는 역시 겹차남에게 들은 것이다.)

40 太行: 현 하북성과 산서성 · 하남성의 경계를 이루는 400여 ㎞에 달하는 산맥이다. 산동과 산서를 구분하는 지리적 좌표이며, 황토고원의 동쪽 끝이기도 하다.

41 晉州: 河東路 晉州(현 산서성 臨汾市).

42 絳州: 河東路 絳州(현 산서성 運城市 侯馬 · 新絳市).

08 승상 하율何丞相

何文縝丞相在太學, 與同舍生黃君詣日者孫黯問命. 黯袒衣踞坐, 丞相先占, 既布算, 黯正襟揖曰: "命極貴, 不惟魁天下, 且位極人臣." 二人相視笑曰: "何相侮邪?" 黯慍曰: "黯老矣, 粗有生計, 今詒一秀才, 其獲幾何? 奈何命實中格." 丞相曰: "然則何時作狀元?" 曰: "乙未歲." "何年爲相?" 曰: "不出一紀. 但有一事絶異, 君拜相後, 當死於異國. 尋常奉使絶域者不過侍從官, 何由有宰相入國者? 此爲不可曉耳."

初, 丞相自仙井來時, 過桐栢, 於廟中上書乞夢. 其夕, 夢人報: "霍侍郎來見何狀元." 遂出相見. 霍曰: "將來殿策問道." 及至京, 又求夢於二相公廟, 夢人告如霍所言. 既覺, 試作策頭數百字以示黃君, 黃以爲不佳. 丞相時爲鄧洵武樞相館客, 又夢一人報霍侍郎來, 既坐, 霍曰: "君昨擬道策甚謬, 上所解『道德經』, 更三日以賜二府, 君當首見之, 宜熟讀也." 如期, 鄧公果拜賜, 卽錄本, 晨夕誦讀. 乙未歲廷試, 果問道, 悉以經語對, 遂爲第一人. 後十二年, 至靖康丙午, 拜少宰, 從二帝北狩, 死於虜, 皆如黯言. 霍公蓋先兩榜爲龍首者.

자가 문진인 승상 하율[43]이 태학에 있을 때, 동기생 황군과 함께 점

43 何㮚(1089~1127): 자는 文縝이며 成都府路 仙井監(현 사천성 眉山·樂山市) 사람이다. 북송의 마지막 과거인 政和 5년(1123) 과거에서 장원급제하고 起居舍人·中書舍人으로 중용되었다. 이후 御史中丞이 되어 권신 王黼의 간악한 행위 15개 항목을 지적하는 상소를 7차례나 올렸다가 泰州지사로 밀려났으나 흠종 즉위 후 翰林學士·尙書右丞 겸 中書侍郎·參知政事로 중용되었다. 금군이 개봉을 포위하자 하율은 尙書右僕射 겸 中書侍郎이 되어 康王을 天下兵馬大元帥로 임명하여 남송 건국의 단초를 열었다. 尙書右僕射 兼 中書侍郎으로 금군과의 협상에

쟁이 손암에게 가서 운세를 물어보았다. 손암은 옷을 풀어 헤치고[44] 발을 뻗고 앉아 있었다. 하율이 먼저 점을 보았다. 산가지를 벌려 놓고 점을 치더니 손암은 바로 옷깃을 여미며 공손하게 인사하며 말하길,

"매우 귀한 운명을 타고 나셨습니다. 천하의 장원일 뿐 아니라 신하로서 가장 높은 자리까지 올라갈 것입니다."

두 사람은 서로 마주 보며 웃으며 말하길,

"어찌 우리를 조롱하십니까?"

손암이 성내며 말하길,

"저는 이미 늙었고 겨우 생계를 꾸려 가고 있지만 지금 수재 한 분께 아첨하여 무엇을 얻을 것이 있겠습니까? 그대의 운명이 실로 그 기준에 딱 맞으니 어찌하겠소."

하율이 묻길,

"그렇다면 언제 장원이 되겠습니까?"

그가 대답하길,

"을미년입니다."

"언제 재상이 되겠습니까?"

그가 대답하길,

"12년을 넘지 않을 것입니다. 다만 한 가지 매우 기이한 것은 그대

나서기도 하였다. 개봉 함락 후 금군과 협상하다 억류되었고 북송 멸망으로 포로가 되어 압송되던 중 단식하여 39세에 사망하였다. 㮚이 僻字여서 栗로 쓰기도 한다.

44 袒衣: 단은 왼쪽 소매를 벗어 왼쪽 어깨를 드러낸다는 말로서 통상 무례 · 不敬을 가리킨다.

가 재상에 임명된 후 타국에서 죽는다는 것이지요. 일반적으로 사신으로 먼 타국에 가는 자는 시종관을 넘지 않는데 무슨 연유로 재상이 타국에 들어갈까요? 이 점은 알 수 없는 부분입니다."

당초 하율이 선정감에서 올 때 당주 동백현[45]을 지나다 한 사묘에서 글을 올려 현몽을 간구하였다. 그날 밤 꿈에 어떤 사람이 와서 알려 주길,

"곽 시랑이 오셔서 하 장원을 만나시려 합니다."

곧 나가서 곽 시랑을 만났다. 곽 시랑이 말하길,

"앞으로 전시의 책문에서 도에 대해 물을 것이오."

도성에 도착한 뒤 다시 이상공묘에 가서 현몽을 간구하였는데, 꿈에 사람이 나타나 곽 시랑과 꼭 같은 말을 하였다. 꿈에서 깨어난 뒤 시험 삼아 책문 답안 수백 자를 써서 황군에게 보여 주니 황군은 그다지 좋아 보이지 않는다고 하였다. 하율은 당시 추밀원 지사로서 재상을 겸하고 있던[46] 등순무[47]의 빈객으로 있었는데, 또다시 꿈에 한 사람이 나타나 곽 시랑이 왔다는 말을 전하였다. 함께 앉으니 곽 시랑이 말하길,

45 桐柏縣: 京西南路 唐州 桐柏縣(현 하남성 南陽市 桐柏縣).

46 樞相: 樞는 추밀원사, 相은 재상을 뜻한다. 본래 군권을 장악한 추밀원사와 행정권을 장악한 재상은 겸직을 금하는 것이 원칙이지만 추밀사로서 재상을 겸직할 때 이를 '추상'이라고 하였다.

47 鄧洵武(1057~1121): 자는 子常이며 成都府路 成都府 雙流縣(현 사천성 成都市 雙流區) 사람이다. 起居舍人과 給事中, 吏部侍郎과 中書侍郎 등의 요직을 거쳐 燕京 공략을 둘러싼 논의가 한참이던 政和 6년(111)에 樞密院지사가 되었다. 起居舍人 시절 蔡京을 재상으로 추천하였지만 금과 연합하여 연경을 공략하는 데는 반대하였다.

"그대가 어제 도에 대해 쓴 책문 초안은 아주 잘못되어 있소. 황상께서 해석하신 『도덕경』을 사흘 뒤에 중서성과 추밀원에 하사하실 것입니다. 그대는 가장 먼저 그것을 보게 될 터이니 자세히 읽어야 마땅합니다."

예정된 날짜에 등순무가 정말로 그 책을 하사받았고, 하율은 바로 필사하여 아침저녁으로 읽고 암송하였다. 을미년 전시에서 과연 도에 대한 질문이 나왔고, 하율은 모두 그 경전에 있는 말로 답하여 마침내 장원이 되었다. 12년 후인 정강 1년(1126)에 소재[48]에 제수되어 휘종·흠종과 함께 북쪽으로 끌려가 여진 때문에 죽었다. 모두 손암의 말대로 된 것이다. 곽 시랑은 아마 하율보다 두 번 앞선 과거에서 장원을 한 자 같다.

48 少宰: 행정 실무를 총괄하는 상서성 최고 책임자인 尙書令은 정1품관으로 권력이 막강하기 때문에 실제로는 임명하지 않고 종1품으로 부재상인 尙書左僕射와 尙書右僕射를 임명하는 것이 관례였다. 徽宗은 政和 2년(1112)에 『周禮』에 근거하여 관직 명칭을 대거 변경하면서 좌복야를 太宰로, 우복야를 少宰로 개칭하였다.

09 천심법天心法

李士美丞相長子衡老, 初學天心正法時, 飮食坐起, 未嘗不持攝. 寓居桂林, 夜如廁, 見燈盞出於外, 心已怪之. 復取置中間, 俄又在外, 已則登其上, 旣而益高. 盞正覆而油不傾, 旋轉滿室, 將及頭上. 衡老方踞廁, 勢不可施法, 怖懼大呼而出, 自是不敢輕習行. 或云, 初行符籙, 非鬼物所樂, 故多設怪以恐試之爾.(嘉叟說.)

자가 사미인 승상 이방언[49]의 장자 이형노는 당초 천심정법을 배우면서 음식을 먹을 때나 앉았다 일어설 때나 잠시라도 수행을 멈춘 적이 없었다. 잠시 계주[50]에서 살고 있을 때 밤에 변소에 갔는데 등잔이 밖으로 나오는 것을 보고 속으로 괴이한 일이라 생각하였다. 다시 그것을 가져다 가운데 놓으면 잠시 후 또 밖으로 나갔다. 스스로 위로 올라가더니 잠시 후에는 더욱 높이 올라갔다. 또 등잔이 완전히 거꾸로 뒤집어졌는데도 기름이 흐르지 않았고, 집안을 빙빙 돌더니 급기야 이형노의 머리 위로 올라갔다.

49 李邦彦(?~1130): 자는 士美이며 河北西路 懷州 河內縣(현 하남성 焦作市 沁陽市) 사람이다. 太學 上舍生 출신으로, 宣和 3년(1121)에 尙書右丞, 2년 뒤에는 尙書左丞이 되었으며, 이듬해 王黼를 축출하고 少宰가 되었다. 흠종 즉위 후 太宰로 승진하였지만 금군의 압박에 대해 전혀 대책을 내놓지 못하였고 영토 할양을 주장하다 여론의 비난을 받았다. 북송 멸망을 초래한 6적 가운데 하나로 꼽히며 계림으로 유배되어 생을 마쳤다. 본문의 내용은 유배 당시의 일화인 듯하다.

50 桂林: 廣西南路 桂州(현 광서자치구 桂林市).

이형노는 마침 변소에 웅크리고 앉아 있어서 도무지 법술을 행할 수 없었기에 공포에 떨며 크게 소리치면서 나왔다. 이때부터 감히 경솔하게 법술을 익히고 행하지 않았다. 혹자가 말하길, 처음 부록을 쓰면 귀신들이 달가워하지 않아 괴이한 일을 많이 벌여 시험한다고 한다.(왕가수가 한 이야기이다.)

10 병보 우윤문의 상주虞并甫奏章

虞并甫侍其父漕潼川, 以父病, 齋戒浹日, 命道士劉洽然奏章請命. 劉素以精確著名, 自子夜登壇伏, 遲明方輿, 言曰: "適之帝所, 見几上書章內兩句云: '乞減臣之年, 增父之算.' 帝指示吾曰: '虞允文至孝, 可與執政.' 而不言從其請." 已而父竟卒. 後十有八年, 并甫參大政.(宇文仔說.)

자가 병보인 우윤문은 동천부로 전운판관인 아버지를 봉양하고 있었는데, 아버지가 병들자 열흘[51] 동안 재계하며 도사 유영연에게 수명을 연장해 달라는 상주문을 천제께 올리라고 시켰다. 유영연은 본래 법술이 정확하기로 유명하였는데, 한밤중인 자시에 제단에 올라 엎드리더니 동틀 무렵이 되자 비로소 일어나 말하길,

"천제가 계신 곳에 다녀왔는데, 책상 위에 그대가 올린 상주문의 두 구절이 보였습니다. '신의 수명을 감해 주시고, 아버지의 목숨을 연장하여 주십시오'라고 하였더군요. 천제께서는 이것을 나에게 보여 주며 '우윤문은 매우 효성스러우니 가히 집정직을 줄 만하다'라고 말씀하셨습니다. 그러나 수명에 관한 청을 들어준다고 말씀하시지는 않았습니다."

얼마 후 우운문의 아버지가 결국 세상을 떴다. 18년 후 우윤문은 집정이 되었다.(우문자가 한 이야기다.)

51 浹日: 협은 '일주하다'로서 十干이 일주함을 나타낸다. 열흘을 뜻한다.

11 상서 손적의 노복孫尚書僕

孫仲益尚書居毗陵, 遣兩僕往平江. 一人暴卒于道, 一人買葦席覆其尸, 而歸報其家. 經宿至, 則死者復活矣, 云: "方同行, 下路左遺溲, 遇黃衣卒持藤棒來驅曰: '官喚汝牽船.' 果有船相銜, 行運河中, 獨押我挽之. 舟行如飛, 不知爲何處. 心以謂無縣文引在手, 何得擅呼我? 伺其小怠, 擠諸河, 急從故道歸. 至則見身在葦席下, 無計可入, 彷徨不忍去, 乃坐于上. 天將曉, 行人過, 見而叱曰: '何爲獨坐此? 非鬼乎?' 竦然如失, 不覺入身中, 乃寤. 方知爲死也." (李耆俊說.)

자가 중익인 상서 손적[52]은 상주[53]에 살면서 두 명의 노복을 평강부[54]로 보냈다. 그중 한 명이 가던 도중 갑자기 죽자 다른 한 명이 갈대로 엮은 거적을 사서 그 시신을 싼 뒤 되돌아가 그 집에 알리고자 하였다. 하룻밤이 지나 도착하였는데, 죽었던 노복이 다시 살아났다. 그가 말하길,

52 孫覿(1081~1169): 자는 仲益이며 兩浙路 常州 晉陵縣(현 강소성 常州市 武進區) 사람이다. 다섯 살 때 蘇軾으로부터 인정받을 정도로 천재적인 인물이었다. 문재가 좋아 中書舍人·給事中 등을 역임하였고, 和州·溫州·平江府·臨安府지사 등의 요직을 지냈다. 그러나 북송 멸망 시 항복문서를 썼고, 가렴주구와 군비 횡령으로 처벌받았으며, 汪伯彦·黃潛善 등 주화파에 아부하며 악비를 폄훼하기도 했다. 『송사』에 열전이 없으며, 어떤 상서를 지냈는지 확인하기 어려워 본문 그대로 '상서'라 번역하였다.

53 毗陵: 兩浙路 常州(현 강소성 常州市).

54 平江府: 兩浙路 平江府(현 강소성 蘇州市).

"막 함께 길을 가다가 길가로 내려가서 오줌을 누고 있는데, 누런 옷을 입은 병졸을 만났다. 그는 지팡이를 가지고 나를 몰아가며, '관아에서 너를 불러 배를 끌라고 한다'고 하였다. 정말로 배들이 서로 맞물린 채 운하를 따라 가고 있었다. 유독 나만 잡아다가 혼자 배를 끌게 하였지만 배는 나는 듯 빠르게 가고 있었다. 하지만 어디로 가는지 알 길이 없었다. 나는 속으로 현에서 보낸 공문도 손에 없는데 어찌 제멋대로 나를 불렀나 하는 생각이 들었다. 그래서 그자가 조금 방심한 틈을 타 그자를 운하로 밀쳐 버리고 급히 원래 간 길 그대로 돌아온 것이다. 도착해 보니 내 몸이 거적 아래 있어 몸 안으로 들어갈 수가 없었다. 그래서 방황하며 차마 떠나지를 못하고 그 위에 앉아 있었다. 하늘이 점점 밝아 오자 행인이 지나가며 나를 보고, '어찌 너 혼자 여기에 앉아 있느냐, 혼귀가 아니냐'라며 꾸짖었다. 무서워 망연자실하다 나도 모르게 몸으로 들어갔다. 이렇게 깨어나고 보니 그제야 비로소 죽었었다는 것을 알게 되었다."(이기준이 한 이야기다.)

이견을지

夷堅乙志

卷 8

01 소의 혼령牛鬼

秉義郎高世令, 居台州黃巖. 紹興四年, 攝征稅於溫州白沙鎮. 二月十九夜, 已就枕, 聞窗外兩人呼曰: "異物且來殺君, 君謹避之. 堅塞五竅, 勿與校, 庶或可脫." 審其聲, 乃舊同寮明州都監李利見 · 台州巡檢趙祿, 皆死矣. 大懼, 即蒙被危坐以待.

少頃, 聞有詬李 · 趙者, 曰: "我殺高世令, 干君何事?" 別一人以杖拄地, 行過牀後, 若瞽者細語云: "彼呼君時切勿應." 又聞詬者曰: "盲畜生, 汝亦復強預人事." 李 · 趙相與勸解曰: "殺一高世令, 於君何益?" 既而一蟲薨薨然自窗隙入帳中, 繞被飛鳴, 且十數匝. 高窺見蟲色爛然如金, 垂紅線於後, 引手欲挽之. 李 · 趙又呼云: "禍事, 禍事, 殺之寃害益重." 乃縱之. 來往盡夜, 終不得逞而去.

小史窺窗外, 見少年與一媼對立. 少年曰: "須與翁索命." 媼曰: "宜然." 天明啟門, 則兩牛臥籬下, 跡所從來, 乃近鎮五里農家物也. 鎮寨巡檢聞此怪, 招高飲, 開釋之. 俄而求歸, 曰: "老媼 · 少年, 皆在卓下矣." 高妻孥皆在黃巖, 是夜, 見其妾云: "君來時我已有娠, 今小蓐以死. 昨嘗寄履韈, 達乎?" 方啜泣, 李 · 趙褰帷入, 敘闊如平生.

高度必死, 竟夕秉燭, 遍作書與親舊訣, 得八十幅. 語或雜偈頌, 殆類有物憑之者. 屢冠帶走出, 將赴舍前江水, 復聞空中語曰: "勿與鞋, 與即去矣." 左右藏去之. 凡不飲食五日, 乃醒. 家人來視之, 所謂孕妾, 實妊身四月, 食牛肉而墜, 元不死也. 高亦無恙.(吳傳朋說.)

병의랑 고세령은 태주 황암현[1]에서 살고 있었는데, 소흥 4년(1134)

1 黃巖縣: 兩浙路 台州 黃巖縣(현 절강성 台州市 黃巖區).

온주[2] 백사진에서 세금 징수 업무를 대행하고 있었다. 2월 19일 밤, 이미 잠자리에 들었는데 창문 밖에서 두 사람이 부르는 소리가 들리길,

"괴이한 것이 곧 와서 그대를 죽이려 할 것이오. 그대는 조심해서 그것을 잘 피해야 하오. 눈·코·입 등 얼굴의 다섯 구멍을 굳게 막고 그와 맞서지 마시오. 그러면 피할 수 있을지도 모릅니다."

그 소리를 자세히 들어 보니, 바로 옛날 동료로 명주[3] 병마도감이었던 이리견과 태주 순검이었던 조록이었다. 그런데 그들 모두 이미 죽었기에 너무 무서워서 곧 이불을 뒤집어쓰고 단정하게 앉아 조심스레 기다렸다.

조금 뒤 이리견과 조록을 꾸짖는 소리가 들리기를,

"내가 고세령을 죽이려는데 그것이 그대들과 무슨 상관이란 말이오?"

또 다른 한 사람이 지팡이로 땅을 짚고 침상 뒤로 지나가며 마치 앞을 보지 못하는 사람처럼 작은 소리로 말하길,

"저자가 그대를 부를 때 절대로 대답하지 마시오."

또 꾸짖는 소리가 들리길,

"앞도 못 보는 짐승 같으니! 너 역시 다른 사람 일에 또 억지로 끼어들려고 하는구나."

이리견과 조록은 함께 그자를 설득하며 말하길,

"고세령 한 사람 죽이는 것이 그대에게 무슨 이익이 됩니까?"

2 溫州: 兩浙路 溫州(현 절강성 溫州市).
3 明州: 兩浙路 明州(현 절강성 寧波市).

조금 뒤 한 마리 벌레가 윙윙거리며 창문 틈으로 들어오더니 장막 안에서 이불 위를 빙빙 돌아 날면서 울기를 십여 차례나 하였다. 고세령이 살짝 엿보니 벌레 색깔이 금빛으로 빛나고 또 그 뒤에 붉은 실이 드리워져 있기에 손을 뻗어 벌레를 잡으려 하였다. 이리견과 조록이 다시 소리치길,

“큰일 난다! 큰일 나! 그 벌레를 죽이면 원한과 해로움만 더욱 커질 것이다.”

이에 벌레를 그냥 내버려 두었더니 밤새도록 돌아다녔지만 결국 어찌하지 못하고 가 버렸다.

시종이 창문 밖을 몰래 바라보니 소년이 한 노파와 마주 서 있었다. 소년이 말하길,

“반드시 아버지를 위해 목숨을 내놓으라고 요구하겠습니다.”

노파가 말하길,

“마땅히 그래야 한다.”

날이 밝아 문을 열어 보니 두 마리의 소가 울타리 아래 누워 있었는데, 그 발자국을 따라 가 보니 바로 백사진에서 5리 떨어진 농가의 소였다. 백사진 영채의 순검이 이 기이한 이야기를 듣더니 고세령을 초대하여 함께 술을 마셨고, 곧 소를 풀어 주었다. 잠시 후 집으로 돌아가겠다고 말하자,

“노파와 소년은 모두 탁자 아래에 있습니다.”

고세령의 처자식은 모두 황암현에 살고 있었다. 이날 밤 꿈에 그 첩이 보이더니 그녀가 말하길,

“당신이 왔을 때 이미 나는 임신 중이었는데, 지금 유산하여 아이가 죽고 없습니다. 어제 일찍이 신발과 버선을 보냈는데 받으셨습니

까?"

첩은 훌쩍거리며 울고 있는데, 이리견과 조록이 장막을 걷어 올리며 들어와 오랫동안 헤어져 있던 아쉬움에 대해 평소처럼 말하였다.[4]

고세령은 도무지 죽음을 피할 수 없다고 생각하며 저녁이 되자 곧바로 촛불을 켜고 편지를 써서 친구에게 두루 이별을 고했는데, 이렇게 80통을 썼다. 그 글에는 혹 잡스런 게송도 있었는데 흡사 무엇인가에 빙의되어 쓴 것 같았다. 급히 의관을 갖추고 나가더니 집 앞 강물로 가려는데 다시 빈 허공에서 누군가 말하는 것이 들리기를,

"신발을 주지 마라. 주면 곧 가야 한다."

옆에 있던 이들이 신발을 감추었다. 무릇 닷새 동안 먹지도 마시지도 못하더니 비로소 깨어났다. 집안 식구들이 와서 그를 보았는데 임신했다고 말한 첩은 실제로 임신 4개월이었고, 소고기를 먹고 유산한 것은 맞지만 첩은 죽지 않았다고 하였다. 고세령 또한 아무 탈도 없었다.(오전붕이 한 이야기다.)

4 敍闊: 오랫동안 헤어져 있던 일과 보고 싶었던 점에 대해 말한다는 뜻이다.

02 한궁춘의 가사歌漢宮春

紹興四年, 蜀道類試進士. 成都使臣某人禱於梓潼神, 願知今歲類元姓字. 夜夢至廟中, 見二士人握手出, 共歌「漢宮春詞」"問玉堂何似茅舍疎籬"之句. 神君指曰: "此是也." 明日復入廟, 將驗昨夢. 士人來者紛紛不絕, 久之, 有兩人同出, 携手而歌, 果夢中句也. 省其狀貌皆是, 卽趨出揖之曰: "二君中必有一人魁選者." 具以夢告, 皆大喜. 已而更相辯質, 曰: "自我發端." 曰: "我正唱此." 一人者, 仙井黃貢也, 奮然曰: "此吾家舊夢, 何預君事邪? 吾父初登科時, 夢神君贈詩云: '玉堂消息近, 金牓姓名高.' 覺而喜, 自謂必爲翰林學士, 然但至成都教授而終. 以今思之, 端爲我設. 所謂'玉堂消息' 者, 正指詞中語耳." 是歲貢果爲第一. 兩世共證一夢, 雖一時笑歌, 亦已素定於數十年之前, 神君其靈矣哉.(關壽卿說.)

소흥 4년(1135), 사천에서 유성시 진사 시험이 있었다. 성도의 한 하급 무관은 재동신에게 기도를 올리며 올해 유성시의 장원 이름을 알고 싶다고 하였다. 그는 밤에 꿈 속에서 한 사묘에 들어가 두 명의 사인이 손을 잡고 나와서 함께 「한궁춘사」[5]에 나오는 '옥처럼 화려한

5 漢宮春: 매화의 고결한 자태와 품격을 찬미하면서 자신의 처량한 환경과 결백한 심사를 노래한 걸작이다. 저자 晁沖之는 자가 叔用·用道이며 京東東路 濟州 巨野縣(현 산동성 菏澤市 巨野縣) 사람이다. 소식 문하의 '四學士'로 일컬어졌던 晁補之를 비롯한 다수의 문인이 배출된 집안에서 성장하였고, 소식의 제자인 陳師道에게 수학하였다. 그러나 이로 인해 신구법당 당쟁에 휘말려 집안이 풍비박산되자 평생 은거하였다. 아들 晁公武는 『郡齋讀書志』의 저자다.

집이 어찌 누추한 집과 성긴 울타리에 비할 수 있으랴'라는 구절을 불렀다. 신은 그들을 가리키며 말하길,

"바로 이들이다."

다음 날 그는 다시 사묘에 들어가 어젯밤 꿈이 맞는지 알아보고자 하였다. 사인들 가운데 들어오는 자들이 끊이지 않고 이어졌는데 한참 뒤 두 사람이 함께 나오며 손을 잡고 노래를 부르는데 정말 꿈에서 나온 그 구절이었다. 그 차림새와 얼굴을 살펴보니 모두 똑같았다. 즉시 종종걸음으로 서둘러 그들에게 가서 공손히 인사하며 말하길,

"두 분 중에 한 분이 반드시 장원이 되실 것입니다."

그가 꿈에서 봤던 내용을 모두 말해 주니 둘 다 아주 기뻐하였다. 잠시 뒤 그들은 서로 누구인지 따지기 시작하였다. 한 사람이 말하길,

"나로 말미암은 것이다."

또 다른 이가 말하길,

"내가 바로 이 부분을 불렀다."

둘 가운데 한 사람이 선정감[6]에서 온 공생 황씨인데 그가 힘주어 말하길,

"이것은 우리 집안의 오래된 꿈인데 어찌 그대와 연관이 있겠는가? 나의 아버지께서 처음 과거에 급제하였을 때 꿈에 신이 나타나 다음과 같은 시를 주었다. '옥당에서 전해 오는 소식이 가까운데 금으로

6 仙井監: 成都府路 仙井監(현 사천성 眉山市 仁壽縣 · 樂山市 井研縣).

된 팻말의 이름이 높구나.' 아버지께서는 깨어나 기뻐하며 반드시 한림학사가 될 것이라 생각하셨다. 그러나 관직은 성도 교수에 머물렀다가 돌아가셨다. 지금 다시 생각해 보니 이 단서는 나를 위해 만들어진 것이다. 소위 '옥당의 소식'이라는 것은 바로 오늘 나온 가사 중의 한 구절을 이른 것이다."

이해 과거에서 정말로 그가 장원이 되었다. 하나의 꿈이 두 세대를 걸쳐 효험을 보인 것이다. 비록 한 시절의 대수롭지 않은 노래지만 그 역시 본래 수십 년 전에 그 운명이 정해진 것이니 신의 영험함이란! (관수경이 한 이야기다.)

03 옥청만수궁의 인장萬壽宮印

乾道二年, 靜江臨桂令郭子應夢人告曰: "君新除提擧萬壽觀." 郭方以邑事爲苦, 而驟得祠官, 夢中喜甚. 明日, 轉運判官朱玘以諸州折米錢檄郭涖納, 令別關印用之, 於辛字庫中得印一紐. 後數日取視之, 其文乃桂州玉淸萬壽宮記.(臨桂丞張寅說.)

건도 2년(1166)에 정강부 임계현[7]지사 곽자응의 꿈에 어떤 사람이 나와 말하길,

"그대는 새로 제거만수관직에 제수될 것이오."

당시 곽자응은 현의 업무로 시달리고 있어서 갑자기 사록관에 제수된다기에 꿈에서도 매우 기뻐하였다.

다음 날 전운판관 주기는 곽자응에게 공문을 보내 광남서로 각 주의 절미전[8]을 직접 가서 징수할 것, 그리고 별도의 관인을 사용할 것 등을 명하였다.

이에 '신'자 창고[9]에서 인장을 하나를 찾았다. 며칠 후 그것을 가져

7 臨桂縣: 廣南西路 靜江府 臨桂縣(현 광서자치구 桂林市 臨桂區). 고종이 즉위하기 전 靜江軍절도사에 제수되었기에 紹興 3년(1133)에 桂州를 정강부로 승격시켰다. 임계현은 계주의 치소다.

8 折米錢: 당대 후기에 兩稅法을 실시하면서 현금 대신 곡식·布帛의 가격을 환산해서 대납하게 하는 折納 방식이 일반화되었고, 송대에도 폭넓게 시행되었다. 상황에 따른 융통성이 큰 장점이었지만 환산 방식을 결정하는 데 있어 관이 절대 유리하여 폐단이 적지 않았다.

다 보니 '계주[10] 옥청만수궁[11]'이라 새겨져 있었다.(임계현 현승 장인이 한 이야기다.)

9 辛字庫: 창고 이름은 갑 · 을 · 병 · 정, 또는 자 · 축 · 인 · 묘로 정하는 것이 일반 관례다. 그 가운데 신에 해당하는 창고라는 뜻이다.

10 桂州: 廣西南路 桂州(현 광서자치구 桂林市).

11 玉清萬壽宮: 徽宗은 도교를 맹신하여 전국적으로 도교 사원을 신축 · 증축하였는데, 당시 상황을 잘 보여 주는 것이 현재 복건성 莆田市 元妙觀과 해남성 海口市 五公祠에 남은 '神霄玉清萬壽宮詔' 비문이다. 宣和 1년(1119)에 휘종 친필로 작성된 이 비문에는 도교 숭상의 당위성과 의지가 적혀 있다. 계주의 옥청만수궁 역시 이 때 만들어진 것으로 보인다.

04 사립이 겪은 세 가지 기이한 일師立三異

饒州妙果長老師立, 少年時行腳至衡山福嚴寺, 方夏四月, 晚遊寺前兜率橋, 見潭下峭壁間, 異僧背負石而立. 師立夙聞人言, 此地有羅漢, 隱見不常. 且憶『藏經』所載持地菩薩入石壁事, 竦然敬視. 忽壁開尺許, 僧入其中, 復合無纖罅. 又旬日, 放參畢, 與同參二人信步到寺後虎跑泉亭上. 天風倏起, 二僧欲歸, 師立獨少留. 二僧曰: “久知亭下多異, 師無庸留.”

立方壯, 不以爲意. 俄亭西南角有扣柱者, 繼卽伸手內向, 漸進不止, 肘幾過五尺. 立戲之曰: “復能縮否?” 應聲而退. 少頃, 又聞扣柱聲, 立曰: “若聖者邪, 當隱. 若山鬼, 卽見形.” 如食久, 一手復出, 五指初大如椽, 漸小如嬰兒初生指狀. 立頗恐, 卽下山, 時紹興十年也. 又三歲還鄉, 過廬山白雲庵, 淸夜禮佛, 有物行窗外, 類牛及虎. 開戶視之, 一黑牛絕大, 裴回往來. 立念日中無所見, 豈鬼邪? 明日, 至其處, 乃巨青石偃臥, 正昨夕牛行處云.(師立說.)

요주[12] 묘과사[13]의 장로 사립은 어린 시절 행각승으로 형산 복엄사[14]에 이르렀는데 때가 한여름인 음력 4월이었다. 저녁에 절 앞에 있는

12 饒州: 江南東路 饒州(현 강서성 上饒市 鄱陽縣).

13 妙果寺: 鄱陽縣 東湖의 북쪽 기슭에 자리한 사찰로서 景祐연간(1034~1037)에 饒州지사 范仲淹이 文廟를 세우면서 “동호를 벼루로, 督軍臺를 인장으로, 묘과사를 붓으로 삼아 학교를 세우면 반드시 장원급제자가 나올 것이다”라고 하였다고 한다. 묘과사탑과 永福寺塔은 동호 10경 가운데 하나였다.

14 福嚴寺: 남조 陳의 光大 1년(567)에 창건하였으며 본래 般若禪寺였으나 송대에 복엄사로 개칭하여 지금에 이르고 있는 매우 유서 깊은 衡山의 고찰이다.

도솔교를 거닐다가 연못 아래 가파른 낭떠러지 사이에 기이한 승려가 등에 돌을 지고 서 있는 것을 보았다. 사립은 일찍이 사람들이 하는 이야기를 들은 적이 있는데, 이곳에는 나한이 살고 있지만 은거하고 있어서 어쩌다 볼 수 있다고들 하였다. 게다가 『대장경』에 기록된 대로 지지보살[15]이 석벽에 들어간 일도 생각이 나서 놀란 채로 조심스럽게 지켜보았다. 그런데 갑자기 석벽이 1척 가량 열리더니 승려가 그 안으로 들어갔고 다시 석벽이 합쳐져 실오라기 하나 들어갈 틈도 없었다.

다시 열흘 정도 지났는데 마침 참선이 끝나 함께 참선한 두 명의 승려와 마음 내키는 대로 거닐다 절 뒤의 호포천[16] 정자에 올랐다. 갑자기 하늘에서 바람이 불어오기에 두 명의 승려는 돌아가려고 하였고 사립은 홀로 조금 더 머무르려고 하였다. 두 승려가 말하길,

"전부터 정자 아래에 여러 괴이한 것들이 산다고 전해 내려오니 스님께서는 오래 머물지는 마십시오."

사립은 한참 힘이 좋을 때라서 그런 말에 개의치 않았다. 잠시 후 정자 서남쪽의 모서리에서 기둥을 두드리는 자가 있었는데, 안쪽을 향해 계속 손을 뻗더니 조금씩 안으로 더 들어갔다. 팔꿈치 길이가 거의 5척을 넘는 듯하였다. 사립이 그를 보고 장난삼아 말하길,

"다시 줄어들게 할 수는 없지?"

15 持地菩薩: 6道 중생을 구원하겠다는 서원을 세운 지장보살 신앙이 발전되면서 天道를 제도하는 日光地藏, 人道를 제도하는 除蓋障地藏 등 여섯 보살로 분화되는데 지지보살은 阿修羅道 제도를 맡은 보살이다.

16 虎跑泉: 복엄사를 개창한 慧思대사가 물을 길러 왔는데 호랑이가 나타나 대사의 錫杖을 물어서 옮겨 놓았다. 바로 그곳의 돌 틈 사이에서 맑은 물이 나와 우물을 만들었다고 한다. 절 동쪽에 있으며 지금까지 전해진다.

그 말소리에 답을 하는지 물러났다. 잠시 후 다시 기둥을 두드리는 소리가 들리자 사립이 말하길,

"만약 성스러운 존재라면 당연히 은신해야 할 것이고, 만약 산도깨비이면 형체를 즉시 드러내라."

한 식경이 지나서 다시 한 손을 내밀었는데 처음에는 다섯 손가락이 서까래처럼 크더니 점점 작아져 갓난아기 손가락처럼 되었다. 사립은 무척 겁이나 바로 하산하였다. 때는 소흥 10년(1141)의 일이다.

다시 3년이 지나 고향으로 돌아가는 길에 여산 백운암을 들렀다. 조용한 밤에 예불을 드리는 중 무언가가 창밖을 지나갔는데, 소나 호랑이 같았다. 문을 열고 가서 보니 엄청나게 큰 검은 소 한 마리가 배회하고 있었다. 사립은 낮에 이 같은 것을 본 적이 없음을 생각하고 혹 도깨비인가 싶었다. 다음 날 그곳에 가 보니 커다란 푸른색 바위가 반듯이 누워 있었는데, 바로 어젯밤에 소가 지나간 곳이라고 하였다.(사립이 한 이야기다.)

05 등불을 끄려 한 귀신吹燈鬼

妻族壻王氏子, 居唐州方城縣麥陂團, 與邑僧一人厚善. 僧死數年矣, 夢如平生來, 語笑良久, 且贈詩而去. 既覺, 能憶兩句曰: "父母丘墳畢, 兒孫歎自緣." 忘其末聯, 復祝曰: "若果有靈, 勿惜再夢." 遂復得之曰: "青山無限好, 歸去莫留連." 明日, 味其語, 疑爲不祥.

他日, 自縣歸舍, 薄暮矣, 被酒策馬獨行, 僕在後未至. 行二十里, 望叢棘間七八人相聚附火, 往就之, 皆丐者也, 環坐不語. 細觀其形狀, 略與人同, 而或斷臂, 或缺目, 或駢項, 無一具體. 見王生, 躍而起, 吹其所執燈. 燈以猪胞爲之, 得不滅. 震怖疾馳, 鬼追之不置. 又二十里, 乃到家, 急扣門曰: "鬼逐我!" 門中人鼓譟以出, 始散去, 遂得病死.

나의 처가 집안의 사위인 왕씨는 당주 방성현[17] 맥피촌[18]에 살면서 현성의 승려 한 사람과 아주 가깝게 지냈다. 승려가 죽은 지 몇 년이 지났는데 꿈에 평소 살아 있을 때처럼 찾아와 한참 동안 담소를 나누었고 시도 주고 떠났다. 왕씨가 꿈에서 깨어 보니 두 구절만 기억났다.

부모님의 묘를 정리하고 나니,
자손들의 탄식이 절로 따르는구나.

17 方城縣: 京西南路 唐州 方城縣(현 하남성 南陽市 方城縣).
18 『夷堅甲志』 권15-10, 16-9 등에서도 麥陂가 나온다.

그 뒤에 연결되는 구절을 잊어버렸기에 다시 기도하길,

"만약 그대가 진실로 영험하다면 다시 꿈에 나타나 주시오."

마침내 나머지 구절을 얻을 수 있었는데 다음과 같았다.

청산은 끝없이 좋으니,
돌아갈 때는 주저하며 연연하지 마오.

다음 날 그 말의 뜻을 헤아려 보니 불길한 징조 같았다.

다른 날 현성에서 집으로 돌아오는데 저녁 무렵이었다. 술에 취해 말을 몰며 혼자 앞서 가고 노복은 뒤에서 미처 따라오지 못하고 있었다. 20리 정도 갔는데, 가시덤불 사이에 7~8명이 한데 모여 불을 쬐고 있기에 그들에게 가 보았다. 모두 거지들 같았고 빙 둘러앉았는데 말이 없었다. 자세히 그 모습을 살펴보니 사람과 대략 비슷해 보였지만 어떤 이는 팔이 없고, 어떤 이는 눈이 없으며, 어떤 이는 목이 머리와 한데 붙어 있었다. 한 사람도 온전한 이가 없었다.

왕씨를 보더니 뛰어나와 그가 들고 있는 등불을 '후'하고 불었다. 등은 돼지 태반으로 만든 것이라 불어도 꺼지지 않았다. 왕씨는 놀라 빠르게 달아났지만 귀신들이 쫓아오며 놓아주지 않았다. 다시 20리를 가서 집에 도착하였고 급히 문을 두드리며 말하길,

"귀신들이 나를 쫓아온다!"

문안의 사람들이 북을 두드리고 소리를 지르며 나오자 귀신들이 비로소 흩어져 도망갔다. 왕씨는 곧 병이 나더니 죽고 말았다.

06 턱이 없는 귀신無頦鬼

吾鄕白石村民, 爲人織紗於十里外, 負機軸夜歸. 月正明, 一人來曰: "吾膽怯多畏, 聞此地有鬼物夜出, 願得俱行." 民許之. 其人曰: "脫有所睹, 何以爲計?" 曰: "我見之, 當擊以軸. 腰下插大鐮刀, 亦可殺也." 其人竦然, 行稍後. 又呼曰: "人言鬼無頦, 試視我面." 民知其鬼也, 擧刀回首欲揮之, 頷與胸接, 兩眼眈眈然, 遂不見.

나의 고향 백석촌의 한 촌민은 10리 밖에서 비단 짜는 일을 해 준 다음 베틀의 축을 지고 밤에 돌아왔다.

마침 달이 밝았는데, 한 사람이 와서 말하길,

"나는 담이 작고 겁이 많아 무서운데 듣자 하니 이곳은 귀신이 밤에 많이 출몰한다고 합니다. 그러니 함께 가시면 좋겠습니다."

촌민이 허락하자 그 사람이 말하길,

"만일에 무언가 나타나면 어떻게 대처하려 하오?"

촌민이 대답하길,

"내가 그것을 보면 이 축으로 때리고 허리춤에 찬 큰 낫을 뽑아 죽이면 됩니다."

그 사람은 놀라더니 걸음이 조금씩 뒤처졌다.

또 소리치며 말하길,

"사람들이 말하길 귀신은 아래턱이 없다고 하는데 시험 삼아 내 얼굴을 한번 보시오."

그 촌민은 그가 귀신임을 알아차렸다.

낫을 꺼내 머리를 돌려 그에게 휘두르려고 하는데 턱이 가슴과 붙어 있고 두 눈은 노려보는 듯하더니 곧 사라졌다.

07 거인국長人國

明州人泛海, 値昏霧四塞, 風大起, 不知舟所向. 天稍開, 乃在一島下. 兩人持刀登岸, 欲伐薪, 望百步外有篠籬, 入其中, 見蔬茹成畦, 意人居不遠. 方蹲踞摘菜, 忽聞拊掌聲, 視之, 乃一長人, 高出三四丈, 其行如飛. 兩人急走歸, 其一差緩, 爲所執, 引指穴其肩成竅, 穿以巨藤, 縛諸高樹而去. 俄頃間, 首戴一鑊復來.

此人從樹杪望見之, 知其且烹己, 大恐, 始憶腰間有刀, 取以斫藤, 忍痛極力, 僅得斷, 遽登舟斫纜, 離岸已遠. 長人入海追之, 如履平地, 水財及腹, 遂至前執船. 發勁弩射之, 不退. 或持斧斫其手, 斷三指, 落船中, 乃舍去. 指粗如椽, 徐兢明叔云嘗見之.(何德獻說.)

한 명주 사람이 바다를 건너고 있었는데, 저녁 안개가 사방에 가득하고 바람이 크게 일어 배가 어디로 흘러가는지 알 수가 없었다. 날이 조금씩 개더니 곧 한 섬에 이르렀다. 두 사람이 칼을 들고 바닷가에 내려 땔감을 베려고 하였는데, 멀리 백 보 밖에 조릿대 울타리가 보였다. 그 안으로 들어가니 채소가 가지런하게 두둑을 이루고 있어 근처에 사람이 살고 있겠구나라고 생각하였다. 마침 웅크리고 앉아 채소를 캐고 있는데, 갑자기 손바닥을 치는 소리가 들려 쳐다보니 키가 매우 큰 사람이 있었다. 키가 서너 길이 넘어 보였고, 움직임이 마치 나는 듯 빨랐다.

두 사람은 급히 달려 배로 돌아왔는데, 그중 한 사람이 조금 늦어서 거인에게 잡히고 말았다. 거인은 손가락으로 그 어깨를 후벼 구멍을 뚫고 큰 등나무로 꿰어 높은 나무에 묶어 놓고 갔다. 그리고는 순식간에 머리에 가마솥 한 개를 이고 다시 돌아왔다.

나뭇가지에 매달린 사람은 그것을 보곤 곧 자기를 삶아 먹을 것이라는 것을 알아차리고 두려워 떨다가 비로소 허리춤에 칼이 있다는 것을 기억해 냈다. 곧 칼을 꺼내 등나무를 자르려고 통증을 참으며 있는 힘을 다하니 겨우 자를 수 있었다. 급히 배에 올라 닻줄을 끊고 바닷가에서 상당히 멀리까지 갔다.

그 거인은 바다로 들어와 그들을 쫓았는데 마치 평지를 걷는 듯하였다. 바닷물은 겨우 거인의 배까지 찼고, 곧 앞으로 다가와 배를 잡았다. 큰 활을 그에게 쏘았지만 물러서지 않았다. 한 사람이 도끼를 가지고 그 손을 찍으니 손가락 세 개가 잘려 배 가운데로 떨어졌다. 그러자 비로소 물러났다. 손가락 굵기가 마치 서까래 같았다. 자가 명숙인 서긍[19]이 일찍이 그 손가락을 본 적이 있다고 말하였다.(하덕헌이 한 이야기다.)

19 徐兢(1091~1153): 자는 明叔이며 淮南西路 和州 歷陽縣(현 안휘성 馬鞍山 和縣) 사람이다. 宣和 6년(1124) 國信使提轄官으로 국신사를 수행하여 고려 개경을 방문하여 1개월간 머물고 귀국해 『宣和奉使高麗圖經』 40권을 조정에 올려 同進士出身에 제수되었고 大宗正司丞事지사 겸 掌書學이 되었다. 산수화 · 인물화에 뛰어났고, 전서 등 서예에도 일가견이 있었다.

08 수주 녹사참군사 관아秀州司錄廳

秀州司錄廳多怪, 常有著青巾布袍, 形短面廣, 行步遲重者. 又有婦人, 每夜輒出, 惑打更吏卒者. 先公居官時, 伯兄丞相方九歲, 白晝如有所見, 張目瞪視, 稱"水水", 移時方蘇. 後兩日, 公晚自郡歸, 侍妾執公服在後, 忽大呼仆地. 公素聞鬼畏革帶, 即取以縛妾, 扶置牀.

久之, 乃言曰: "此人素侮鬼神, 適右手持一物, 甚可畏, 我不敢近. 却不知我從左邊來, 方幸擒執, 又爲官人打鍾馗陣留我. 我即去, 願勿相苦." 問: "汝何人?" 不肯言. 至於再三, 乃曰: "我嘉興縣農人支九也. 與鄉人水三者兩家九口, 皆以前年水災漂餓, 方官賑濟活人時, 獨已先死. 今居於宅後大樹上, 前日小官人所見, 乃水三也."

公曰: "吾事眞武甚靈, 又有佛像及土地竈神之屬, 汝安得輒至?" 曰: "佛是善神, 不管閑事. 眞聖每夜被髮杖劍, 飛行屋上, 我謹避之耳. 宅後土地, 不甚振職. 唯宅前小廟, 每見輒戒責. 適入廚中, 司命問何處去? 答曰: '閑行.' 叱曰: '不得作過.' 曰: '不敢.' 遂得至此."

公曰: "常時出者二物爲何?" 曰: "青巾者, 石精也, 稱爲石大郎, 正在書院窗外籬下, 入地三尺許. 婦人者, 秦二娘, 居此久矣." 公曰: "吾每月朔望, 以紙錢供大土地, 何爲反容外鬼? 汝爲我往問, 明日當毀其祠." 曰: "官豈不曉? 雖有錢用, 奈腹中飢餒何? 我入人家, 有所得, 必分以遺之, 故相容至今." 默默食頃, 復言曰: "已如所戒, 白之土地, 怒我饒舌, 以杖驅我出."

公曰: "曾見吾家廟祖先否?" 曰: "每時節享祀, 必往觀. 聞飲食芬芬, 欲食不得. 列位中亦有虛席者, 唯一黃衫夫人, 見我必怒." 又使往覘, 俄氣喘色變, 徐乃言曰: "方及門, 爲夫人持杖追逐, 急反走, 僅得脫." 所謂夫人者, 曾祖母紀國也.

公問所須, 曰: "鬼輒苦飢, 願得一飽饌, 好酒肥鵝, 與衆人共之, 無如常時以瘦雞相待也." 語畢, 竦然傾耳, 如有人呼之, 遽曰: "土地震怒, 逐我兩家出. 今暫止城頭, 無所歸託, 願急放我歸, 自此不敢復來矣." 乃解其帶, 妾昏睡經日乃醒.

수주[20] 사록참군사 관아에는 기괴한 일이 많았는데, 항상 파란색 두건을 쓰고 마로 된 도포를 입으며 키는 작지만 얼굴이 넓은, 그리고 걸음이 느리고 묵직해 보이는 귀신이 나타났다. 또 한 여인도 있었는데, 매일 밤마다 번번이 나타나 종을 쳐 시간을 알리는 서리와 아역들을 유혹했다. 선친께서 관직에 계실 때 후에 승상을 지낸 큰형이 겨우 9살이었는데, 대낮에 무언가를 보았는지 눈을 크게 뜨고 노려보더니 "물, 물"하고 외쳤다. 어느 정도 시간이 지나자 비로소 깨어났다. 이틀 뒤 선친께서 밤에 주 관아에서 돌아오시는데 시첩이 선친의 옷을 잡고 뒤에서 따라오다가 갑자기 크게 소리 지르더니 땅에 엎어졌다. 선친께서는 귀신이 가죽 혁대를 무서워한다는 이야기를 평소에 들으신 적이 있어 혁대를 꺼내서 첩을 묶은 뒤 부축하여 평상에 누이셨다.

한참 뒤 한 귀신이 말하길,

"이 여자는 평소 귀신을 업신여겼지만 오른손에 꼭 한 가지 물건을 갖고 있고, 그것이 너무 무서워서 감히 가까이 갈 수가 없었습니다. 하지만 오늘 제가 왼쪽에서 접근하는 것을 몰랐기에 다행히도 막 잡았는데, 또 관인께서 종규[21]의 진법을 써서 저를 붙잡아 두셨습니다.

20 秀州: 兩浙路 秀州(현 절강성 嘉興市).

21 鍾馗: 당 현종이 선달 그믐날 병으로 고생하면서 꿈에서 虛妄이라는 요괴에 시달

제가 즉시 떠날 것이니 서로 힘들게 하지 않았으면 좋겠습니다."

선친께서 물으시길,

"너는 어떤 사람이었느냐?"

그는 대답하려 하지 않았으나 거듭 물어보시자 비로소 대답하길,

"저는 가흥현[22]의 농민이었던 지구입니다. 같은 향 사람 수삼이라는 자와 함께 두 집안 아홉 식구가 작년의 수재로 떠돌아다니며 굶주렸습니다. 막 관에서 구휼에 나서 사람들을 살릴 때 유독 저만 먼저 죽고 말았습니다. 지금은 이 집 뒤에 있는 큰 나무 위에서 살고 있습니다. 전날 공의 아들[23]이 본 것은 수삼입니다."

선친께서 말씀하시길,

"내가 모시는 진무대제는 매우 영험하시고, 또 부처님과 토지신, 조왕신 등도 있는데, 네가 어떻게 번번이 이곳에 들어올 수 있단 말인가?"

지구가 답하길,

"부처님은 착한 신이라 이런 별것 아닌 일은 관여하지 않으십니다. 진무대제는 매일 밤 머리를 풀어 헤치고 지팡이와 검을 들고 집 위를 날아다니는데, 나는 조심하며 피해 다닐 수밖에 없습니다. 집 뒤의 토지신은 직무를 담당하기에 능력이 다소 부족합니다. 그저 집 앞의

리고 있는데 종규가 퇴치해 주었다고 한다. 이때부터 섣달그믐날이면 허망이 접근하지 못하도록 불을 밝히는 풍속이 생겼다고 하며 사악한 귀신을 막아 주는 대표적인 門神으로 자리 잡았다. 이후 전염병이 창궐하기 쉬운 음력 5월 단오에는 五毒을 참하는 天師로도 알려져 민간신앙에서 대단히 중시하였다.

22 嘉興縣: 兩浙路 秀州 嘉興縣(현 절강성 嘉興市 南湖區 · 秀州區).

23 小官人: 부잣집이나 고관집의 자제를 일컫는 말로서 젊은 남자나 남자아이를 가리키기도 한다.

작은 사묘에서 나를 볼 때마다 번번이 훈계하고 나무랄 뿐이지요. 부엌에 들어가면, 조왕신이 어디 가냐고 묻곤 합니다. '그냥 할 일이 없어 돌아다닙니다'라고 하면 '나쁜 짓하면 안 된다'고 겁을 주지요. 그러면 나는 '어떻게 감히 나쁜 일을 하겠습니까'라고 말하지요. 이렇게 해서 지금까지 온 것입니다."

선친께서 말씀하시길,

"평상시 나타날 때는 두 가지로 보이던데 어찌 된 것이냐?"

지구가 답하길,

"파란색 두건을 쓴 자는 돌의 정령입니다. 석대랑이라고도 부르는데, 바로 서원의 창 밖 울타리 아래의 땅 밑으로 3척 정도 들어가 삽니다. 여인은 진이낭인데 여기에 산 지 오래되었습니다."

선친께서 말씀하시길,

"나는 매월 초하루와 보름마다 지전을 태워 토지신을 모시는데, 어찌하여 외부의 귀신이 드나드는 것을 용납한단 말인가? 네가 나를 위해 가서 물어봐 다오. 내일 그 사당을 부숴야 마땅할 것이다."

지구가 답하길,

"관인께서는 어찌 그리도 모르십니까? 비록 쓸 돈이 있어도 뱃속의 배고픔을 또 어찌하겠습니까? 내가 사람들의 집을 드나들면서 얻은 것이 있으면 반드시 나누어 줍니다. 그래서 서로 봐주며 지금까지 온 것입니다."

아무 소리 없이 한 식경이 지나자 지구가 다시 말하길,

"이미 공께서 꾸짖은 그대로 토지신에게 말해 주니 그는 내가 입이 가볍다고 화를 내며 몽둥이로 나를 때려 쫓아냈습니다."

선친께서 다시 물으시길,

"너는 일찍이 우리 집 사당의 선조들을 본 적이 있는가?"

대답하길,

"매 절기마다 제사를 올리면 반드시 가 봅니다. 분분한 음식 냄새를 맡으며 먹고 싶지만 먹을 수가 없습니다. 여러 신위 중 빈자리도 있기 마련인데, 오직 누런색 적삼을 입은 부인은 저만 보면 꼭 화를 냅니다."

지구에게 다시 가서 살펴보고 오라고 시켰더니 잠시 후 숨을 헐떡거리며 얼굴색이 변하여 와서 천천히 말하길,

"막 문에 이르렀는데 부인이 몽둥이를 들고 나를 쫓아와 쫓아내기에 급히 돌아 나와 겨우 도망쳐 나올 수 있었습니다."

지구가 말한 그 부인은 증조모 기국부인이다.

선친께서 다시 필요한 것이 뭐냐고 물어보셨다. 그러자 대답하길,

"귀신들은 번번이 굶주림에 고통스럽습니다. 원컨대 한 상 차려 먹을 수 있게 해 주시지요. 좋은 술에 살찐 거위 고기를 준비해 주시면 여럿이서 함께 먹겠습니다. 평상시 주시는 삐쩍 마른 닭고기 같은 것 말고 말입니다."

말이 끝나자마자 무서워 떨면서 귀를 기울였는데, 마치 누군가 그를 부르는 것 같았다. 지구가 급히 말하길,

"토지신이 진노하여 우리 두 집안을 내쫓으려고 합니다. 지금 잠시 성문 위 누각에 머물면 되지만 달리 돌아가 머물 곳이 없으니 내가 돌아갈 수 있도록 빨리 나를 놓아주시기 바랍니다. 이후론 감히 다시 오지 않겠습니다."

이에 선친께서 그를 묶은 가죽 혁대를 풀어 주었고, 시첩은 혼수상태에 빠졌다가 하루가 지나자 비로소 깨어났다.

夷堅乙志 卷8 **09**

이음매 없는 배無縫舩

紹興二十年七月, 福州甘棠港有舟從東南漂來, 載三男子 · 一婦人, 沉檀香數千斤. 其一男子, 本福州人也, 家於南臺. 向入海, 失舟, 偶値一木浮行, 得至大島上. 素喜吹笛, 常置腰間. 島人引見其主. 主夙好音樂, 見笛大喜, 留而飮食之, 與屋以居, 後又妻以女. 在彼十三年, 言語不相通, 莫知何國. 而島中人似知爲中國人者, 忽具舟約同行, 經兩月, 乃得達此岸. 甘棠寨巡檢以爲透漏海舶, 遣人護至閩縣.

縣宰丘鐸文昭招予往視之. 其舟刳巨木所爲, 更無縫罅, 獨開一竅出入. 內有小倉, 闊三尺許, 云女所居也. 二男子皆其兄, 以布蔽形, 一帶束髮, 跣足. 與之酒, 則跪坐, 以手據地如拜者, 一飮而盡. 女子齒白如雪, 眉目亦疎秀, 但色差黑耳. 予時以郡博士被檄考試臨漳, 欲俟歸日細問之. 旣而縣以送泉州提舶司未反, 予亦終更罷去, 至今爲恨云.

소흥 20년(1151) 7월, 복주 감당항[24]에 배 한 척이 동남쪽에서 표류하여 왔다. 세 명의 남자와 한 명의 여자가 타고 침향목 수천 근을 싣고 있었다. 그 가운데 한 남자는 본래 복주 사람으로 집이 남대도에 있었다. 그는 예전에 바다로 나갔다가 배가 침몰한 뒤 우연히 한 나무토막을 타고 떠다니다 큰 섬에 이르렀다.

그는 본디 피리 부는 것을 좋아하여 항상 허리춤에 피리를 차고 있

24 甘棠港: 福建路 福州 長樂縣 甘棠港(현 복건성 福州市 長樂市 金峰鎭). 감당항은 閩江 하구에 자리한 천연의 항구로서 당 · 송대 해외무역의 거점이었고, 그 옆의 太平港은 명대 鄭和 함대의 출항지였다.

었다. 섬사람들은 그를 끌고 수령에게로 데려갔다. 수령은 원래부터 음악을 좋아하여 피리를 보더니 대단히 기뻐하며 그에게 머무르도록 허락하고 음식과 집을 주어 살게 하였다. 후에는 그의 딸을 아내로 삼게 하였다. 그곳에서 13년을 살았지만 언어가 서로 통하지 않아 어떤 나라인지 알 수 없었다.

그런데 섬사람 가운데 그가 중국인이라는 것을 아는 것 같은 이가 있어 갑자기 배를 준비하더니 함께 가자고 하였다. 두 달이 지나 비로소 이 해안가에 다다른 것이다. 감당채의 순검은 몰래 잠입한 외국 선박이라 여기고 사람을 보내 그들을 민현[25]으로 호송하게 하였다.

자가 문소인 민현지사 구택은 나를 초빙하여 와서 보게 하였다. 그 배는 큰 나무를 파서 만든 것이어서 이음매나 틈새가 없었고, 출입할 수 있는 구멍을 하나만 뚫었다. 그 안에는 폭이 3척 정도 되는 작은 창고가 있었는데 여자가 머물던 곳이라고 하였다. 두 남자 모두 그녀의 오빠였다. 그들은 마포로 몸을 가리고 있었고, 끈 하나로 머리를 묶었으며 맨발이었다. 그들에게 술을 주니 꿇어 앉아 손으로 땅을 짚어 마치 절하는 것 같은 자세를 취하였고 준 술을 한번에 다 마셨다. 여자의 치아는 눈처럼 하얗고 눈썹은 성글며 눈매가 예뻤다. 다만 얼굴색이 조금 까맸을 뿐이다.

나는 당시 복주 주학 교수[26]로서 과거를 주관하라는 공문이 내려와 장주[27]로 가야만 했다. 나는 복주로 돌아오는 날만을 기다리면서 상

25 閩縣: 福建路 福州 閩縣(현 복건성 福州市 · 閩侯縣).

26 博士: 州學의 보직에 박사는 없다. 박사는 太常寺 · 國子監 · 律學 · 廣文館 · 三衛에만 설치되어 있다. 따라서 주학 교수로 번역하였다.

27 漳州: 福建路 漳州(현 복건성 漳州市).

세히 물어보고 싶었다. 그런데 이미 민현에서 그들을 천주 제거시박사[28]로 보냈고, 그들이 아직 돌아오지 않은 상태에서 내 임기가 끝나 면직되어 복주를 떠나야 했다.[29] 지금까지도 그것이 몹시 아쉽다.

28 市舶司: 송조는 대외무역에 적극적이어서 건국 초인 開寶 4년(971)에 대외무역 전담 기구인 시박사를 廣州에 설치한 이래 泉州・杭州・明州・溫州・密州 등에 계속 확대 설치하였다. 천주항에 福建市舶司를 설치한 것은 元祐 2년(1087)이었는데, 大觀 1년(1107)에 대외무역을 총괄하는 부서를 提擧市舶司로, 각 항구를 市舶務로 개칭하였고, 建炎 2년(1128)부터 乾道 2년(1166)까지는 福建提擧市舶司로 운영하였다. 천주의 시박사는 명 成化 8년(1472)에 福州로 옮길 때까지 400년간 유지되었다.

29 저자 洪邁가 복주 주학 교수로 임명된 것은 권신 秦檜에게 배척당해 좌천된 결과였다. 그런데 紹興 13년(1143)에 아버지 洪皓가 금조에서 15년 동안 억류되었다가 귀국하였다. 홍호는 금국에서 고초를 겪으면서도 송조에 대한 충정을 고수한 공로로 일시 크게 대접받았으나 곧 진회와 불화하여 饒州지사로 좌천되었다. 이에 홍매는 복주 주학으로 부임하지 않고 요주에서 부모를 봉양하다가 紹興 19년(1149)에 비로소 부임하였다. 따라서 본문의 사건은 당시의 경험담인 것으로 보인다.

10 첨림종詹林宗

鄕士詹林宗, 紹興三十二年讀書於成西妙果塔院. 晨起, 巾櫛有小蛇, 正據巾上, 移時方去. 逮秋試, 中第五人. 乾道元年當科擧, 往近村大塘湖僧庵肄業, 默自禱曰: "前三年靈瑞已得第五, 今擧或魁選, 當感大蛇爲兆." 禱之明日, 方獨坐作『尚書義』, 有蛇不知從何來, 蟠其坐側, 伸首顧眄, 驚之不動, 久乃趨出. 詹殊自喜, 及揭牓, 果第一人.

향촌에 사는 사인 첨림종은 소흥 32년(1162)에 성[30] 서쪽에 있는 절 묘과탑원에서 공부하고 있었다. 새벽에 일어나 보니 수건과 빗 옆에 작은 뱀이 있었다. 수건 위에서 웅크리고 얼마 동안 있더니 비로소 가 버렸다. 당시 해시를 앞두고 있었는데, 그는 5등으로 합격하였다. 건도 1년(1165), 과거시험을 앞두고 그는 마을 부근에 있는 큰 제방을 쌓아 만든 호수가 근처의 사찰 암자에서 공부하고 있었다. 묵묵히 스스로 기도하며 말하길,

"3년 전에 영험한 징조를 내려 주시어 이미 5등을 하였습니다. 이번 과거에서 혹 장원을 할 수 있다면 큰 뱀을 징조로 보여 주시면 감사드리겠습니다."

기도를 올린 다음 날 마침 혼자 앉아서『상서의』를 읽고 있는데, 어디서 왔는지 알 수 없지만 뱀이 똬리를 틀고 그 옆에 앉아 있었다.

30 城: 본문의 '成'은 '城'의 오기로 보인다.

머리를 들어 오롯이 보고 있으며 놀라게 해도 움직이지 않더니 오랫동안 있다가 밖으로 나가 버렸다. 첨림종은 말할 수 없이 기뻤다. 과거 합격자 방이 걸렸는데 과연 장원급제자가 되었다.

11 갈사기葛師夔

葛師夔爲洪州武寧簿, 入府白事, 泊於上藍寺, 欲以遲明上謁. 時方六月, 惡從吏同室撓睡, 獨設一榻, 扃戶而寢, 但小吏在戶外, 餘皆宿水陸堂. 就枕未幾, 聞蹋牀上人鼾睡, 叱之稍止. 才欲寐, 則聲復厲. 葛伸手取溺器, 正觸其身, 甚怒, 須天明治之. 洎雞唱, 外報可起, 旣下床, 鼾者尚不動.

葛出戶, 呼小史以燈入, 驗爲何人. 史駭呌曰: "死漢也!" 奔出外, 盡呼宿直者與主僧來觀, 乃一男子, 戴烏帽, 皁袍束帶, 偃然其上, 奄奄無喘息. 僧識之, 驚曰: "是寺中素所往來者, 死已五日. 昨蕆於寺後, 何以能至此?" 急邀其子視窆處, 棺空矣.

他日, 又至寺, 憩方丈中. 主僧相就夜語, 葛偶及故人劉縣丞數歲無消息者, 僧蓋與劉善, 指臥榻曰: "丞死於別室, 其妻則終此榻也." 葛初不知此, 頗懼, 然不克徙. 旣寢, 展轉不寐, 聞擊牀屏者三, 心矍然, 強呼曰: "若是故人, 何惜明告?" 卽連扣數聲, 大呼葛字曰: "鳴道, 安樂否?" 葛蒙被亟走出, 明日遷居. 紹興甲子, 葛爲餘干丞, 與予言. 今追書之, 失劉丞姓字矣.

갈사기는 홍주 무령현[31] 주부로 임명되자 주[32] 관아에 관련 사항을 보고하기 위해 상람사에 투숙하였다. 날이 밝기를 기다려 지사를 만

31 武寧縣: 江南西路 洪州 武寧縣(현 강서성 九江市 修水縣).

32 본문에서는 한곳에 대해 州와 府라는 각기 다른 행정 지명을 사용하였다. 홍주가 隆興府로 승격한 것은 隆興 1년(1163)의 일이므로 시기와 상관없이 본문 서술의 일관성을 고려하여 '주 관아'로 번역하였다.

나고자 하였다. 때는 바야흐로 6월이었는데, 수행하는 서리와 같은 방에서 자면 숙면에 방해될까 꺼려 하여 따로 침상을 쓰고 문을 잠근 후 잠을 청하였다. 서리는 문밖에서 잤고 나머지 사람들은 모두 수륙당[33]에서 잤다.

잠자리에 든 지 얼마 지나지 않았는데, 침상을 밟고 위에 올라와 자는 사람의 코고는 소리가 들렸다. 그를 꾸짖자 잠시 멈추기에 겨우 잠이 들려고 하는데 또다시 코고는 소리가 격렬해졌다. 갈사기는 손을 뻗어 요강을 들고 바로 그의 몸을 때렸다. 그리고도 몹시 화가 나서 날이 밝으면 그 사람을 그냥 두지 않겠다고 생각했다. 닭이 울기 시작할 무렵, 밖에서 일어나도 된다는 소리가 들려 침상에서 내려왔는데, 코 골던 자는 여전히 미동도 하지 않고 있었다.

갈사기는 문밖으로 나와 시종을 불러 등을 갖고 들어가 어떤 사람인지 확인하라고 하였다. 시종이 경악을 하며 비명을 지르길,

"죽은 사람입니다!"

그리고 밖으로 뛰쳐나오기에 숙직하던 자와 주지 등을 모두 불러 살펴보게 하니 어떤 남자였다. 머리에는 검은색 두건을 쓰고 검은 도포를 입었으며 허리띠를 묶고서 침상 위에 편안하게 누워 있었다. 아주 가는 숨소리조차 없었다. 주지승이 그를 알아보더니 놀라 말하길,

"이 사람은 평소 우리 절에 오가던 사람입니다. 죽은 지가 이미 닷새나 지났고요. 어제 우리 절 뒤편에 초빈을 했는데, 어찌 여기에 있을 수 있단 말인지?"

33 水陸堂: 수륙재를 올리기 위해 만든 법당을 뜻한다.

급히 그 아들을 불러 하관한 곳을 보니 관이 텅 비어 있었다.

그 뒤로 갈사기가 다시 절을 찾아가 주지의 처소에서 쉬고 있었다. 주지가 와서 밤에 함께 이야기를 나누었는데, 갈사기가 우연히 옛 친구인 현승 유씨가 여러 해 동안 소식이 없다는 이야기를 꺼내었다. 주지는 현승 유씨와 친하게 지낸 것 같았는데, 침상을 가리키며 말하길,

"현승은 다른 방에서 죽었고, 그 아내가 바로 이 침상에서 죽었지요."

갈사기는 당초 이를 몰랐기에 매우 두려웠지만 잠자리를 옮기지는 못하였다. 잠자리에 들기는 했지만 몸을 뒤척이며 잠을 이루지 못하고 있었다. 그때 침상과 병풍을 두드리는 소리가 세 번 들려서 무섭고도 놀라 힘껏 소리치길,

"만약 옛 친구라면 어째서 분명하게 나와 말하지 않는가?"

그러자 연이어 몇 번에 걸쳐 두드리는 소리를 내더니 크게 갈사기의 자를 부르며 말하길,

"명도, 잘 지내는가?"

갈사기는 이불을 덮고 급히 밖으로 나왔고 그 다음 날 거처를 옮겼다. 소흥 14년(1144)에 갈사기가 요주 여간현[34]의 현승이 되었을 때 나에게 이 이야기를 해 주었다. 지금 기억을 되살려 그것을 적고 있는데 현승 유씨의 이름과 자는 잊어버렸다.

34 餘干縣: 江南東路 饒州 餘干縣(현 강서성 上饒市 餘干縣).

12 건주성의 누각虔州城樓

紹興十七年夏, 先公南遷, 予與季弟從行. 八月二日至虔州, 泊舟浮橋下, 登城樓少休. 郡守曾卿端伯慥來見, 曰: "此非館處, 獨鬱孤臺可爾, 而周康州先居之, 明當去矣. 姑爲一夕留可也." 是夜, 奉先公正中設榻, 予兄弟席于旁. 丁夜, 予起更衣, 從北偏門出. 一人正理髮, 髮垂至地. 時兩僕宿門內, 曰汪三·程七, 予謂是此兩人, 呼之不應. 復還視門內, 蓋寢如初.

固疑之矣, 又出焉. 運櫛尚未止, 面對女牆, 足太半垂在外, 風吹其髮蓬蓬然. 心始動, 乃還榻. 明日而先公言: "汝夜何所往? 吾聞抱關老卒云, 樓故多怪, 每夕必出." 予因道昨所見者. 是日徙于鬱孤, 竟夜不成寐. 又聞周康州在館時, 有人從房中開三重門走出, 意以爲盜, 呼其子尾逐之, 門蓋自若也.

소흥 17년(1148) 여름, 선친께서 남쪽으로 유배되어[35] 나와 넷째 동생이 함께 따라갔다. 8월 2일 건주[36]에 이르러 배를 부교 아래에 정박시키고 성의 누각에 올라가 잠시 쉬었다. 자가 경단인 건주지사 증백조가 와서 알현하였다. 그가 말하길,

35 이때 洪皓는 권신 秦檜의 강력한 질시와 견제로 인해 종3품 徽猷閣直學士에서 종8품 團練副使로 좌천되었고, 부임지도 廣南東路 英州(현 광동성 清遠市 永德市)였다. 단련부사는 사실상 고위관료에 대한 유배용 직급으로 봉록도 1/2만 지급하였다. 홍호는 영주에서 9년 동안 고통스러운 시절을 보냈고, 유배가 풀려 귀향하던 도중 광남동로를 벗어나지 못하고 사망하였다.

36 虔州: 江南西路 虔州(현 강서성 贛州市).

"이곳은 묵으실 만한 곳이 못 되고 오직 울고대[37]만이 그런대로 괜찮습니다. 지금 강주[38]지사 주 모가 먼저 와서 머물고 있지만 내일 분명히 떠날 것입니다. 이곳에서 하루 저녁 임시로 머무르실 수 있으시겠지요."

이날 밤 선친을 한가운데 침상으로 모시고 우리 형제는 그 옆에 자리를 잡았다. 4경[39] 무렵 나는 변소에 가기 위해[40] 일어나 북쪽 편문을 통해 성 밖으로 나갔다. 한 사람이 막 머리를 빗고 있는데, 머리카락이 땅에 닿을 정도로 길었다. 당시 두 명의 시종이 문안에서 숙직하고 있었는데, 왕삼과 정칠이다. 나는 이 두 사람이라 생각해 그들을 불렀지만 대답이 없었다. 다시 돌아가 문안을 바라보니 그들은 처음 잠자리에 들었던 그대로 자고 있는 듯하였다.

실로 그자에 대해 의심이 들었다. 다시 나와 보니 여전히 빗질을 계속하고 있었고, 얼굴은 성가퀴를 향하고 있었고, 발을 절반 넘게 성 밖으로 내놓고 있었다. 바람이 불어 머리카락이 다 흐트러졌다. 그제야 비로소 겁나기 시작해 곧 침상으로 돌아왔다. 다음 날 선친이

37 鬱孤臺: 현 강서성 贛州市 시내 북쪽에 있는 높이 131m의 賀蘭山에 자리한 누각으로 唐代에 처음 만들었다. 수목이 鬱蒼하고 평지에 홀로(孤) 솟은 산에 있다 하여 울고대라고 칭하였다. 소동파를 비롯한 역대 문인이 많은 글을 남겼는데, 특히 辛棄疾의 「菩薩蠻 · 書江西造口壁」으로 울고대가 세상에 널리 알려졌다.

38 康州: 廣南東路 康州(현 광동성 肇慶市 德慶縣). 고종은 15세가 되던 宣和 3년(1121)에 비록 형식적이긴 하나 康州를 봉지로 하는 康王에 봉해졌다. 이에 황제에 즉위한 뒤 강주를 자신의 潛邸로 간주하여 紹興 1년(1131)에 德慶府로 승격시켜 주었다.

39 丁夜: 4更으로 새벽 1~3시 사이를 뜻한다.

40 更衣: 본래 옷을 갈아입는다는 말이지만 화장실에 가서 대소변을 보다 또는 宴会에서 잠시 자리를 뜬다는 뜻도 있다.

말씀하시길,

“너는 밤에 어디 갔었느냐? 내가 문을 지키는 늙은 병졸이 말하는 것을 들었는데, 이 성루는 예로부터 귀신들이 많아 거의 매일 밤 나타난다고 한다.”

그래서 나는 어제 보았던 것을 말씀드렸다. 그날 우리는 울고대로 숙소를 옮겼지만, 오히려 밤이 되어도 깊이 잠들지 못했다. 또 강주 지사 주 모가 이곳에 묵었을 때 어떤 사람이 방 안 삼중 문을 열고 걸어 나갔는데 도둑이라고 생각해서 그 아들을 불러 뒤를 쫓아가 보았더니 문은 여전히 닫힌 그대로였다고 한다.

13 소치가 지은 시 小郗題詩

李謨居無錫, 正與客飮, 有道人扣門曰: “吾自青城上來, 劉高尚先生使我見公, 欲有所言.” 閽人曰: “寶文方飮酒, 不敢白.” 再三請之, 不可. 道人不樂, 曰: “假筆來, 吾欲記名字.” 閽人與之, 卽書戶上曰: “日轉庭槐影漸移, 重門複屋傳呼遲. 不如拂袖穿雲去, 說與落花流水知.” 題畢而去, 曰: “吾所謂小郗者也.” 謨聞之, 悵恨自失者累日.(李綸說.)

상주 무석현[41]에 사는 이모[42]는 손님과 한참 술을 마시고 있었는데, 어떤 도인이 문을 두드리며 말하길,

“나는 청성산[43]에서 왔는데, 유고상[44] 선생께서 나에게 공을 뵙고 오라고 하여 전하려는 말씀이 있습니다.”

문지기가 말하길,

“보문각직학사께서 한참 술을 드시고 계셔서 말을 전할 수 없습니

41 無錫縣: 兩浙路 常州 無錫縣(현 강소성 無錫市).

42 李謨: 자가 茂嘉이며 일찍이 양절서로 안무사를 지냈고, 관직은 중대부와 보문각직학사였다고 『이견갑지』 권16-8 「戴氏宅」에 실려 있다.

43 青城山: 사천성 成都市 都江堰市 서남쪽에 있는 높이 1,260m의 산이다. 4계절 내내 푸르고(青) 봉우리들이 성벽(城)처럼 둘러 있다고 하여 붙여진 이름이다. 도교의 4대 명산 가운데 하나며 특히 全眞教의 성지로 간주된다.

44 劉高尙: 한의학에서 金元4대가의 하나로 꼽히는 劉完素(1118~1200)는 대표 저작인 『素問病機氣宜保命集』의 「楊威素問病機氣宜保命集序」에서 자신이 天興연간(1232~1234) 말에 전 太醫 王慶先의 집에서 劉高尙의 遺稿를 보았다고 밝히고 있다. 內徑의 이론에 근거하고 있으며 32개 분야를 3권에 수록한 의학서로 그 내용이 매우 정밀하여 누구도 견줄 수 없는 입신의 경지에 들었다고 하였다.

다.”

거듭 말을 전해 달라고 청하였지만 안 된다고 하자 도인은 불쾌해 하며 말하길,

“붓을 빌려 주시오. 내가 나의 이름을 써 주겠소이다.”

문지기가 붓을 가져오자 그는 곧 문 위에 다음과 같은 시를 썼다.

하루 종일 뜰을 서성이니 느티나무 그림자 점점 따라오고,
대문 겹겹이 쳐 있고, 건물은 층층이 있는데 전하는 말은 느려터지기만 하네.
소매 걷어 올리고 구름 속을 뚫고 떠나는 것만 못하리니,
떨어지는 꽃과 흘러가는 강물에게 말하여 알게 하리.

시를 다 쓰고는 떠나면서 말하길,

“내가 이른바 소치라는 사람이요.”

이모는 이 이야기를 듣고 슬픔과 한스러움으로 며칠 동안 넋을 놓고 지냈다.(이윤이 한 이야기다.)

이견을지 夷堅乙志 卷 9

01 호씨의 아들胡氏子

舒州人胡永孚說: 其叔父頃爲蜀中倅, 至官數日, 季子適後圃, 見牆隅小屋, 垂箔若神祠, 有老兵出拜曰: "前通判之女, 年十八歲, 未適人而死, 葬此下. 今其父去官於某處矣." 問容貌何似, 曰: "老兵無所識, 聞諸倡言, 自前後太守以至餘官, 諸家所見婦人未有如此女之美者." 胡子方弱冠, 未授室, 聞之心動, 指几上香火曰: "此亦太冷落." 明日, 取熏爐花壺往爲供, 私酌酒奠之, 心搖搖然, 冀幸得一見. 自是日日往, 精誠之極, 發於夢寐, 凡兩月餘.

他日, 又往焉, 屋簾微動, 若有人呼嘯聲. 俄一女子袨服出, 光麗動人. 胡子心知所謂, 徑前就之. 女曰: "無用懼我, 我乃室中人也. 感子眷眷, 是以一來." 胡驚喜欲狂, 卽與偕入室, 夜分乃去. 自是日以爲常, 讀書盡廢. 家人少見其面, 亦不復窺園. 唯精爽消鑠, 飮食益損. 父母竊憂之, 密以扣宿直小兵, 云: "夜與人切切笑語." 呼問子, 子不敢諱, 以實告.

父母曰: "此鬼也, 當爲汝治之." 子曰: "不然. 相接以來, 初頗爲疑, 今有日矣, 察其起居上下, 言語動息, 無少分不與人同者, 安得爲鬼?" 父母曰: "然則有何異?" 曰: "但每設食時未嘗下箸, 只飮酒啖果實而已." 父母曰: "俟其復至, 使之食, 吾當自觀之." 子反室而女至, 命具食延之, 至於再三, 不可, 曰: "常時來往無所礙, 今食此, 則身有所著, 欲歸不得矣." 子又強之, 不得已, 一擧箸, 父母從外入, 女矍起, 將避匿, 而形不能隱, 跼蹐慙窘, 泣拜謝罪.

胡氏盡室環之, 問其情狀, 曰: "亦自不能覺, 向者意欲來則來, 欲去則去, 不謂今若此." 又問曰: "旣不能去, 今爲人邪, 鬼邪?" 曰: "身在也, 留則爲人矣. 有如不信, 請發瘞驗之." 如其言破冢, 見柩有隙可容指, 中空空然. 胡氏皆大喜, 曰: "冥數如此, 是當爲吾家婦." 爲改館於外, 擇謹厚婢服事, 走介告其家, 且納幣焉. 女父遣長子與家人來視:

"眞吾女也!" 遂成禮而去. 後生男女數人. 云今尙存, 女姓趙氏.(李德遠說, 忘其州名及胡氏子名.)

서주[1] 사람 호영부가 한 이야기다. 숙부가 근래에 성도부로[2]의 통판이 되어 부임한 지 며칠 되지 않았는데, 막내 아들이 후원의 채마밭에 갔다가 담장 모서리에 있는 작은 집을 보았다. 대나무 발이 드리워진 것이 마치 신을 모신 사당 같았다. 한 늙은 병사가 나와 절을 하며 말하길,

"전임 통판의 여식이 나이가 18살이었는데 시집도 가기 전에 죽어 이곳에 묻혔습니다. 지금은 다른 지역으로 부임하셨지요."

용모가 어떻게 생겼었냐고 묻자, 병사가 대답하길,

"저는 잘 모르지만 여러 기녀들이 말하는 것을 들었는데, 지금까지 주지사를 비롯해서 여러 관원들이 왔었지만 사람들이 본 여식들 가운데 그 여자만큼 예쁜 사람은 없었다고 합니다."

호씨의 아들은 막 20살이었는데 아직 결혼하지 않았다. 그 말을 듣고 마음이 동하여 탁자 위의 향과 초를 가리키며 말하길,

"이곳은 너무 적막하고 쓸쓸하군요."

다음 날 작은 향로와 꽃병을 마련해 갖다 놓고, 혼자 술을 따라 올렸다. 마음이 심히 동요되어 한 번만이라도 볼 수 있기를 바랐다. 그

1 舒州: 淮南西路 舒州(현 안휘성 安慶市).

2 蜀中: 蜀은 秦에 의해 멸망한 사천 중부 지방에 있던 국가이며, 촉중은 촉의 영역을 뜻한다. 송대에는 成都府路와 그 주변지역에 해당한다.

때부터 매일 그곳으로 가서 지극 정성을 다하였는데, 꿈속에서도 마찬가지였다.

이렇게 2개월 정도 지난 어느 날, 그가 또 사당을 찾았을 때 사당의 발이 조금 움직이더니 어떤 사람의 휘파람 소리가 들리는 것 같았다. 잠시 후 한 여자가 고운 나들이옷을 차려입고 나왔는데 환하고 예쁜 것이 호씨 아들의 마음을 흔들었다. 호씨 아들은 속으로 늙은 병사가 말한 그 여자임을 알아차리고 곧바로 그녀 앞으로 다가갔다. 그 여자가 말하길,

"저를 무서워할 필요가 없습니다. 저는 바로 이곳에 사는 사람입니다. 그대의 연모하는 마음에 감동하여 이렇게 한번 와 보았습니다."

호씨 아들은 놀라면서도 좋아서 미칠 것 같았다. 즉시 그 여자와 함께 방으로 들어갔고 밤중이 되어서야 돌아갔다. 이때부터 매일 그 여자와 만났고 책 읽는 것도 다 그만두었다. 집안 식구들은 그의 얼굴을 볼 수가 없었고, 그 역시 다시는 정원을 거닐지 않았다. 정신이 점점 흐려지고 먹는 것도 갈수록 줄어들었다. 부모는 속으로 그를 걱정하여 몰래 숙직하는 병졸에게 알아보니, 그가 대답하길,

"밤마다 어떤 사람과 재미나게 웃으며 이야기를 나누십니다."

아들을 불러다 물어보니, 아들은 감히 숨기지 못하고 사실대로 말했다.

부모가 말하길,

"이는 귀신이다. 너를 위해 그 여자를 내쫓는 것이 마땅할 것이다."

아들이 말하길,

"그렇지 않습니다. 서로 만난 이후로 처음에는 자못 의심이 들었지만 지금 시간이 지나면서 그 일상의 행동거지와 말하는 것, 움직이고

쉬는 것 등을 살펴보니 사람과 다른 것이 조금도 없는데 어찌 귀신이라 하십니까?"

부모가 묻길,

"그렇다면 다른 점은 무엇이더냐?"

아들이 대답하길,

"다만 매번 식사를 할 때 한 번도 젓가락을 쓰지 않고 그저 술을 마시거나 과실만 먹을 뿐이었습니다."

부모가 말하길,

"그 여자가 다시 오기를 기다렸다가 밥을 먹여 보거라. 우리가 그것을 지켜보고 있겠다."

아들은 다시 방으로 돌아갔고 그 여자가 왔다. 식사를 준비해 올리라 명하고 은근히 권하길 몇 차례나 했지만 먹을 수 없다며 말하길,

"평소 오고 감에 방해되는 것이 없었는데, 지금 이것을 먹으면 몸이 드러나게 되어 돌아가고자 하여도 그럴 수가 없게 됩니다."

호씨 아들이 다시 강권하자 부득이 젓가락을 한 번 들었는데, 그때 부모가 밖에서 들어왔다. 여자는 놀라 자리에서 일어나 숨으려 하였지만 형체를 숨길 수 없었다. 여자는 두렵고 부끄러워 난감해 하면서 눈물을 흘리며 절하고 사죄하였다.

호씨 가족들이 하나도 빠짐없이 와서 여자를 뼁 둘러쌌다. 그리고 어찌 된 일인지 물어보니 여자가 답하길,

"저 역시도 어찌 된 일인지 알 수가 없습니다. 예전에는 오고 싶으면 오고 가고 싶으면 갔을 뿐 지금 이 같은 상황은 예상하지 못했습니다."

또 물어보기를,

"정녕 돌아갈 수 없다면 지금 너는 사람이냐? 귀신이냐?"

대답하길,

"몸이 이곳에 있으니, 머무를 수 있다면 사람입니다. 만약 믿지 못하시면, 무덤을 파서 그 안을 살펴보십시오."

여자의 말대로 가서 무덤을 파 보니 관이 있었는데, 손가락을 넣을 수 있을 정도로 틈이 벌어져 있었고, 그 안은 텅 비어 있었다. 호씨 가족들이 모두 기뻐하며 말하길,

"명계에서의 운명이 이와 같다면 우리 집안 며느리가 되는 것이 마땅하다."

밖에다 집을 새로 마련해 주고 신중하고 돈독한 여종을 골라 여자를 모시게 했다. 또 발 빠른 아역을 그 친정집에 보내 알렸고 빙례도 보냈다. 여자의 아버지는 큰아들과 집안사람을 보내서 그 여자를 보게 하였는데, 보고 말하길,

"우리 집 딸이 맞습니다!"

곧 혼례를 올리고 돌아갔다. 이후 아들딸 여러 명을 낳았으며 지금도 여전히 살아 있다고 하는데, 이 여자의 성은 조씨였다.(이덕원[3]이 한 이야기이다. 무슨 주였는지, 호씨 아들의 이름이 무엇이었는지는 잊었다고 한다.)

3 李德遠: 周必大의 송별시 「送光祿寺丞李德遠得請奉祠」와 陸游의 송별시 「寄別李德遠」의 주인공인 것으로 보인다.

02 시장의 호랑이 欄街虎

趙清憲公父元卿, 爲東州某縣令. 有婦人亡賴健訟, 爲一邑之患, 稱曰 '欄街虎', 視笞撻如爬搔. 公雖知之, 然未嘗有意治也. 會其人以訟事至廷, 詰問理屈, 遂杖之, 數至八而斃. 即日見形爲厲, 行步坐臥相追隨不置, 雖飲食亦見於杯盤中, 公殊以爲苦.

既罷官, 過岱嶽, 入謁, 女鬼隨之如初. 暨登殿, 焚香再拜, 猶立其旁. 公端笏禱曰: "元卿受命治縣, 以聽訟爲職. 此婦人自觸憲罔, 法當決杖, 數未訖而死, 邂逅致然, 非過爲慘酷殺之也. 而橫爲淫厲, 累年於茲, 至於大神之前, 了無忌憚. 神聰明正直, 願有以分明之, 使曲在元卿, 不敢逃譴, 如其不然, 則不應容其久見苦也." 禱畢, 又拜而起, 遂無所見.(趙公之孫恬說.)

청헌공 조정지의 부친 조원경이 동주 어느 현의 지사로 있었을 때의 일이다. 어떤 부인이 생떼를 피우며 걸핏하면 소송을 하여 현의 걱정거리가 되었다. 현 관아에서는 그 여자를 두고 '시장[4]의 호랑이'라 불렀다. 그 여자는 곤장 맞는 것을 손톱으로 가려운 곳을 긁는 일처럼 가벼이 여겼다. 조원경은 그러한 사정을 알고 있었지만 일부러 그 여자를 처벌하려고 한 적은 없었다. 마침 그 여자가 소송과 관련되어 관아에 왔는데, 심문을 하니 근거가 없어 마침내 곤장 형을 내

4 欄街: 난은 본래 '구획'을 가리키는 말이며 상품이 모이는 교역 장소를 뜻한다. 광동성 廣州市의 경우 '菜欄橫街 · 西豬欄街 · 糙米欄 · 鹹蝦欄 · 塘魚欄大街 · 蜆欄街' 등의 지명이 여전히 남아 있다. 이에 '시장'이라고 번역하였다.

렸다. 여덟 대 정도 때리자 갑자기 죽었다. 바로 그날로 형체가 매우 험악해지더니, 걸을 때나 앉고 누울 때나 조원경을 따라다니며 놓아 주지 않았다. 심지어 밥을 먹을 때도 잔이나 그릇에 나타나 조원경은 매우 고통스러워 하였다.

조원경이 현지사 근무를 마치고 태산을 지나는 길에 대묘에 들어가 동악대제를 배알하는데, 그 원귀가 여느 때처럼 또 따라왔다. 정전에 올라 향을 피우고 재배해도 여전히 그 옆에 서 있었다. 조원경은 홀을 단정하게 들고 기도를 올리며 말하길,

"저 조원경이 조정의 명을 받아 현을 다스리는데, 소송에 대해 판결하는 것은 저의 직무입니다. 이 부인이 자의로 법망에 저촉되었기에 법에 따라 마땅히 곤장형을 내려 처벌한 것인데, 정해진 매를 다 맞기도 전에 죽었습니다. 뜻밖에 죽음에 이른 것이지 과도한 처벌로 참혹하게 죽인 것이 아닙니다. 그런데 황당하게도 원귀가 되어 나타난 것이 여러 해를 거쳐 오늘에 이르렀고 심지어 동악대제 앞에서도 조금도 삼가거나 거리끼는 바가 없습니다. 신께서는 총명하고 정직하시니 원컨대 이를 분명하게 판단해 주십시오. 만약 잘못이 저에게 있으면 저는 견책을 감히 피하지 않을 것이나 만약 그렇지 않다면 이렇게 오랫동안 여귀에 시달리는 고통을 용납지 말아 주십시오."

기도를 마치고 다시 절을 올린 뒤 일어났더니 마침내 그 원귀가 보이지 않았다.(조원경의 손자 조염이 한 이야기다.)

03 이효수李孝壽

政和二年, 李孝壽爲開封尹, 以嚴猛居官, 輦轂之下, 無敢議其政者. 有游士寓汴河上逆旅中, 暴得疾, 惛不知人者累日. 忽洒然醒, 問人曰: "大尹安否?" 曰: "無恙." 曰: "是將死矣."

因言: "病中憒憒, 見壁間隱約如一門, 久而愈明, 金釘朱戶, 高明伉爽, 不覺身在門側, 排闥而入, 庭廡宏麗, 類好官府, 而寂無一人. 徘徊甚久, 聞堂上樂作, 其聲漸近. 女妓數百人, 自屏後出, 各執樂具, 服飾甚都, 擁金紫貴人, 乘涼輿, 徑至廳事, 絲管競作, 喧轟動地.

貴人就坐, 女妓環列左右, 忽拊掌一聲, 悉變爲牛頭阿旁之屬, 奇形醜貌, 可怖可愕. 所坐之榻, 化爲大鐵床, 向來金石絲竹, 皆叉矛鑽鑽物也. 百鬼爭進, 剝其衣碎之, 屠割焚炙, 備極摻楚. 號呼宛轉, 不可忍視. 如是移時, 又悉拊掌, 則鬼復爲妓, 床復爲輿, 叉矛復爲金石絲竹, 貴人盛服如初, 奏樂以入.

吾身進退無所向. 獨往廡下小室宿焉, 不復知昏旦. 度如一日許, 所見復然, 如是者三, 漸玩習不甚懼. 稍從旁觀之, 一鬼忽顧曰: "'汝爲何人, 輒至此? 將累我.' 逐吾使出, 且闔其戶, 因得復生. 所見貴人, 乃尹也."

時孝壽猶無恙, 已而有疾, 遂改提擧醴泉觀, 才一月, 果死. 方孝壽治京師, 尤留意姦盜. 有白馬甚駿, 將入朝, 爲人竊去. 散遣邏者, 伺諸城門. 閱五日, 或牓于門曰: "白馬已染成烏馬, 今行千里矣." 蓋盜旣得馬, 黔其皮鬣, 乘以出, 故不可捕. 明年, 濮州諸李遣信致餉, 發其篋, 馬皮在焉, 姦猾能玩人如此.

정화 2년(1112), 이효수가 개봉부[5] 지사가 되자 매우 엄혹하게 다스려 도성[6] 내에서 그의 시정에 대해 감히 왈가왈부할 수 있는 자가 없었다. 어떤 지나가던 사인이 변하 근처 여관에 머물렀는데, 갑자기 병에 걸려 혼미해져 사람을 알아보지 못한 지 여러 날이 되었다. 그러다 돌연 병이 말끔히 나은 것처럼 깨어나 사람들에게 묻길,

"개봉부 지사께서는 안녕하신가?"

"별고 없으십니다"라고 대답하자 그가 말하길,

"지사께서 곧 세상을 뜰 것이오."

이어 다음과 같이 말하였다.

"병중에 마음이 어수선하였는데 벽 사이를 보니 어슴푸레 문 하나가 보일 듯 말 듯하더니 시간이 지나면서 더욱 밝아졌다. 금정으로 장식한 붉은 문으로 밝은 빛이 크고 시원하게 비치기에 나도 모르게 그 옆으로 갔다. 문을 밀고 들어가니 뜰과 행랑채가 넓고 화려한 것이 마치 관부 같았다. 하지만 아무도 없는 것처럼 적막하였다.

아주 오랫동안 배회하고 있는데 대청 위에서 음악 소리가 들리더니 그 소리가 점점 가까워졌다. 기녀 수백 명이 병풍 뒤에서 나오는데, 각자 악기를 들고 있었고 옷과 장식이 매우 아름다웠다. 모두 자주색 관복에 금으로 장식한 어대를 찬 귀인을 받들어 모시며, 여름용 수레에 태워 곧바로 청사에 다다랐다. 거문고와 피리가 다투어 울리니 떠들썩하여 지축이 울릴 지경이었다.

귀인이 자리에 앉자 기녀들이 좌우로 둘러섰다. 그런데 갑자기 가

5 開封府: 東京 開封府(현 하남성 開封市).

6 輦轂: 본래 천자가 타는 수레인데 '도성'을 뜻하기도 한다.

볍게 박수치는 소리가 한 번 나자 모두 소머리를 한 지옥의 옥졸[7] 무리로 변하였다. 그 기괴한 모양새와 추악한 얼굴이 무섭고도 경악스러웠다. 귀인이 앉았던 자리는 철로 된 큰 평상으로 바뀌었고 조금 전 금빛으로 빛나던 돌과 비단 같던 대나무는 모두 작살과 창, 송곳 등 뾰족한 물건으로 바뀌었다. 온갖 귀신들이 앞다투어 뛰어나와 귀인의 옷을 벗기고 갈가리 찢었으며, 마구 잡아 죽인 뒤 토막을 치고 불에 태우니 모두 참혹하고 고통스럽기 그지없었다.[8] 몸을 뒤틀면서 비명을 지르는데, 차마 볼 수가 없었다.

이렇게 얼마 동안 그러더니 다시 모두 듣게 가볍게 박수치자 귀신들은 기녀가 되고 철 평상은 수레가 되었으며, 갈고리와 창 등은 다시 금빛으로 빛나던 돌과 비단 같은 대나무가 되었다. 귀인의 화려한 옷도 처음과 같아졌으며 음악을 연주하면서 들어왔다.

나는 몸 둘 바를 몰랐다. 홀로 행랑채 아래 작은 방에 가서 잤는데, 다시 저녁인지 새벽인지도 알 수 없었다. 이렇게 하루 정도 보내면서 같은 일을 반복해서 보았다. 그렇게 세 번을 반복하자 점점 익숙해져 별로 무섭지도 않았다. 잠시 옆에서 그것을 지켜보고 있는데, 귀졸 하나가 갑자기 돌아보며 말하길,

'너는 어떤 사람이기에 여기에 와서 자꾸 나를 귀찮게 하는가?'

그가 나를 내쫓았으나 문을 열어 주기에 다시 살아 올 수 있었다. 내가 본 그 귀인은 바로 개봉부 지사다."

7 牛頭阿旁: 머리가 소의 모습을 한 지옥의 鬼卒을 뜻한다. 산스크리트어에서 유래한 단어로서 '阿傍'이라고도 한다.

8 慘: 본문의 '摻'은 '慘'의 오기로 보인다.

당시 이효수는 여전히 무탈하였는데, 곧 병이 들었고, 마침내 제거 예천관[9]으로 옮긴 지 겨우 한 달 만에 정말로 세상을 떴다. 이효수는 도성을 다스리면서 간악한 도적들을 척결하는 데 특별히 유념하였다. 그에게는 아주 좋은 백마가 있었는데, 막 조정에 들어가려는데 어떤 자가 훔쳐갔다. 순찰하는 자를 여러 곳에 보내 성문마다 지키게 하였다. 닷새가 지나자 어떤 사람이 성문에 방을 부쳤는데, "백마는 이미 염색을 하여 흑마가 되었고, 지금 천리 밖으로 달려 나갔다."라고 쓰여 있었다.

아마 도적은 말을 훔친 뒤 그 피부와 말갈기를 검게 물들인 뒤 그 말을 타고 성 밖으로 나갔으니 잡을 수가 없었던 것 같다. 이듬해 복주[10]에서 이효수에게 편지와 함께 먹을 것을 보내왔는데, 그 광주리를 열어 보니 말가죽이 그 안에 있었다. 간악하고 교활하여 사람을 갖고 노는 것이 이와 같았다.

9 醴泉觀: 大中祥符연간(1008~1016)에 도성 동남쪽에서 샘물이 솟았는데 거북이와 뱀이 그 옆에 나타났고, 물을 마신 사람들이 병들자 그 자리에 祥源觀을 짓고 재액을 막도록 하였다. 후에 확대하여 예천관이라고 개칭하였다. 개봉의 東水門 안에 있었다. 예천관이 개봉에 있었음에도 불구하고 제거직이 일종의 명예직이기에 남송 때에도 계속 임명하였다.

10 濮州: 京東西路 濮州(현 산동성 菏澤市 鄄城縣).

팔단금八段錦

政和七年, 李似矩彌大爲起居郎. 有欲爲親事官者, 兩省員額素窄, 不能容, 却之使去. 其人曰: "家自有生業, 可活妻子. 得爲守闕在左右, 無以俸爲也." 乃許之. 早朝晏出, 未嘗頃刻輒委去, 雖休沐日亦然. 朝晡飮膳, 無人曾窺見其處者. 似矩嘉其謹, 呼勞之曰: "臺省親事官, 名爲取送, 每下馬歸宅, 則散去不顧矣. 況後省冷落, 爾曹所棄, 今獨如是, 何也?" 曰: "性不喜游嬉, 且已爲皂隸, 於事當爾."

似矩素於聲色簡薄, 多獨止外舍, 倣方士熊經鳥申之術, 得之甚喜. 自是令席於牀下, 正睡熟時, 呼之無不應. 嘗以夜半時起坐, 噓吸按摩, 行所謂八段錦者. 此人於屛後笑不止, 怪之, 詰其故, 對曰: "愚鈍村野, 目所未見, 不覺笑耳, 非有他也." 後夜復然, 似矩謂爲玩己, 叱曰: "我學長生安樂法, 汝旣不曉, 胡爲屢笑?" 此人但謝過. 旣而至于三, 其笑如初, 始疑之.

下牀, 正容而問曰: "自爾之來, 我固知其與衆異, 今所以笑, 必有說, 願明以告我." 對曰: "愚人耳, 何所解?" 固問之. 踟躕良久, 乃言曰: "吾非逐食庸庸者流. 吾之師, 嵩山王眞人也. 愍世俗學道趨眞者益少, 欲得淳朴端敬之士敎誨之, 使我至京洛求訪, 三年于此矣. 昨見舍人於馬上, 風儀洒落, 似有道骨可敎, 故託身爲役, 驗所營爲. 比觀夜中所行, 蓋速死之道, 而以爲長生安樂法, 豈不大可笑歟?"

似矩聽其言, 面熱汗下, 具衣冠向之再拜, 事以師禮. 此人立受不辭. 坐定, 似矩拱手問道, 此人略授以大指, 至要妙處則曰: "是事非吾所能及也, 當爲君歸報王先生, 以半歲爲期, 復來矣." 淩晨, 不告而去. 明年五月, 似矩出知光州, 終身不再見.(沈度公雅說.)

자가 사구인 이미대는 정화 7년(1117)에 기거랑[11]이 되었다. 친사관이 되고자 하는 어떤 자가 있었는데, 중서문하성[12] 내 친사관의 정원이 본디 얼마 되지 않아 그를 수용할 수 없어 거절하고, 그에게 돌아가라고 하였다. 그 사람이 말하길,

"저희 집은 본래 먹고살 것이 있어 처자식이 생활할 만합니다. 저는 그저 대궐 문을 지키면서 옆에 있게만 해 주시면 되고, 봉록은 주시지 않아도 됩니다."

이에 허락하였다. 아침 일찍 조회하러 궁에 들어가고 늦게 퇴근할 때까지 한순간도 이미대 곁을 떠나 있은 적이 없었으며 심지어 쉬는 날에도 그러하였다. 아침저녁으로 식사를 할 때만 그가 어디로 가는지 아무도 본 적이 없었다. 이미대는 그의 성실함을 높이 사 그를 불러 격려하며 말하길,

"대성[13]의 친사관들은 말로만 고관의 출퇴근을 돕는다고 할 뿐 매번 말에서 내려 귀가하면 즉시 흩어져 아무 일도 하지 않는다. 더구나 우리 후성[14]은 한직이라서 친사관들이 다 떠나려고 하는데 지금

11 起居郎: 起居舍人과 함께 황제의 언행과 대신과의 면담을 비롯해 조정의 칙명 발표, 인사 등 국정 전반에 걸친 주요 활동을 날짜별로 기록하여 史館으로 보내 起居注를 작성할 수 있게 하였다. 元豐 3년(1080) 관제개혁 후 직사관이 되었으며 품계는 종6품에 해당한다. 별칭은 左史이다.

12 兩省: 中書省을 '右省', 門下省을 '左省'이라고도 하며 이 둘을 합하여 '양성'이라고 칭한다.

13 臺省: 중서성 · 문하성 · 상서성 등 3성을 뜻한다. 省臺라고도 하며 추밀원을 西府라고 하는 것에 상응해 東府라고도 한다.

14 後省: 元豐 3년(1080) 관제개혁 때 신설한 문하후성과 중서후성을 뜻한다. 조령에 대한 검토와 공문에 대한 봉박권이 있었지만 정4품관인 給事中과 中書舍人이 判後省事를 겸하였고, 관원도 각각 11명에 불과하였다. 기거사인과 기거랑도 후성 소속이다.

너 혼자 이렇게 근면하게 일하니 어찌 된 것이냐?"

그가 대답하길,

"저는 성격이 본래부터 놀기를 좋아하지 않고 또 이미 아역이 되었으니 응당 이렇게 일해야 하지요."

이미대는 본래 음악이나 여색을 즐기는 것을 천박하게 여겼고, 대부분 사랑채에서 혼자 머물렀다. 그는 방사의 웅경조신술[15]을 배우고 있었는데, 터득하고 나서 매우 기뻐하였다. 이때부터 친사관에게 평상 아래에 자리를 펴고 자게 하였는데, 아무리 깊이 잠들더라도 부르면 응하지 않는 경우가 없었다. 한번은 이미대가 한밤중에 일어나 앉더니 호흡을 하며 안마를 하고는 소위 말하는 팔단금[16]이라는 것을 행하기 시작했다. 그런데 그 친사관은 병풍 뒤에서 보면서 웃음을 멈추지 못하였는데, 이미대가 괴이하게 여겨 그 까닭을 물어보니 그가 답하길,

"저는 우매한 촌놈입니다. 여태껏 보지 못한 것을 보니 저도 모르게 웃음이 나온 것이지 다른 뜻은 없습니다."

다른 날 밤에도 또 그렇게 웃었다. 이미대는 자기를 비웃는 것이라 여기고 꾸짖길,

"내가 오래 살고 안락함을 누리기 위한 수행법을 배우고 있는데, 너는 알지도 못하면서 어찌 그리 계속해서 나를 비웃는단 말이냐?"

그 친사관은 사과하기는 했지만 그 뒤로도 처음에 그랬던 것처럼

15 熊經鳥伸術: 순수한 마음을 평정하게 유지하고 담박한 상태로 신체의 순환을 촉진시켜 몸과 마음을 건강하게 하는 양생법이다.

16 八段錦: 중국에서 가장 널리 보급된 기공 방식으로 坐팔단금 · 立팔단금, 北팔단금 · 南팔단금, 文팔단금 · 武팔단금, 少林팔단금 · 太極팔단금 등의 구분이 있다.

거듭 비웃었다. 이미대는 비로소 그에 대해서 의아하게 생각하기 시작하였다.

이미대는 평상에서 내려와 정색을 하고 그에게 묻길,

"네가 온 뒤로 나는 네가 다른 사람들과 분명 다르다는 것을 알았다. 지금 웃는 것도 반드시 나름의 의견이 있어서일 터이니 나에게 분명하게 말해 주기 바란다."

그가 대답하길,

"저는 우매한 사람입니다. 달리 설명할 일이 어디 있겠습니까?"

이미대가 고집스럽게 묻자 그는 오랫동안 머뭇거리더니 비로소 말하길,

"나는 하루하루 밥만 축내며 사는 평범한 무리는 아니라오. 숭산[17]의 왕진인이 나의 스승이시오. 세속에서 도를 배우는 사람들 가운데 진정한 것을 추구하는 자가 갈수록 줄어드는 것을 근심하시며 순박하고 단정한 사인을 찾아 가르치고자 나를 도성과 낙양으로 보내 찾게 하였는데, 3년이 지나 이곳에 이르렀소이다. 일전에 말을 탄 그대를 보았는데, 기풍과 거동이 소탈하고 깔끔하여 도를 깨칠 수 있는 근기가 있어 보입디다. 가르칠 만하다고 생각해 시종을 자처하여 공이 수행하는 것을 지켜본 것이오. 매번 밤중에 수행하는 것을 지켜보

17 嵩山: 하남성 鄭州市 登封市에 있는 높이 1,512m의 산으로 696년 측천무후에 의해 오악 가운데 중악으로 봉해졌다. 동쪽 太室山과 서쪽 少室山의 72개 봉우리로 이루어졌으며, 유 · 불 · 도 모두에게 각별한 산으로 간주되고 있다. 소실산에 자리 잡은 소림사는 달마대사의 면벽 10년 전설과 함께 선종의 출발지이자 무술의 본향으로 유명하다. 태실산에 있는 中嶽廟는 전국 5악묘 가운데 가장 규모가 크고, 崇陽서원은 程顥 · 程頤 형제가 수학한 곳이자 중국 4대 서원의 하나다.

는데, 그것이 빨리 죽는 길인데도 장생과 안락의 수행법이라고 여기고 있으니 어찌 크게 웃을 일이 아니겠소?"

이미대는 그 말을 듣더니 얼굴이 벌겋게 달아오르며 땀을 흘렸다. 의관을 갖추고 그를 향해 재배하여 스승의 예로 모셨다. 그 사람은 서서 그 예를 받으며 사양하지 않았다. 자리를 택해 앉은 뒤 이미대가 두 손을 모으고 도에 대해 물으니 그 사람은 대강의 요지를 간략하게 전해 주었다. 미묘하고 중요한 것에 대해 언급해야 할 때면 말하길,

"이 부분은 내가 언급할 바가 아니다. 그대가 숭산으로 돌아가 왕선생께 직접 여쭙는 것이 마땅하다. 반년을 기한으로 내 다시 돌아올 것이다."

새벽이 되자 인사도 없이 떠났다. 이듬해 5월 이미대는 광주[18]지사가 되어 부임하였는데 그 후론 그를 다시 보지 못하였다.(자가 도공인 심아가 한 이야기다.)

18 光州: 淮南西路 光州(현 하남성 信陽市 潢川縣 · 光山縣).

05 몸을 온전히 보존해 주는 금강경金剛不壞身

醫師能太丞, 居京師高頭街, 藝術顯行, 致家貲鉅萬. 晩歲於城外買名園, 畜姬妾十輩, 全失衛生之理, 但每日早起誦『金剛經』數卷. 旣卒三歲, 女眞犯闕, 發其墓, 剔取金帶衣服, 棄尸道旁. 亂定, 其子訥修理墳塋, 見僵尸暴于墓左, 頹然若生, 略不少損, 乃知金剛不壞身之說非虛語也. 訥精於産科, 官至遙郡團練使. 陷虜, 在陳王悟室家爲先君言.

의사인 태의국승[19] 능씨는 도성의 고두가[20]에 살고 있었는데, 의술이 매우 뛰어나 집 안의 재산이 엄청나게 많았다. 말년에는 성 밖의 이름난 정원을 사서 희첩 십여 명과 함께 지내더니 양생의 이치를 모두 상실하였다. 다만 매일 아침 일어나 『금강경』 몇 권을 암송하였다. 그가 죽은 지 3년이 되던 해, 여진 군대가 조정을 침범하면서 그의 묘를 파헤쳐 금으로 만든 허리띠와 의복을 벗겨 갔고 시신을 길가에 버리고 갔다.

전란이 끝나고 안정되자 능씨의 아들 능눌은 묘지를 수리하려고 갔다가 썩지 않고 굳어진 시체가 묘 옆에 있는 것을 발견하였다. 노쇠한 모양이 살아 있을 때와 같아 조금도 손상되지 않은 것과 마찬가

19 太醫局丞: 의학을 총괄하는 太醫局에서 太醫局令 · 太醫局正에 이은 3인자로서 종8품관이다. 약칭은 太丞이다.

20 高頭街: 황궁의 동문인 동화문 앞에서 남쪽 방향으로 대상국사까지 남북방향으로 뻗은 거리의 이름이다. 능씨의 집은 고두가와 北講堂巷이 만나는 곳에 있었다.

지였다. 이에 『금강경』이 몸을 썩지 않게 한다는 말이 헛된 말이 아님을 알게 되었다. 능눌은 산파술에 정통하였는데, 관직이 변방의 단련사에 이르렀다. 여진에 억류되었을 때 진왕 오실의 집에서 선친에게 한 이야기다.

06 황사걸黃士傑

南劍州將樂人黃士傑母余氏, 夢人持省試榜告曰: "爾子得官." 母曰: "吾子不讀書, 何由得?" 曰: "天命已定." 出示之, 乃黃光弼也. 母曰: "吾長子士安, 已入道. 少者名士傑, 無此人." 曰: "改名而字元翰可也." 母志諸壁而不言. 紹興四年, 士傑欲應秋擧, 母曰: "若素不學, 徒有往反費, 不可." 士傑以告叔父, 叔爲之言, 母曰: "必欲往, 須更名, 名不改, 不可試." 叔謂士傑曰: "汝母所見若是, 其可違!" 乃具紙筆往請, 母卽書黃光弼, 字元翰. 果預薦, 次年登科. 士安後名大成, 予嘗見之於嶺外.(大成說.)

남검주 장락현[21] 사람 황사걸의 어머니 여씨는 꿈에 어떤 사람이 성시 합격자 방문을 들고 와서 말하길,

"당신 아들은 관직을 얻을 것이오."

어머니 여씨가 말하길,

"내 아들은 공부를 하지 않았는데 어찌 관직에 오른단 말이신지요?"

그가 대답하길,

"하늘의 명이 이미 정해졌다오."

그는 가져온 것을 보여 주었는데, 곧 이름이 황광필이었다. 어머니

21 將樂縣: 福建路 南劍州 將樂縣(현 복건성 三明市 將樂縣).

여씨가 말하길,

"큰아들은 황사안인데 이미 도사가 되었고, 작은아들은 황사걸입니다. 황광필이라는 아들은 없소이다."

그가 대답하길,

"이름을 바꾸고 자는 '원한'으로 하면 될 것이오."

어머니는 그것을 벽에 썼으나 아무에게도 말하지 않았다. 소흥 4년(1134), 황사걸이 향시에 응시하려고 하자 어머니 여씨가 말하길,

"너는 원래 공부를 하지 않았으니 그저 왔다갔다 노자나 축낼 뿐이다. 안 된다."

황사걸이 숙부에게 사정을 말하자 숙부는 황사걸을 위해 형수에게 잘 말해 주었다. 이에 여씨가 말하길,

"꼭 가고 싶다면 반드시 이름을 바꿔야 한다. 이름을 바꾸지 않을 거라면 과거를 봐서는 안 된다."

숙부가 황사걸에게 말하길,

"너의 어머니 뜻이 이와 같으니 어찌 거스를 수 있겠느냐!"

이에 종이를 가져와 새 이름을 청하니, 어머니는 곧 이름을 황광필, 자를 원한이라 써주었다. 과연 향시에 합격하였고, 이듬해에는 과거에 급제하였다. 황사안 역시 후에 이름을 대성이라 고쳤는데, 나는 일찍이 광남동로[22]에서 그를 본 적이 있다.(황대성이 한 이야기다.)

22 嶺外: 五嶺산맥 이남 지역으로 현 광동성 · 광서자치구 · 해남성이다. 본문에서는 홍매가 유배된 부친 홍호를 따라갔던 廣南東路를 뜻한다.

07 두 명의 도적이 스스로 죽다二盜自死

族弟爟, 紹興十八年爲坑冶司檢踏官, 自鄱陽如信州, 與縣小胥某偕行. 至餘干, 族人爲尉, 以酒殽犒從者, 小胥空腹飮數杯, 醉不能起. 爟先行, 待之終日不至. 越三日, 遣一介還, 緣道訪之, 不得. 胥有端硯甚大, 酷愛之, 常置腰間. 是日乘醉行, 有兩人視其腰下, 疑爲白金也, 殺之. 探其物非是, 乃束以菅薦, 投諸江, 略無一人知者. 明年, 二盜共在一處, 白晝擾擾, 如與人爭辯狀, 自言曰: "曩實誤殺汝, 吾過矣." 爲傍人說去年事. 歸, 及家皆死.

나의 집안 동생인 홍관은 소흥 18년(1148)에 제점갱야주전사의 검답갱야관[23]이 되어 요주 파양현[24]에서 신주[25]로 현의 서리인 모씨와 함께 가고 있었다. 요주 여간현[26]에 이르렀을 때, 집안사람이 현위로 있어 술과 안주를 마련해 수행하던 사람들을 대접하였는데, 이 서리는 공복에 술을 여러 잔 마시더니 취하여 일어나지 못하였다. 홍관은 먼저 출발한 뒤 하루 종일 그를 기다렸지만 오지 않았다. 사흘이 지나자 한 사람을 돌려보내 길을 따라가며 알아보게 하였는데, 소식을

23 檢踏坑冶官: 광산의 채굴 및 동전 주조를 관장하는 都大提點坑冶鑄錢司나 提擧坑冶司 또는 路提擧常平의 속관으로서 관련 부서에 대한 감독과 순시, 조세 징수 독촉 업무 등을 맡았다. 정원은 유동적이었는데 宣和 7년(1125)의 경우 路마다 10명을 두었다. 약칭은 檢踏官이다.

24 鄱陽縣: 江南東路 饒州 鄱陽縣(현 강서성 上饒市 鄱陽縣).

25 信州: 江南東路 信州(현 강서성 上饒市).

26 餘干縣: 江南東路 饒州 餘干縣(현 강서성 上饒市 餘干縣).

알 수가 없었다.

서리는 아주 큰 단계연[27]을 가지고 있었는데 그것을 매우 아껴 항상 허리춤에 차고 다녔다. 이날 취한 채로 길을 나서는데, 두 사람이 그의 허리 아래에 뭔가 있는 것을 보고 그것이 은이 아닐까 싶어 그를 살해하였다. 그리고 물건을 뒤져 보니 은이 아니자 곧바로 거적에 시신을 싸서 강물에 던졌다. 그 누구도 이 사실을 알지 못하는 듯하였다. 이듬해 두 도둑은 한 곳에서 같이 살았는데, 백주 대낮에 분란이 일어났다. 마치 누군가와 어떤 정황에 대해 논쟁하는 것 같았는데,

"예전에 실로 너를 오인해서 죽였으니 다 내 잘못이다"라고 하더니 또 옆에 있는 사람들에게 작년에 있었던 일에 대하여 말하였다. 그들은 돌아가 집에 도착하자마자 다 죽었다.

27 端溪硯: 감숙성의 洮硯, 안휘성의 歙硯, 산서성의 澄泥硯과 함께 중국 4대 벼루로 꼽히는 명품이며 唐代 端州(현 광동성 肇慶市)의 爛柯山과 北嶺山 계곡에서 생산된 데서 유래한 명칭이다. 20여 갱구 가운데서도 老坑 · 麻子坑 · 坑仔岩의 것을 최상품으로 친다. 석질이 단단하면서도 먹과 조합을 잘 이뤄 먹을 갈면 흑록색이 가미되며 발묵이 잘되고 쉽게 건조되지 않는다. 송대에 대량생산되었고 뛰어난 품질과 명성으로 인해 고가에 팔렸다.

08 유정언劉正彦

宣和初, 陝西大將劉法與西夏戰死, 朝廷厚卹其家, 賜宅於京師. 其子正彦旣終喪, 自河中徙家居之. 宅屋百間, 西偏一位素多鬼, 每角門開, 必見紫衣金章人, 如唐巾幘, 裴回其中, 小童拱立於後, 亦時時來宅堂, 出沒爲人害.

正彦表兄某, 平生尚膽氣, 無所畏, 獨欲窮其怪, 乃書刺往謁, 置于門外. 少選, 門自開, 紫衣端笏延客入, 設茶相對, 儀矩殊可觀. 詢其何代人, 何自居此, 曰: "居此三百年, 在唐朝實爲汴宋節度使. 以臣節不終, 闔宗三百餘口併命此處, 至今追思, 雖悔無及也." 客曰: "歲月如許, 胡爲尚淪鬼錄?" 曰: "負罪旣重, 受生實難, 非得叛臣如吾者相代, 未易可脫." 客曰: "爲公徼福於釋氏, 作水陸法拯君, 以資冥福, 若何?" 曰: "無益也, 然且試爲之." 客退, 語正彦.

他日, 呼闍梨僧建道場於廳事. 甫入夜, 紫衣者據胡床而觀, 小童在傍, 凡執事之人無不見. 僧獨懼, 振杵誦降鬼神呪, 才出口, 紫衣已覺, 厲聲呼小童曰: "索命去." 童趨而前, 僧卽仆地, 如爲物搏擊. 乃告曰: "我實殺汝, 焚其骨, 以囊貯灰, 掛寺浮圖三級下塼隙中, 無一人知之. 今不敢隱, 願舍我." 踰時乃醒, 紫衣與童皆不見. 問之, 元不知所言. 此童蓋爲僧所箠殺, 死後乃從紫衣者, 僧見之故懼. 至建炎中, 正彦卒以逆誅.

선화 1년(1119), 섬서지방의 희하경략사 유법[28]이 서하와의 전투 중

28 劉法(?~1119): 자와 호, 적관 등은 모두 미상이다. 서하와의 전투에서 혁혁한 공을 세워 刺史, 廓州安撫使, 四方館使로 승진하였고, 大觀 2년(1108)에는 侍衛親軍

에 사망하였다. 조정은 그 유가족들을 후하게 위로하고 도성에 저택을 하사하였다. 유법의 아들 유정언[29]은 부친상을 다 마친 후 하중부[30]에서 도성으로 이사하여 그 집에서 살았다. 집은 방이 백 칸이나 되었는데 서쪽 한 곳에서 예전부터 귀신이 많이 나왔다. 쪽문이 열릴 때마다 자주색 관복에 금으로 장식한 어대를 찬 고관이 당나라 때 것과 같은 두건을 두른 채 그 안에서 배회하고 있었고, 어린 동자가 그 뒤에서 공손하게 서 있었다. 또 그들은 때때로 집 대청에 출몰하며 사람들에게 해를 입혔다.

유정언의 사촌 형 하나가 평생 담력을 키우는 데 노력을 기울여서 두려워하는 것이 없었다. 그는 홀로 그 괴이한 것들을 다스리고자 하였다. 이에 명함을 들고 가서 배알하겠다며 문밖에 두고 기다렸다. 잠시 후 문이 저절로 열리더니 자주색 관복에 홀을 단정하게 든 자가 유정언의 사촌 형을 맞이하였다. 차를 내왔고 마주 보고 앉았는데 손님을 대하는 예의와 법도가 자못 볼만하였다. 어느 시대 사람이고 언제부터 이곳에서 살았냐고 묻자 답하길,

馬軍司都虞候, 彰化軍節度使留後가 되었고, 政和 1년(1111)에는 侍衛親軍馬軍司都指揮使가 되었다. 宣和 1년(1119)에 공명심에 불탄 童貫은 熙河經略使였던 劉法에게 興州 · 靈州 등 西夏의 심장부를 공략하라는 무모한 명을 내렸다. 유법은 부득이 출전하였다가 대패하고 전사하였지만 동관은 대첩을 거두었다고 허위보고하였다. 이때 송은 전투 경험이 풍부한 정예병 10만을 상실하였는데, 이것은 후에 북송 멸망의 중요한 요인으로 작용하였다.

29 劉正彦(? ~1129): 熙河經略使 劉法의 아들로 御營都統制였던 王淵의 추천으로 濠州지사와 御營右軍副都統制로 승진하였다. 丁進의 난을 진압하는 데 공을 세웠지만 인정받지 못하자 建炎 3년(1129)에 苗傅와 함께 고종을 폐위시키는 '苗劉兵變'을 일으켰다가 실패하여 처형되었다.

30 河中府: 永興軍路 河中府(현 산서성 運城市 永濟市 · 萬榮縣).

"이곳에 거한 지 300년 되었다오. 당조에서 실제로 나는 변송절도사[31]였소. 신하로서의 충절을 다하지 못해 모두 300여 명이나 되는 종친들이 모두 이곳에서 목숨을 잃었지요. 지금 돌이켜 생각해 보면 후회가 막심하나 아무 소용이 없지요."

사촌 형이 묻길,

"세월이 이렇게 많이 흘렀는데, 어찌 여전히 귀록[32]에 매여 있단 말이오?"

그가 답하길,

"지은 죄가 심히 막중하여 환생하기가 실로 어렵다오. 나처럼 나라를 배반한 신하가 나를 대신하지 않으면 벗어나기가 쉽지 않다오."

사촌 형이 묻길,

"그대를 위하여 부처님께 복을 빌고 수륙재를 올려 그대를 구원하고 명복을 돕고자 하려는데 어떠시오?"

그가 답하길,

"소용없을 것이외다. 그러나 한번 시도해 봐 주시오."

사촌 형은 물러나왔고, 이를 유정언에게 말하였다.

다른 날 고승[33]을 불러 대청에 수륙도량을 설치하였다. 막 밤이 되

31 汴宋節度使: 唐朝는 天寶 14년(755)에 하남절도사를 임명하고 황하 남쪽에서 회하 북쪽의 13개 郡을 관할하게 하였다. 3년 뒤 폐지하였으나 寶應 1년(762) 다시 설치하고 汴州 등 8개 주를 관할하게 하였으며, 廣德연간(763~764) 이후 변송절도사로 개칭하였고, 建中 2년(781)에 다시 宣武軍절도사로 개칭하였다. 中和 3년(883)에 朱溫이 절도사가 되어 당조를 멸망시키고 後梁을 건국하는 근거지로 활용하였다.

32 鬼錄: 죽어서 저승에 속한 자의 명단을 뜻하며 鬼籙이라고도 한다.

33 闍梨僧: 산스크리트어 阿闍梨의 음역이다. 아사리는 '제자를 가르치고 행위를 바

자 자주색 관복을 입은 자가 접이의자에 기대앉아 보고 있었고 동자도 옆에 서 있었는데, 일하는 사람들마다 그 둘을 보았다. 그런데 승려 홀로 두려워 떨면서 법구를 흔들며 귀신을 쫓는 축문을 외우는데, 겨우 몇 마디 하자 자주색 관복을 입은 자가 무언가를 깨달았는지 무서운 목소리로 동자를 불러 말하길,

"저자를 죽여라!"

동자가 앞으로 뛰어나가니 승려는 즉시 땅에 엎어졌는데 마치 어떤 물건에 가격당한 것 같았다. 승려가 겨우 말하길,

"내가 실제로 그대를 죽였고, 그 뼈를 불태워 재를 주머니에 담아 절의 탑[34] 삼층 칸 아래 벽돌 틈 사이에 두었는데 아무도 이를 알지 못하오. 지금 감히 더 숨기지 않으리니 원컨대 나를 좀 놓아주시오."

얼마 후 승려가 깨어났는데 자주색 관복을 입은 자와 동자 모두 보이지 않았다. 승려에게 자초지종을 물어보니 그는 자신이 무슨 말을 했는지 전혀 모르고 있었다. 그 동자는 승려에게 매질을 당해 죽었는데, 죽은 뒤 이 자주색 관복을 입은 자를 모시고 있었다. 그래서 승려는 그 동자를 보자 두려워 떨었던 것이다. 건염연간(1127~1130)에 유정언은 마침내 역모에 관련되어 주살당했다.

르게 지도할 수 있는 모범적인 승려'를 뜻한다.

34 浮圖: 산스크리트어 붓다(Buddha) 또는 솔도파(stupa)의 음역이다. 부처 · 불교 · 승려 · 불교도를 뜻하다가 점차 불탑을 뜻하는 전용어로 바뀌었다. 우리나라에서는 승려의 사리나 유골을 안치한 墓塔을 말하며 浮屠라고도 한다.

09 왕돈인王敦仁

胡汝明待制舜陟帥廣西, 與轉運使呂源以職事相失. 府吏徐竽者, 獲罪於胡, 杖而逐之, 陰求胡過失以啖源, 得其邕州買馬折閱事, 劾奏于朝. 故相秦檜入其言, 紹興十三年, 遣大理丞袁柟·燕仰之爲制使鞫治. 是歲六月, 捕胡下吏, 凡一時左證皆就逮, 竽亦對獄.

才旬日, 胡死獄中, 二丞懼, 秘不使言, 陽令府中召醫入, 諭醫者王敦仁, 使證爲病篤, 舁出外. 竽亦得歸家, 行未至, 忽斂衣襟, 曲躬向空而揖曰: "待制在此." 卽時病, 及家而死. 後三年六月, 敦仁以疽發背死, 憑其家人言曰: "我頃入獄視胡待制, 時實已死, 我畏寺丞之責, 妄言疾勢八分, 合服鍾乳. 藥至已無所付, 自飮之而出, 致其寃不得直, 今須我對於地下."

呂源受代, 居衡州, 且死, 戒子弟治身後事, 指其棺曰: "入此見胡待制時, 大費分說在." 竟亦不起. 又胡公在獄時, 得以一婢自隨, 後嫁桂林, 衆人白晝見胡從外入, 曰: "急須汝證吾寃, 勉爲吾行." 婢曰: "待制有命, 敢不從." 胡喜而出. 婢具告其夫, 將更衣索浴, 未及而逝.

자가 여명인 대제 호순척[35]은 광남서로 경략사로 있으면서 전운사

35 胡舜陟(1083~1143): 자는 汝明이며 江南西路 徽州 績溪縣(현 안휘성 宣城市 績溪縣) 사람이다. 監察御史와 集英殿 修撰, 廬州·臨安府지사, 회서안무사, 광동서로 經略使 등을 역임하면서 탁월한 치적을 올렸다. 紹興 8년(1138), 권신 秦檜의 10대 죄상에 대해 탄핵 상소를 올렸다가 오히려 파면당하였고, 진회가 악비를 음해하자 적극 변호하였다. 紹興 13년(1143) 전운사 여원과 불화하여, 뇌물을 받고 말을 도둑질하였으며 조정을 비방하였다는 모함을 받고 투옥되었다. 진회가 이 기회를 이용하여 袁柟과 燕仰之를 파견하여 압박하니 결국 옥사하였다. 악비와

여원과 업무로 인해 서로 부딪혔다. 경략사 관아의 서리인 서우라는 자가 호순척에게 죄를 지어 곤장형을 당하고 쫓겨났는데, 몰래 호순척의 과실을 찾아 여원을 부추겼다. 마침 호순척이 옹주[36]에서 말을 사면서 상품을 싸게 판 일[37] 이 있어 조정에 탄핵의 상주문을 올렸다. 지금은 고인이 된 재상 진회는 당시 그 일을 황제에게 알렸고, 소흥 13년(1143) 대리승[38] 원남과 연앙지를 제사[39]로 파견하여 추국하도록 했다.

그해 6월 호순척을 체포하여 옥리에게 넘겼고 일시에 모든 증인들이 다 잡혀 왔으며 서우 역시 대질하였다.

호순척은 겨우 열흘 만에 옥중에서 사망하였다. 원남과 연앙지는 두려워 이 사실을 비밀에 부치고 외부로 알리지 못하게 한 뒤 겉으로는 관아로 의사를 불러 들어오게 하였다. 그들은 의사 왕돈인을 설득하여 병세가 위독하다고 증언하게 하고 호순척을 밖으로 내보내었

호순척의 옥사 이후 진회는 대대적인 공포정치를 시행하였다. 호순척은 후에 억울함이 밝혀져 少師로 추증되었다.

36 邕州: 廣南西路 邕州(현 광서자치구 南寧市).

37 折閱: 상품을 파는 측에서 싸게 팔거나 매입하는 사람이 가격을 깎아 싸게 사는 것을 뜻한다. 본문에서는 말을 구입하는 비용을 마련하기 위해 관부의 물품을 매각하는 과정에서 필요 이상으로 저가에 팔아 국고에 손실을 입혔다고 탄핵한 것이다.

38 大理丞: 사법기관인 大理寺의 정8품관이다. 元豐 3년(1080) 관제개혁으로 옥사를 심문 조사하는 治獄寺丞과 올라온 안건을 판결하는 斷刑寺丞으로 나뉘었다. 원풍 개혁 때 정원은 10명이었으나 남송 때에는 5명으로 줄었다.

39 制使: 본래 '황제를 대신해 통제하는 사절'을 뜻하며, 制置使 · 制置大使 · 宣諭使 · 招討使 · 經略使 · 安撫使 등이 여기에 해당한다. 본문에서의 제사는 정식 관직은 아니며 진회가 고종의 조서를 빙자해 임의로 제사를 남발하였던 사실의 일단을 보여준다.

다. 서우 역시 귀가를 허용받았는데, 미처 집에 이르기도 전에 갑자기 옷깃을 여미더니 몸을 굽혀 허공을 향하며 읍하며 말하길,

"대제께서 여기에 계시는군요."

그는 즉시 병이 나서 집에 도착하자마자 죽었다. 3년 후 6월, 왕돈인은 등에 종기가 생겨 죽었다. 그 가족들의 말에 의하면, 그가 이르기를,

"내가 예전에 감옥에 들어가 대제 호순척을 보니 실제는 이미 죽은 뒤였다. 나는 대리승의 책망이 두려워 거짓으로 병세가 매우 위중하고 종유석[40]을 복용하는 것이 적합하다고 하였다. 약이 도착하였는데 처리할 바를 몰라 내 스스로 그것을 마시고 나왔다. 이로써 호순척의 억울함을 바로잡을 길이 없어졌다. 지금 나는 반드시 저승에서 대질당할 것이다."

여원은 후임이 오자 형주[41]로 가서 지냈는데 죽을 때가 되자 자제들에게 자신을 잘 묻어 줄 것[42]과 함께 후사를 당부한 뒤 관을 가리키며 말하길,

"이곳으로 들어가 대제 호순척을 만나면 그와 한바탕 설전을 벌여야 할 것 같구나."

마침내 그는 일어나지 못했다. 또 호순척이 감옥에 있을 때 한 여종을 둘 수 있게 해 주었는데, 후에 계주[43]로 시집갔다. 백주 대낮에

40 鐘乳石: 종유석을 곱게 갈아 가루로 만들어 약재로 쓰는데, 虛勞와 內傷에 좋으며, 또 하초 손상으로 다리가 약해지거나 아프고 시린 데 좋다.

41 衡州: 荊湖南路 衡州(현 호남성 衡陽市).

42 治身: 통상 修身을 뜻하지만 道家에서는 몸을 잘 관리한다는 養生의 의미가 내포된 개념으로 쓴다. 본문에서는 자신의 시신을 잘 관리해 달라는 뜻이다.

대제 호순척이 밖에서부터 그 집 안으로 들어가는 것을 여러 사람들이 보았다. 호순척이 말하길,

"네가 급히 와서 나의 억울함에 대해 꼭 증언해 주어야겠다. 나를 위해 부디 함께 가 주었으면 한다."

여종이 말하길,

"대제께서 명령하시는데 어찌 감히 따르지 않을 수 있겠습니까?"

호순척은 기뻐하며 그 집에서 나왔다. 여종은 이 모든 것을 남편에게 말한 뒤 옷을 갈아입고 깨끗이 목욕했는데, 채 다 마치기도 전에 죽었다.

43 桂林: 廣南西路 桂州(현 광서자치주 桂林市).

10 최씨 노파의 게송崔婆偈

東平梁氏乳嫗崔婆, 淄州人, 爲宣義郎元明乳母. 平生茹素, 性極愚, 不能與同輩爭長短. 主母晁夫人, 留意禪學, 崔朝夕在旁, 但能誦阿彌陀佛, 虔誠不少輟, 不持數珠, 莫知其幾千萬遍. 紹興十八年, 年七十有二, 得疾, 洞泄不下牀, 然持念愈篤. 忽若無事, 時唱偈曰: "西方一路好修行, 上無條嶺下無坑. 去時不用著鞋襪, 脚踏蓮花步步生." 諷詠不絶口. 人問何人語, 曰: "我所作." "婆婆何時可行?" 曰: "申時去." 果以其時死, 十月五日也. 用僧法焚之, 至盡, 舌獨不化, 如蓮華然.(元明, 予友壻也.)

동평부[44] 양씨 집안의 유모인 최씨 노파는 치주[45] 사람으로 선의랑 양원명의 유모였다. 평생 채식을 하였고 성품이 지극히 우직하여 옆 사람들과 다툴 줄도 몰랐다. 주인마님 조 부인은 선을 배우는 데 뜻을 두어 최씨는 하루 종일 그 옆에 있었다. 그저 아미타불만 외울 수 있을 정도였지만 정성을 다하여 잠시도 그치지 않았다. 염주를 갖고 있지 않아 몇 천 번, 몇 만 번을 외웠는지 알 수 없었다.

소흥 18년(1148), 72세가 되었을 때 병이 들었다. 설사를 심하게 하여 침상에서 내려올 수 없을 정도였지만 계속 염불하는 데 더욱 정성

44 東平府: 京東西路 東平府(현 산동성 泰安市 東平縣). 宣和 1년(1119)에 鄆州에서 東平府로 승격하였다.

45 淄州: 京東東路 淄州(현 산동성 淄博市).

을 다하였다. 그러다 갑자기 마치 아무 일도 없었다는 듯 때때로 게송을 외웠는데,

> 서방으로 가는 길은 가기 쉽게 잘도 닦여 있어,
> 위로는 봉우리도 없고 아래로는 구덩이도 없네.
> 갈 때 신도 버선도 신을 필요가 없으니,
> 발로 연꽃을 사뿐히 밟으면 걸음걸음마다 연꽃이 피어나네.

게송을 읊조리는 데 막힘이 없었다. 사람들이 누가 지은 것이냐고 묻자 답하길,

"내가 지은 거야."

"노파께서는 언제 가십니까?"

답하길,

"신시에 갈 거야."

과연 그 시간에 죽었다. 10월 5일이었다. 절의 법도대로 화장하였는데 몸은 다 타도 혀만은 타지 않았으며, 마치 연꽃 같은 모양이었다.(양원명은 내 친구의 사위다.)

이견을지 夷堅乙志 卷10

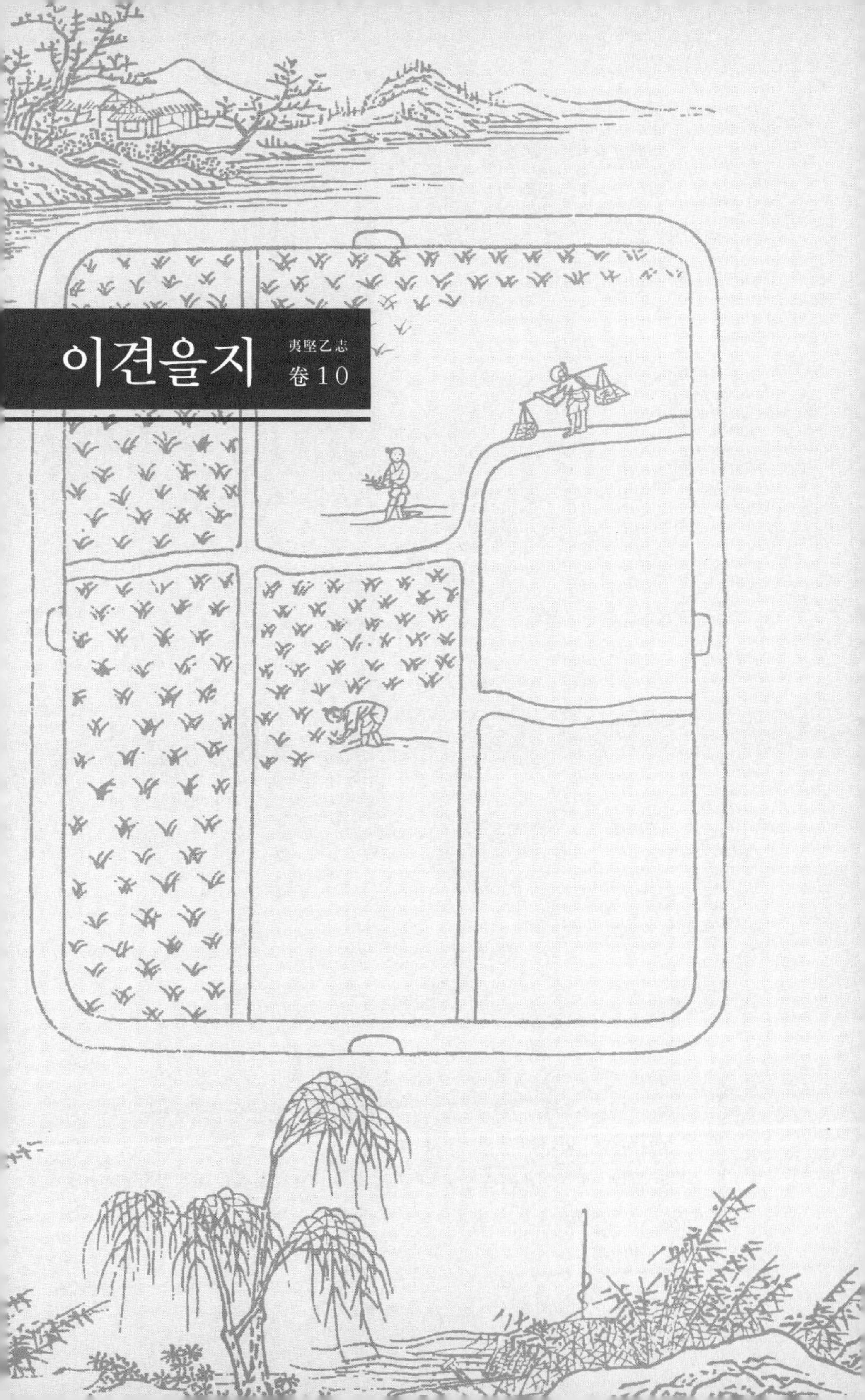

01 명의 장예張銳醫

成州團練使張銳, 字子剛, 以醫知名, 居鄭州. 政和中, 蔡魯公之孫婦有娠, 及期而病, 國醫皆以爲陽證傷寒, 懼胎之墮, 不敢投涼劑. 魯公密信邀銳來, 銳曰: "兒處胞十月, 將生矣, 何藥之能敗!" 如常法與藥, 且使倍服, 半日兒生, 病亦失去. 明日, 婦大泄不止, 而喉痹不入食. 衆醫交指其疵, 且曰: "二疾如冰炭, 又產蓐甫爾, 雖扁鵲復生, 無活理也." 銳曰: "無庸憂, 將使即日愈." 取藥數十粒, 使吞之, 咽喉即平, 泄亦止.

逮滿月, 魯公開宴, 自諸子諸孫及女婦甥壻合六十人, 請銳爲客. 公親酌酒爲壽曰: "君之術通神, 吾不敢知. 敢問一藥而治兩疾, 何也?" 銳曰: "此於經無所載, 特以意處之. 向者所用乃附子理中圓, 裹以紫雪耳. 方喉閉不通, 非至寒藥不爲用, 旣已下咽, 則消釋無餘. 其得至腹中者, 附子力也, 故一服而兩疾愈." 公大加歎異, 盡斂席上金匕箸遺之.

慕容彥逢爲起居舍人時, 母夫人病, 亦召銳於鄭, 至則死矣. 時方暑, 銳欲入視, 慕容不忍, 意其欲求錢, 乃曰: "道路之費, 當悉奉償, 不煩入也." 銳曰: "傷寒法, 有死一晝夜復生者, 何惜一視?" 不得已延入, 銳揭面帛注視, 呼仵匠語之曰: "若嘗見夏月死者面色赤乎?" 曰: "無." "口開乎?" 曰: "無." "然則汗不出而蹶耳, 不死也, 無亟斂." 趨出取藥, 命以水二升煮其半, 灌病者, 戒曰: "善守之." 至夜半大瀉, 則活矣.

銳舍於外館, 夜半時, 守病者覺有聲勃勃然, 遺矢已滿席, 出穢惡物斗餘, 一家盡喜. 敲門呼銳, 銳應曰: "吾今日體困, 不能起, 然亦不必起, 明日方可進藥也." 天且明, 徑命駕歸鄭. 慕容詣其室, 但留平胃散一貼而已. 母服之, 數日良愈. 蓋銳忿求錢之疑, 故不告而去.

紹興中入蜀, 王秬叔堅問之曰: "公之術, 古所謂十全者幾是歟?" 曰: "未也, 僅能七八耳. 吾長子病, 診脈察色, 皆爲熱極, 命煮承氣湯, 欲飮之. 且飮復疑, 至于再三. 將遂飮, 有如掣吾肘者, 姑持盃以待. 兒忽發顫悸, 覆綿衾至四五始稍定, 汗下如洗, 明日而脫然. 使吾藥入口, 則死矣, 安得爲造妙? 世之庸醫, 學方書未知萬一, 自以爲足, 吁! 可懼哉." (王秬叔堅說.)

자가 자강인 성주[1] 단련사 장예는 의술로 유명하였고 정주[2]에 살고 있었다. 정화연간(1111~1117)에 노국공 채경의 손주 며느리가 임신을 하였는데, 출산에 임박하여 병이 났다. 어의는 모두 양증[3] 상한이라 진단하였지만 유산될까 우려하여 감히 차가운 성질의 약[4]을 처방하지 못하였다. 채경은 은밀히 장예에게 편지를 보내 와 달라고 하였는데, 장예는 말하길,

"태아는 10개월이 다 되어 곧 태어나려고 합니다. 무슨 약을 쓰건 문제가 되지 않습니다."

그리고 평상시 처방처럼 약을 주었을 뿐 아니라 복용량도 두 배로 늘렸다. 반나절 만에 출산하였고, 병세 역시 없어졌다. 하지만 다음날 산모는 설사가 심한데다가 멈추지 않았고 인후가 마비되어 음식을 먹을 수 없었다. 여러 의사들은 장예의 잘못이라고 앞다투어 손가락질하며 말하길,

1 成州: 秦鳳路 成州(현 감숙성 隴南市 成縣).
2 鄭州: 京西北路 鄭州(현 하남성 鄭州市).
3 陽證: 한방에서는 병증을 음양과 허실로 크게 구분하는데, 양증은 陰證에 대응되는 개념이다. 發揚性 질병으로 체온이 높고, 脈動이 빠르고 안색이 붉으며, 갈증이 있고, 설태가 끼고 변비 증세 등이 나타난다. 약재는 냉한 것을 취한다.
4 涼劑: 몸의 열을 내리게 하는 데 쓰는 찬 성질이 있는 藥劑의 통칭이다.

"두 증상은 차가운 얼음과 뜨거운 숯이 함께 있는 것과 같고, 게다가 막 출산하였으니 설령 편작[5]이 다시 돌아온대도 살릴 방법이 없다."

장예는 대답하길,

"걱정하실 필요 없습니다. 오늘 내로 곧 낫게 될 것입니다."

약 수십 알을 가져와 그녀에게 삼키게 하니 인후가 곧 정상으로 돌아왔고, 설사 역시 멈추었다.

아기의 만월[6]에 채경이 연회를 열었는데, 여러 아들과 손주, 딸과 며느리, 조카와 사위까지 모두 60명이 모였고 장예도 손님으로 초대받았다. 채경은 친히 술을 따라 주며 장수를 기원하고 묻길,

"그대 의술의 신통함은 내가 감히 알 수도 없지만 그래도 꼭 물어보고 싶은 것은 하나의 약으로 두 개의 병을 치료했으니 어떻게 그것이 가능하오?"

장예가 답하길,

"이것은 경전에는 쓰여 있지 않은 것으로서 특별히 제 생각대로 처방을 내린 것입니다. 전에 제가 사용한 약은 '부자이중원'[7]이지만 그것을 자설[8]로 둘러싼 것이 기존의 부자이중원과 다를 뿐입니다. 한창

5 扁鵲(전407~전310): 춘추전국시대의 명의로 성은 姬, 씨는 秦, 자는 越人, 이름은 緩이며 현 하북성 滄州市 任丘市 사람이다. 편작은 신화 속의 명의 이름으로 그의 의술에 감명한 당시 사람들이 붙인 별칭이다. 산부인과·내과 등 모든 분야에 해박하였고, 진맥을 이용한 진단법을 비롯해 중의학의 토대를 확립하였다.

6 滿月: 보름이란 뜻도 있지만 아기를 출산하고 30일 되는 날 출산을 축하하기 위해 잔치를 여는 풍속을 말한다.

7 附子理中圓: 부자·인삼·말린 생강·감초·백출 등으로 만든 약재로 몸이 차서 발생한 구토설사, 식욕부진 등 모든 냉증 치료에 폭넓게 쓴다.

8 紫雪: 열이 나면서 답답하고 불안하며 헛소리나 경련이 일어나는 데 쓰는 약재다.

인후가 통하지 않을 때는 반드시 차가운 약재를 쓰지 않으면 안 되는데, 인후를 내려가기만 하면 찬 기운이 녹아 하나도 남지 않게 됩니다. 약이 뱃속으로 들어가서는 부자[9]가 힘을 쓰게 됩니다. 그러므로 한 번의 약을 먹고 두 개의 병이 낫게 되는 것입니다."

채경은 크게 탄성을 지르며 식탁 위에 있던 금 수저와 젓가락을 모두 거두어 장예에게 주었다.

모용언봉[10]이 기거사인이었을 때, 어머니가 병들자 정주에 있던 장예를 불렀는데, 장예가 막 도착하였을 때 그만 어머니가 운명하고 말았다. 때는 바야흐로 한여름이었는데, 장예가 들어가 보고자 하니 모용언봉은 몹시 꺼려 하였다. 장예가 돈을 요구할 것이라고 생각한 모용언봉은 말하길,

"노자는 그대에게 모두 지불하겠습니다. 그러니 번거롭게 들어갈 필요는 없겠소이다."

장예가 말하길,

"상한의 치료법을 보면 죽은 지 하루 밤낮이 지나 다시 살아 돌아온 자가 있습니다. 한 번 보는 것이 무에 그리 어려운 일이겠습니까?"

紫雪丹이라고도 한다.

9 附子: 바곳 또는 烏頭라고 하는 다년생 초본인데, 봄에 채취한 것을 오두, 子根(어린뿌리)이 형성된 9월에 채취하는 것을 부자라고 구분한다. 뿌리를 건조시키면 몸이 냉하여 발생한 중풍 · 이질 등 여러 병에 효험이 있다. 약성이 매우 강해 사약의 주원료로 쓴 극약이다.

10 慕容彥逢(1067～1117): 자는 淑遇 · 叔遇이며, 兩浙路 常州 宜興縣(현 강소성 無錫市 宜興市) 사람이다. 哲宗 元祐 3년(1088)에 과거에 급제하였지만 휘종 즉위 후 뛰어난 문재와 아부로 총애를 받아 모두 15년 동안 황제의 측근으로 활동하면서 주요 공문을 많이 작성하였다. 감찰어사 · 中書舍人 · 한림학사 · 병부시랑 등을 거쳐 給事中, 병부상서를 역임하였다.

모용언봉은 부득이 장예를 데리고 들어갔다. 장예가 명목[11]을 걷어 보더니 염을 전문으로 하는 자[12]를 불러 그에게 물어보길,

"너는 여름에 죽은 사람의 얼굴색이 붉은 것을 일찍이 본 적이 있느냐?"

대답하길,

"없습니다."

"입을 벌리고 있는 경우는?"

"없습니다."

"그렇다면 땀이 밖으로 나오지 못해 졸도한 것이지 돌아가신 것이 아니다. 바로 염하지 마라."

급히 나오더니 약을 가지고 와 물 2승을 넣고 반으로 줄어들 때까지 끓여서 병자에게 억지로라도 마시게 하라고 시키고, "잘 돌보시오"라며 주의를 주었다. 환자는 한밤중이 되자 크게 설사를 하더니 곧 살아났다.

장예는 바깥의 여관에서 묵고 있었는데, 한밤중에 간병하던 자가 뭔가 꿈틀거리는 소리가 느껴져 보니 대변[13]이 이미 이부자리에 가득했고, 더러운 오물이 한 말이 넘게 나왔다. 온 가족이 좋아서 어찌할 줄 몰라 하며 장예를 찾아와 문을 두드리니 장예가 대답하길,

"오늘 몸이 너무 피곤하여 일어날 수도 없지만 또 일어날 필요도 없소. 내일이 되어야 비로소 약을 드실 수 있다오."

11 面帛: 小殮할 때 시신의 얼굴을 덮는 데 쓰는 네모난 비단 천이다.

12 仵匠: 시신을 염하고 장례 치르는 일을 전업으로 하는 사람을 뜻한다.

13 遺矢: 본래 '화살을 잃어버리다'는 말로서 전쟁 중 발생한 경미한 손실을 뜻한다. 후에 '똥을 싸다'는 말의 완곡한 표현으로 쓰였다.

날이 밝으려 하자 장예는 서둘러 수레를 몰게 해서 정주로 돌아갔다. 모용언봉이 장예가 머문 숙소에 가자 평위산 한 첩만 남겨져 있었다. 모용언봉 어머니는 평위산을 먹자 며칠 만에 증세가 많이 좋아졌다. 장예는 자신이 돈을 요구할 것이라는 의심을 받은 것에 화가 나서 떠난다는 말도 하지 않고 가 버린 것이다.

소흥연간(1131~1162)에 장예가 사천으로 갔는데, 자가 거숙인 왕견이 그에게 물어보길,

"공의 의술은 옛사람들이 말한 이른바 '십전'[14] 같은 것 아니겠습니까?"

그가 대답하길,

"아닙니다. 겨우 10의 7, 또는 8 정도까지 갔다고 볼 수 있겠지요. 저의 큰아들이 병에 걸렸는데 진맥을 하고 안색을 살펴보니 전신에 열이 매우 높은 것으로 보였습니다. 그래서 승기탕[15]을 끓여 마시게 하였지만 막 마시려는 순간 제대로 처방한 것인지 의문이 들어 거듭 고민하였습니다. 그러다 다시 약을 줘서 마시려는데 무언가가 내 팔을 끌어당기는 것 같아 잠시 약그릇을 들고 기다렸습니다.

그때 아들이 갑자기 두려워 떨 듯하면서 명주 이불을 네다섯 번 걷어차더니 비로소 안정되었고, 땀이 물이 쏟아지듯 흘러내렸습니다. 그리고 다음 날 병이 나아서 몸이 쾌적해졌습니다. 만약 내가 처방한 약을 먹였다면 곧 죽었을 것이니[16] 어찌 이리도 기묘한 일이 있단 말

14 十全: 10의 10으로 완벽한 함을 뜻한다.

15 承氣湯: 땀을 내게 하고 설사를 해서 몸에 쌓인 독기를 배설할 수 있게 하는 탕약이다.

16 열이 심하게 오를 경우 통상 상초에 원인이 있으면 땀을 내게 하고, 하초에 원인이

입니까? 세상의 우매한 의사들은 의학서를 공부하면서 그 만분의 일도 모르고도 스스로 족하다고 생각하니, 실로 겁나는 일입니다."(자가 거숙인 왕견이 한 이야기다.)

있으면 통변을 하게 한다. 승기탕은 대소변을 통하게 하는 데는 좋은 약재지만 약성이 강한 대황을 주성분으로 하고 있어 상초의 열을 내리는 데는 부적합하다.

02 여항현의 종실 여식餘杭宗女

唐信道, 宣和五年自會稽如錢塘, 赴兩浙漕試, 館于普濟寺. 寺後空室有旅櫬, 欲觀之, 僧止之曰: "是中乃一婦人, 棺半開半闔, 時時出, 與人往來, 非數人同入視不可." 唐曰: "豈有秀才畏鬼者乎?" 竟獨往. 棺上誌曰某王宮幾縣主之柩, 蓋距是時已四十年矣. 一女子可二十許歲, 粉黛鉛華, 如新傅者, 容色與生人無少異, 驚歎而出.

還會稽, 以語吳棫材老. 材老曰: "是烏足爲異哉! 吾居餘杭縣寺中, 亦有宗女柩寄僧坊者, 每夕與僧飮酒歌笑, 旁若無人, 通衽席之好. 遲明就木, 僧必送之以往. 如是二年, 事浸聞其父, 父怒, 謀擧而焚之. 母夢女悲泣告曰: '兒不幸死, 而冥數當與僧合. 自知淫穢以貽父母羞, 然腹已有孕, 儻不得生子, 則沉淪幽趣, 長無脫期. 願少緩三月, 使畢此緣, 然後就焚, 無害也.'

母亦泣而寤, 以告夫, 夫愈怒, 曰: '兒已死, 乃與庸僧遊, 又欲爲生子, 吾不能受此辱. 必焚之乃可.' 是夜, 母及一家人悉夢女來, 如前訴之語而加苦切, 申言至數四. 明日, 合詞白其父. 父堅忍人也, 愈益怒, 不俟所擇日至, 立呼凶肆之人, 輿薪厝火, 斧棺而爇之. 其腹皤然, 少焉折裂, 果有嬰兒, 已成形矣." (信道說.)

선화 5년(1123), 당신도는 양절로의 조시[17]에 참가하기 위해 월주[18]

17 漕試: 전운사에서 주관하는 解試에 준하는 과거를 뜻한다. 景祐연간(1034~1037)에 각 路 轉運司 주관으로 해당 路에 거주하는 현직 관원의 자제 및 친척, 종실녀의 남편 등을 대상으로 별도의 과거를 개설하였다. 모든 절차와 방식은 州·府 解試와 같아 합격하면 省試에 응시할 수 있는 자격을 부여하였다.

에서 항주[19]로 가서 보제사에 묵고 있었다. 절 뒤의 빈방에 보관 중인 관[20]이 있어서 가서 보려고 하니, 승려가 그를 막으며 말하길,

"이것은 한 여인의 관인데 그 관은 반쯤 열려 있고 반쯤 닫혀 있습니다. 그녀는 늘 나와서 사람들과 왕래하니 여러 사람이 함께 들어가 보지 않으면 안 됩니다."

당신도가 말하길,

"귀신을 두려워하는 과거 수험생이 어찌 있을 수 있단 말이요?"

결국 혼자 방에 들어갔다. 관위에는 '모모 왕의 현주[21] 관'[22]이라 쓰여 있었는데, 대략 40년 전의 것이었다. 여인은 20세 정도 되어 보였고, 희고 검은[23] 화장용 분이 선명하며 마치 새롭게 바른 것 같았고 용모와 생기가 살아 있는 사람과 조금도 다르지 않아 놀라서 뛰쳐나왔다.

당신도는 월주로 돌아가 자가 재로인 오역[24]에게 이 이야기를 해주었다. 오역은 "그것이 어찌 족히 놀랄 만한 일이겠소!"라고 하더니

18 會稽: 兩浙路 越州(현 절강성 紹興市).

19 錢塘: 兩浙路 杭州(현 절강성 杭州市).

20 旅櫬: 객사한 사람의 관 또는 장례 치를 여건이 되지 않아 임시 보관한 관이다.

21 縣主: 皇族 여자에 대한 봉호로서 東漢 때는 황제의 모든 공주를 縣公主로 봉하였고, 隋唐 이후로는 諸王의 딸을 縣主로 봉하였다.

22 某王宮幾縣主: 황제의 아들 또는 공신으로서 왕의 작위를 받은 자의 딸이란 뜻이다.

23 粉黛: 흰색 분과 검은 분으로 피부와 눈썹을 화장하는 데 쓴다. 흰색 분의 원료로는 쌀가루와 납가루를 주로 썼다.

24 吳棫(1100?~1154): 자는 材老이며 淮南西路 舒州(현 안휘성 安慶市 潛山縣) 사람이다. 政和 8년(1118)에 진사 급제하였지만 제대로 출사하지 않고 말년에 太常丞이 되었다. 紹興 15년(1145)에 泉州 添差 通判이 되었다. 음운학과 훈고학 등에 정통하였다.

다음과 같이 말하였다.

내가 여항현[25]의 절에 묵고 있었을 때 역시 종실 여자의 관이 승방에 보관되어 있었는데, 그 여자는 매일 밤 승려와 술 마시고 노래 부르며 깔깔대다가 옆에 사람들이 없으면 함께 성생활의 즐거움을 나누기도 하였소. 날이 밝아 관으로 갈 때면 승려가 반드시 그녀를 배웅하여 보냈소. 이렇게 2년이 흘렀는데, 일이 점차 그 아버지의 귀에까지 들어갔고, 화가 난 아버지는 관을 들어다 불태우고자 하였다오.

그러자 어머니 꿈에 딸이 나와 울면서 말하길,

"저는 불행하게 죽었고, 명계의 운명이 승려와 인연을 맺는 것이랍니다. 음란한 행동으로 부모를 욕되게 한 것을 잘 알고 있으나 지금 뱃속에 이미 아이가 있습니다. 반약 이 아이를 낳지 않으면 지옥에 빠져 긴긴 세월 여기를 벗어날 기약이 없습니다. 원컨대 3개월만 늦춰 주시면 이 인연을 잘 마무리하겠습니다. 그 뒤에 태워져도 무방할 것입니다."

어머니 역시 울면서 깨어난 뒤 이를 남편에게 말하였지만 남편은 더욱 화내며 말하길,

"우리 딸이 죽어서 땡추와 놀아나더니 지금 또 그놈의 아이를 낳고 싶다고 하는데 나는 이 치욕을 더 이상 견딜 수가 없구려. 반드시 시신을 태워야 하겠소."

그날 밤 어머니와 가족 모두 꿈을 꾸었는데, 딸이 와서 앞의 꿈에서 했던 바와 똑같은 말을 하였을 뿐 아니라 더욱 간절하게 네 차례

25 餘杭縣: 兩浙路 杭州 餘杭縣(현 절강성 杭州市 餘杭區).

에 걸쳐 자기의 바람을 밝혔다오. 다음 날 가족 모두 아버지에게 이 말을 전하였지만 아버지는 한번 결심하면 흔들리지 않는 사람이었다오. 그는 더욱더 화를 내며 택일한 날을 기다리지도 않고 즉시 장례업자를 불러 땔감을 가져와 불을 지핀 뒤, 도끼로 관을 찍어 부수고 태워 버렸소. 그 여자의 배가 불룩했고 잠시 후 갈라졌는데, 실제로 아기를 배고 있었으며 태아는 이미 사람의 형상을 다 갖추고 있었다고 하오.(당신도가 한 이야기다.)

03 금빛 망아지金馬駒

京師人郭自明太尉, 以事太宗藩邸恩至濮州刺史, 賜宅于炭坊巷. 嘗夜半, 聞屋上甲馬奔驟聲, 怪之. 遣人出視, 見一馬大如貓而差高, 馳走不止. 一卒以荻帚撲得之, 取至地, 乃黃色小馬, 蓋生物也. 收養于家, 久而馴熟, 出入無所畏, 郭氏寶惜之. 遇食時, 婦女翦嫩草如絲縷, 手日餵飼, 呼爲"金馬駒".

後爲人誤擊其足, 微有損處, 然嘶鳴飮齕自若也. 又一夕, 有人扣門曰: "還太尉馬錢." 守者以告, 遣視駒, 已死矣. 及啟關, 五百千宛然在地. 郭氏取錢而瘞其駒. 更數歲, 發瘞而觀, 則成一金馬, 旋化爲銅, 所損足已落, 至今猶在. 其幺孫繪居鄭州新鄭者實藏之, 繪從弟湉說.

도성 사람인 태위 곽자명은 태종이 즉위하기 전부터 그를 모셨던 은덕으로 복주[26] 자사에 오르고 탄장항[27]에 있는 저택도 하사받았다. 일찍이 한밤중에 지붕 위에서 갑옷을 입은 말[28]이 달리는 소리가 들려 괴이하게 생각했다. 사람을 내보내 살펴보게 하니 크기는 고양이만 하고 키는 조금 더 큰 말 한 마리가 보였다. 멈추지 않고 빨리 달리고 있는 것을 한 병졸이 억새로 만든 빗자루를 던져 잡았다. 땅에

26 濮州: 京東西路 濮州(현 산동성 菏澤市 鄄城縣).

27 炭坊巷: 개봉 성내 顯寧寺의 남쪽에 있는 炭場巷의 오기가 아닌지 추정된다. '탄장항'으로 번역한다.

28 甲馬: 갑옷을 입은 말이다. 송대 말 갑옷은 목 · 가슴 · 몸통 · 엉덩이 네 부분으로 이루어졌으며 小札을 가죽으로 연결하여 만들었다.

내려놓으니 황색 어린 망아지로 살아 있는 것이었다.

집에서 길렀는데 오랫동안 길들이며 정이 들었다. 망아지는 집을 드나들며 무서워하는 것이 없었고, 곽자명은 그 망아지를 매우 아꼈다. 먹이를 먹일 때 부인과 딸은 부드러운 풀을 실처럼 가늘게 잘라 매일 손수 먹여 주었으며 '금빛 망아지'라고 불렀다.

이후 어떤 사람에게 다리를 잘못 맞아 조금 상처가 생겼지만, 울고 먹고 마시는 것은 여전하였다. 어느 날 밤 어떤 사람이 찾아와 문을 두드리며 말하길,

"태위께 말 값을 돌려드립니다."

문지기가 말을 전하자 곽자명은 사람을 보내 망아지를 살펴보니 이미 죽어 있었다. 대문을 열어 보니 500관이 진짜로 땅에 놓여 있었다. 곽자명은 그 돈을 가져오게 한 뒤 망아지를 묻어 주었다. 다시 몇 해가 흘러 묻은 곳을 파서 보니 망아지는 금빛 말로 변해 있었고, 잠시 후 다시 구리 말로 바뀌었다. 상처 난 발은 이미 떨어져 나갔지만 지금까지 그대로 있다. 곽자명의 현손인 곽회는 정주 신정현[29]에 살고 있었는데 실제로 그것을 소장하고 있었다. 곽회의 육촌동생[30] 곽탁이 한 이야기다.

29 新鄭縣: 京西北路 鄭州 新鄭縣(현 하남성 鄭州市 新鄭縣).

30 從弟: 증조부가 같고 항렬이 같은 경우 종형제라 한다.

04 호구현의 용湖口龍

池州每歲發兵三千人, 遣一將督戍江西, 率以夏五月會于豫章, 番休而歸. 紹興二十五年, 統制官趙玘受代去, 行兩日, 泊舟順濟祠下. 祭罷, 攜妓入廟飮酒, 以舟中苦熱, 命設榻于西廂飮福廳, 將翼日早發. 廟祝知神不樂, 不敢明言, 但云龍王不在廟, 出巡江矣, 度一二日西歸. 大軍若果行, 懼或相値遇, 不便也.

玘素膽勇, 且被酒, 聞祝言, 殊不信, 叱曰: "師行何所畏?" 如期打鼓發船. 行未至湖口縣三十里, 遙望若有山橫前, 舟人震恐. 玘以爲眞山, 竦身立觀之. 少焉, 北風大作, 白浪涌起如屋, 見向所謂山者, 乃大赤斑龍, 無首無尾, 其身長正與江闊等, 擁水而南. 玘猶命射之. 百矢俱發, 其來愈近. 玘始懼, 急回棹, 奔入小澢避之. 矴纜方畢, 龍直前而過, 寒風肅然, 當盛暑, 皆有挾纊意, 久之乃息. 他舟覆者數十艘, 沉士卒數十人, 巨商同宗行者, 亦多溺死. 時外舅鎭江西, 玘具列其事, 獨諱廟中之過云.

지주[31]에서는 매년 3천 명의 병사를 파견하면서 장군 한 명을 보내 감독하며 강남서로를 방어하게 하였다. 그리고 모든 병력을 여름 5월 홍주[32]에 집결시킨 뒤 교대로 쉬고 본대로 복귀시켰다. 소흥 25년(1155), 통제관[33] 조기가 후임으로 가서 이틀을 행군한 후 순제사[34] 아

31 池州: 江南東路 池州(현 안휘성 池州市).

32 豫章: 江南西路 洪州(현 강서성 南昌市).

33 統制官: 宣和연간(1119~1125)에 서남지역 파병 총지휘관으로 처음 都統制를 임명하였으나 임무 종료 후 폐지하였다가 建炎 1년(1127)에 王淵을 御營使도통제로

래에 배를 정박시켰다. 조기는 순제사에서 제사를 마친 뒤 기녀를 데리고 들어와 술을 마셨고, 배 안이 너무 덥다며 서쪽 행랑채의 음복청에 침상을 갖다 놓으라고 하였다. 그리고 다음 날 아침 출발하려고 하였다.

묘축은 순제사의 마조신이 불쾌해 할 것을 알았지만 감히 분명하게 말하지는 못하고 단지 용왕께서 지금 강을 순찰하러 나가셔서 계시지 않지만 하루 이틀 지나 서쪽에서 돌아오실 것 같다고만 말해 주었다. 그리고 만약 대군이 예정대로 행군한다면 신과 서로 마주치게 되어 불편해질지도 모른다고 하였다.

조기는 원래 담이 크고 용맹한데다 술까지 취해서 묘축의 말을 듣긴 했지만 조금도 믿지 않았다. 오히려 그를 꾸짖길,

"군대가 행군하는데 두려울 바가 무엇이 있겠느냐!"

예정대로 북을 치며 배를 출발시켰다. 군대가 이동하여 강주 호구현[35]에서 30리 정도 떨어진 곳에 이르렀을 무렵 멀리서 산 같은 것이 앞에 가로놓여 있는 것이 보여 뱃사람들은 두려워 떨기 시작하였다. 조기는 진짜 산이라고 여기면서도 몸을 꼿꼿하게 세우고 일어나 그것을 자세히 보았다. 잠시 후 북풍이 크게 불더니 집채 같이 큰 흰 파

임명하면서 부활하였고, 紹興 4년(1134)에 추밀원도통제를 설치하였다. 그리고 소흥 5년에 殿前司 휘하 병력을 前軍·後軍·中軍·左軍·右軍·先鋒軍·護聖軍으로 나눈 뒤 각 군마다 統制를 임명하였다. 통제가 곧 통제관인지는 관련 자료를 찾기 힘들어 단정할 수 없다. 본문에서는 그에 대한 판단을 보류한 채 원문 그대로 번역하였다.

34 順濟祠: 항해의 순탄함을 기원하는 곳으로 媽祖를 모시는 사묘다. 宣和연간(1119~1125)에 조정으로부터 '順濟'라는 廟號를 하사받았다.

35 湖口縣: 江南東路 江州 湖口縣(현 강서성 九江市 湖口縣).

도가 솟구쳐 올라왔고, 조금 전 산이라고 여겼던 것을 바라보니 바로 커다란 붉은 반점의 용이었다. 머리도 꼬리도 보이지 않았지만 몸통의 길이가 강폭과 꼭 같았다.

용이 물을 막은 채 남쪽으로 내려오고 있었다. 조기는 오히려 용을 향해 활을 쏘라고 명하였다. 모두 일제히 활을 쐈지만 용은 더욱 가까이 다가왔다. 조기는 비로소 두려워하며 급히 노를 저어 되돌아서서 재빨리 작은 물굽이로 들어가 용을 피하였다. 닻줄을 막 내리자마자 용이 바로 앞으로 지나갔는데 차가운 바람이 불어 배가 흔들렸다. 한여름인데도 모두 솜옷을 껴입고 싶을 정도였다. 한참 지나니 비로소 괜찮아졌다.

뒤집혀진 배가 수십 척이나 되었고 물에 빠진 사졸들도 수십 명이었다. 수행하던 거상과 종친들 역시 다수가 익사하였다. 당시 장인께서 강남서로에 출진하고 계셨는데 조기가 그 사건을 상세히 보고하였다. 하지만 자신이 순제사에서 저질렀던 잘못은 숨기며 말하지 않았다고 한다.

신수 오자재吳信叟

卿樞王恭簡公時亨, 紹興丁卯歲爲明州節度推官. 時吳信叟罷右史鄕居, 與賓客罕還往, 唯樞及簽判王某·鄞縣宰劉某三人者得陪杖屨, 然信叟與樞厚甚. 一日, 延之坐, 問曰: "君家祖塋相對, 當有三峰峙立, 水流其前, 是否?" 樞驚曰: "然. 公何以知之?" 曰: "吾非瞽史, 但習靜滋久, 中心泊然, 或可以前知, 豈特此也? 君異時官職亦可言, 從此十年, 當爲館職, 歷著廷, 嘗教王府, 由柱下史至侍從, 然後出爲大帥, 迺入秉樞極. 劉宰固佳士, 但壽算垂盡, 得終此任幸矣. 王簽判亦碌碌一兩政, 皆非君比."

樞雖素敬之, 然亦疑信居半, 且謂已第二人及第, 一任回, 便可覬入館, 不應在十年後. 旣而劉卒於鄞, 王簽判亦偃蹇. 樞受代改官, 纔得洪州教授, 待久次, 丙子歲乃之官. 會信叟入爲給事中, 薦之, 召拜校書郎. 閱兩月, 除佐著作兼二王府教授, 而信叟遷吏部侍郎. 樞往賀, 留與飮, 情意繾綣. 臨上馬, 謂曰: "見君止此耳." 樞訝其言不祥.

已而爲銓試考官, 在貢院聞信叟坐論事罷知毗陵, 卽去國, 固已不及見. 曁出院, 遣使持書問訊, 至蕭山, 則信叟死於縣驛矣. 樞果自右史登掖垣, 出鎭蜀道, 還朝, 同知密院而薨. 考其所言, 無毫釐不合.(王公說.)

자가 경추이며 시호가 공간인 왕시형[36]은 소흥 17년(1147)에 명주[37] 절도추관이 되었다. 당시 자가 신수인 오자재[38]는 기거사인에서 물러

36 王時亨: 자는 卿樞이며, 복건로 泉州 惠安縣(현 복건성 泉州市 惠安縣) 사람이다. 起居舍人과 成都府路안무사, 同知樞密院事를 역임하였다.

37 明州: 兩浙路 明州(현 절강성 寧波市).

나 향리에 살고 있었는데, 빈객들과 거의 왕래하지 않았지만 오직 왕시형과 첨서판관청공사 왕모 씨, 명주 은현[39]지사 유모 씨 세 사람과는 각별히 어울렸다.[40] 그중에서도 오자재는 왕시형과 가장 가까웠다. 어느 날 오자재는 왕시형을 불러 함께 자리한 뒤 그에게 묻기를,

"그대 집안의 선영과 마주 보는 곳에 아마도 산봉우리 세 개가 우뚝 솟아 있고, 강물이 그 앞을 흐르고 있을 것입니다. 맞지요?"

왕시형이 놀라 말하길,

"그렇습니다. 공께서는 그것을 어떻게 아십니까?"

오자재가 대답하길,

"나는 세상물정이라곤 전혀 모르는 그런 사람[41]은 아니랍니다. 다만 정좌하며 익힌 시간이 오래되다 보니 마음이 평안하고 욕심이 없어져 때로는 앞일을 알게 되니 비단 이 일 하나만이겠습니까? 그대가 이후 맡게 될 관직 역시 말해 줄 수 있습니다. 지금부터 10년이 지나면 아마도 삼관비각관을 맡게 될 것이며 저작랑좌[42]를 거쳐 왕부의 교수 일을 맡고 기거랑[43]을 거쳐 시종관이 된 후에 안무사 등의 수신으로 임명되어 지방으로 나가실 것입니다. 그리고 마침내 도성으로 들어와 추밀원의 최고위직에 오를 것입니다. 은현지사 유씨는 진실

38 吳子才: 자는 信叟다. 평소 잠을 잘 때 관 안에서 자면서 "나 비록 삼계를 떠나지는 못했지만 내 마음은 백우대에 머물고 있다"는 淨土偈를 읊었다고 한다.

39 鄞縣: 兩浙路 明州 鄞縣(현 절강성 寧波市 鄞州區).

40 杖屨: 지팡이를 든 노인 간에 우정이 돈독해 늘 오간다는 뜻이다. 杖屨往還이라고도 한다.

41 瞽史: '책만 알 뿐 세상 물정 모르는 사람' 또는 '융통성 없는 사람'이란 말이다.

42 著庭官: 時政記 · 起居注 · 日曆의 편찬 및 제사 祝辭 작성을 책임진 著作郎과 著作佐郎의 합칭인 著作郎佐의 약칭이다. 본문의 '著廷'은 '著庭'의 오기로 보인다.

43 柱下史: 起居郎의 별칭이다. 王莽이 설치한 柱下五史에서 유래하였다.

로 훌륭한 사대부지만 수명을 보니 거의 다하여 이번 임기를 다 마칠 수만 있어도 다행일 것입니다. 첨서판관청공사 왕씨는 그렇고 그런 자리를 한두 번 맡을 것이니 모두 그대와 비교할 수 없습니다."

왕시형은 비록 평소에 오자재를 존경하기는 하였지만 그의 이 말에 대해서는 반신반의하였다. 또 생각해 보면 자신은 과거에 2등으로 급제하여 첫 번째 임기를 마치면 삼관비각관에 들어갈 기회를 엿보게 될 터이니 그 시기는 10년 후가 아닐 것이라 여겼다. 얼마 후 유씨는 은현에서 죽었고, 첨서판관청공사 왕씨 역시 순탄치 못하였다.

왕시형은 임기를 마치고 다른 직에 전보될 때 겨우 홍주[44] 주학 교수가 되었고, 그다음 인사를 오랫동안 대기하고 있다가 소흥 26년(1156)에 비로소 발령받았다. 마침 오자재가 급사중이 되어 왕시형을 추천하자 교서랑에 배수되었다. 2개월이 지나 저작좌랑[45] 겸 이왕부 교수에 제수되었고, 오자재도 이부시랑으로 옮겼다. 왕시형이 가서 축하하니 함께 한 잔 하자며 붙잡기에 술을 마셨는데, 그 정이 매우 돈독하였다. 막 말을 타려는데 오자재가 말하길,

"그대를 보는 것이 여기까지일 듯하오."

왕시형은 왜 이런 불길한 말을 하는지 의아해 하였다.

오래지 않아 왕시형은 과거[46]시험관이 되었는데, 오자재가 일을 논의하다 이부시랑직에서 파직되어 상주[47]지사로 나간다는 소식을 과거시험장에서 들었다. 오자재는 곧 도성을 떠났고 왕시형은 이미 그

44 洪州: 江南西路 洪州(현 강서성 南昌市).
45 佐著作: 著作佐郎의 별칭이다.
46 銓試: 과거의 별칭이다.
47 毗陵: 兩浙路 常州(현 강소성 常州市).

를 볼 방법이 없었다. 왕시형은 과거 시험장에서 나오자마자 인편에 편지를 보내 안부를 물었다. 오자재는 월주 소산현[48]의 역참에 이르자마자 그곳에서 죽었다. 왕시형은 과연 기거사인에서 승진하여 중서문하성[49] 내의 보직을 받았고 성도부로 안무사로 나갔다가 조정에 돌아와서는 동지추밀원이 되어 죽었다. 오자재가 말한 바를 생각하여 보니 조금도 틀린 것이 없었다.(왕시형이 한 이야기다.)

48 蕭山縣: 兩浙路 越州 蕭山縣(현 절강성 杭州市 蕭山區).

49 掖垣: 본래 황궁 정문 양옆에 있는 담을 뜻한다. 당대에 중서성과 문하성이 있던 곳이어서 중성·문하성의 별칭, 또는 그에 상응하는 중앙 부서를 뜻한다.

06 왕노지 선생王先生

濮州王老志先生以道術知名. 濮有士人, 饒口辯, 欲以語窮之, 往造焉. 其居四面環以高墉, 但開狗竇出入. 士人匍匐就之, 方談詞如雲, 忽地下旋渦坼, 俄已盈尺, 中有鱗甲如斗大. 先生謂客曰: "子亟歸, 稍緩必致奇禍." 士人遽出, 行未五里, 雷電雨雹倏起, 馬踠局不行. 偶得一土室, 入避之, 望先生庵廬百拜乞命, 僅得脫. 其他事多見於蔡條『國史後補』.

복주 왕노지 선생은 도술로 이름이 나 있었다. 복주에 사는 한 사인이 아주 달변이어서 말로써 왕선생을 이기고 싶어서 찾아가 만났다. 왕선생이 사는 곳은 사면이 높은 담으로 둘러싸여 있었고 다만 개구멍 하나를 뚫어 놓아 출입할 수 있게 하였다. 사인은 그곳을 기어서 들어갔다. 바야흐로 논쟁이 무르익고 있는데 갑자기 땅 아래서 소용돌이가 휘몰아치더니 땅이 갈라졌고, 잠시 후 그 깊이가 한 척이나 되었다. 가운데는 조두[50] 크기의 큰 비늘이 있었다. 왕선생이 그 사인에게 말하길,

"그대는 급히 돌아가시오. 조금만 늦어지면 뜻밖의 화를 입게 될 거요."

사인은 급히 나와서 미처 5리도 걷지 못하였는데 갑자기 천둥과

50 刁斗: 군대에서 야경 때 치는 징의 일종이다.

번개가 치고 비와 우박이 쏟아졌으며, 말도 웅크린 채 가지 못하였다. 우연히 한 토담집을 발견하고 들어가 잠시 피하면서 왕선생의 거처를 향해 백배사죄하며 살려 달라고 빌어서 겨우 모면할 수 있었다. 왕노지 선생에 관한 이런저런 일들은 채조[51]의 『국사후보』에 많이 실려 있다.

51 蔡絛: 자는 約之이며 福建路 興化軍 仙遊縣(현 복건성 莆田市 仙遊縣) 사람이다. 권신 채경의 둘째 아들로서 宣和 6년(1124) 채경이 다시 집권했지만 78세로 나이가 많아서 공무를 처리할 수 없자 채조가 대행하여 국사를 처리했을 뿐 아니라 조회에도 대리 참석하였다. 후에는 권력을 놓고 채경과 갈등을 빚었다. 靖康 1년(1126)에 금군의 전면 공세를 계기로 廣南西路 白州(현 광서자치구 玉林市 博白縣)로 유배되었으나 高宗 紹興末까지도 살아 있었던 것으로 보인다. 채조가 지은 『國史後補』 5권은 북송 말의 역사 관련 저술로 궁중의 일부 금기사항도 기술하였다.

07 의오현에서 발견된 골동 항아리 義烏古甕

金華喻葆光, 字如晦, 義烏人也. 紹興丙辰正月, 命奴江陸耕所居之南前郭園. 耕未竟, 土中洞然有聲, 牛爲之驚. 陸意其下有藏窖, 輟耕掘地, 深二尺, 得瓦缶, 廣六寸, 厚一寸, 形模甚古. 下覆一甕, 甕正圓, 可容三斗黍, 四耳附口, 口徑四寸, 視之, 其色蒼然, 扣之, 其音鏗然. 發缶窺之, 枵然無有也. 洗滌滓垢, 置之几案間, 莫有能別其爲何代物者. 遇客至, 則以盛酒. 葆光之子良能, 嘗作'古甕賦'. 至今存焉.

자가 여회인 무주 의오현[52] 사람 유보광은 금화현[53]에 살고 있었다. 소흥 6년(1136) 정월에 노복 강육에게 지금 살고 있는 곳 남쪽에 있는 곽씨를 찾아가 그의 밭에서 일하라고 시켰다. 밭일을 다 마치기 전인데 땅 밑에서 무언가 빈 듯 투명한 소리가 들려 소도 놀랐다. 강육은 그 아래 어떤 저장고가 있을 것이라 생각하여 밭 가는 일을 멈추고 땅을 팠다.

2척 정도 파 내려갔을 때 질그릇 물병이 나왔다. 너비는 6촌이고 두께는 1촌 정도였으며 그 모양이 매우 오래된 것 같았다. 그 아래는 항아리 한 개가 뒤집혀져 있었는데, 완전히 둥근 모양이었고 기장 세 말 정도를 담을 수 있는 크기였다. 주둥이에 네 귀가 붙어 있었고, 주

52 義烏縣: 兩浙路 婺州 義烏縣(현 절강성 金華市 義烏市).
53 金華縣: 兩浙路 婺州 金華縣(현 절강성 金華市).

둥이 지름은 4촌이었다. 항아리를 보니 그 색이 창연하였고, 두드려 보니 금속이나 돌을 두드렸을 때 나는 맑은 소리가 났다. 물병을 들어 그 안을 살펴보니 텅 비어 아무것도 없었다. 찌꺼기와 때를 씻어내고 그것을 다궤 사이에 두었는데, 어느 시대의 물건인지 아는 사람이 아무도 없었다. 손님이 오면 거기에 술을 담아 대접하였다. 유보광의 아들 유양능은 그것을 가지고 '고옹부'를 지었다. 그것들은 지금까지 보전되었다고 한다.

08 꿈에서 만난 여인과 주고받은 대구夢女屬對

喻叔奇良能, 紹興丁巳閏十月十三日夜, 宿於居之南齋, 夢友人相攜至一處, 雲窗霧閣, 幽閨繡戶, 蕭灑可愛, 如名妓家. 一女子方笄歲, 秀色靡曼, 衣製嫺雅, 牀髹茵席, 蘭麝之芬郁然, 屏几供張, 皆華好相稱. 坐良久, 女子顧曰: “妾有隔句, 欲煩郎君屬對, 如何?” 叔奇唯唯.

乃言曰: “皇天生奚誘之人, 見魚便摸.” 言畢, 以紙授客使書, 又改“人”字作“才”字. 叔奇問: “‘誘’字若何書?” 曰: “從酉旁寸者是也.” “何謂奚酎?” 曰: “人之風流者爲奚酎.” “何謂見魚便摸?” 曰: “猶言見鬩便打耳.” 叔奇方事科擧, 以功名爲心, 意不在色, 卽答之以他語曰: “元氣鍾太阿之劍, 逢虎須爭.” 女子熟視微笑, 又欲令和詩, 未及言而夢覺. 雞旣鳴矣.(二事皆叔奇說.)

자가 숙기인 유양능은 소흥 7년(1137) 윤시월 13일 밤, 살고 있는 곳의 남쪽 방에서 자고 있었는데, 꿈에 한 친구가 자기를 이끌며 어떤 곳으로 안내하였다.

구름이 보이는 창과 안개가 그윽한 문이 있었고, 깊은 규방에는 비단으로 수놓인 문이 보였으며 맑고 깨끗하며 앙증맞은 것이 마치 유명한 기생의 집 같았다.

바야흐로 시집갈 나이에 이른 한 여자가 아름다운 얼굴과 부드럽고 고운 살결에 우아하고 아름다운 옷을 입고 있었고, 평상과 담요 그리고 자리에는 고운 향기가 가득했다. 병풍과 다궤가 놓여져 있었는데 모두 화려하고 잘 어울렸다. 한참 앉아 있자 여자가 돌아보며

말하길,

"제게 몇 개의 격구[54]가 있는데 번거로우시겠지만 그대가 대구를 이어 주셨으면 합니다. 어떠신지요?"

유양능은 '네네'하며 공손히 대답했다.

이에 그 여자가 말하길,

"하늘은 풍류를 아는 사람들을 낳았으니, 물고기만 보면 만지려 하네."

말을 마치고 종이를 유양능에게 주며 대구를 쓰게 하더니 다시 '인人'자를 '재才'자로 바꾸었다. 유양능이 묻길,

"'유誘'자는 어찌 씁니까?"

그녀가 대답하길,

"'유酉'자 방에 '촌寸'자를 쓴 것입니다."

"그러면 '해주奚酎'가 무엇입니까?"

대답하길,

"사람들이 풍류를 즐기는 것이 곧 '해주'입니다."

"'물고기만 보면 만지려 하네'는 무슨 뜻입니까?"

대답하길,

"떠들썩한 것을 보면 곧장 잡는 것을 이릅니다."

유양능은 마침 과거를 준비하고 있을 때여서 공명을 중시하였고 뜻이 색을 구하는 데 있지 않았다.

이에 그는 다른 말로 그녀에 답하길,

54 隔句: 글을 짓는 형식의 하나로 서로 한 구절씩 건너뛰어 대구를 이루는 것을 뜻한다.

"원기가 태아검[55]에 모여 충만하니 호랑이를 만나 반드시 싸우겠네."

여자는 찬찬히 바라보더니 곧 미소를 지었고, 다시 유양능에게 화답하는 시를 짓게 하고자 하였으나 말을 끝내기도 전에 꿈에서 깨어났다. 닭이 이미 울었다.(위의 두 일화는 유양능이 한 이야기다.)

55 太阿劍: 전국시대 楚의 명검으로 알려졌으며 泰阿劍이라고도 한다.

09 민청현의 기이한 곳閩清異境

福州閩清縣近村有大溪, 溪北有寺, 溪南大山長谷, 草樹緜延. 父老相傳, 自古以來, 人跡所不到, 到則遇奇怪. 有三僧從他處來, 皆好尋幽選勝, 欣然欲往, 相與裹糗糧, 挐小舟, 度彼岸爲三宿計. 行未久, 滿道蛇虺縱橫, 踐之以過. 異鳥形容可憎, 鳴噪紛紛, 觸目生怖. 不半日, 兩人願還, 一僧獨奮曰: "出家兒視死爲等閑, 況怖懼乎? 我將獨往." 乃并兩人所齎, 草行露宿, 愈益南去.

二之日, 蛇鳥漸少, 稍有徑路可尋. 三之日, 亦覺勧苦, 遙望山下木杪炊煙起, 知有人居, 復行, 前抵其處, 得茅屋一間, 寂不見人. 僧就憩, 取亂葉爇之. 俄一人自外荷鉏至, 架鉏於門上, 趨近附火, 視之, 人也. 不交一談, 袖中出芋十枚, 炮熟, 指其半與僧, 自食其半. 旣暮, 徑卧土榻上, 僧亦同宿, 終不相誰何.

天將曉, 人已去, 僧亦從此歸, 沿道處處記之. 到寺, 具以所見語兩人, 兩人悔前日空反, 乃相約重尋之. 歷三日, 與曩所記無異, 及大木下, 則茅屋已焚, 但斫木皮尺餘, 題詩其間曰: "偶與雲水合, 不與雲水通. 雲散水流去, 杳然天地空." 悵然而歸. 後無有能去者.(何德獻說.)

복주 민청현[56] 부근 촌락에 큰 계곡이 있는데, 계곡 북쪽에는 절이 있고, 남쪽에는 큰 산과 깊은 골짜기가 있으며 풀과 나무가 무성하게 이어져 있었다. 촌락의 어른들이 전하길, 옛날부터 그곳은 사람의 발길이 닿지 않은 곳으로서 갔다 하면 괴이한 일을 만날 것이라 했다.

56 閩清縣: 福建路 福州 閩清縣(현 복건성 福州市 閩清縣).

다른 지역에서 온 승려 셋이 있었는데, 모두 깊은 산속 경승지를 찾아다니기를 좋아해서 흔쾌히 그곳에 가 보고 싶어 하였다. 서로 건량을 잘 챙겨서 작은 배를 끌며 거슬러 올라가면 대략 사흘이면 그곳에 갈 수 있을 것이라 계산하였다. 출발한 지 얼마 되지 않았을 무렵 길 가득히 뱀들이 종횡으로 기어 다녔는데 그것을 밟고 지나갔다. 모양이 매우 혐오스러운 기이한 새가 여기저기에서 시끄럽게 울어 댔고 눈에 보이는 것마다 공포를 자아냈다. 반나절도 되지 않아 승려 둘이 돌아가고자 하였다. 한 승려만 혼자 분개하며 말하길,

"출가한 자들은 죽음을 대수롭지 않게 여겨야 하거늘 무엇이 무섭단 말인가? 나 혼자라도 가겠다."

이에 두 사람의 짐까지 들고 풀밭으로 걸어가다 노숙하며 더욱더 남쪽으로 들어갔다.

이틀 뒤 뱀과 새가 조금씩 줄어들었고, 그런대로 걸을 만한 작은 길도 조금 있었다. 사흘이 되었을 때 지치고 힘들어졌는데, 멀리 산 아래서 나무를 때서 연기가 피어오르는 것이 보였다. 사람이 살고 있을 것이라 여기고 다시 걸어가 곧바로 그곳 앞까지 다다르니 초가집 한 칸이 보였다. 고요하였고 사람은 보이지 않았다.

승려는 안으로 들어가 쉬면서 나뭇잎들을 모아다 불을 지폈다. 잠시 후 한 사람이 바깥에서 호미를 어깨에 걸치고 들어와 문 위에 걸어 놓고 가까이 와서 불을 쬐는데, 보니 사람이었다. 한 마디도 나누지 않았는데, 소매에서 토란 10개를 꺼내더니 통째로 불에 구워서 반을 승려에게 주고 그 나머지 반을 자신이 먹었다. 밤이 되자 곧바로 흙으로 만든 침상 위에 누웠고, 승려 역시 그 옆에서 동숙하였다. 끝까지 누구인지 서로 묻지 않았다.

동이 틀 무렵 그 사람이 갔고, 승려 역시 그곳에서 절로 돌아갔다. 돌아가는 길 곳곳에 표시를 해 두었다. 절에 이르자 그가 본 것을 두 승려에게 모두 말해 주니 둘은 전날 공연히 돌아온 것을 후회하였다. 그들은 다시 그곳을 찾아가기로 약속하였다. 사흘 뒤 먼젓번에 표시해 둔 데로 가서 큰 나무 아래에 이르렀는데, 초가집은 이미 불태워졌고, 나무는 베어져 껍질만도 1척 남짓 되었는데, 거기에 다음과 같은 시가 쓰여 있었다.

우연히 구름과 물을 만났지만,
구름과 물과 서로 통하지는 못하였네.
구름은 흩어지고 물은 흘러가 버렸으니,
아득한 곳에 하늘과 땅은 모두 텅 비었네.

그들은 망연자실하고 돌아왔다. 그 뒤로 그곳을 갈 수 있는 자는 없었다.(하덕헌이 한 이야기다.)

10 소곡선생巢先生

紹興八年, 無錫縣有道人曰眉山巢谷, 年百十七歲, 少時與東坡兄弟往來. 狀貌雖甚老, 然面不黧皺, 瞳子碧光炯然, 飮酒食肉皆過人. 舅氏太學博士沈公體仁, 居高村, 距縣十餘里, 谷每杖策至, 輒留連信宿. 自言三十歲時逢異人, 謂己壽不長, 至五十五歲數盡, 因授以祕法, 使記其歲月日時, 俟時至, 當卽靜室步北斗, 而被髮卧魁星下, 必可免. 自是每十五年輒有大厄, 須五如此. 若滿百二十歲, 則長生不死矣.

始時在宿州天慶觀, 以正月十六夜當死, 如異人教, 絶食一日, 從道士借空房, 託云行氣, 屏處其中. 正晝已見鬼物紛紜, 如有所追捕. 夜且半, 來者愈密, 周旋室內, 至踐髮膚以過. 然身殊輕, 不能壓人, 皆咨嗟叱咤曰: "必在此, 何以不見? 失今夕不取, 吾曹罪在不赦, 奈何?" 其夜擾擾, 幾達曉, 寂無所聞, 乃敢出. 凡四度若此, 所見皆同. 今年又當爾, 未知終可脫否?

至十一月二十一日, 徧告邑中所善者, 乃還寓舍, 閉戶. 過三日, 人訝其不出, 發戶視之, 已死. 鼻端一道正白, 不知以何日終. 豈非造化大限竟不可逃乎? 蘇黃門作「巢公傳」已言其卒於嶺南, 今此其人豈是乎? 惜無有人以此問之者.(舅氏說.)

소흥 8년(1138), 상주 무석현[57]에 한 도인이 살고 있었는데, 미산 소곡이라 불리었고 나이는 117세였으며 젊었을 때 소동파 형제들과 왕래가 있었다. 그 모습은 비록 많이 늙었지만 얼굴에 검은 반점이나

57 無錫縣: 兩浙路 常州 無錫縣(현 강소성 無錫市).

주름이 없었고 눈동자는 푸른빛이 형연하였다. 보통 사람보다 술도 더 잘 마시고 고기도 더 잘 먹었다. 외삼촌인 태학박사 심체인[58]은 무석현성에서 10여 리 정도 떨어진 고촌에 살고 있었다. 소곡은 매번 지팡이를 짚고 와서 차마 떠나지 못하고 번번이 이틀씩이나 묵고 갔다. 소곡은 스스로 다음과 같은 이야기를 하였다.

소곡은 30세 때 기인을 만났는데 수명이 길지 않아 55세가 되면 수명을 다할 것이라고 알려 준 뒤 비법을 전수해 주었다고 한다. 소곡에게 그해와 날짜, 시간을 적게 한 뒤 다시 그때가 돌아오면 즉시 조용한 방에 들어가 우보를 하고 북두칠성의 네 번째 별자리[59] 그림 아래에 머리를 풀어 헤치고 누워야만 죽음을 면할 수 있다고 하였다. 지금부터 15년마다 큰 액운이 있을 텐데 반드시 이렇게 해서 다섯 번을 넘겨야 한다고 하였다. 만약 120세가 넘으면 곧 장생불사할 수 있다고 하였다.

그 첫 액운이 닥쳤을 때 숙주[60] 천경관에 있었는데, 정월 16일 밤의당 죽었어야 하나 기인이 가르쳐 준 대로 하루 동안 단식하고 도사를 따라 빈방을 빌려 말해 준 대로 기를 단련하며 방 가운데 숨어 있었다. 마침 한낮인데도 이미 귀신들이 어지러이 오고 가는 것이 보였고, 마치 누군가를 잡으러 온 것 같았다. 한밤중이 되자 찾아온 자들이 더욱 많아졌는데, 실내를 돌아다니며 머리카락과 살을 밟고 지나

58 沈體仁: 자는 仲一이며 兩浙路 溫州 永嘉縣(현 절강성 溫州市 永嘉縣) 사람이다. 영가학파의 선구자인 陳傅良의 수제자이며 현 溫州市 瑞安市 錦湖에 장서루인 '深明閣'을 지었다.

59 魁星: 북두칠성의 앞에서 네 번째 별자리를 뜻한다.

60 宿州: 淮南東路 宿州(현 안휘성 宿州市).

갔다. 그러나 그 몸이 너무 가벼워 사람을 누를 수 없자 모두 탄식하고 질책하며 말하길,

“반드시 여기에 있을 텐데 어찌 보이지 않지? 오늘 밤 놓치고 잡아가지 못하면 우리들 죄를 용서받지 못할 텐데 어떻게 하지?”

밤새 떠들썩하였고 거의 새벽이 가까워 오자 고요하고 들리는 소리가 없어져 겨우 밖으로 나왔다. 소곡은 말하길,

“이렇게 네 번을 거쳤는데 겪은 것이 모두 꼭 같았다. 올해도 또 당해야 하는데, 끝내 벗어날 수 있을지 알 수가 없다.”

11월 21일, 평소 현에서 잘 알고 지내던 사람들에게 두루 이 일을 말하고, 집으로 돌아가 문을 닫아걸었다. 사흘이 지나도 그가 나오지 않자 사람들이 의아해 하며 문을 열고 들어가 보니 이미 죽어 있었다. 코끝 한 쪽 구멍만 새하얗게 되었는데, 언제 죽었는지 알 수 없었다. 생사 조화의 커다란 한계에서 결국 벗어나지 못한 것이 어찌 아니겠는가? 소철[61]이 지은 「소공전」에서는 소공이 광남로에서 죽었다고 하였는데, 지금 이 사람이 바로 그 사람인지 어찌 알겠는가? 아무도 이것을 가지고 궁금해 하는 자가 없으니 애석할 따름이다.(외삼촌이 하신 이야기다.)

61 蘇轍(1039~1112): 자는 子由이며 成都府路 眉州 眉山縣(현 사천성 眉山市 東坡區) 사람이다. 부친 蘇洵, 형 蘇軾과 함께 당송팔대가에 속하는 탁월한 문인으로 산문에 뛰어났다. 부친과 형의 영향을 많이 받았으며, 탁월한 재능에도 불구하고 형의 그늘에 많이 가려 小蘇라는 별칭이 있다. 신법을 주관하는 制置三司條例司 속관에 임명되었으나 신법에 반대해 지방으로 좌천되었다. 御史中丞 · 尚書右丞 · 門下侍郎을 역임하였지만 여러 차례 실각하였고, 채경이 집권하면서 太中大夫로 은퇴하였다. 蘇黃門은 그의 별칭이다.

11 솔방울松毬

紹興戊午冬，予兄弟同奉先夫人之喪，居無錫大池塢外家墳庵．庵前後巨松二萬株，次年春，兩松各結一毬．松高四五丈，毬生其顚，四向翠葉圍繞，宛然天成．庵僧紹明曰："近村邊氏墓松亦曾如此，其狀差小，而其孫安野秀才預薦．今數二而大，豈非沈氏有二子登科乎?" 是時內兄沈自強・自求方應進士擧，旣而皆不利．而予伯氏・仲氏乃以壬戌年中博學宏辭．蓋習此科時，正在庵肄業，遂合二毬之瑞．

소흥 8년(1138) 겨울, 필자 형제들은 어머니의 장례를 치르고 상주 무석현의 대지오[62]에 있는 외가의 공덕분암[63]에서 머물고 있었다. 암자 앞뒤로 커다란 소나무 두 그루[64]가 있었는데, 이듬해 봄에 두 소나무에 각각 솔방울이 하나씩 달렸다. 소나무의 높이는 네댓 길 정도 되었고 그 꼭대기에 솔방울이 달렸다. 사방으로 푸른 잎에 둘러싸여 있어 완연하게 자연 그대로 성장한 것이다.

암자의 승려 소명이 말하길,

62 大池塢: 무석시 惠山 동남쪽에 있는 지명이다. 太湖 주변의 지형적 특성을 반영해 牛來塢・董塢・南桃花塢 등 塢를 지명으로 한 곳이 매우 많다.

63 功德墳寺: 송대에는 황실과 사대부는 물론 富商에 이르기까지 사당 대신 부근에 가묘를 관리하고 제사 지낼 수 있는 사찰을 세우는 것이 일반적인 풍조였다. 그 규모와 권한 등에 따라 功德寺・墳寺・墳庵 등으로 나누지만 명확한 구분이 있는 것은 아니며 통상 功德墳寺 또는 功德院이라고 칭하였다. 공덕분사는 개인 재산에 속하였고, 특권층 소유여서 지나친 확대로 인한 부작용이 적지 않았다.

64 二株: 본문의 '二萬株'는 '二株'의 오기로 보인다.

"부근 촌락 변씨의 무덤 옆 소나무 역시 일찍이 이런 적이 있었는데 그 모양이 조금 작았다. 그런데 그 집안 손자인 안야가 해시에 합격하여 수재가 되었다. 지금 솔방울이 두 개인 데다 더 크니 심씨 집안의 두 아들이 과거에 급제할 징조가 아니겠는가?"

당시 외사촌 형 심자강과 심자구가 막 성시에 응시하였는데 얼마 뒤 모두 낙방하였다. 그런데 필자의 첫째 형과 둘째 형은 모두 소흥 12년(1142) 박학굉사과[65]에 합격하였다.[66] 박학굉사과를 준비하던 때가 바로 이 암자에서 공부할 무렵이었으니 마침내 두 개 솔방울의 징조가 들어맞은 것이다.

65 博學宏辭: 唐代 과거제는 관직 임용자격 부여에 그쳐 합격 후에도 포의로 지내는 지식인의 불만이 상당하였다. 이에 박학한 학문적 소양과 뛰어난 문재를 지닌 인재를 관리로 특별 선발하기 위한 제도로 박학굉사과를 설치하였다. 송대에는 과거 시험과목의 경직성을 보완하기 위한 방식으로 도입하였다. 기존 과거보다 더 높은 격을 지니고 있어 이미 과거에 합격한 현직 관리가 응시하는 경우도 있다.

66 紹興 12년(1142) 2월에 있었던 박학굉사과에 응한 홍매의 둘째 형 洪遵은 장원급제하였고, 큰형 洪適은 2등으로 급제하여 세상을 놀라게 하였다.

12 양원명梁元明

予友壻梁元明嘗夢入冥府, 冥官令詣曹對狀, 戒之曰: "還家勿泄於人, 雖父母妻子亦不可言. 若犯令, 當滅族." 梁再拜受命. 追者導之還, 經地獄門, 引入. 至鑊湯, 見獄卒以長叉叉囚置鑊內, 骨肉糜爛, 腥臭逆鼻, 正如人間瓠羹然. 是夜夢覺, 以告其妻, 妻亦不敢問所供何事. 梁自是不食瓠羹, 云: "聞其氣輒嘔逆." 後三年, 從桂林如衡山, 道經零陵, 逢他人喪柩, 書銘旌曰 "漢陽軍簽判梁宣義". 詢其鄉里, 曰: "東平人." 元明新調漢陽簽幕, 鄉貫·官氏皆同, 深惡之, 竟不及赴官而卒. 時紹興十四年.

내 친구의 사위인 양원명이 일찍이 꿈에 명계의 관부에 다녀온 적이 있는데, 명계의 관원은 관련 부서에 가서 대질심문을 하게 한 뒤 그에게 경고하길,

"집으로 돌아가거든 사람들에게 이곳에서 있었던 일을 말하지 말거라. 부모나 처자에게도 말해서는 안 된다. 만약 명령을 어기면 멸족을 당할 것이다."

양원명은 두 번 절하고 명을 받들었다. 그를 잡아간 자가 다시 안내해서 돌아오는데 지옥문을 지날 때 그곳을 들르게 하였다. 확탕지옥에 가 보니 옥졸이 긴 작살로 죄수를 찔러 가마솥 안으로 넣었는데 뼈와 살이 문드러지며 비린내가 코를 찔렀다. 냄새가 이승에서 박으로 끓인 국과 꼭 같았다. 이날 밤 꿈에서 깨어나 이 일을 아내에게 말하니 아내 역시 무슨 일이 있었는지 감히 물어보지 못했다. 양원명은

이때부터 박으로 만든 국을 먹지 않았다. 그가 말하길,

"그 냄새를 맡기만 해도 구역질 난다."

3년 후 계주[67]에서 담주 형산현[68]으로 가고 있는 중에 영주 영릉현[69]을 지나가는데 어떤 사람들이 들고 가는 상여와 마주쳤다. 만장에는 '한양군[70] 첨서판관청공사 양선의'라고 쓰여 있었다. 망자의 고향이 어디냐고 양원명이 묻자 답하길,

"동평부[71] 사람이다."

양원명은 마침 새로 한양군 첨서판관청공사[72]가 되었는데, 적관과 관직명이 모두 같아서 심히 불쾌했다. 결국 부임하기도 전에 죽었다. 때는 소흥 14년(1144)이었다.

67 桂林: 廣西南路 桂州(현 광서자치구 桂林市).

68 衡山縣: 荊湖南路 潭州 衡山縣(현 호남성 衡陽市 衡山縣).

69 零陵縣: 荊湖南路 永州 零陵縣(현 호남성 永州市 零陵區).

70 漢陽軍: 荊湖北路 漢陽軍(현 호북성 武漢市 漢陽區).

71 東平府: 京東西路 東平府(현 산동성 泰安市 東平縣).

72 簽幕: '簽書判官廳公事'의 별칭이다. 판관이란 용어가 본래 막료직을 포괄하는 것인 데서 유래하였다.

색 인

ㅇ

저 자_ **홍 매**(洪邁)

홍매洪邁(1123~1202)는 남송南宋 시기 사람으로 자가 경로景盧이고 호는 용재容齋·야처野處이며, 강남동로江南東路 요주饒州 파양현鄱陽縣(지금의 강서성 上饒市 鄱陽縣) 사람이다. 아버지는 예부상서禮部尙書를 지낸 홍호洪皓(1088~1155)로, 금조에 사신으로 갔다가 15년간 억류 생활을 마치고 돌아와 『송막기문松漠紀聞』을 편찬한 바 있으며, 형 홍괄洪适(1117~1184)과 홍준洪遵(1120~1174) 역시 모두 송조의 재상과 부재상의 자리에 올랐다. 후대 사람들은 이렇듯 활약이 뛰어난 홍씨 네 부자父子를 두고 '사홍四洪'이라 일컬었다.

홍매는 소흥紹興 15년(1145) 진사가 되어 관직에 올랐고, 금조에 사신으로 다녀온 바 있다. 일찍이 길주吉州지사, 감주贛州지사, 무주婺州지사 등을 역임하였고, 순희淳熙 13년(1186)에는 한림학사翰林學士가 되었다. 이후 영종寧宗 시기 단명전학사端明殿學士에 오른 후 관직에서 물러났다. 만년에는 향리에 머물면서 저술에 전념했으며, 남긴 저술로는 『이견지』 외에 『용재수필容齋隨筆』과 『야처유고野處類稿』 및 『사기법어史記法語』 등이 있다.

역주자_ **유원준**(兪垣濬, Yoo WonJoon)

경희대학교 사학과를 졸업하고, 대만 중국문화대학 사학과에서 석사 및 박사 학위를 받았다. 현재 경희대학교 사학과 교수로 재직 중이다.

저서로는 『북송 전기 태호 유역 부세 연구北宋前期太湖流域賦稅之硏究』(중국문화대학출판부, 1988), 역서로는 『중국문화의 시스템론적 해석』(천지, 1994) 등이 있으며, 이 외에 송대 경제사·사회사·군사사 방면 다수의 논문이 있다.

역주자_ **최해별**(崔해별, Choi HaeByoul)

이화여자대학교 사학과를 졸업하고, 중국 북경대학 역사학과에서 석사 및 박사 학위를 받았다. 현 이화여자대학교 사학과 조교수로 재직 중이다.

저서로는 『송대 사법 속의 검시 문화』(세창출판사, 2019), 역서로는 『공주의 죽음 — 우리가 모르는 3-7세기 중국 법률 이야기』(프라하, 2013)가 있으며, 이 외에 송대 법제사·사회사·의학사 방면 다수의 논문이 있다.